SOPHIA HARTLIEB
Das Collier mit der Herzblume

Über die Autorin:

Sophia Hartlieb wurde 1971 in Dortmund geboren. Heute lebt sie mit ihrem Mann an der Grenze zum Sauerland. Die Juristin entdeckte 2015 ihre Leidenschaft fürs Schreiben und hat seitdem mehrere Romane unter verschiedenen Pseudonymen veröffentlicht.

SOPHIA HARTLIEB

Das
Collier
mit der
Herzblume

Roman

lübbe

Die Bastei Lübbe AG verfolgt eine nachhaltige Buchproduktion. Wir verwenden Papiere aus nachhaltiger Forstwirtschaft und verzichten darauf, Bücher einzeln in Folie zu verpacken. Wir stellen unsere Bücher in Deutschland und Europa (EU) her und arbeiten mit den Druckereien kontinuierlich an einer positiven Ökobilanz.

Originalausgabe

Copyright © 2023 by
Bastei Lübbe AG, Schanzenstraße 6–20, 51063 Köln

Lektorat: Daniela Jarzynka
Umschlaggestaltung: Massimo Peter-Bille
Umschlagmotiv: © Ildiko Neer/Trevillion Images; © cynoclub/shutterstock
Satz: hanseatenSatz-bremen, Bremen
Gesetzt aus der Adobe Caslon Pro
Druck und Verarbeitung: GGP Media GmbH, Pößneck

Printed in Germany
ISBN 978-3-404-18986-1

2   4   5   3   1

Sie finden uns im Internet unter:
luebbe.de
Bitte beachten Sie auch: lesejury.de

1. London, August 2018

Natürlich wussten wir, dass Krieg war.« Charlotte rührte gedankenverloren in ihrer Teetasse. »Wir haben allerdings lange Zeit nicht verstanden, was das *bedeutet*.« Sie legte den Löffel zur Seite und betrachtete ihre Enkelin, die mit gerunzelter Stirn auf ein Tablet mit einem geöffneten Zeitungsartikel starrte und nicht auf ihre Worte reagierte.

Hatte sie diesen Satz vielleicht nur gedacht? Seit Kurzem kam es gelegentlich vor, dass sie sich in solchen Dingen nicht mehr sicher war. Hoffentlich wurde sie nicht *sonderbar*, wie Rosi einmal die Damen im Bridgeclub bezeichnet hatte, die auf ihre alten Tage tatsächlich seltsam wurden, weil Geist und Körper ihnen Streiche spielten. Es löste ein leichtes Unbehagen in ihr aus, als Charlotte klar wurde, dass sie die meisten von ihnen bereits um ein Dutzend Jahre überlebt hatte. Stand ihr nun das Gleiche bevor? Würde man sie demnächst mit mildem Lächeln bedenken? Nachsicht üben bei allem, was sie tat?

Mit einem Kopfschütteln riss sie sich energisch aus den trüben Gedanken. Noch war es nicht so weit. Noch lebte sie, und zwar ein Leben, wie es sein sollte. Mittendrin, trotz ihrer neunzig Jahre.

Sie saß mit ihrer Enkelin in einem hübschen Café in Shoreditch, unweit der Londoner City. Stimmengewirr, das Klappern von Porzellan und der Duft nach Scones erfüllten den Raum. Die alten, von der häufigen Benutzung zerkratzten Tische und die nachgedunkelten Ölbilder an den Wänden sorgten für eine Atmosphäre, die freundlich wirkte, aber auch wie aus der Zeit gefallen.

Wie ich selbst, dachte Charlotte.

Ihr Blick blieb an ihrem Lieblingsgemälde hängen. In gedeckten Farben zeigte es ein Stillleben mit Tränenden Herzen. Ihre Mutter hatte diese Blumen geliebt. Charlotte konnte bis heute keine Herzblume ansehen, ohne mit Wehmut an ihren Garten in Hangeck zu denken. Wie es sich wohl anfühlen würde, dorthin zurückzukehren? Ob sie für sich endlich einen Abschluss finden würde – nach fünfundsiebzig Jahren? Sofern sie ihre Reisepläne überzeugend genug vorbrachte, würde sie es bald erfahren.

Hannah blickte noch immer auf den Zeitungsartikel und bewegte lautlos die Lippen, bemüht, den deutschen Text zu verstehen. Eine ihrer blonden Locken fiel ihr ins Gesicht. Mit einer flüchtigen Bewegung strich sie sie hinters Ohr. Ganz so, wie Charlottes Mutter es immer gemacht hatte, von der ihre Enkelin die Gene für diese Haarpracht wohl geerbt hatte.

Schließlich sah Hannah auf. »Dort hast du bis zum Krieg gelebt?« Sie tippte mit dem Finger auf das Display, bevor sie Charlotte das Tablet über den Tisch zuschob. »In Hangeck?«

Mit Hannahs britischer Aussprache hörte es sich an, als würde ihre alte Heimat »häng-egg« geschrieben. Charlotte musste schmunzeln. Aber wer wusste schon zu sagen, wie es um ihr eigenes Deutsch bestellt war? Nach fast siebzig Jahren in Großbritannien klang ihre einstige Muttersprache vermutlich aus ihrem Munde auch nicht mehr lupenrein. Dafür, dass Hannah nie in Deutschland gelebt hatte, waren ihre Deutschkenntnisse hervorragend.

»Als der Krieg euch schließlich erreichte, hast du seine Bedeutung verstanden und bist geflohen.« Hannah griff Charlottes Wortwahl auf, was Charlotte mit einer gewissen Erleichterung registrierte. Sie hatte ihre Gedanken offenbar doch laut ausgesprochen.

»So ungefähr.« Charlotte probierte einen Schluck Tee. Süß und heiß, wie sie ihn mochte. »Der Grund war nicht der Krieg, aber es ist richtig, dass ich Hangeck während des Kriegs verlassen habe.« *Verlassen musste.* »Nach dem Krieg stellte sich die Frage, ob wir dorthin zurückkehren, nicht mehr, denn bald danach wurde mit dem Bau der Staumauer begonnen. Wenige Jahre später war Hangeck Geschichte. Nur der Kirchturm ragte in einigen regenarmen Sommern noch aus dem Wasser.«

Charlotte zog ihr Tablet zu sich und tippte nun ihrerseits darauf, um ein Foto auf der Seite zu vergrößern. Es zeigte eine alte, fast unkenntliche Luftaufnahme eines Dorfs. *Ihres* Dorfs. Der Anblick setzte Gefühle frei, die sie nicht genau benennen konnte. Wehmut bei dem Gedanken an ein idyllisches Dorf mit Schieferdächern, die matt im Sonnenlicht schimmerten, und dessen Fachwerkfassaden aus der Ferne wirkten wie mit dem Kohlestift gekritzelt. Die Erinnerung an eine unbeschwerte Jugend, die so jäh endete. Ein flüchtiges Bild von Paul zog vorbei, und unwillkürlich musste Charlotte lächeln. Schmerzlich zwar, doch voller Wärme. Es stimmte wohl, dass man die erste Liebe ein Leben lang im Herzen trug.

Sie hatte geglaubt, die Zeit hätte ihre Gefühle überspült wie das Wasser des Stausees die Häuser auf dem Foto. Aber dieser Zeitungsartikel deckte sie auf – ebenso wie der sinkende Wasserspiegel des Sees ihre alte Heimat nach und nach wieder freigab.

Sie hatte in diesem Dorf eine sorglose Kindheit verbracht. Selbst als der Krieg gekommen war, waren die Tage noch voller Lachen, Freundschaft und – ja, auch – Liebe gewesen.

Bis zu diesem Junitag, der alles verändert hatte. Wie eine schwere Decke lagen die Geschehnisse jenes Nachmittags auf einem Teil ihrer Vergangenheit und verbargen alles

Schöne, an das sie sich doch viel lieber erinnern wollte. Vielleicht, weil sie nie die Gelegenheit bekommen hatte, damit abzuschließen. Rückblickend fragte sich Charlotte, ob sie vor den düsteren Erinnerungen vielleicht sogar davongelaufen war, statt sich ihnen zu stellen – was auf lange Sicht heilsamer gewesen wäre.

»Deshalb muss ich zurück nach Hangeck«, verkündete sie laut und energisch.

2. Hangeck, März 1943

Die Iden des März!« Charlotte kicherte übermütig, und ihre Schwester Rosemarie warf ihr einen fragenden Blick zu.

»Ach, Rosi.« Charlotte verstrubbelte ihrer jüngeren Schwester liebevoll das Haar.

Beide hatten die Naturlocken ihrer Mutter geerbt. Charlotte hatte dabei mehr Glück gehabt – bei ihr umflossen sanfte Wellen das Gesicht, sofern sie nicht zu dicken Zöpfen geflochten waren. Bei Rosi hingegen umrahmte ein wilder Schopf das hübsche Mädchengesicht und widerstand allen Versuchen, die Frisur mit Spangen oder Haarbändern in Form zu bringen.

Charlotte lächelte. »Es ist ein so herrlicher Frühlingstag. 1943 wird ein ganz besonders schönes Jahr, das spüre ich.«

Sie breitete die Arme aus und drehte sich um die eigene Achse. Der Winter war vorbei, und die Wiesen wurden endlich wieder grün. Nach dem Sonnenschein der vergangenen Tage waren sie bereits von den ersten Kräutern und Blumen durchsetzt. Das Gras kitzelte an Charlottes nackten Waden. Spontan hatte sie Schuhe und Strümpfe ausgezogen. Nach der dritten Umdrehung bemerkte sie, dass Rosi nicht wie sonst mit ihr tanzte.

»Aber Rosi, was hast du denn? Ist dir nicht wohl?« Sie musterte ihre Schwester prüfend. Ein wenig blass war sie tatsächlich.

»Papa sagt, das Jahr wird *nicht* schön.« Plötzlich glitzerten Tränen in Rosis Augenwinkeln. »Der Krieg wird kommen.«

»Das hat Papa zu *dir* gesagt?« Charlotte runzelte die Stirn.

Solche Dinge besprach man doch nicht mit einem Kind! Ihre kleine Schwester war gerade einmal acht Jahre alt.

Außerdem war der Krieg weit weg. Natürlich hatte es Angriffe auf deutsche Städte gegeben, das wusste sie. Seit zwei oder drei Jahren durfte sie mit ihren Eltern die Nachrichten aus dem Volksempfänger hören. Wie stolz sie gewesen war, als ihr Vater sie das erste Mal dazugeholt hatte. Sie hatte sich erwachsen gefühlt und mit größter Aufmerksamkeit verfolgt, was die knarzende Stimme aus dem Lautsprecher zu verkünden hatte. Insgeheim langweilte sie sich jedoch schnell. Sobald die Nachrichten mit den Meldungen der Wehrmacht begannen, schaltete sie innerlich ab.

Lieber hörte sie Reportagen. Wie gern hätte sie die BBC eingestellt, die sicherlich viel über London berichtete. Sie wusste, dass man den Sender empfangen konnte, das hatte jemand in der Schule erzählt.

Doch als sie ihren Vater darum gebeten hatte, war sein Blick streng wie selten geworden, und er hatte ihr strikt verboten, die BBC jemals wieder auch nur zu erwähnen. Halb erschreckt, halb zornig war Charlotte auf ihr Zimmer gerannt.

Später war ihr Vater gekommen. Wieder besonnen, wie sie ihn kannte, hatte er sich zu ihr gesetzt und ihr erklärt, dass solche Sender als »Feindsender« galten.

»Es wird deshalb schwer bestraft, die BBC oder Ähnliches zu hören.« Er hatte ihr sanft über den Kopf gestrichen. »Verstehst du, weshalb es besser ist, so etwas nicht einmal zu erwähnen? Man weiß nie, wer mithört.«

Charlotte hatte ergeben genickt. »Als ob ich mit dem Feind kollaborieren würde, nur weil ich etwas über diese wundervolle Stadt hören möchte!«

Seit sie in einem Bildband die Fotos aus Englands Hauptstadt bewundert hatte – die Tower Bridge, die Themse und den Buckingham Palace –, wusste Charlotte, dass sie das alles eines Tages mit eigenen Augen sehen wollte. Jedes Mal, wenn sie hörte, dass die Wehrmacht London bombardiert hatte, zuckte sie innerlich zusammen und hoffte, dass die Deutschen nicht allzu viel zerstört hatten. Aber diesen Wunsch behielt sie tunlichst für sich. Und die BBC erwähnte sie ebenfalls nicht mehr.

Rosi riss sie aus ihren Gedanken. »Papa hat das nicht zu *mir* gesagt, sondern zu Mami. Sie haben gestritten.«

»Sie haben gestritten?«

Ihre Eltern stritten sich nie. Die beiden liebten sich von Herzen. Selbst ihre beste Freundin Ilse hatte kürzlich erwähnt, wie sehr sie Charlotte um dieses harmonische Zuhause beneidete. Allerdings war Charlottes Vater heute am Mittagstisch tatsächlich eigentümlich in sich gekehrt gewesen.

»Ja.« Ihre Schwester nickte eifrig. »Papa will irgendetwas machen, und Mami will das nicht. Sie hat zu ihm gesagt: ›Das ist gefährlich, du bringst Rosi und Lotti in Gefahr!‹«

Es wurde immer seltsamer.

»Was will Papa denn machen? Hast du noch mehr gehört?«

»Er will etwas verstecken, glaube ich. Das hab ich nicht genau verstanden. Er sagte, wenn die ihn finden, schaffen sie ihn fort.« Rosi kaute auf ihrer Unterlippe. »Vielleicht einen Schatz? Er muss gewiss einen Schatz verstecken.« Jetzt blitzten ihre Augen vor Aufregung.

»Aber wo soll Papa denn einen Schatz herhaben?«, entgegnete Charlotte amüsiert.

Rosi spann sich da etwas zusammen. Doch wenigstens hatte der Gedanke an einen Schatz ihre Schwester aufgeheitert.

»Vielleicht ist es nicht sein Schatz, sondern der von Leopold?«, sinnierte Rosemarie weiter.

»Wie kommst du denn jetzt darauf?« Charlotte konnte ein Lachen nicht unterdrücken. »Warum sollte Papa Leopolds Schatz verstecken?«

»Damit die bösen Männer ihn nicht bekommen«, erwiderte Rosi bestimmt, und das Blitzen in den Augen erlosch.

»Böse Männer?« Charlottes frühlingshafte Hochstimmung verflüchtigte sich angesichts der ernsten Miene ihrer Schwester. Sie setzte sich ins Gras und klopfte mit der Hand neben sich. »Komm, setz dich zu mir und erzähl mir, was du damit meinst.«

Langsam glitt Rosemarie auf die Wiese. So zaghaft kannte Charlotte ihre Schwester nicht. Irgendetwas musste sie wirklich außerordentlich bedrücken.

»Die waren heute in der Schule.« Rosemarie zupfte gedankenverloren an einigen Grashalmen. »Papa hat aus dem Fenster gesehen und war sehr erschrocken. Er hat Leopold mit all seinen Sachen in den Wandschrank gesperrt und ihm gesagt, dass er ganz still sein muss. Uns anderen hat er gesagt, wenn wir nicht möchten, dass etwas sehr Schlimmes passiert, müssen wir alle lügen, wenn uns jemand fragt, wo Leopold ist. Wir sollten sagen, dass er heute nicht in der Schule war.« Rosi rupfte inzwischen ganze Grasbüschel heraus. »Papa sagt doch immer, man darf nicht lügen, und in der Kirche heißt es auch, dass man immer die Wahrheit sagen muss. Aber ehe jemand Papa danach fragen konnte, kamen die bösen Männer rein.«

Rosi rückte unbewusst näher an Charlotte heran, und sie nahm ihre kleine Schwester in den Arm.

»Und dann?«, fragte Charlotte.

Sie wollte Rosi nicht mit der Erinnerung quälen, aber sie hatte eine furchtbare Ahnung, was das alles zu bedeuten hatte. Denn Leopold war Jude.

Es hatte zwei jüdische Familien in Hangeck gegeben. Eine war fortgezogen, kurz bevor der Krieg begonnen hatte.

Leopolds Eltern jedoch waren geblieben. Charlotte hatte nicht einmal gewusst, dass sie Juden waren, bis Ilse es ihr gesagt hatte. Leopold war ein aufgeweckter Lausbub, der immer von einem Ohr zum anderen grinste. Man musste ihn einfach mögen. Leopolds Vater arbeitete beim alten Mayer in der Werkstatt. Sie reparierten dort alles. Vom defekten Volksempfänger bis hin zum Traktor. Es gab nichts, was die beiden Männer nicht wieder zum Laufen brachten, und schon allein deshalb genossen sie in Hangeck ein hohes Ansehen. Leo und seine Eltern gehörten genauso zum Dorf wie jeder andere. Sie trugen nicht einmal einen Judenstern, wie Charlotte ihn in der Stadt häufig sah. Sie hatte ihre Mutter gefragt, warum die Rosenbergs diesen Stern nicht an die Kleidung heften mussten.

»Weil hier die Welt noch in Ordnung ist«, war ihre Antwort gewesen.

Doch nun schien die Welt auch in Hangeck nicht mehr in Ordnung zu sein. Nicht, wenn der Vorfall das bedeutete, was sie befürchtete.

»Nun erzähl schon!« Charlotte stieß ihre Schwester, die zögerlich wirkte, leicht in die Seite.

»Die Männer sahen streng aus. Und böse. Ich hatte Angst, und ich glaube, die anderen auch.« Rosi senkte die Stimme zu einem Flüstern. »Sogar der Michael.«

Michael war Ilses Bruder und als Größter unter den Hangecker Schulkindern an jeder Rauferei beteiligt.

»Nur Papa nicht«, fuhr Rosi mit hörbarem Stolz fort. »Einer der Männer hat nach Leopold gefragt. Und Papa hat gelogen und gesagt, dass Leopold nicht in der Schule war. Dann fragte der Mann, warum der Junge überhaupt hier zur Schule geht.« Rosi legte die Stirn in Falten. »Verstehst du das? Er wohnt doch hier. Wo soll er denn sonst zur Schule gehen?«

Charlotte verstand das Problem. Juden hatten eigene Schulen. Allerdings hatte sie mitbekommen, wie ihr Vater sich mit ihrer Mutter darüber unterhalten hatte, dass die jüdischen Schulen geschlossen wurden. Also hatte Rosi recht: Wo sollte Leo sonst zur Schule gehen?

»Vielleicht kannten sich die Männer hier einfach nicht aus und wussten nicht, dass es hier nur eine Schule weit und breit gibt«, erwiderte Charlotte möglichst unbekümmert.

Wie sollte sie ihrer Schwester begreiflich machen, was ihr selbst nicht nachvollziehbar erschien? Sie hätte von der Ablehnung der Juden erzählen müssen, von der Ausgrenzung. Davon, dass Menschen gezwungen wurden, in den Osten des Reichs zu ziehen, obwohl sie doch hier ihre Heimat hatten. Wie sollte sie das einer Achtjährigen schildern, ohne ihren kindlichen Glauben an das Gute im Menschen zu beschädigen?

»Papa hat versucht, es den Männern zu erklären. Er hat gesagt, dies ist eine Schule für alle Kinder, die etwas lernen wollen. Und solange er Lehrer ist, darf jedes Kind bei ihm lernen.«

Charlotte überlief ein Frösteln. Falls die Männer der SS oder der Gestapo angehörten – und es klang ganz danach –, war ihr Vater zwar unglaublich mutig gewesen, aber nun auch in Gefahr. Denn wenn man sich mit diesen Leuten anlegte, konnte man nicht nur ins Gefängnis kommen. Ihr Vater hatte ihr von Konzentrationslagern erzählt. Niemand sprach offen darüber, die Gerüchte hielten sich jedoch hartnäckig, und es hieß, dass die Menschen dort so schlecht behandelt wurden, dass sie starben.

»Wie haben die Männer reagiert?«, fragte sie fast tonlos.

»Sie haben immer noch böse geguckt. Und uns dann angeschrien und gefragt, ob das stimmt. Also, dass Leo nicht in der Schule war. Wir haben alle genickt, weil wir doch nicht wollten, dass Leo mit den bösen Männern mitgehen muss. Dann sind sie gegangen. Papa hat aus dem Fenster geschaut. Als die Männer weg waren, durfte Leo wieder aus dem Schrank, aber er durfte nicht wieder an seinen Platz. Papa ist mit ihm weggegangen. Als er wiedergekommen ist, hat er traurig ausgesehen, und wir waren auch traurig. Papa hat gesagt, wir dürfen niemandem erzählen, was heute passiert ist.« Erschrocken riss Rosi die Augen auf. »Aber dir durfte ich das doch erzählen, oder? Du bist doch meine Schwester!«

Charlotte drückte beruhigend Rosis Schulter. »Gewiss doch. Aber nur mir, hörst du? Niemandem sonst! Auch nicht deinen Freundinnen.«

»Die waren doch alle dabei«, erklärte Rosi.

Damit hatte sie nicht nur recht, es machte Charlotte auch schlagartig die Dimensionen klar. Nahezu alle Kinder bis zum zehnten Lebensjahr wurden in der kleinen Dorfschule in einem großen Raum gemeinsam unterrichtet und hatten den Vorfall mitbekommen. Es war unschwer zu erraten, dass die Kinder es wie Rosi sahen – zu Hause durfte man solche Geheimnisse preisgeben, über die man nicht reden sollte. Binnen kürzester Zeit würde das gesamte Dorf Bescheid wissen – und dann? *Aber nein*, beruhigte sich Charlotte selbst. Ihr Vater war beliebt. Und Leopold mochte ebenfalls jeder. Niemand im Dorf würde ihren Vater bei irgendjemandem anschwärzen, weil er den Jungen unterrichtet und heute nicht an die Männer herausgegeben hatte.

»Was schaut ihr denn so ernst drein?«

Eine warme Stimme riss Charlotte aus ihren Grübeleien und brachte sie zum Lächeln.

»Paul!«, rief sie aus, sprang auf und strich sich eilig den Rock glatt.

Auch Rosi erhob sich rasch und stürzte in Pauls Arme, der sie lachend auffing, hochhob und sich mit ihr um die

15

eigene Achse drehte, als wäre ihre kleine Schwester nicht acht, sondern erst drei Jahre alt. Rosi gefiel es, sie jauchzte begeistert und wirkte sichtlich enttäuscht, als Paul sie nach einer weiteren Drehung wieder auf ihre eigenen Beine stellte.

Wie einfach doch das Leben einer Achtjährigen ist, dachte Charlotte, der in letzter Zeit aufgefallen war, dass Pauls Nähe plötzlich komplizierter war als noch vor ein oder zwei Jahren. Dinge, die zwischen ihnen immer selbstverständlich gewesen waren, eine Umarmung hier, ein Knuffen in den Bauch dort, machten sie nun verlegen. Paul schien ähnlich befangen zu sein. Hin und wieder warf er ihr verstohlene Seitenblicke zu, wenn er dachte, sie bemerke es nicht. Seine Miene war in diesen Momenten anders, erwachsener, und hatte nichts mehr mit den üblichen Grimassen zu tun, die er früher geschnitten hatte, um sie zum Lachen zu bringen.

Jetzt sah er sie eindringlich an, sie las seine Sorge und fand Zuneigung in seinem Blick.

»Ist alles recht bei euch?«

»Aber ja, wir waren nur in den Anblick der Natur vertieft«, schwindelte Charlotte.

Dabei hatte sie von der wundervollen Aussicht nichts wahrgenommen. Sie wusste auch so, dass sich Hangeck zu ihren Füßen in die Mulde schmiegte, die die umliegenden Berge bildeten. Umgeben von Wiesen und Feldern und umkränzt vom Sauerländer Wald bot ihr Heimatdorf ein stilles Bild inmitten frühlingshaften Grüns.

Sie sahen sich an, und schon wieder breitete sich eine seltsame Anspannung in Charlotte aus. Nicht unangenehm. Das war Pauls Nähe nie. Eher so, als warte eine Überraschung darauf, enthüllt zu werden. Ein Gefühl wie das Auspacken eines langersehnten Geschenks.

»Möchtest du dich nicht zu uns setzen?«, fragte Charlotte schließlich einen Hauch zu förmlich und deutete auf die Stelle mit den flach gedrückten Halmen, wo sie und Rosi es sich vor einigen Minuten bequem gemacht hatten. Sie bemühte sich, möglichst elegant wieder dort Platz zu nehmen.

»Ja, gern«, erwiderte Paul. Auch seine Antwort geriet ungewohnt steif.

Doch als er sich ins Gras fallen ließ und mit einem leisen Aufschrei sofort wieder hochschnellte, weil er einen Stein übersehen hatte, war er Paul, wie sie ihn kannte: der Freund seit Kindertagen, mit dem sie sich manch aufgeschürftes Knie im ungestümen Spiel geholt hatte.

Ihre Mutter hatte sie oft getadelt, wenn sie auf Bäumen herumgeklettert war oder sich an wilden Wettrennen über die Wiese beteiligt hatte, aber ihr Vater fand, es sei für die Zukunft nur förderlich, dass sich ein Mädchen mit einem Knaben messen durfte. Im Baumklettern war Charlotte mindestens so geschickt wie Paul, obwohl ihr Rock dabei störte.

»Du musst ja auch die Grasflecken nicht rauswaschen und die Löcher in den Strümpfen stopfen«, hatte ihre Mutter stets erwidert, doch meist mit einem Lächeln.

Diese Tage lagen hinter ihnen, auf Bäume kletterte Charlotte schon lange nicht mehr. Grasflecken würde sie heute vermutlich dennoch im Rock haben, aber das nahm sie in Kauf. Viel zu schön war es, hier Seite an Seite mit Paul zu sitzen und ins Tal zu blicken.

Links von ihnen schimmerte es silbern durch die Bäume. Der Hangecker See, wie der etwas zu groß geratene Teich von den Bewohnern des Tals hochtrabend genannt wurde. Zum Schwimmen war er bestens geeignet. Und seit Ilse, Paul und Charlotte einen unter Gestrüpp vergessenen Bootsschuppen entdeckt hatten und Paul das alte Boot darin wieder hergerichtet hatte, konnten sie sogar auf dem See rudern.

»Falls es weiter so warm bleibt, können wir bald im See

schwimmen«, sagte Paul, dessen Gedanken offensichtlich in die gleiche Richtung gewandert waren.

»Ob das Boot den Winter gut überstanden hat?«, fragte Charlotte. »Hast du schon nachgeschaut?«

»Wie wäre es, wenn wir beide das gemeinsam machen?« Paul warf ihr einen dieser veränderten Blicke zu, die plötzlich so erwachsen wirkten und so tief in sie drangen.

»Gern.« Sie lächelte und merkte, wie auch das anders als früher geriet. Ganz sicher war sie nicht, was sie von der neuen Situation halten sollte. »Morgen nach der Schule vielleicht?«

»Ich freue mich«, sagte Paul und erhob sich. »Bis morgen. Macht's gut, ihr beiden!«

Charlotte sah ihm nach, wie er in Richtung Dorf schlenderte. Aufrecht. Selbstbewusst. Hatte er diese breiten Schultern im letzten Jahr schon gehabt?

Rosi neben ihr kicherte. »Ihr habt ein Stelldichein. Ich habe es gehört.«

»Ach, was weißt du junges Gemüse denn davon!« Charlotte knuffte ihre kleine Schwester liebevoll in die Seite.

Insgeheim fragte sie sich allerdings, ob Rosi recht hatte. Hatte Paul sie um ein Stelldichein gebeten?

Gut gelaunt machte sich Charlotte mit ihrer Schwester auf den Heimweg. Ihr Haus lag friedlich im Sonnenlicht. Die weißen Fensterläden strahlten, die alte Eichentür glänzte frisch poliert. »Johann Gerber, Schulleitung Hangeck« stand auf dem hölzernen Schild am Gartentor. Charlotte lief über den Natursteinweg durch den von ihrer Mutter liebevoll gepflegten Vorgarten. Krokusse und Märzbecher reckten ihre Köpfe in die laue Frühlingsluft. Morgen würde sie mit Paul einen Ausflug zum Bootshaus machen. Mit sich und der Welt zufrieden öffnete Charlotte die Haustür.

Kaum hatte sie jedoch die Diele betreten, spürte sie, dass

etwas nicht stimmte. Ihre Mutter versuchte zwar, ihnen aus der Küche entgegenzulächeln, aber Charlotte entdeckte die schlecht versteckte Anspannung hinter der Fröhlichkeit.

Gab es tatsächlich Streit zwischen den Eltern? Hatte ihre Mutter sie deshalb gebeten, mit Rosi an die frische Luft zu gehen? Charlotte hatte sich nichts dabei gedacht, es kam vor, dass sie auf Rosi aufpassen sollte. Doch nun erinnerte sich Charlotte, dass schon vorhin eine steile Falte auf der Stirn ihrer Mutter gestanden hatte. Die gleiche, die sich auch jetzt dort zeigte.

Charlotte scheuchte ihre Schwester ins Bad, wusch sich selbst ebenfalls die Hände und begab sich dann in die Küche, um den Abendbrottisch zu decken. Dabei musterte sie ihre Mutter verstohlen. Fahrig schnitt sie Petersilie und Schnittlauch klein, und beim Versuch, die Kräuter umzufüllen, landete das meiste Grün neben der Schüssel.

»Zum Kuckuck noch eins!« Ihre Mutter knallte das Holzbrettchen auf den Tisch, ließ sich auf die Eckbank fallen und rieb sich mit den Händen über das Gesicht. »Entschuldige.« Sie rang sich ein weiteres Lächeln ab, so aufgesetzt, dass es an eine Fratze erinnerte.

»Was ist denn, Mutti?« Ihre Mutter verlor so selten die Beherrschung, dass Charlotte sie beunruhigt anstarrte.

»Mach dir keine Sorgen, es ist nichts«, wiegelte ihre Mutter ab, besann sich dann aber und seufzte. »Ach, was soll's? Du erfährst es ohnehin.« Sie klopfte auf den Stuhl an der Schmalseite des Esstischs. »Setz dich.«

Charlotte rutschte mit weichen Knien auf ihren Platz. Mit Sicherheit hatte ihre Mutter keine guten Neuigkeiten für sie.

Bevor sie jedoch das Wort ergreifen konnte, erklangen Schritte, und Rosi riss die Küchentür auf. »Hier seid ihr. Wer ist denn auf dem Dachboden? Da ist nämlich jemand.«

»Das ist Vati. Er schafft dort oben etwas Ordnung. Auf Dachböden darf außer gefüllten Sandeimern nichts mehr herumstehen.«

»Ach so.« Rosi sah enttäuscht drein. »Ich dachte, er versteckt den Schatz.«

»Schatz?« Ihre Mutter blinzelte einen Moment lang irritiert. »Nein, keinen Schatz, nur etwas Ordnung.« Sie setzte erneut dieses falsche Lächeln auf. »Geh und lies weiter in deinem Buch. Das Abendessen dauert noch einen Augenblick.«

»Ja, Mutti«, antwortete Rosi und verschwand in den Flur.

Kurz darauf hörten sie sie auf der hölzernen Treppe poltern, die in das obere Stockwerk führte.

»Hast du das von den Rosenbergs gehört?«, fragte ihre Mutter unvermittelt.

»Du meinst die Sache mit Leo?«, entgegnete Charlotte, verwirrt wegen des plötzlichen Themenwechsels.

»Ja, auch. Aber nicht nur.« Ihre Mutter atmete tief durch. »Man hat die Rosenbergs heute weggebracht.«

»Weggebracht? Wohin? Warum?«

Der Ofen verbreitete in der Küche eine wohlige Wärme, und durch das geöffnete Fenster wehte zart der Hauch des Frühlingstages herein. Trotzdem fröstelte es Charlotte. Sie war zu erwachsen für kindische Reaktionen, aber jetzt hätte sie sich am liebsten die Ohren zugehalten, um die Antwort nicht hören zu müssen.

»Du weißt doch, dass Juden in den Osten umgesiedelt werden«, sagte ihre Mutter bedrückt. »Der Führer will, dass sie dort unter sich bleiben.« Leise – als müsste sie erst abwägen, wie viel Wahrheit sie ihrer Tochter zumuten konnte – fügte sie hinzu: »Wenn nicht gar Schlimmeres.«

»Schlimmeres? Was meinst du mit *Schlimmeres*?«

Ihre Mutter ließ sich mit der Antwort Zeit. »Niemand

wagt, es laut auszusprechen …«, begann sie schließlich zögerlich, »also solltest du vielleicht vergessen, was ich dir jetzt sage, aber ich will, dass du verstehst …« Sie stockte abermals. »Du sollst begreifen, warum dein Vater so handelt.«

Charlotte nickte mit trockenem Mund. So ernst hatte ihre Mutter nie zuvor mit ihr gesprochen.

»Es gibt diese Lager im Osten. Wer der Führung nicht passt, kommt dorthin.«

»Konzentrationslager.« Charlotte nickte abermals. »Ich weiß von Vati davon.«

Ihre Mutter sah sie überrascht an. »Dann weißt du auch, dass man munkelt, dass vor allem Juden da eingesperrt werden? Und die Lebensbedingungen sind so schlecht, dass viele nicht überleben.«

Aber dahin hatte man die Rosenbergs doch sicher nicht gebracht! Charlotte starrte ihre Mutter an. So deutlich hatte ihr noch niemand gesagt, was es mit diesen Umzügen in den Osten und den Lagern auf sich hatte. Einfach so die Heimat verlassen zu müssen war schon schlimm genug. Aber das? Ein Teil von ihr wünschte sich, ihre Mutter hätte ihr die Unwissenheit länger zugestanden.

»Die Rosenbergs haben doch nichts getan! Und überhaupt – was soll der alte Mayer denn jetzt ohne Herrn Rosenberg machen?«

»Ich fürchte, das interessiert diese Menschen am allerwenigsten.« Charlottes Mutter schüttelte traurig den Kopf. »Ich weiß nicht, wohin die Rosenbergs gebracht werden. Aber sie werden keine leichte Zeit vor sich haben. Was immer den Rosenbergs jetzt geschieht – dein Vater wollte Leopold dieses Schicksal ersparen.«

»Deshalb hat er Leopold im Wandschrank des Klassenzimmers versteckt.« Der arme Junge musste furchtbare Angst ausgestanden haben. »Wo ist er jetzt? Bei Verwandten?«

»Das ist es, worüber ich mit dir sprechen muss. Dein Vater räumt nicht nur den Dachboden auf, weil wegen der Luftangriffe inzwischen streng auf die Einhaltung der Regeln geachtet wird.« Sie machte eine Pause und atmete durch. »Erinnerst du dich an die Steine, die er gekauft hat, um das Gartenhaus zu bauen? Er verwendet sie gerade für eine Kammer auf dem Dachboden. Ein Versteck für Leopold.«

»Leo ist hier?« Charlotte sah sich unwillkürlich um.

»Nein, noch nicht. Dein Vater will warten, bis es dunkel ist und ihn dann holen. Niemand darf wissen, dass er hier ist. Hörst du? *Niemand*!« Die Stimme der Mutter klang eindringlich.

»Was ist mit Rosi? Sie ist so jung. Meinst du, sie wird sich nicht verplappern?«

»Aus diesem Grund müssen wir es vor Rosi geheim halten. Nicht auszudenken, wenn jemand erfährt, was dein Vater hier macht.«

»Deshalb habt ihr heute Mittag gestritten.«

»Das habt ihr gehört?« Ihre Mutter strich sich mit einer müden Geste eine Haarsträhne, die sich aus ihrem Dutt gelöst hatte, hinters Ohr. »Ich sehe schon – es wird nicht einfach, hier ein Geheimnis zu bewahren.« Sie seufzte. »Ja, deshalb haben wir gestritten. Dein Vater ist ein herzensguter Mann. Er fühlt sich als Lehrer für jedes seiner Schulkinder verantwortlich. Das verstehe ich. Und doch trägt er auch Verantwortung für seine Familie. Ich finde, für die sogar eine größere. Wenn er ins Gefängnis muss, weil er sich offen gegen das System stellt – was soll dann aus uns werden?«

Charlotte fröstelte abermals. Es war, als läge plötzlich ein dunkler Schatten über der Küche. Was wäre, wenn ihr Vater in eines dieser Lager müsste? Andererseits war die Vorstellung von Leopold in einem Gefängnislager fast ebenso

Furcht einflößend. Sie verstand, warum ihr Vater nicht anders handeln konnte.

»Er hätte sich mitschuldig gefühlt, wenn er Leopold verraten hätte«, sagte sie. »Er hatte keine andere Wahl, als sich gegen diese Männer zu stellen.«

Die bösen Männer, hatte Rosi sie genannt. Selbst ihre kleine, unschuldige Schwester hatte intuitiv begriffen, dass diese Leute gefährlich waren.

»Ich weiß.« Ihre Mutter seufzte erneut. »Deshalb lasse ich zu, was er plant. Es soll nur vorübergehend sein. Wir versuchen, Leopolds Verwandte zu finden. Und falls sich herausstellt, dass die Rosenbergs irgendwo in Sicherheit sind, schicken wir Leopold sofort zu ihnen. Mit etwas Glück ist der Spuk bald vorbei, und Leopold ist rasch wieder bei seiner Familie.« Ihre Stimme verriet, wie wenig sie daran glaubte.

3. Hangeck, April 1943

Mit einem Seufzer der Erleichterung blickte Charlotte dem Omnibus nach. »Manchmal wünsche ich mich in unsere alte Dorfschule zurück«, sagte sie zu Ilse. »Rosi und Michael haben nur ein paar Minuten zu Fuß zu laufen, während wir uns jeden Tag in das stickige Gefährt setzen müssen.«

Zusammen mit ihrer Freundin schlenderte sie auf Hangeck zu. Das Beste an ihrem Heimweg war das Stück von der Bushaltestelle zu ihrem Haus. Ein sanfter Wind brachte den Geruch des nahen Waldes mit sich. Nach einigen kühleren Tagen verkündeten die Vögel in den Wipfeln zwitschernd ihre Freude über den Sonnenschein. Charlotte atmete tief durch. Ob sie sich jemals in einer Großstadt wohlfühlen könnte?

»Dafür haben wir in der Stadt nach Schulschluss etwas Interessanteres zu sehen als die immer gleichen Hangecker Gesichter.«

Charlotte musste lachen. Ilse spielte auf das Gymnasium für die Knaben an, das ihrem Lyzeum gegenüberlag. Ihre Freundin löste ihren Zopf meist, sobald sie das Schulgelände verließen. Sie hatte früh bemerkt, welche Wirkung ihre langen blonden Haare auf die jungen Männer hatten. Selbst diejenigen, die bereits kurz vor der Reifeprüfung standen, warfen ihr plötzlich interessierte Blicke zu. Zugegebenermaßen besaß Ilse schon weibliche Attribute, wo Charlotte noch flach wie die Soester Börde war.

»Dennoch wäre ich an Tagen wie heute lieber zeitiger zu Hause.« Charlotte reckte ihr Gesicht der Sonne entgegen. »Schau nur, welch herrliches Wetter uns entgeht.«

»Dann komm doch nachher mit. Paul und ich wollen an den See.«

Diesen Vorschlag hatte Charlotte gefürchtet. Seit über drei Wochen, seit sich Leopold bei ihnen versteckte, ging sie ihren Freunden nun schon aus dem Weg. Aus Angst, sich irgendwie zu verraten. Inzwischen fielen ihr kaum noch glaubhafte Ausreden ein, warum sie Paul und Ilse nicht mehr treffen konnte.

Beinahe einen Monat lang hatten ihre Eltern und sie es bereits geschafft, Leos Verbleib geheim zu halten – selbst vor Rosi. Der Preis dafür war, dass Charlotte ihre kleine Schwester ständig im Auge behalten musste. Sie hatte Rosi sogar bei ihrem Stelldichein mit Paul im Schlepptau gehabt, das unter diesen Umständen natürlich keines mehr gewesen war. Paul hatte seine Überraschung überspielt, war freundlich wie immer gewesen, hatte mit Rosi herumgealbert – und doch waren Charlotte seine enttäuschten Blicke nicht entgangen. Sie hatte sich jenen Nachmittag gewiss auch anders vorgestellt. Aber was sollte sie machen? Ihre Eltern und Leopold zählten auf ihre Hilfe. Also zog sie sich ohne Erklärung zurück. Paul die Wahrheit zu sagen war undenkbar, anlügen wollte sie ihren Freund jedoch erst recht nicht. Er merkte natürlich, dass sie ihm etwas verschwieg. Kein Wunder, dass er sich jetzt lieber mit der lebenslustigen Ilse traf, die kokett ihre Haare über die Schulter warf und ihre Rundungen in Szene setzte – sofern kein Erwachsener in der Nähe war.

»Ja, ich komme gern mit an den See«, antwortete sie spontan.

Schlimmstenfalls würde sie Rosi mitnehmen müssen. Aber sie vermisste die unbeschwerten Nachmittage. Und Paul. Sein Lachen hatte schon immer jeden Kummer vertrieben.

Vor ihrem Haus stand Charlottes Mutter auf einen Spaten gestützt und tupfte sich mit einem Tuch die Stirn ab.

»Guten Tag, Frau Gerber«, grüßte Ilse und erntete ein freundliches Nicken.

»Mutti, darf ich später mit an den See?«, platzte Charlotte sofort mit ihrer Bitte heraus.

Einen bangen Augenblick lang dachte sie, ihre Mutter würde es ihr verbieten, doch dann nickte sie. »Natürlich. Wenn wir im Garten fertig sind, kannst du dich mit deinen Freunden treffen.«

»Bis nachher.« Mit einem Winken verabschiedete sich Ilse, während Charlotte in Richtung Haustür ging.

»Lauf geschwind rein und bereite Brote zum Mittagessen. Nimm auch welche mit hoch. Rosi ist bis zum Abend bei Magda.«

Charlotte verstand, was ihre Mutter ihr damit auftrug. An Tagen, an denen Rosi bei ihrer Freundin zum Spielen war, durfte sich Leopold frei im Haus bewegen. Charlotte kümmerte sich dann um ihn und bemühte sich, ein wenig Freude in das Leben des verschreckten Kindes zu bringen. Meist vergeblich, denn aus dem einstigen Lausbuben mit dem charmanten Grinsen war ein blasser Knabe mit angstvollem Blick geworden.

Charlotte stellte ihre Schultasche neben die Treppe in der Diele. Auf der Kommode lag die Post von heute, zuoberst ein Brief, der mit dem Vermerk »Empfänger unbekannt verzogen« zurückgekommen war. Charlotte schüttelte traurig den Kopf. Es war eines der Schreiben ihres Vaters, gerichtet an Leopolds Verwandtschaft. Vor der Räumung der Wohnung war Charlottes Vater wie ein Dieb in der Nacht bei Rosenbergs eingebrochen und hatte einige von Leopolds Sachen und Dokumente an sich genommen, darunter auch ein Notizbuch mit Adressen von Verwandten. Voller Hoffnung hatte ihr Vater sich an jeden von Leopolds Angehörigen gewandt, aber eine Antwort stand bis heute aus. Von Leopolds Eltern gab es ebenso wenig Nachricht. Charlotte glaubte nicht mehr daran, dass sie Leopold rasch zu seiner Familie schicken konnten, und sie las in den Mienen ihrer Eltern, dass sie ähnlich dachten. Mit jedem dieser Briefe ohne Antwort gruben sich tiefere Falten in die Stirn ihres Vaters, und ihre Mutter war so voller Furcht, dass sie zusammenfuhr, sobald jemand an die Tür klopfte.

Mit einem beklommenen Gefühl richtete Charlotte mit Wurst und Käse belegte Brote auf einem Tablett an, deckte sie mit einem Tuch zu und machte sich auf den Weg zum Dachboden.

Die knarzende Treppe sorgte dafür, dass Leopold wusste, wenn jemand zu ihm hinaufkam. Wie ein Wiesel huschte er dann in sein Versteck. Als Charlotte die niedrige Tür aufstieß, lag daher ein leerer Raum vor ihr, in dem nur der Staub im Sonnenlicht tanzte, das durch ein kleines Dachfenster fiel.

Charlotte bewunderte die Umsicht, mit der ihr Vater die Kammer für Leopold gemauert hatte. Die Wand unterschied sich in nichts von der gegenüberliegenden Giebelwand. Nur bei genauem Hinsehen würde man merken, dass sie am Ende – dort, wo selbst ein Kind schon kriechen musste – nicht ganz mit der Dachschräge abschloss.

»Grüß dich, Leo.« Charlotte gab sich betont munter.

Durch die winzige Öffnung zwischen Mauer und Dach lugte nun ein strohblonder Schopf.

»Ich habe uns Brote gemacht. Wir können sie zusammen essen. Ein Picknick. Was hältst du davon?« Die Idee war Charlotte spontan gekommen. »Rosi ist nicht da, wir können uns in den Garten setzen.«

Leopold nickte schweigend. Als er aus dem Schatten hervortrat, sah Charlotte, dass er geweint hatte. Sofort schämte sie sich für ihre nichtigen Sorgen. Wie konnte sie sich darüber grämen, dass sie wegen Leopold ihre Freunde nicht treffen durfte, während dieser im selben Moment nicht wusste, ob er seine Eltern jemals wiedersah?

Sie strich Leopold über den Kopf. »Danach lese ich dir vor, wenn du möchtest.«

»Die Geschichte, von der du mir gestern erzählt hast?«, fragte er. »Von dem Kai?«

»Genau die«, bestätigte Charlotte, und endlich schlich sich die Andeutung eines Lächelns in Leos blasses Gesicht.

Zusammen liefen sie die Treppe ins Erdgeschoss hinunter. Auf dem Weg nach draußen zog Charlotte die Erzählung *Kai aus der Kiste* aus dem Bücherregal.

Der Garten hinter dem Haus war von einer hohen Hecke umgeben. Als zusätzlichen Sichtschutz hatte ihr Vater ein Regal mit Blumentöpfen und Kübeln so platziert, dass dahinter eine kleine Rasenfläche abgeteilt war, auf der Leo und sie sich niederließen. Charlottes Blick wanderte skeptisch an dem Gestell mit den Gartenbehältnissen entlang. Eine echte Versteckmöglichkeit bot es nicht. Trotzdem mussten sie Leo zumindest dieses bisschen an Freiheit und frischer Luft gestatten. Der Junge war erschreckend bleich. Charlotte konnte nur erahnen, wie schwer es ihm fallen musste, tagein, tagaus still auf dem Dachboden auszuharren, wo es nachts rasch auskühlte und tagsüber stickig war. Beklagt hatte er sich kein einziges Mal. Doch an der Art, wie er sich nun entspannt ins Gras legte und in die Sonne blinzelte, merkte Charlotte, wie sehr es ihm fehlte, draußen zu sein.

Charlotte breitete das Küchenhandtuch auf dem sonnenwarmen Rasen aus und stellte das Tablett darauf ab. »Bitte, greif zu!«

Dann holte sie aus der Küche Gläser und einen Krug mit Wasser. Als sie in den Garten zurückkehrte, saß Leo bereits in der Sonne und aß sein Brot mit mehr Appetit als in den vergangenen Tagen.

Charlotte gratulierte sich still zu ihrer Idee mit dem Picknick. Das gute Wetter weckte die Lebensgeister des Jungen, und kaum hatte er den letzten Bissen heruntergeschluckt, forderte er mit ungewohnt energischer Stimme: »Und jetzt die Geschichte!«

Lachend nahm Charlotte das Buch und schlug die erste Seite auf. »Eine Kiste, die ›Danke‹ sagt«, begann sie, und es dauerte nicht lange, bis sie ebenso in der Erzählung versank wie Leopold.

Die Minuten verschmolzen, die Gegenwart verblasste, während sie mit Leopold im Geiste nach Berlin und in eine Zeit reiste, in der die Welt noch in Ordnung war. Erst als sich ihr Bein mit einem unangenehmen Kribbeln meldete, fiel ihr auf, dass sie schon eine Weile in dieser unbequemen Position mit dem Buch auf dem Schoß auf dem Rasen saß.

»Den Rest verwahren wir uns für morgen.« Sie merkte sich die Seite und klappte das Buch zu. »Ich habe die Zeit vergessen.«

Wie auf ein Stichwort hörte sie in diesem Moment die Stimme ihrer Mutter. »Charlotte, seid ihr ... Bist du im Garten? Du solltest mir doch helfen.«

Charlotte spähte an den Blumentöpfen vorbei zur Hausecke, wo ihre Mutter mit dem Spaten in der Hand erschien.

»Alles in Ordnung, es ist nur meine Mutter«, raunte sie Leopold zu, der sich sofort mit ängstlicher Miene bis in den Winkel der Hecke zurückgezogen hatte.

Es schnitt Charlotte ins Herz, ihn so zu sehen. Vor wenigen Wochen noch war er mit den anderen Kindern durch Hangeck gejagt und hatte einen Ball in eine Gemüsekiste vor dem Krämerladen geschossen. Damals war seine größte Sorge wohl die gewesen, nicht vom Eigentümer des

Geschäfts geschnappt zu werden. Zum Glück für die Übel-
täter war der Ladeninhaber Pauls Vater – und damit einigen
Kummer mit übermütigen Jungen gewohnt. Er hatte nur
mahnend den Zeigefinger gehoben und die Kinder dazu ver-
donnert, die herumkullernden Rüben wieder einzusammeln.
Charlotte und Paul hatten das Schauspiel lachend verfolgt.
Heute konnte sich Charlotte nur schwer vorstellen, dass dieser Vorfall gar nicht lange zurücklag. Leo wirkte in diesem
Moment nicht so, als würde er jemals wieder ausgelassen einen Ball auf der Straße vor sich hertreiben.

Charlotte stand auf und trat zu ihrer Mutter. »Entschuldige, Mutti. Ich habe Leo vorgelesen, und die Zeit verging so
rasch.«

»Ich verstehe.« Ihre Mutter blickte an Charlotte vorbei zu
dem kleinen Jungen, der schüchtern hinter dem Regal her-
vorspähte. »Hat dir die Geschichte gefallen?«

Leo nickte, und für einen flüchtigen Moment leuchteten
seine Augen.

»Dann ist es gut.« Charlottes Mutter lächelte. »Das war
wichtiger, als Beete umzugraben.« Sie lehnte den Spaten an
die Wand. »Vorne bin ich fertig, hier mache ich morgen weiter.« Sie rieb sich über das Kreuz. »Für heute reicht es.«

»Was hast du denn gemacht?«, erkundigte sich Charlotte.
»Der Garten war doch schon hübsch.«

»Ja, das war er.« Traurigkeit überzog das Gesicht ihrer
Mutter. »Aber jetzt …«

Näher kommende Schritte und eine Stimme unterbra-
chen sie abrupt. »Charlotte, bist du hier hinten? Auf mein
Klopfen vorne hat niemand geöffnet.« Ilse bog um die Ecke.

Leo!, war Charlottes erster Gedanke. Der Junge kauerte
kaum verborgen neben einem Stapel Blumentöpfe. Charlotte
und ihre Mutter sahen sich entsetzt an. Aus den Augenwinkeln sah Charlotte, dass Leo plötzlich losrannte. Wie ein

gehetztes Kaninchen stob er aus dem Versteck hervor und auf die Hintertür zu. Geistesgegenwärtig machte Charlotte einen Schritt zur Seite in die Sichtlinie von Ilse. Auch Charlottes Mutter verstellte den Blick auf die Tür.

Dennoch hatte Ilse die Bewegung im Rücken der beiden wahrgenommen. »Ihr habt Besuch? Wer war das?«

»Rosi«, rief Charlotte aus und hoffte, dass ihre Tonlage nur in den eigenen Ohren so schrill klang.

»Das war Rosemarie«, echote ihre Mutter mit einer ebenfalls unnatürlichen Stimme. »Wir haben keinen Besuch.«

»War das nicht ein Junge?« Ilse reckte den Hals, aber ein Klacken der Hintertür hatte verraten, dass Leopold bereits im Haus verschwunden war. »Er hatte doch Hosen an.«

»Du hast wohl Tomaten auf den Augen.« Charlotte lachte verkrampft.

»Nun lauft geschwind zum See, bevor es zu kühl wird.« Wie eine Henne ihre Küken scheuchte Charlottes Mutter die beiden Mädchen vor sich her in Richtung Straße.

Charlotte wagte nicht einzuwerfen, dass sie weder eine Jacke noch eine Decke zum Sitzen dabeihatte. Hauptsache, sie schafften es, Ilse von hier wegzulotsen.

Sie bogen um die Hausecke – und Charlotte blieb abrupt stehen. Auf den Zustand des Vorgartens war sie nicht vorbereitet. Trotz aller Eile konnte sie nicht anders, als auf die lehmbraune Fläche vor sich zu starren. Gefurchte Erde, wo gestern noch Tulpen und Hyazinthen in bunter Farbenpracht gewetteifert hatten. Ein Acker statt gepflegter Beete. Der Anblick war ein Schock.

»Was ist denn hier passiert?« Langsam drehte sich Charlotte zu ihrer Mutter um und entdeckte bestürzt Tränen in deren Augenwinkeln.

»Tulpen machen nicht satt«, antwortete ihre Mutter knapp.

»Du willst hier etwas zu essen anbauen?«

Ihre Mutter nickte. »Kartoffeln. Lauch. Karotten. Hinter das Haus kommen Bohnen.«

»Aber warum?«, schaltete sich Ilse ein. »Wir hungern doch nicht.«

»Noch nicht«, antwortete Charlottes Mutter finster. »In den Städten sieht es allerdings jetzt schon anders aus. Es gibt immer weniger auf die Lebensmittelmarken. Meine Schwester wohnt in Dortmund, die berichtet von echtem Mangel. Bis der Krieg vorbei ist, werden wir alle den Hunger kennenlernen.« Sie wollte sich umdrehen, um wieder hinter das Haus zu gehen, aber Ilse hielt sie auf.

»Haben Sie so wenig Vertrauen in den Führer, Frau Gerber? Glauben Sie etwa nicht an den Endsieg?«

»Doch, doch, natürlich«, versicherte sie rasch. Im Weggehen hörte Charlotte sie murmeln: »Aber bis es so weit ist, hätte ich gern etwas im Magen.«

»Zweifeln deine Eltern etwa daran, dass der Krieg bald vorbei ist?«, erkundigte sich Ilse, während sie in Richtung Schule weiterliefen, wo sie Paul treffen wollten.

»Wir reden zu Hause nicht darüber«, wich Charlotte aus.

Das stimmte zwar nicht ganz, doch etwas an Ilses lauerndem Tonfall warnte Charlotte, offen mit der Freundin zu sprechen. Laute Kritik hatten ihre Eltern in der Gegenwart der Kinder tatsächlich nie geäußert, zu groß war wohl die Sorge, dass insbesondere Rosi etwas bei den falschen Leuten herausrutschte. Dennoch wusste Charlotte aus aufgeschnappten Bemerkungen, dass ihre Eltern über die Entwicklungen im Deutschen Reich nicht glücklich waren.

»Ich habe nicht den letzten Weltkrieg überlebt, um diesen ganzen Wahnsinn jetzt noch einmal durchzumachen« war in ihrer Gegenwart der deutlichste Kommentar ihres Vaters gewesen, und er ermahnte Charlotte, zwar kritisch zu bleiben, aber in diesen Zeiten mit niemandem über Politik zu reden. »Feind hört mit«, hatte er das warnende Plakat zitiert, das in der Stadt an den Litfaßsäulen hing, wohl wissend, dass diese Warnungen anderen Leuten galten als denen, die er im Sinn hatte.

Charlotte warf Ilse einen unbehaglichen Seitenblick zu. War sie eine von denen, an die ihr Vater bei seinen Worten gedacht hatte? Musste sie sich vor ihrer Freundin in Acht nehmen? Dass diese sich bei BDM-Aktivitäten besonders hervortat, hatte Charlotte auf Ilses ausgeprägten Ehrgeiz geschoben. Bei allem, was sie machte, wollte sie die Beste, Schnellste und Schönste sein. Charlotte kannte Ilses Vater und ahnte, woher diese an Verbissenheit grenzende Strebsamkeit kam. Ruprecht Heitmann war streng und fordernd. Schlechte Leistungen bestrafte er mit dem Rohrstock. Ilses Mutter war eine kränkliche Frau, die sich gegen die Erziehungsmethoden des Vaters selbst dann nicht hätte durchsetzen können, wenn sie es gewollt hätte. Also nahm Charlotte es mit Gleichmut hin, dass Ilse gelegentlich über das Ziel hinausschoss, und Ilse dankte es ihr mit einer Freundschaft, die seit jüngster Kindheit Bestand hatte. Sollte diese Freundschaft nun gefährdet, wenn nicht gar *gefährlich* sein?

Nein, niemals. Charlotte schüttelte über sich selbst den Kopf. Wie konnte sie einen solchen Gedanken auch nur zulassen?

Wie zum Beweis lächelte Ilse strahlend. »Es ist schön, dass du endlich wieder mit dabei bist. Paul und ich haben schon vermutet, dass du ein finsteres Geheimnis hütest.«

Schwang da erneut etwas in der Stimme ihrer Freundin mit? Charlotte verkrampfte, doch Ilse lachte. Sie hatte nur einen Scherz gemacht. Erleichtert stimmte Charlotte mit ein. Sie musste wirklich aufpassen, dass die Sorge um Leo sie nicht hinter jeder harmlosen Bemerkung böse Absichten vermuten ließ.

Vor der Dorfschule wartete bereits Paul. In seiner Hand hielt er einen großen Picknickkorb, unter dem Arm klemmte eine Decke, und er lächelte breit, als er sie kommen sah.

Charlotte entging nicht, dass er dabei insbesondere ihr in die Augen blickte. Ihr Kummer verflog sofort wie Morgennebel in der Sonne. Pauls Lächeln hatte ihre Welt schon immer ins Lot gebracht. Wie sehr hatte sie ihren Freund vermisst!

»Da seid ihr ja endlich«, sagte er zur Begrüßung. »Ich habe Rosi schon ausgequetscht, wo ihr steckt, aber sie wusste es auch nicht.«

Das Glücksgefühl erstarb ebenso schnell, wie es sich ausgebreitet hatte. An seine Stelle rückte ein vor Schreck rasendes Herz. Wenn Ilse nun eins und eins zusammenzählte …

»Nicht? Sie war doch gerade noch bei Gerbers im Garten«, meldete sich ihre Freundin prompt zu Wort und warf Charlotte einen argwöhnischen Blick zu.

»Aber sie hat doch gesagt –« Paul verstummte abrupt, als Charlotte ihm unsanft den Korb aus der Hand riss.

»Was hast du denn Schönes mitgebracht? Ich sterbe vor Hunger.« Sie hob den Deckel an. »Ein frisches Brot. Und ein großes Stück Käse. Das ist sicherlich von euch!«, sagte sie an Ilse gewandt. »Was habe ich für ein Glück, dass die Eltern meiner besten Freunde den Krämerladen und den größten Bauernhof haben, so sind wir immer gut versorgt«, plapperte sie weiter.

Sie sah Ilses Stirnrunzeln und Pauls fragenden Blick und wusste, dass sie sich seltsam verhielt, doch sie musste um alles in der Welt das Thema wechseln. Genau solche Momente hatte sie gefürchtet. Sie hätte sich weiterhin von Paul und Ilse fernhalten sollen. Wie lange konnte das gut gehen?

Mit dem schweren Korb in der Hand stapfte sie los. Während sie ein Tempo anschlug, das ein weiteres Gespräch hoffentlich unmöglich machte, wirbelten Gedanken und Gefühle in dunkelstem Grau durch ihren Kopf.

Bald lag die Wiese im Sonnenschein vor ihnen. Bis zum Waldrand am Horizont erstreckten sich Tausende von Blumen, Bienen und Schmetterlinge umgarnten die Blüten. Es duftete süßlich, aromatisch, wild. Aber in diesem Moment – an diesem strahlend schönen Frühlingstag, begleitet von ihren besten Freunden – fürchtete sich Charlotte plötzlich vor der Zeit, die ihnen bevorstand. Tief in ihrem Innern spürte sie eine nie gekannte Angst.

»Was war das eben?« Paul ließ sich neben Charlotte auf die Decke fallen.

Nach nur wenigen Schritten in den See war es ihm doch zu kalt gewesen, und er war zu Charlotte zurückgekehrt. Von ihrem Platz aus verfolgten sie, wie Ilse heroisch ins Wasser glitt.

»Was war was?« Charlotte hielt ihren Blick angestrengt auf den See gerichtet.

Paul drehte sich zu ihr, ihre Knie berührten sich fast, und seine grünen Augen waren viel zu nah.

»Du warst auf dem Hinweg seltsam.« Er stockte kurz. »Genau genommen bist du seit ein paar Wochen seltsam.«

»Bin ich nicht.«

»Bist du wohl.« Er hielt inne. »Und du kannst mir jetzt nicht einmal in die Augen sehen.«

Stimmt, aber das hat andere Gründe, dachte Charlotte. Trotzdem wuchs ihr Unbehagen. Sie konnte Paul nicht anlügen. Das hatte sie noch nie gemacht, denn jeder Versuch war zum Scheitern verurteilt. Charlotte war eine schlechte Lügnerin, und Paul kannte sie zu gut.

Demonstrativ wandte sie ihren Kopf in seine Richtung. »Ich sehe dich an. Ich will nur nicht, dass Ilse ertrinkt. Das Wasser ist viel zu kalt.«

»Ist es.« Paul nickte. »Ilse will mal wieder etwas unter Beweis stellen. Du kennst sie doch.« Er zuckte mit den Schultern. »Mich interessiert im Moment viel mehr, was mit dir ist. Gehst du mir aus dem Weg?«

Ja.

»Nein, ich habe nur zu Hause viele Pflichten. Meine Mutter gibt mir eine Menge zu tun.«

Das entsprach so weit den Tatsachen, dass Paul nichts von ihrer Schwindelei merken würde.

»Das erklärt nicht, warum du gerade auf dem Hinweg so seltsam warst. Du hast mir fast den Arm abgerissen, um an den Korb zu kommen, und bist dann im Stechschritt durch den Wald gehetzt.«

»Es lag an Ilse«, redete sich Charlotte heraus. Wenn sie nur nah genug an der Wahrheit blieb, klappte es ganz gut mit der Schwindelei. »Sie war irgendwie merkwürdig und wollte über den Krieg und den Endsieg und solche Dinge reden. Das will ich aber nicht.« Charlotte schwieg einen Moment lang, dann stellte sie die Frage, die ihr schon den gesamten Nachmittag auf der Seele brannte. »Glaubst du, Ilse findet das alles gut? Also den Führer und den Krieg und … und den ganzen Rest.«

Gerade noch rechtzeitig war ihr die Mahnung ihrer Mutter in den Sinn gekommen, die Konzentrationslager niemals zu erwähnen.

»Ich glaube nicht.« Paul sah hinaus auf den See, wo Ilse ihre kraftvollen Schwimmzüge in Richtung Ufer zurücklenkte. »Denn ›der ganze Rest‹, den du meinst, umfasst schließlich auch diesen Rassenwahn, und dann dürfte sie nicht mit mir hier sein.«

Er blickte Charlotte wieder an, die ihn verblüfft anstarrte. »Du bist ein Jude?«

»Zum Teil.« Paul nickte. »Mein Vater ist in der Sprache der Nationalsozialisten ein ›Mischling‹.« Er spuckte das Wort geradezu aus.

»Das wusste ich nicht. Aber ihr geht doch in die Kirche!«

»Meine Mutter und ich sind evangelisch. Mein Vater gilt jedoch als Jude.«

»Und Ilse weiß davon?« Der Stachel, dass die Freundin mehr über Paul wusste als sie, pikste Charlotte.

»Ich habe es ihr vor einiger Zeit erzählt. Sie hat gemerkt, dass ich bedrückt war. An dem Tag war es besonders schlimm in der Schule. Da ist mein nicht deutschblütiger Teil plötzlich wichtig genug, um Schwierigkeiten zu machen.«

Charlotte konnte sich nicht entsinnen, jemals so viel Verbitterung in seiner Stimme gehört zu haben.

»Darfst du nicht mehr am Unterricht teilnehmen?«, fragte sie erschrocken.

Das wäre für Paul eine Katastrophe. Er war Jahrgangsbester und wollte nach der Reifeprüfung studieren – sofern der Krieg bis dahin vorbei sein und er nicht zur Wehrmacht eingezogen werden würde.

»So weit ist es zum Glück noch nicht. Aber die Schulleitung weiß von meiner Abstammung, und es ist inzwischen bis zu meinen Lehrern und Schulkameraden durchgesickert. Einige von ihnen scheint es zu stören.«

»Nur ein Dummkopf könnte dir das vorwerfen!« Charlotte wurde zornig. »Du bist doch immer noch derselbe Mensch!«

»Sollte man meinen.« Er hob den Kopf, als Ilse auf sie zukam. »Ist dir nun doch zu kalt?« Die Anspannung aus der Stimme war verschwunden, und er zwinkerte Ilse zu.

»So kalt war es gar nicht.« Ilse ließ einige dicke Wassertropfen aus ihrem Zopf auf Pauls Beine fallen und lachte, als er zuckte. »Ein echter Mann muss das aushalten.«

Paul stimmte in das Lachen ein und sah Ilse unverwandt an.

Die Schwimmbekleidung stand ihrer Freundin zugegebenermaßen ausgezeichnet. Eng anliegend präsentierte der Einteiler nicht nur Ilses neiderregende Rundungen, er verdeckte zudem wenig von ihrer makellosen Haut. Charlotte fragte sich, wie Ilse dieses Teil vor den gestrengen Augen ihres Vaters geheim hielt. Denn es war undenkbar, dass Ruprecht Heitmann den Kauf dieses aufreizenden Stücks gebilligt hatte.

Ilse nahm ihre Tasche. »Bin gleich wieder da.«

Nicht nur Charlotte sah ihrer Freundin nach, die sich hinter einen dicht gewachsenen Ilex stellte, um sich umzuziehen. Ihre Bewegungen waren kaum wahrnehmbar, mit viel Fantasie gerade als Schattenriss zu erahnen, aber Paul verfügte wohl über das richtige Maß an Vorstellungsvermögen, wenn Charlotte seine Blicke nicht falsch deutete. Ihr wurde flau vor Enttäuschung.

Ilse kam wieder hinter dem Gebüsch hervor und sah auch in dem Kleid so hübsch aus, dass Charlotte ohnehin nicht mit ihr hätte konkurrieren können. Ilses Vater war zwar streng, aber reich, und er liebte es, seinen Wohlstand zu zeigen. Seit die Lebensmittel knapper wurden, lief es für Ruprecht Heitmann mit dem großen Gehöft noch besser. Was es nicht auf die Bezugsscheine gab, bekam man bei den Heitmanns. So hatten Ilse und ihre Schwestern immer die schönsten Kleider an. Früher hatte es Charlotte nie gestört, aber da hatte Paul ihre Freundin auch noch nicht so angesehen.

»Ich muss gehen.« Charlotte sprang auf.

Es war eine dumme Idee gewesen, sich mit den beiden zu treffen. Fast hätte sie Leo dadurch in Gefahr gebracht. Alles nur, um jetzt mitansehen zu müssen, dass Paul und Ilse ganz ausgezeichnet ohne sie auskamen.

»So kurz nur? Wie schade«, sagte Ilse, doch echtes Bedauern hörte Charlotte nicht heraus.

Das sprach schon eher aus Pauls Blicken. »Ich hoffe, es dauert nicht wieder vier Wochen, bis wir uns wiedersehen.«

Er hatte also registriert, wie lange sie sich nicht getroffen hatten. Immerhin. Bevor sich Charlotte darüber freuen konnte, glitt Ilse grazil auf die Decke neben Paul. Auf den Platz, auf dem *sie* eben noch gesessen hatte. Der Anblick reichte. Charlotte machte auf dem Absatz kehrt und eilte über die Wiese.

Erst als sie den Waldweg nach Hangeck erreichte, verlangsamte sie ihre Schritte. Stille Tränen der Wut liefen Charlotte über die Wangen. Es war einfach ungerecht. Warum musste sie darunter leiden, was andere entschieden? Warum hatten die Heitmanns so viel Geld? Warum konnte Leo nicht bei seiner Familie sein? Dann hätte sie Zeit für Paul gehabt, und der würde jetzt keine andere so angaffen.

»Verdorrichnocheins!« Wütend kickte sie einen Stein über den Weg. Gut, dass sie hier allein war. So laut zu fluchen würde ihr eine gehörige Standpauke einbringen, wenn ihre Eltern davon erfuhren. Aber es tat gut. »Jawohl, zum Kuckuck!«

Als Charlotte das Dorf erreichte, wischte sie die letzten Tränen mit dem Handrücken fort. Vermutlich sah man trotzdem, dass sie geweint hatte. Mit gesenktem Haupt huschte sie über die Straßen zu ihrem Haus. Der Anblick des Vorgartens schnürte ihr erneut den Hals zu. Sie schluckte und lief zum Hintereingang. Es war besser, sich heimlich hineinzuschleichen und sich frisch zu machen, als ihrer Mutter den Grund ihrer Tränen erklären zu müssen.

Die Küche war leer, wie ein kurzer Blick durch das Sprossenfenster bestätigte. Erleichtert atmete Charlotte aus und öffnete behutsam die Tür. Sie hörte ihre Eltern im Wohnzimmer miteinander reden. Auf dem Küchentisch kühlte ein Brot aus, auf dem Herd köchelte etwas im größten Topf ihrer Mutter. Charlotte schnupperte und verzog das Gesicht. Graupensuppe. Der Tag war nicht mehr zu retten.

Auf Zehenspitzen schlich sie in die Diele. Sie musste vorsichtig auftreten, die Absätze ihrer Halbschuhe waren auf den Fliesen kaum zu überhören.

Dabei hätten ihre Eltern in diesem Moment wohl nicht einmal ein Regiment Wehrmachtssoldaten wahrgenommen, denn sie stritten miteinander. Wie so oft in letzter Zeit. Und wie immer ging es um Leo. Charlotte seufzte. Ihre Eltern versuchten, die angespannte Stimmung vor den Mädchen zu verbergen, aber Charlotte hatte in den vergangenen vier Wochen zu viele solcher Gespräche mitbekommen. Es war nicht so, dass ihre Mutter kein Mitgefühl mit Leopold hatte, doch die Angst um die Sicherheit ihrer eigenen Familie überwog.

»Du musst dir etwas einfallen lassen«, sagte ihre Mutter auch jetzt im beschwörenden Tonfall. »Das hätte heute in einer Katastrophe enden können. Gnade uns Gott, wenn ausgerechnet die Heitmanntochter herausfinden sollte, dass ein Jude bei uns versteckt wird!«

Ausgerechnet die Heitmanntochter? Ihre Mutter misstraute Ilse also ebenfalls. Glücklicherweise hatte Charlotte immer die Warnungen ihres Vaters im Hinterkopf gehabt und nie ein Wort über den Führer in Gegenwart anderer verloren. Mit angehaltenem Atem verharrte Charlotte im Flur.

»Vielleicht sollten wir Charlotte den Umgang mit Ilse verbieten, bis die Sache vorbei ist«, überlegte Charlottes Vater laut.

»Bist du von Sinnen? Sie ist Charlottes beste Freundin. Wie viel willst du deinen Töchtern denn noch aufbürden?«

Von Ilse werde ich mich zukünftig ohnehin fernhalten, dachte Charlotte bitter. Einen weiteren Nachmittag wie heute wollte sie wahrhaftig nicht erleben. Das fünfte Rad am Wagen, während Paul und Ilse turtelten.

»Was stellst du dir denn vor? Soll ich einen Achtjährigen auf die Straße setzen? Leopolds Verwandtschaft meldet sich nicht. Vermutlich sind sie auch längst in den Osten gebracht worden. Ich kann nur beten, dass sie sich dort tatsächlich ein neues Leben aufbauen dürfen und wir es irgendwie schaffen, den Kontakt herzustellen.«

»Du glaubst wirklich, das wird dir gelingen?« Ihre Mutter klang mit einem Mal niedergeschlagen.

»Nein.« Auch Charlottes Vater hatte jegliche Kraft in der Stimme verloren. »Nein, das glaube ich nicht mehr. Aber ich weigere mich, das Allerschlimmste anzunehmen. Ich habe mich umgehört. Ob irgendwer weiß, wie man Kontakt herstellen kann. Alle haben mir dringend geraten, das Thema ruhen zu lassen.«

»Allerdings. Es ist gefährlich, Aufmerksamkeit auf sich zu ziehen. Du bringst uns noch in Teufels Küche!«

»Du hast ja recht. Wir müssen eine Lösung finden, bevor ich wegmuss.« Die Stimme ihres Vaters klang unendlich müde.

Charlotte blieb das Herz stehen. Er wollte doch nicht fortgehen? Fast wäre sie ins Wohnzimmer gestürzt.

»Was meinst du damit?«, fragte ihre Mutter kaum hörbar.

»Ach, Hildchen, Liebling.« Ihr Vater schwieg für einen Moment. »Ich fürchte, ich werde nicht länger einen Unabkömmlichkeitsvermerk erhalten.«

»Johann! Nein!«

Ihre Mutter hatte die Hand vor den Mund geschlagen – Charlotte hörte es am Klang –, aber der gepeinigte Aufschrei ging Charlotte trotzdem durch und durch. Auch sie begann zu zittern. Der Unabkömmlichkeitsvermerk war ein Garant, nicht in den Krieg zu müssen. Ihr Vater durfte nicht eingezogen werden! Sie liebte und sie brauchte ihn. Er hatte doch immer auf alles eine Antwort.

Der Sessel wurde gerückt, und Charlotte spähte vorsichtig um die Ecke. Ihr Vater hielt ihre weinende Mutter im Arm.

»Wie sicher ist es?«, fragte sie gepresst.

»Alle Lehrkräfte werden durch reaktivierte Pensionäre oder Frauen ersetzt. In den Städten sind sie schon durch, jetzt folgen die kleinen Schulen. Selbst in Schulen wie unserer ist der einzige Lehrer nicht mehr unabkömmlich und wird einberufen.«

»Aber du gehörst zu den weißen Jahrgängen! Ihr habt nicht einmal einen Wehrdienst absolviert!«

Ihr Vater schnaubte. »Wenn Vernunft eine Rolle spielen würde, gäbe es diesen Krieg überhaupt nicht.«

»Was wird aus uns? Müssen wir das Haus verlassen? Es ist doch das Haus des Dorflehrers.«

»Ich denke nicht.« Er strich seiner Frau über den Rücken. »Es soll schließlich nur vorübergehend sein. Bis ich wieder da bin.«

Im Gegensatz zu ihrer Mutter sah Charlotte bei diesen Worten die Miene ihres Vaters. Und ihr wurde klar: Er log, um seine Frau zu beruhigen.

Hilflosigkeit und Entsetzen legten sich wie bleierne Gewichte auf Charlotte. Sie schaffte es nur mit Mühe die Stufen hinauf in ihr rettendes Zimmer, wo sie auf ihr Bett sank und lange an die Decke starrte.

4. Hangeck, Mai 1943

Charlotte, so warte doch!«
Pauls Ruf ließ sie innehalten.

Kaum hatten sich die Bustüren geöffnet, war sie wie gehetzt hinausgesprungen und mit einer Geschwindigkeit in Richtung Hangeck geeilt, dass es so gerade eben nicht nach Wegrennen aussah.

Schritte hinter ihr näherten sich, Paul hatte sie eingeholt.

»Nun weiß ich wirklich, dass du vor mir davonläufst.«

Das war nicht zu leugnen. In den letzten Wochen hatte Charlotte es geschafft, Ilse und Paul aus dem Weg zu gehen. Vor allem Ilse hatte sie auf Distanz gehalten, wobei sie den Eindruck hatte, dass ihrer Freundin das nicht einmal aufgefallen war. Seit Charlotte das Gespräch ihrer Eltern belauscht hatte, fühlte sie sich in Ilses Gegenwart nicht mehr wohl. Paul dagegen vermisste sie schrecklich. Sie war froh, dass sie ihn nicht mehr im Bus traf, weil es schmerzte, ihn nur aus der Ferne zu sehen. Paul hatte glücklicherweise in diesen Wochen andere Unterrichtszeiten. Eine Schule in Duisburg war ausgebombt worden. Die Schüler waren im Sauerland untergekommen, und um die verdoppelte Schülerzahl zu bewältigen, wurde auf Pauls Gymnasium nun im Schichtbetrieb unterrichtet. Nicht angenehm für die betroffenen Schüler, aber eine Erleichterung für Charlotte.

Doch nun stand Paul hinter ihr, fasste ihren Arm und drehte sie zu sich herum. »Charlotte, was ist los?«, fragte er sanft, und allein dieser Tonfall trieb ihr fast die Tränen in die Augen. »Habe ich dich verärgert?«

Charlotte atmete tief durch. Wenn sie es schaffte, nicht zu lange in seine Augen zu blicken, konnte sie innerlich den Abstand wahren. Hoffentlich. Ihr Herz galoppierte los.

»Bitte, sprich mit mir! Ich habe extra die letzte Stunde geschwänzt, um dich abzupassen. Ich wusste von Ilse, dass du heute allein im Bus sein würdest, weil sie in der Stadt noch Besorgungen mit ihrer Mutter macht.«

Ilse. Ein gutes Stichwort. Das hatte sie gebraucht. Ihr Herzschlag normalisierte sich, und vernünftige Gedanken setzten ein.

»Hör zu«, erklärte sie kühl. »Ich habe gerade einfach viel zu tun. Und ich habe auch nicht den Eindruck, dass euch ohne mich langweilig wird.« *Zum Kuckuck!* Der letzte Satz war ihr herausgerutscht.

»Bist du etwa eifersüchtig?« Paul neigte den Kopf und durchbohrte sie mit seinem Blick.

Charlottes Knie wurden weich. »Eifersüchtig? Ich?« Empört schnaubte sie. »Das hättest du Hallodri wohl gern! Als ob es mich interessiert, mit wem du poussierst! Ich möchte es mir nur nicht mit ansehen.«

»Zweifelsohne Eifersucht.« Paul grinste so selbstzufrieden, dass Charlotte ihn böse anstarrte.

»Ich muss jetzt wirklich gehen. Meine Mutter erwartet mich.« Hoch erhobenen Hauptes wollte sie sich umdrehen, doch Paul hielt sie fest.

»Was ist, wenn ich dir sage, dass du überhaupt keinen Grund zur Eifersucht hast?«

»Das ändert nichts. Ich habe zu tun.« Und Augen im Kopf. Sie hatte nicht vergessen, wie er Ilse am See gemustert hatte.

»*Du* hast *mich* doch versetzt!« Jetzt klang Paul nicht mehr amüsiert. »Denkst du nicht, ich verdiene zumindest eine Erklärung? Du zeigst mir seit Wochen die kalte Schulter und unterstellst mir dann, ich würde Ilse Avancen machen. Was nicht stimmt.«

»Du hast Stielaugen bekommen, als sie aus dem See gekommen ist.«

»Um zu sehen, wie du reagierst. Und hübsch ist sie ja nun wirklich.« Den Nachsatz garnierte er mit einem Zwinkern, aber Charlotte war nicht nach Späßen zumute.

»Hör auf. Die Zeiten sind kompliziert genug, auch ohne dass du Schabernack mit mir treibst.« Sie machte sich los, drehte sich um und marschierte in Richtung Dorf.

»Das war kein Schabernack.« Mit wenigen raschen Schritten holte Paul auf und lief neben ihr her. »Ich meine es ernst. Ich wollte herausfinden, wie die Dinge zwischen uns stehen. Ich dachte, du weißt, dass ich in Ilse nicht mehr als eine Freundin sehe. *Dich* hingegen habe ich um ein Stelldichein gebeten.« Um seinen Mund spielte ein trauriger Zug. »Zu dem du dann mit deiner Schwester erschienen bist. Und seitdem du mir aus dem Weg gehst.«

»Das hat nichts mit dir zu tun, das musst du mir glauben.« Charlotte blieb stehen, und zum ersten Mal suchte sie bewusst seinen Blick. »Es sind diese Zeiten. Alles ist … seltsam.«

»Sind es nicht gerade solche Zeiten, die uns lehren, Dinge nicht bis zum Sankt Nimmerleinstag aufzuschieben?«, entgegnete er ruhig. »Es gibt immer häufiger Fliegeralarm, der Krieg steht vor unseren Türen, und ich habe gehört, dass inzwischen schon Studenten von der Uni geholt und Pennäler sofort nach dem Abschluss einberufen werden. Wer weiß schon, wie lange wir hier noch von diesem Irrsinn verschont bleiben … Und deshalb will ich Klarheit, Charlotte. Auch wenn es dir allzu direkt erscheint, muss ich einfach wissen, ob du mich so sehr magst wie ich dich.«

Charlottes Herzschlag beschleunigte sich erneut. »Oh Paul, natürlich mag ich dich!« Vergessen war der Vorsatz, distanziert zu bleiben. Am liebsten hätte sie sich in seine Arme geworfen, selbst wenn sich das nicht ziemte. Nur der Gedanke, dass jemand sie beobachten könnte, bremste sie im letzten Augenblick. Ihre Mutter hätte einen Herzanfall bekommen. Stattdessen streckte sie die Hand aus und berührte ihn sachte am Arm. »Ich mag dich sehr, Paul.«

Sein Lächeln kehrte zurück. »Das heißt, wenn ich dich noch einmal um ein Treffen am See bitte, willigst du ein?«

»Natürlich. Wenn ich Zeit habe. Ich muss meiner Mutter wirklich viel helfen.«

Paul wirkte enttäuscht, nickte aber. »Dann frag deine Mutter, und gib mir Bescheid, wann du Zeit hast.« Er hielt einen Moment inne. »Falls du es nicht einrichten kannst, zu uns in den Laden zu kommen, um mit mir zu reden, hinterlasse mir eine Nachricht. Erinnerst du dich an unser Geheimversteck?«

»An der Kirche?« Charlotte musste lachen. »Selbstverständlich erinnere ich mich. Wahrscheinlich liegen dort immer noch Schätze von uns.«

Der lose Stein in der Mauer verbarg mit Sicherheit noch die eine oder andere Murmel, ein Glanzbildchen oder ein heimlich abgezweigtes Stück Kreide, um ein Hüpfspiel aufzumalen.

»Hinterleg dort eine Mitteilung, wann wir uns sehen können.«

»Das mache ich«, antwortete Charlotte, darum bemüht, nicht über das ganze Gesicht zu strahlen.

Jetzt war es also offiziell. Sie musste nicht mehr raten und deuten. Paul hatte sie ganz förmlich um eine Verabredung gebeten und selbst das Wort »Stelldichein« verwendet. Nicht Ilse mit ihren schicken Kleidern lief in diesem Moment einträchtig mit dem schönsten Mann Hangecks auf das Dorf zu, sondern sie war es, Charlotte.

Sie überquerten die Dorfstraße und gingen durch die Gassen bis zum Haus der Gerbers, wie sie es schon unzählige Male in all den Jahren ihrer Freundschaft getan hatten. Und doch war es heute anders. Wenn sie ihm einen Seitenblick zuwarf und ihn dabei ertappte, wie auch er sie ansah, spürte sie, dass sich ihre Beziehung verändert hatte. Sie hatte Paul lange nicht mehr so glücklich lächeln gesehen. Vor ihrem Haus blieben sie stehen.

Der Vorgarten sah noch immer gewöhnungsbedürftig aus, aber zu Charlottes Erleichterung nicht mehr wie ein frisch gepflügter Acker. Zartes Grün lugte aus den Erdwällen, und ihre Mutter hatte den trostlosen Anblick des einst so farbenfrohen Gartens offenbar selbst nicht mehr ertragen und an den Rand wieder einige Blumen gepflanzt.

»Tränende Herzen«, stellte Paul sachkundig fest, dessen Vater im Krämerladen auch gelegentlich Zierpflanzen im Angebot hatte. »Wunderschöne Blüten, aber der Name ist bedrückend.«

Den Zustand des übrigen Gartens ließ er unerwähnt. Wahrscheinlich, weil Hilde Gerber längst nicht mehr die Einzige war, die in banger Voraussicht jeden Teil ihres Grundstücks in Nutzbeete verwandelte.

»Vielleicht war meiner Mutter nach trauernden Pflanzen. Sie zeigt es nicht, doch ich weiß, wie sehr sie der Verlust ihres geliebten Gartens schmerzt. Sie muss in großer Sorge vor den kommenden Monaten sein, wenn sie ihn opfert, damit wir Kartoffeln anbauen können.« Charlotte betrachtete die hübschen, herzförmigen Blüten in Rosa und Weiß. »Vielleicht hat sie sie auch ausgewählt, weil es die Lieblingsblumen ihrer Großmutter waren. Ihre Mutter, meine Großmutter Alba, ist nach dieser weiß blühenden Sorte benannt, die gerade in Mode war, als meine Großmutter zur Welt kam.«

»Die letzte Erklärung gefällt mir besser. Eine hübsche

Geschichte.« Paul streichelte Charlotte wie beiläufig über den Arm. »Ich muss jetzt los. Aber ich hoffe, wir sehen uns bald wieder. Sehr bald.« Das Lächeln, das er ihr schenkte, war wie eine Berührung.

Charlotte spürte, wie ihr warm wurde, ihr Kopf würde gleich tomatenrot leuchten. Hastig stieß sie das Gartentor auf. »Ich schreibe dir eine Nachricht, sobald ich kann.« Auf halbem Weg zur Haustür drehte sie sich noch einmal um.

Er schenkte ihr zum Abschied einen seiner intensiven Blicke und ging in Richtung Dorfstraße davon.

Mit einem Lächeln auf den Lippen betrat Charlotte das Haus. Sie würde ein Stelldichein haben. Paul und Charlotte. Charlotte und Paul. Das klang doch nicht schlecht!

Der Poststapel auf der Kommode in der Diele verriet, dass ihr Vater noch nicht daheim war. Aus der Küche drangen die Geräusche vom Abwasch.

Mit pochendem Herzen blätterte Charlotte durch die Briefe. Sie hatte keine Ahnung, wie ein Schreiben der Wehrmacht aussah, aber sie war sich sicher, sie würde es erkennen. Glücklicherweise sah auch heute keines der Poststücke bedrohlich aus.

»Etwas Interessantes dabei?«

Charlotte fuhr herum, als ihr Vater aus dem Wohnzimmer trat. Er war also doch schon zu Hause.

»Ich wollte ... also, ob für mich ... hätte ja ...« Sie brach ab, weil eine steile Falte auf der Stirn ihres Vaters erschien. Er durchschaute immer, wenn sie schwindelte, und diesmal hatte sie sich wahrhaftig nicht geschickt angestellt. Sie gab sich einen Ruck. »Ich habe vor einiger Zeit gehört, wie du von der Einberufung gesprochen hast. Seitdem habe ich Angst vor dem Brief.« Entschuldigend lächelte sie ihn an. »Sei bitte nicht böse, Vati.«

Ihr Vater sah keineswegs verärgert aus. Er schien vielmehr

in sich zusammenzufallen. Sein Blick bekam einen gequälten Ausdruck. »Der Befehl ist an einem der Tage gekommen, als du meine Briefe offenbar nicht in den Händen hattest.«

»Vati, nein!« Mehr als ein Flüstern brachte Charlotte nicht heraus. Haltsuchend griff sie an die Kommode.

»Was ist denn hier los?«, ertönte in diesem Moment die Stimme ihrer Mutter.

Charlotte war noch immer gelähmt vor Schreck und schüttelte nur stumm den Kopf.

»Ich habe Charlotte gerade von meiner Einberufung erzählt«, erklärte ihr Vater. »Sie hatte ein Gespräch von uns mitangehört.«

Nun wurde auch Hilde Gerber blass, und Traurigkeit überzog ihre Miene. »So solltest du es nicht erfahren. Komm mit in die Küche.« Sie ging voran, Charlotte und Johann Gerber folgten.

In Charlottes Kopf überschlugen sich die Gedanken. Das durfte alles nicht wahr sein!

»Aber die Kinder brauchen dich doch!«, war das Erste, was sie hervorbrachte, als sie mit ihren Eltern am Küchentisch saß.

Eigentlich hatte sie sagen wollen: »*Wir* brauchen dich doch!« Ein Leben ohne ihren Vater war schlichtweg nicht vorstellbar. Was, wenn er verwundet wurde? Vielleicht nie wiederkam?

Sie hatte einen schalen Geschmack im Mund. Ihre Mutter hatte einen Krug Wasser und Gläser auf den Tisch gestellt, aber Charlotte erschien es in diesem Moment unmöglich, sich auch nur ein Glas Wasser einzugießen. Sie fühlte sich vollkommen ausgelaugt.

»Die Schulbehörde wird eine Vertretung schicken. Der Unterricht geht weiter«, sagte ihr Vater sachlich.

»Wann musst du fort?«, fragte Charlotte.

Vielleicht war der Krieg bis dahin vorbei. Im Radio hieß es schließlich, der Endsieg stehe kurz bevor.

»Das Schuljahr beende ich noch.« Die Hände ihres Vaters lagen ruhig auf der Tischplatte, aber so krampfhaft ineinander verschränkt, dass die Fingerknöchel weiß hervortraten.

Ihre Mutter klammerte sich an ein Glas, ohne auch nur einen Schluck zu trinken.

Wie sehr mussten sich ihre Eltern in den vergangenen Tagen zusammengerissen haben, um ihre Kinder nichts merken zu lassen …

Charlotte sah in die angespannten Mienen ihrer Eltern, und ihr wurde klar, dass es nun an ihr war, es genauso zu handhaben. Rosi zuliebe. Und für ihren Vater. Er sollte sich nicht auch noch Sorgen um seine zurückbleibende Familie machen müssen.

»Dürfen wir hier wohnen bleiben?«, fragte sie, bemüht, ihrer Stimme einen erwachsenen und gefassten Klang zu verleihen.

»Ich habe bislang nichts Gegenteiliges gehört«, antwortete ihr Vater. »Wir hoffen ja alle, dass ich sehr bald den Posten wieder selbst übernehmen kann.«

Etwas Ähnliches hatte ihr Vater ihrer Mutter bei dem von Charlotte belauschten Gespräch erklärt. Und heute wie an jenem Nachmittag standen ihm die Zweifel an den eigenen Worten ins Gesicht geschrieben. Doch um ihrer Eltern willen nahm Charlotte die Antwort mit einem Nicken hin. Paul hatte recht gehabt. Der Krieg drang immer weiter in ihrer aller Leben vor.

***

»Das neue Kleid ist traumhaft. Und die Schuhe erst! Ich weiß nicht, wie meine Eltern das organisiert haben, wo doch alles knapp wird.« Ilse plapperte unaufhörlich. Detailliert beschrieb sie, wie sie tags zuvor mit ihrer Mutter ihre älteste Schwester in der Stadt besucht hatte und sie anschließend zu einer Schneiderei gegangen waren, um sich neu einkleiden zu lassen.

Charlotte glaubte, inzwischen jedes Detail der jeweiligen Kleider zu kennen. Ilses Selbstverliebtheit war manchmal wirklich nicht zum Aushalten. Das einzig Positive an ihrem ellenlangen Monolog war der Umstand, dass Charlotte ihren eigenen Gedanken nachgehen konnte. Durch ihre langjährige Freundschaft mit Ilse beherrschte sie die Kunst, nur halb hinzuhören und dennoch an den richtigen Stellen etwas zu murmeln, das Ilse im gewünschten Sinne interpretieren konnte.

»Ich überlege, das Kleid morgen zum BDM-Abend anzuziehen. Was meinst du? Oder wäre es übertrieben? Es ist nämlich wirklich schick. Aber nein, die Mädchen erwarten ja von mir, dass ich immer hübsche Kleider trage. Erst vorgestern habe ich mich mit Paul getroffen, da sagte Frau Heinrichs noch zu mir, dass ich immer ganz besonders reizend aussehe. Ist sie nicht ein Schatz? Ich sage ja immer, dass Paul seinen Charme von seiner Mutter geerbt hat.« Ilse lachte.

Charlotte fiel zum ersten Mal auf, wie affektiert sich das anhörte. Dieses Lachen mochte Paul? Warum hatten sie sich überhaupt bei ihm zu Hause getroffen? Trieb Paul ein doppeltes Spiel mit ihnen? Ein Tag Ilse, ein Tag Charlotte? Sie traute sich nicht nachzufragen. Eifersüchtig wollte sie vor ihrer Freundin sicher nicht klingen. Aber mit Paul musste sie sich dringend treffen.

Begleitet von Ilses inhaltlosem Geplauder erreichten sie endlich das Haus der Gerbers.

Worauf um alles in der Welt fußte ihre Freundschaft eigentlich? *Es muss an der mangelnden Auswahl liegen*, meldete sich recht garstig Charlottes innere Stimme. Es gab einfach nicht viele Gleichaltrige im Dorf. Inzwischen waren es noch weniger als noch vor einigen Jahren. Nur sie und Ilse waren auf das Lyzeum gewechselt, und wer nicht durch den elterlichen Betrieb eine Zukunft in Hangeck sah, ging weg, um in der Stadt eine Lehre zu machen oder in einer Fabrik anzufangen. So war ihr kleines Grüppchen zu einem Trio geschrumpft, dessen Mittelpunkt eindeutig Paul mit seiner immer guten Laune war.

Paul. Schon beim Gedanken an sein Lächeln spürte Charlotte Wärme in sich. Gestern hatte sie ihre Eltern nicht mehr wegen ihres Stelldicheins fragen wollen, zu sehr hing die drohende Einberufung ihres Vaters wie eine dunkle Wolke im Raum. Doch heute würde sie sich trauen.

»Also dann, bis morgen.« Charlotte öffnete das Gartentor.

»Bis morgen.« Ilse trottete weiter.

Charlotte sah noch, wie Ilse ihre Haare mit einer geübten Bewegung zusammennahm und sie zu einem Zopf flocht. Der Heitmann-Hof lag außerhalb Hangecks auf einer Anhöhe am Ende der Straße. Bis Ilse dort war, würde sie wieder wie ein hausbackenes Schulmädchen aussehen.

Die Haustür war abgesperrt, was um diese Zeit nur bedeuten konnte, dass Leo sein Dachbodenexil hatte verlassen dürfen. Charlotte nahm den Gartenweg um das Haus herum und betrat es durch die Hintertür.

Ihre Mutter hatte die Hände voller Mehl, stand am Tisch und walkte einen Teig. »Gut, dass du kommst«, begrüßte sie Charlotte. »Die Kartoffeln müssen noch gerieben werden. Übernimmst du das bitte?«

»Sofort, Mutti. Ich bringe eben die Schultasche auf mein Zimmer. Rosi ist noch auf ihrem Schulausflug?«

»Ja. Fräulein Zeidel ist mit den Acht- bis Zehnjährigen heute zum Kräutersammeln aufgebrochen. Sie werden erst gegen Abend zurückkommen. Vati war mit den Jüngeren beim Heitmann oben Kartoffelkäfer sammeln und ist deshalb schon daheim.«

»Ach, fängt das schon an?« Charlotte verzog das Gesicht.

Diese Schinderei bescherte selbst einem Kind Rückenschmerzen. Seit sie in der Stadt zur Schule ging, waren diese Arbeitseinsätze seltener geworden, doch gelegentlich musste sie auch jetzt noch aufs Feld, um in gebückter Haltung die Pflanzen nach diesen Schädlingen abzusuchen.

Vom Flur aus warf sie einen Blick ins Wohnzimmer. Ihr Vater saß dort mit Leo, der Rosis Fibel vor sich liegen hatte und mit dem Griffel konzentriert einige Worte auf seine Tafel übertrug. Das *Halma*-Spiel stand schon bereit. Leos Lieblingsspiel und seine Belohnung für Fleiß im Unterricht, den Charlottes Vater ihm erteilte.

Ein täuschend friedliches Bild, das nicht ahnen ließ, wie sehr sich alle im Hause inzwischen den Kopf darüber zerbrachen, was aus Leo werden sollte. Wenn Charlottes Vater in den Krieg musste, würde die Versorgung des Jungen noch schwieriger werden, und sollten sie schlimmstenfalls das Haus für den neuen Lehrer räumen müssen, wäre es unmöglich, das Kind weiterhin zu verstecken.

»Klärchen hat geschrieben«, erzählte ihre Mutter, während Charlotte die Kartoffeln in die Schüssel rieb. »Sie haben die Luftangriffe auf Dortmund unbeschadet überstanden.«

»Es muss trotzdem furchtbar sein. Es fallen so viele Bomben auf die Städte im Ruhrgebiet. Paul sagt, der Krieg kommt immer näher und wird irgendwann auch uns erreichen.«

»Dein Paul ist ein kluger Bursche«, ertönte es in diesem Moment von der Tür. Ihr Vater kam in die Küche und füllte zwei Gläser mit Wasser.

»Mein Paul«, murmelte Charlotte, überhörte, welch trüber Zukunftsvision ihr Vater soeben zugestimmt hatte, und fasste sich ein Herz. »Das heißt, du magst ihn? Paul?«

Ihr Vater sah sie erstaunt an. »Natürlich mag ich ihn. Ihr seid seit Jahren befreundet. Er ist ein kluger und fleißiger Junge.«

»… der allmählich zu einem gut aussehenden Mann wird«, fügte Charlottes Mutter mit einem vielsagenden Unterton hinzu.

Nun fiel auch bei ihrem Vater der Groschen. »Fragst du aus einem bestimmten Grund?«, fragte er mit einer Mischung aus Belustigung und väterlicher Strenge.

Jetzt kam es drauf an. Charlottes Puls beschleunigte sich. »Ja.« Sie räusperte sich, weil ihre Stimme seltsam belegt war. »Ja, er hat mich um ein Treffen gebeten, und ich wollte fragen, ob ich Samstag mit ihm an den See darf. Ohne Rosi«, fügte sie hinzu, für den Fall, dass ihre Eltern nicht verstanden haben sollten, wie wichtig diese Verabredung war.

Ihr Vater war ein modern eingestellter Mann, doch nun umwölkte sich seine Stirn. »Wie ich bereits sagte, mag ich Paul sehr gern. Aber ich denke, dass du noch zu jung bist, um dich für Männer zu interessieren.«

»Aber Vati, ich bin fast sechzehn!«, protestierte Charlotte.

»Genau genommen bist du gerade erst fünfzehn geworden.« Er atmete tief durch. »Charlotte, lass dir Zeit. Wenn Paul der Richtige ist, wird er das auch in zwei oder drei Jahren noch sein.«

Bis dahin hatte Ilse ihn sich geschnappt.

»Falls wir in zwei oder drei Jahren überhaupt noch hier sind«, erwiderte sie verzweifelt. »Du musst in den Krieg, und wer weiß, wann sie auch Paul einberufen. Er hat mir erzählt, dass sogar Studenten schon von den Unis geholt werden und Schüler direkt nach der Reifeprüfung.«

Charlotte hatte nicht geglaubt, ihren Vater umstimmen

zu können, jetzt nickte er jedoch mit ernster Miene. »Ja, das hatte ich nicht bedacht.« Er sah Charlotte eindringlich an. »Deine Mutter hat mit dir über alles gesprochen. Ich weiß, dass wir dich zu einer vernünftigen und anständigen jungen Dame erzogen haben. Unter anderen Umständen würde ich es dir nicht gestatten, aber die Zeiten sind nicht normal. Versprich mir aber, deine gute Erziehung nicht zu vergessen.«

»Das heißt, ich darf?« Charlotte wäre am liebsten durch die Küche getanzt und ihrem Vater um den Hals gefallen, wenn sie nicht Kartoffelreste an den Händen gehabt hätte.

»Sieh zu, dass ich es nicht bereue!«, brummte ihr Vater, nahm die beiden Wassergläser und ging wieder ins Wohnzimmer.

* * *

»Charlotte, kannst du geschwind zu den Heinrichs laufen und Waschmittel holen? Die Lieferung sollte am Mittag kommen, und Frau Heinrichs wollte mir ein Paket zur Seite stellen.« Charlottes Mutter steckte den Kopf durch die Tür in das Zimmer, wo Charlotte an ihrem Schreibtisch über einer kniffeligen Matheaufgabe brütete.

»Gern.«

Auf eine solche Bitte hatte Charlotte nur gewartet. Nicht nur, dass sie ihren Hausaufgaben für eine Weile entkam, sie brannte darauf, in ihrem Geheimversteck nachzusehen. Gestern hatte sie auf dem Weg zum BDM-Abend eine kurze Nachricht für Paul hinterlassen. Ob er geantwortet hatte?

Mit dem Einkaufskorb in der Hand hielt Charlotte im Dorfzentrum auf den imposanten Kirchturm zu. Eingezwängt zwischen der Kirche und der Feuerwache erstreckte sich im

Schatten mächtiger Bäume und begrenzt durch eine hüfthohe Mauer Charlottes Ziel – der Kirchhof.

In früheren Jahrhunderten hatten hier einige Dorfper-
sönlichkeiten ihre letzte Ruhestätte gefunden, und Charlotte hatte sich immer leicht gegruselt, wenn sie als Kinder
inmitten der verwitterten Grabmale mit den kaum lesbaren
Inschriften umhergelaufen waren. Die einst hellbraunen Natursteine von Kirche und Mauer hatten sich über die Zeit
dunkelgrau gefärbt und waren an den schattigen Stellen mit
Moos überzogen. In ihrer Kindheit war es eine regelrechte
Mutprobe gewesen, sich allein bis zum hinteren Ende des
Geländes zu schleichen, wo die düstere Ecke direkt an der
Kirchenwand besonders einschüchternd wirkte.

Auch heute spürte Charlotte ein leises Unbehagen, als sie
das schmiedeeiserne Tor zum Kirchhof öffnete. Vermutlich
verdankten sie es der wenig reizvollen Umgebung, dass ihr
Versteck all die Jahre unentdeckt geblieben war, denn mit
Ausnahme des Küsters, der gelegentlich den Rasen pflegte,
betrat niemand diesen Teil des Kirchengeländes.

Paul war hier gewesen, das sah Charlotte schon von Wei-
tem. Die beiden kleineren Steine, die den großen an seinem
Platz hielten, steckten anders in der Fuge.

Mit klopfendem Herzen zog sie die lockeren Steine aus
der Nische und griff hinein. Ein Einmachglas kam zum Vorschein. Neu und sauber, denn sie hatte es gestern gegen das
alte getauscht. Eine Murmel und eine Handvoll Glanzbildchen hatten sich noch darin befunden. In einem Anflug von
Nostalgie hatte Charlotte die Dinge in das neue Glas gefüllt,
ihre Nachricht hinzugefügt und alles wieder versteckt.

Ihr Herz pochte stärker, als sie nun den Deckel öffnete
und den gefalteten Zettel mit den Fingerspitzen herauszog.
»Für Charlotte« stand da in Pauls Schrift. Recht ordentlich
für einen Jungen.

»Wer Kaufmann werden will, muss um eine lesbare Schrift bemüht sein«, hatte er einmal lachend erklärt, »sonst bekommst du statt zwei Zentnern Kartoffeln zehn Paar Pantoffeln geliefert.«

»Dann werd halt Arzt, da ist die Schrift nicht von Belang«, hatte sie Paul geneckt.

Sie sah ihn nicht in einem kaufmännischen Beruf. Er reparierte gern Dinge, war sehr geschickt mit den Händen, und mit seiner immer freundlichen Art hätte Charlotte ihn sich gut als Arzt, vielleicht sogar als Chirurgen, vorstellen können.

»Ich freue mich und warte dort auf dich. P.«, las sie. Etwas nüchtern, aber dafür klebte in der unteren Ecke eine gepresste Blüte. Das war nun wiederum romantisch. Lächelnd steckte Charlotte den Zettel ein, verstaute den Rest wieder in der Mauernische und schob sorgfältig die Steine davor.

Auf dem Weg zum Krämerladen grüßte sie jeden noch freundlicher als sonst. Sie hätte die Welt umarmen können, und alle sollten an ihrer Freude teilhaben.

»Guten Tag, Frau Heinrichs.« Charlotte schloss die Ladentür hinter sich.

Ob Pauls Mutter auch von ihr dachte, dass sie besonders hübsch angezogen sei? Wohl eher nicht. Ihre Mutter kaufte lieber zweckmäßige Kleidung. Charlottes Röcke hielten mehr aus als Ilses, würden dafür aber niemals die Aufmerksamkeit auf sich ziehen, weil sie sich nicht wie die ihrer Freundin luftig im Wind bauschten.

»Charlotte, grüß dich. Suchst du Paul? Er hilft meinem Mann hinten im Lager.« Dann fiel ihr Blick auf das Einkaufsnetz in Charlottes Hand. »Oder kommst du wegen des Waschmittels?« Auf Charlottes Nicken hin griff sie unter die Ladentheke. »Frisch eingetroffen. Eine Lieferung Feinwaschmittel. Macht vierzig Pfennig. Den Bezugschein hat mir deine Mutter schon gegeben.«

Als Charlotte die vier Groschen aus dem Portemonnaie zog, fiel ihr Blick auf Pauls Zettel. Unwillkürlich lächelte sie. Ob sie ihn auf dem Hof kurz sprechen konnte? Sie steckte das kleine Päckchen Waschpulver in ihr Einkaufsnetz, verabschiedete sich und trat auf die Straße.

Neben dem Krämerladen führte eine Zufahrt hinter das Haus, wo sich in einem Anbau das Lager befand. Stimmen verrieten, dass dort gearbeitet wurde. Ein LKW stand auf dem Hinterhof, die Plane über der Ladefläche war zurückgeschlagen, und ein junger Mann hievte sich einen Kartoffelsack über die Schulter. Charlotte traute ihren Augen nicht, als sie Paul erkannte. Er trug nur sein Unterhemd, das vom Schmutz der Säcke und seinem Schweiß fleckig war. Sein Haar – sonst hellblond und akkurat gescheitelt – wirkte vor Feuchtigkeit dunkel und stand in allen Richtungen vom Kopf ab. Was Charlotte jedoch stumm starren ließ, war der Umstand, wie mühelos er die schwere Last über den Hof schleppte. Das musste ein Zentner Kartoffeln sein, den er auf dem Rücken hatte, und er schwankte nicht einmal, sondern ging geradewegs durch die Tür und verschwand im Lager.

»Grüß dich, Charlotte! Kann ich dir helfen?« Pauls Vater trat hinter dem LKW hervor.

»Herr Heinrichs, guten Tag. Nein, ich wollte nur … Ich war einkaufen und wollte Paul begrüßen.« Charlotte hob den Arm und ließ das Einkaufsnetz als Beweisstück zwischen ihnen baumeln.

»Da kommt er auch schon«, erwiderte Gustav Heinrichs mit einem Lächeln. »Du hast Besuch«, rief er in Pauls Richtung und winkte ihn heran. »Mach nicht zu lange Pause, die Ladefläche ist noch voll.« Er schlug seinem Sohn auf die Schulter, nickte Charlotte zu und widmete sich wieder der Entladung des Fahrzeugs.

»Charlotte!« Lächelnd stand Paul vor ihr und strich sich

mit dem Unterarm einige verschwitzte Strähnen aus dem Gesicht. »Welch schöne Überraschung! Hast du meine Nachricht gefunden?« Plötzlich umwölkte sich seine Stirn. »Moment – du kommst jetzt aber nicht, um unsere Verabredung abzusagen?«

»Wo denkst du hin? Gewiss nicht! Ich freue mich auf morgen!«

War das zu viel Offenheit? In den Groschenromanen zeigten die Frauen ihre Zuneigung verhaltener. Doch das hier war Paul! Ihm hatte sie ohnehin nie etwas vormachen können – und im Grunde auch nie etwas vormachen wollen. In den Romanheftchen, die Ilse heimlich ihren älteren Schwestern stibitzte und die für sie beide die einzige Wissensquelle in diesen Fragen darstellten, waren sich die Beteiligten anfangs meist fremd und der männliche Part zudem ein Mann von Welt. Paul hingegen war schon immer ihr Freund gewesen und weder ein reicher Industrieller noch adelig. Es war einfach Paul, ohne Anzug, ohne Geld, dafür aber mit einem überwältigenden Lächeln und fröhlich blitzenden Augen.

»Ich freue mich auch«, erwiderte Paul, und die sichtliche Erleichterung in seiner Miene verriet Charlotte, dass sie das Richtige geantwortet hatte. Er warf einen Blick über die Schulter. »Ich darf meinen Vater nicht zu lange warten lassen, sonst streicht er mir am Ende den freien Tag.«

»Dann halte ich dich besser nicht auf. Bis morgen!«

»Bis morgen, Charlotte.« Seine Stimme klang anders, weicher und tiefer.

Charlottes Herz zog sich vor Sehnsucht nach ihm zusammen, als er sich abwandte und zur Ladefläche ging, um den nächsten Sack anzunehmen. Er packte ihn sich auf die Schulter, und Charlotte erhaschte einen weiteren Blick auf das Spiel der Muskeln. Paul drehte sich noch einmal in ihre

Richtung und zwinkerte ihr zu, dann überquerte er den Hof und verschwand abermals in der Dunkelheit des Lagerraums. Endlich gelang es Charlotte, sich loszureißen. Wenn doch schon morgen wäre!

5. Hangeck, Mai 1943

Decke, Handtuch, Unterwäsche, Kuchen.« Charlotte kontrollierte zum fünften Mal den Inhalt ihrer großen Korbtasche. Schwimmsachen trug sie unter Bluse und Rock.

Sie warf einen letzten Blick in den Spiegel und sah eine erwachsene Frau. Ihre Mutter hatte ihr eine ihrer guten Blusen geliehen und ihr geholfen, die Haare hochzustecken. Charlotte erkannte sich selbst kaum wieder, war mit dem Ergebnis aber durchaus zufrieden. Zwar wölbte sich der Busen noch nicht so schön wie Ilses, und ihr Rock schwang nicht so luftig wie die Kleider ihrer Freundin, doch dafür hatte sie das hübschere Gesicht, befand Charlotte und nickte ihrem Spiegelbild anerkennend zu.

Dann griff sie ihre Tasche, drehte sich herum und stolperte fast über Rosi, die breit grinsend im Türrahmen stand und sie beobachtet hatte.

»Hast du jetzt dein Stelldichein?«, fragte sie und war offensichtlich darauf aus, ihre Schwester zu necken. »Mit Paul?«

»So ist es.« Charlotte war nicht in der Stimmung, sich ärgern zu lassen. Sie strich lächelnd über Rosis Kopf, drückte ihrer verblüfften Schwester einen Kuss auf die Stirn und tänzelte die Treppe hinunter ins Wohnzimmer zu ihren Eltern. »Ich gehe jetzt zum See. Auf Wiedersehen.«

Ihr Vater sah von der Zeitung auf. »Denk an meine Worte, junges Fräulein. Wir haben dich anständig erzogen.«

»Johann August!«, ermahnte Charlottes Mutter ihren Mann. »Nicht jetzt!« Sie legte ihre Stickarbeit zur Seite. »Komm, lass dich ansehen.«

Charlotte drehte sich einmal um die eigene Achse.

»Bezaubernd.« Hilde Gerber nickte zufrieden. »So kannst du gehen. Nun lauf geschwind.«

Charlotte ließ sich nicht lange bitten, sondern machte auf dem Absatz kehrt und stürzte hinaus. Nicht, dass ihr Vater am Ende doch noch zu einer Predigt ansetzte. Seltsam, dass es ihre Mutter war, die sie so unterstützte. Bisher hatte sie ihren Vater für denjenigen mit den moderneren Ansichten gehalten. Einerlei – sie durfte sich mit dem Mann treffen, der ihren Herzschlag seit Monaten beschleunigte. Alles andere war unwichtig.

Einen besseren Tag für einen Besuch am See hätten sie nicht wählen können. Das Thermometer überschritt großzügig die zwanzig Grad, und selbst auf dem schattigen Waldweg wurde es Charlotte bald warm. Sie freute sich auf das kühle Bad im See fast so sehr wie auf Paul. Ein kühles Bad im See *mit* Paul erschien ihr geradezu als Gipfel der Glückseligkeit. Das grüne Dach über ihr lichtete sich, nach wenigen Minuten wichen die Bäume einem steinigen Ufer. Und dort stand Paul und lächelte ihr entgegen. Ein aufgeregtes Flattern breitete sich in Charlottes Magengegend aus und nahm mit jedem Schritt zu, den sie auf ihn zuging. Er war genauso nervös wie sie, merkte sie, als er offenbar nicht wusste, wie er sie begrüßen sollte und etwas linkisch auf ihre Tasche deutete.

»Darf ich dir damit helfen?«

»Gern. Wo sind denn deine Sachen?«

»Abwarten.« Er zwinkerte ihr zu, nahm ihre Korbtasche und ihre Hand und zog Charlotte mit sich.

Vor unendlich vielen Jahren waren sie als Kinder häufiger so gelaufen. Heute hatte die Berührung nichts mehr von dieser unschuldigen Verbindung zweier Freunde. Charlottes Haut kribbelte, aber auf eine angenehme Weise.

Paul führte sie über die kleine Landzunge zu einer felsengesäumten Bucht. Der ehemalige Pfad war zugewachsen, einmal mussten sie sogar etwas klettern, doch Charlotte hätte sich hier mit geschlossenen Augen zurechtgefunden. Es war der Weg zu *ihrem* Bootshaus. Zum Schwimmen gab es bessere Plätze; für einen Anleger war der Ort hingegen ideal, da der See direkt am felsigen Ufer schon knietief war.

Und dann sah sie es – ihr Boot. Vertäut an einem Pfosten wippte es auf dem glitzernden Wasser. Das Holz schimmerte matt, der Rand war weiß abgesetzt. Nichts hatte es mehr gemein mit dem Wrack, das sie vor zwei Jahren zufällig in einem Gebüsch in der Nähe des nicht minder baufälligen Schuppens entdeckt hatten.

»Das hast du gemacht?«, rief Charlotte bewundernd aus und lief über den Steg.

Auch der verfügte über neue Planken und sah deutlich vertrauenerweckender aus, als Charlotte ihn in Erinnerung hatte.

»Jede freie Minute.« Paul trat mit zufriedener Miene neben sie. »Mir sind ein paar günstige Tauschgeschäfte gelungen, und als ich alles zusammenhatte, habe ich das Boot im Frühling auf Vordermann gebracht und dann den Steg ausgebessert. Gefällt es dir?«

»Und wie! Du bist handwerklich so begabt. Ich finde wirklich, du solltest später etwas machen, bei dem du deine Hände gebrauchen kannst.«

»Wenn die Entwicklungen im Reich so weitergehen, werde ich ohnehin keine Universität von innen sehen.« Pauls Blick wurde finster, dann lächelte er bemüht. »Aber das soll uns heute nicht interessieren. Dafür habe ich zu lange auf diesen Tag gewartet.« Er sah ihr in die Augen, und seine Miene hellte sich auf. »Komm mit.«

Hand in Hand traten sie an ihr Boot heran, und jetzt entdeckte Charlotte auch den Picknickkorb, der unter der vorderen Bank verstaut war.

»Nimm Platz.«

Als Charlotte saß, reichte Paul ihr die Tasche und folgte ihr. Er ergriff die Ruder und dirigierte sie mit geschickten Schlägen vom Anleger weg.

Charlotte sah ihm still zu, bewunderte seine geschmeidigen Bewegungen und versuchte, das Vibrieren in ihrem Innern unter Kontrolle zu bringen. Es war doch nur Paul, der ihr gegenübersaß und konzentriert das Boot lenkte. Ihr Freund aus Kindertagen. Und doch war ihr Kopf wie leergefegt, und es war gut, dass sie nicht mit ihm reden musste. Zum Glück kannten sie sich so lange, dass Schweigen nie unangenehm wurde.

In der Mitte des Sees holte Paul die Ruder ein. »Lust auf ein Picknick?«, fragte er verschmitzt, beugte sich zum Korb und zauberte ein großes Holzbrett hervor, auf das er ein frisch duftendes, in Scheiben geschnittenes Brot legte. Hinzu kamen Käse und Wurst, einige Tomaten, Radieschen, und am Ende zog er noch zwei Gläser und eine Flasche mit Apfelsaft aus dem Korb.

»Für den Nachtisch sorge ich«, sagte Charlotte, griff ihrerseits nach ihrer Tasche und platzierte den Kuchen auf dem Brett.

Einträchtig genossen sie die Leckereien. Das sanfte Schaukeln des Bootes auf dem im Sonnenschein glitzernden See beruhigte Charlottes gespannte Nerven. Sie seufzte behaglich und legte den Kopf in den Nacken, um in den blauen Himmel zu blinzeln. Die Baumkronen am Ufer waren dicht und sattgrün. Die Vögel gaben ein Konzert nur für sie beide. Es war ein perfekter Moment.

Sie lenkte ihren Blick wieder auf Paul und bemerkte, dass er sie nicht aus den Augen ließ. »Wieso siehst du mich so an?« Habe ich …?« Mehr aus Reflex fuhr sie mit ihrer Hand über den Mund, falls sie Kuchenkrümel in den Mundwinkeln hatte.

Paul lachte leise auf. »Entschuldigung. Nein, es ist alles gut. Du hast eben nur so wunderschön ausgesehen.« Ein verlegenes Grinsen stahl sich in sein Gesicht. »Es fühlt sich seltsam an, nicht wahr? Ich meine, schön. Auf jeden Fall schön. Aber auch seltsam.«

Charlotte musste nicht fragen, was er meinte. Sie empfand genauso. Sie reagierte so ungewohnt auf seine Nähe, dass es war, als würde sie ihn völlig neu kennenlernen. Sie war fast dankbar, wenn Bekanntes aufblitzte. Wie sein Grinsen. Oder die typische Art, wie er den Kopf zur Seite neigte und sie eindringlich ansah. Die kleine Narbe an der Augenbraue, weil er beim Fangenspielen gegen einen tief hängenden Ast gerannt war. Am Knie hatte er auch eine Narbe von einem Sturz beim Wettrennen. Das einzige Mal, dass sie gegen ihn gewonnen hatte. Paul behauptete bis heute, wegen seines Strauchelns zähle der Sieg nicht.

»Ja, seltsam«, pflichtete sie ihm bei. »Und aufregend. Aber schön. Ich bin froh, dass du mich gefragt hast.« *Mich und nicht Ilse*, setzte sie in Gedanken hinzu.

So, wie er sie ansah, schwiegen alle Zweifel, die sie gestern noch gequält hatten. Mochte Ilse auch die hübscheren Kleider haben – dass Paul es mit Charlotte ehrlich meinte, stand in seinen Augen geschrieben. Und selbst wenn der Krieg näher kam und ihnen womöglich noch viel abverlangen würde, so hatten sie doch einander, und mehr brauchte Charlotte in diesem Moment nicht, um glücklich zu sein.

***

Der durchdringende Ton der Sirenen riss Charlotte aus dem Tiefschlaf. Verwirrt richtete sie sich auf, da hörte sie auch schon die Schritte ihres Vaters im Flur.

»Zieht euch an, und lauft in den Keller. Rasch, rasch!« Seine Stimme dröhnte durchs Haus.

Charlotte sprang sofort aus dem Bett. Seit die Flieger-angriffe im vergangenen Jahr zugenommen hatten, war jeder im Reich auf diesen Moment vorbereitet. Eine kleine Tasche mit den wichtigsten Habseligkeiten stand bereit, die Klei-dung lag so auf dem Stuhl neben dem Bett, dass sie sogar im Halbschlaf hineinschlüpfen konnte. Charlotte wusste, was zu tun war, trotzdem erwiesen sich jetzt im Ernstfall selbst die einfachsten Handgriffe als schwierig. Die Finger waren zu fahrig, die Knie zu zittrig, doch schließlich stürzte sie an-gezogen und mit der Tasche in der Hand in den Flur. Rosi tauchte im selben Augenblick neben ihr auf, und zusammen rannten sie zur Treppe. Noch immer heulten die Sirenen und jagten Charlotte kalte Schauer über den Rücken. In der Diele stritten ihre Eltern.

»Wie stellst du dir das vor?«, fragte ihre Mutter soeben mit scharfer Stimme.

»Geh mit Rosi rüber zu den Brettwiesers«, antwortete ihr Vater. »Schieb es auf mich, sag ihnen, ich hätte den Keller zu nachlässig gebaut. Sie lassen Rosi und dich bestimmt rein, sie haben einen großen Raum.«

»Du schickst uns auf die Straße? Was, wenn die Zeit nicht reicht?«

»Verdammt, Hilde! Es ist nur der Voralarm. Wenn du allerdings weiter abwartest, reicht die Zeit wahrhaftig nicht mehr. Nimm das Kind und lauf!«

Charlotte hatte noch nie erlebt, dass ihr Vater in diesem Ton mit seiner Frau sprach. Oder fluchte.

»Hilde, ich kann ihn nicht da oben lassen«, sagte ihr Vater

beinahe flehentlich, und nun verstand Charlotte das Problem.

Leo. Sofort hatte sie die Bilder von abgedeckten Dächern und ausgebrannten Dachböden im Kopf. Sie benötigte keine Sekunde für ihre Entscheidung. »Rosi, komm, Vati muss noch etwas am Keller richten.« Charlotte nahm ihre Schwester an die Hand und rannte auf die Straße, ehe ihre Mutter reagieren konnte.

Der Vollmond stand hell am wolkenlosen Himmel. Automatisch richtete Charlotte ihren Blick nach oben, auf der Suche nach schwarzen Schatten mit ihrer tödlichen Fracht. Doch natürlich waren die Flieger noch weit entfernt. Voralarm ließ ausreichend Zeit, die Bunker geordnet aufzusuchen. So hatten sie es in der Schule gelernt. Da es in Hangeck keinen Bunker gab, war jeder Hauseigentümer aufgefordert worden, den Keller besonders abzusichern.

Im Schein des silbrigen Mondlichts huschte sie mit ihrer Schwester über die menschenleere Straße. Nicht ein Schimmer sickerte aus den verdunkelten Häusern, nicht ein Laut durchschnitt die Nacht. Nur ihre hastigen Schritte trommelten auf das Pflaster. Charlotte hatte Stille bisher nie als beängstigend empfunden, doch heute lauerte etwas Spannungsgeladenes hinter der Ruhe. Fast hätte sie sich gewünscht, das Dröhnen von Motoren zu hören, dann wäre es wenigstens bald vorbei gewesen. So aber hatte die Furcht vor dem, was auf sie zukam, Zeit, sich zu steigern.

Die Brettwiesers waren ihre Nachbarn, solange Charlotte denken konnte, und inzwischen alte Leute, was Herrn Brettwieser die Einberufung erspart hatte.

Lange rührte sich nichts auf ihr Klopfen hin. Natürlich – wenn das Ehepaar im Keller saß, wie sollten sie jemanden an der Haustür hören? Und würden sie die relative Sicherheit ihres Kellers überhaupt verlassen, selbst wenn sie Charlottes immer lauteres Trommeln vernahmen? Gerade als Charlotte so weit war, die Straße hinunterzulaufen, um es bei den Schneiders zu versuchen, wurde der Schlüssel von innen gedreht.

Kurz darauf öffnete sich die Tür, und Herr Brettwieser spähte durch einen Spalt heraus. »Wer ist da?«

»Ich bin es. Charlotte. Und Rosi ist auch hier. Herr Brettwieser, mein Vater traut unserem Keller nicht und hat uns hergeschickt, um zu fragen …«

Sie hatte den Satz noch nicht beendet, als ihr Nachbar bereits die Tür aufzog und zur Seite trat. »Kommt schnell herein, damit kein Licht auf die Straße fällt.« Mit einer altertümlichen Petroleumlaterne leuchtete er ihnen den Weg nach unten. »Edeltraud, wir haben Besuch«, rief er auf dem Weg, und eine Stahltür wurde geöffnet.

»Ist etwas geschehen?«, fragte Frau Brettwieser besorgt, als sie die beiden Mädchen erblickte.

»Der Herr Gerber traut seinen Baukünsten nicht.« Herr Brettwieser lachte, schob Charlotte und Rosi weiter in den Kellerraum und schloss die schwere Tür. Dann setzte er sich zu seiner Frau auf eine Pritsche und wies auf den gegenüberstehenden Sessel. »Bitte, macht es euch bequem, mehr Sitzgelegenheiten haben wir hier leider nicht.«

Seine Frau drehte sich zu einem kleinen Regal und zog eine Keksdose heraus. »Wenigstens eine Notration kann ich euch auf den Schreck anbieten. Ganz schön unheimlich, dieser Sirenenlärm, nicht wahr?«

Charlotte und Rosi nickten stumm.

»Wir haben ein *Mensch-ärgere-dich-nicht*-Spiel hier unten«, fuhr Frau Brettwieser fort. »Wie wäre es mit einer Partie?« Sie gab sich betont munter, dabei sah sie übernächtigt aus, und mit ihren offenen Haaren bot sie einen ungewohnten Anblick.

Charlotte kannte sie nur mit einem akkuraten Scheitel und einem festen Dutt, aus dem sich – anders als bei Charlottes Mutter – niemals auch nur eine einzige Strähne zu lösen schien.

»Ja, gern.«

Charlotte setzte sich auf die Lehne des Sessels, sodass Rosi auf der Sitzfläche Platz fand.

Frau Brettwieser wirkte erleichtert, dass sie die Mädchen beschäftigen konnte, und zog eine Spielesammlung aus dem Regal. Sie baute das Spiel auf, und Rosi begann zu würfeln. Kaum hatten ihre Spielfiguren die ersten Felder zurückgelegt, ertönte erneut Sirenengeheul. Diesmal war es ein anderer Ton.

»Entwarnung«, stellte Herr Brettwieser fest. »Die Flieger haben wohl abgedreht.«

»Das heißt, wir können jetzt wieder raus?«, fragte Rosi und wirkte etwas enttäuscht. Sie hatte gerade die dritte Sechs in Folge gewürfelt und lag in Führung.

»Ja, es scheint so«, erwiderte Charlotte und erhob sich. »Ich gehe besser erst einmal allein hinaus und sehe nach, ob alles in Ordnung ist.« Ihr war der Gedanke gekommen, dass sie nicht wusste, wann ihre Eltern mit Leopold den Keller verlassen würden.

»Ich denke nicht, dass etwas passiert ist«, sagte Herr Brettwieser. »Es ist alles ruhig geblieben. Ich war im Ersten Weltkrieg, glaube mir, ich weiß, wie laut eine Detonation ist. Wäre hier im Dorf eine Bombe gefallen, sei dir gewiss, das hätten wir gehört.«

»Trotzdem«, beharrte Charlotte, »ich will nicht, dass Rosi sich fürchtet.«

»Ich habe keine Angst«, meldete sich Rosi entrüstet zu Wort, doch Charlotte hatte Herrn Brettwieser überzeugt.

»Geh nur«, brummte er, »Rosi möchte die Partie sicher

noch zu Ende spielen. Mir scheint, das junge Fräulein ist dabei zu gewinnen.« Er zwinkerte Rosi zu, die eifrig nach den Würfeln griff.

Charlotte erhob sich. »Herzlichen Dank für Ihre Hilfe. Ich laufe geschwind nach Hause und komme gleich zurück.«

»Nimm die Petromax mit hinauf, damit du nicht stürzt. Du kannst die Lampe oben auf der Kommode abstellen.«

Charlotte bedankte sich erneut, stieg die Kellertreppe hoch und öffnete die Haustür. Angespannt spähte sie nach draußen, aber Herr Brettwieser hatte recht behalten. Hangeck lag friedlich wie immer vor ihr, kein Feuerschein erhellte den Himmel, kein Brandgeruch lag in der Luft. Erleichtert eilte Charlotte hinüber zu ihrem Haus. Auf ihr Klopfen wurde nahezu sofort geöffnet. Ihre Eltern hatten den Keller also ebenfalls verlassen.

»Wo ist Rosi?«, überfiel ihre Mutter sie sofort mit besorgter Miene. »Ist ihr etwas zugestoßen?«

»Nein, keineswegs.« Charlotte lächelte beruhigend. »Sie sitzt – angesichts der Umstände erstaunlich vergnügt – im Keller der Brettwiesers, stopft sich mit Keksen voll und gewinnt eine Partie *Mensch ärgere dich nicht*. Ich bin nur vorgelaufen, um zu sehen, ob hier alles in Ordnung und Leo wieder in seinem Versteck ist.«

»Ja, das ist er«, entgegnete Charlottes Mutter spitz. »Überaus erfreulich, dass du dir um dieses Kind mehr Gedanken machst als um das Wohlergehen deiner eigenen Schwester.«

Charlotte wollte empört zum Protest ansetzen, da spürte sie die Hand ihres Vaters auf ihrer Schulter.

»Unsere Tochter hat sich ausgesprochen umsichtig verhalten«, sagte er bestimmt und wandte sich dann Charlotte zu. »Du hast sehr erwachsen und vernünftig reagiert. Ich bin stolz auf dich.«

»Das ändert nichts daran, dass der Junge wegmuss!«, entgegnete Charlottes Mutter in einem vor Aufregung schrillen Ton.

Charlotte wusste, dass in dieser Stimmung mit ihrer Mutter nicht zu diskutieren war, und auch ihr Vater kannte seine Frau gut genug, um das das Thema nicht zu vertiefen.

»Die Ereignisse der Nacht haben uns alle aufgewühlt«, sagte er ruhig. »Wir sollten Rosi herüberholen und wieder ins Bett gehen, in der Hoffnung, dass wir den Rest der Nacht schlafen dürfen. Morgen ist ein neuer Tag, dann reden wir weiter.«

»Hier geht niemand ins Bett, bis ich nicht dein Wort habe, dass Leopold weggeschickt wird. Es mag hartherzig sein, aber es betrifft das Leben meiner Töchter. Ich werde nicht noch einmal zulassen, dass meine jüngste Tochter in die Nacht hinausgejagt wird, während Leopold sicher und behütet in unserem Keller hockt.«

In die Nacht hinausgejagt ist wohl etwas übertrieben, dachte Charlotte, doch im Prinzip verstand sie ihre Mutter. Ihr war es auch nicht geheuer gewesen, mit Rosi das Haus zu verlassen, selbst wenn sie vermutlich nie in Gefahr gewesen waren.

»Hilde, du weißt, dass ich alles versuche, um Leopold irgendwo sicher unterzubringen«, sagte ihr Vater beschwichtigend. »Ich habe in der Stadt alle Menschen mit Judenstern angesprochen, ob sie mir Kontakt zu einem Gemeindevorsteher vermitteln können, aber die Antwort war immer dieselbe: Die Gemeinden sind zerschlagen, die Synagogen zerstört. Vielleicht wollte man mir auch aus Angst nicht weiterhelfen. Ich weiß einfach keinen Rat mehr.« Charlottes Vater fuhr sich mit den Händen durchs Haar.

»Du hast *was* getan?« Charlottes Mutter war blass geworden. »Du hast in der Stadt ganz offen mit Juden gesprochen? Weißt du nicht, dass dich selbst das schon verdächtig machen kann? Wenn das die falschen Leute mitbekommen, dann …«

»Hast du eine bessere Idee?«, fiel ihr Charlottes Vater ins Wort. »Du willst doch, dass der Junge so schnell wie möglich verschwindet. Ich konnte ja wohl kaum jemanden in schwarzer Uniform ansprechen. Und Fluchthilfe für Anfänger wurde auf der Uni nicht gelehrt.«

»Red doch keinen Unsinn.«

Aufgebracht funkelten sich Charlottes Eltern an.

»Hilde, bitte. Ich bin müde.«

So, wie ihr Vater aussah, meinte er damit nicht nur sein Schlafbedürfnis. Er hatte tiefe Ringe unter den Augen, und im schwachen Licht der Diele wirkte sein Gesicht grau.

»Ich hole Rosi jetzt her«, sagte Charlotte, die den Streit nicht mehr länger mit anhören konnte.

Wie hatte sie nur vor zwei Monaten noch denken können, 1943 würde ein glückliches Jahr?

***

Müde traf sich die Familie am nächsten Morgen in der Küche. Ohne ihren Mann anzusehen, stellte Charlottes Mutter die Kanne Ersatzkaffee auf den Tisch. Schweigend bereitete sie die Schulbrote für Rosi zu. Indem er die jüngste Tochter zu den Nachbarn geschickt hatte, war Charlottes Vater einen Schritt zu weit gegangen, und Charlotte ahnte, dass sich ihre Eltern für eine ganze Weile nicht mehr versöhnen würden.

Sie war froh, der Stimmung zu entkommen, nur um auf dem Weg zum Bus den nächsten Schrecken zu erleben. Die Menschen gingen oder standen in Grüppchen zusammen, und Charlotte schnappte immer wieder etwas von Tausenden von Toten auf. Es war nicht schwer zu erraten, dass sie über die vergangene Nacht sprachen. Mit einem mulmigen Gefühl versuchte sie, den Unterhaltungen zu folgen, und schob sich näher an eine Gruppe von drei Frauen heran, die vor ihr in Richtung Haltestelle unterwegs waren.

»Charlotte, was hast du es denn heute so eilig?« Ilses Stimme. Von hinten näherten sich rasche Schritte, dann hatte ihre Freundin zu ihr aufgeschlossen. »Hast du es schon gehört?«, fragte sie atemlos. »Letzte Nacht der Alarm. Sie haben Talsperren im Sauerland bombardiert. Die Möhne hat es getroffen. Die Staumauer ist weg, und das Wasser hat das Ruhrgebiet überflutet. Die Menschen sind in ihren Betten ertrunken.« Von Ilses oft übertrieben wirkender Fröhlichkeit war heute nichts zu merken.

An der Haltestelle hing eine seltsam angespannte Stimmung in der Luft. Ohne dass eine einzige Bombe auf Hangeck oder ein einziger Schuss gefallen war, spürten alle dasselbe – der Krieg hatte ihr beschauliches Dorf erreicht.

Der gesamte Tag stand unter dem Eindruck der Geschehnisse der Nacht. In der Schule gab es kein anderes Thema, und als Charlotte daheim die Meldungen im Radio verfolgte, wurde ungewohnt offen von Verlusten gesprochen.

Sie wäre gern zu Paul hinübergelaufen, um sich zu vergewissern, dass dort wenigstens ein kleines bisschen Glück auf sie wartete. Aber ihr Vater war nach dem Unterricht gleich mit Rosi zum Kräutersammeln in den Wald aufgebrochen – wohl, um dem schwelenden Zorn seiner Frau zu entgehen. Das bedeutete für Charlotte, dass sie Zeit mit Leopold im Garten verbringen würde.

Der Junge war noch in sich gekehrter als in den vergangenen Wochen. Nicht einmal ihr neuestes Buch *Pünktchen und Anton*, das Charlotte ganz hinten aus dem Regal herausgezogen hatte, konnte Leo begeistern. Zunächst dachte sie, der Schrecken der letzten Nacht säße zu tief, aber das Kind beschäftigte etwas anderes.

»Deine Mutter ist böse auf mich«, vertraute er Charlotte irgendwann an. »Ich weiß nicht, was ich falsch gemacht habe.«

»Nichts. Du hast absolut nichts falsch gemacht.« Charlotte spürte, wie ihr Tränen in die Augen stiegen. Die Traurigkeit in Leos Blick war kaum zu ertragen. Sie zog ihn in ihre Arme. Er versuchte nicht einmal halbherzig zu protestieren, sondern schmiegte sich an sie. »Hörst du, du hast nichts falsch gemacht«, flüsterte sie, und nun löste sich tatsächlich eine Träne. »Alle anderen Menschen um dich herum machen so viel falsch.« Es brach ihr fast das Herz, dass sie Leo nicht helfen konnte. »Meine Mutter ist nicht böse auf dich. Wir sind alle nur angespannt wegen des Kriegs. Mach dir keine Sorgen.«

6. Hangeck, Mai 1943

In der Nacht kam Charlotte nicht zur Ruhe. Leos traurige Augen, die harte Miene ihrer Mutter, Rosis verstörte Blicke, weil sie nicht verstand, warum ihre Eltern plötzlich so unterkühlt miteinander umgingen. Dazu die Hilflosigkeit, dass ihr einfach keine Lösung einfallen wollte. Vielleicht wartete sie unbewusst auch auf das Geheul der Sirenen – an Schlaf war in dieser Nacht jedenfalls nicht zu denken.

Völlig gerädert schleppte sich Charlotte am nächsten Tag durch den Schultag. Sie war froh, dass ihre Mutter sie nach dem Mittagessen zum Einkaufen schickte. Mit einem Gefühl der Erleichterung griff sie den großen Einkaufskorb. Alles war besser, als die dicke Luft zu Hause ertragen zu müssen. Und mit etwas Glück würde sie Paul sehen.

Vor dem Krämerladen sortierte jemand die ausliegende Ware. Sofort schlug Charlottes Herz stärker. Die Art, sich zu bewegen, hätte sie unter Tausenden erkannt. Kraftvoll stellte Paul eine Kiste zur Seite und ersetzte sie durch eine neue mit frischem Blumenkohl. Sie beschleunigte ihre Schritte, damit er nicht in der Zufahrt verschwinden konnte, bevor sie ihn – ganz nebenbei – vor dem Laden traf.

Er sah auf, als Charlotte auf ihn zukam, und das Lächeln, das auf seinem Gesicht erschien, war wie eine Umarmung. »Charlotte!« Paul breitete seine Arme aus, als wollte er sie an sich ziehen, und bremste sich erst im letzten Moment.

Eine Sekunde lang standen sie sich unschlüssig gegenüber. Dann sah Paul nach rechts und links, ergriff Charlottes Hand und rannte mit ihr am Haus entlang, über den Hof bis zum Lager. Er öffnete die breite Tür einen Spaltbreit und zog

Charlotte mit sich in den Anbau. Das Licht war ausgeschaltet, und der schmale Streifen Tageslicht, der von draußen hereinfiel, verlor sich nach wenigen Metern in der Dunkelheit. Eine leichte Schärfe lag in der Luft. In den Kisten neben ihr mussten Zwiebeln oder Lauch liegen.

Im Dämmerlicht sah Paul ihr tief in die Augen, dann zog er sie wortlos in seine Umarmung. So nah war sie ihm noch nie gewesen. Nicht auf diese Art. Sie hatten häufig am See nebeneinandergelegen, sie hatten sich in der Vergangenheit gelegentlich berührt, bei ihrem Stelldichein hatten sie sich sogar lange an den Händen gehalten – aber das hier war anders. Es war, als wären ihre Körper Magnet und Metall oder Klebe und Papier. Sie vergrub ihre Nase im Stoff seines Hemdes, das nach Seifenflocken und frischem Schweiß roch. Eine unerwartete Hitze breitete sich in Charlotte aus, ein sehnsuchtsvolles Prickeln erfasste jede Nervenbahn.

Paul presste sie an sich, und als er sprach, klang er heiser. »Verdammt, Charlotte, ich habe mir solche Sorgen gemacht, weil du nicht geantwortet hast.«

Überrascht hob sie den Kopf und versuchte, in sein Gesicht zu blicken. »Nicht geantwortet? Worauf?«

»Meine Nachricht.« Er schob sie eine Armlänge von sich weg, damit sie sich ansehen konnten. »Ich habe dir eine Nachricht in unserem Versteck hinterlassen. Ich wollte wissen, ob du die Nacht mit dem Fliegeralarm gut überstanden hast. Als keine Antwort kam, habe ich mir Sorgen gemacht, dass etwas nicht in Ordnung ist. Ich zermartere mir schon den ganzen Tag das Hirn, wie ich es anstellen kann, unauffällig bei dir zu Hause vorbeizugehen, um mit dir reden zu können.«

»Ich war nicht an unserem Versteck«, räumte Charlotte ein. »Mir war nicht in den Sinn gekommen, dass du etwas für mich dagelassen haben könntest.«

»Dann ist alles in Ordnung?«, erkundigte sich Paul, offenbar noch immer beunruhigt.

»Ja, ich bin nur müde.« Sie genoss das Gefühl, dass er sich Sorgen um sie machte. »Zukünftig schaue ich häufiger in unser Versteck«, versprach sie ihm. »Dann musst du dich aber auch ins Zeug legen, damit ich dort nicht vergeblich nachsehe«, fügte sie mit einem neckenden Unterton hinzu.

»Ich werde dich nicht enttäuschen.« Er ging auf ihren lockeren Tonfall ein. »Wenn das der einzige Weg ist, Kontakt mit dir zu haben, will ich ihn häufig nutzen«, fuhr er – jetzt wieder ernst – fort. »So hören wir voneinander, und niemand wird es erfahren.«

»Du denkst dabei an Ilse, nicht wahr?«

Sie hatten bisher nicht darüber gesprochen, doch Charlotte hatte sich schon gefragt, wie ihre Freundin es aufnehmen würde, dass sie nun mit Paul anbandelte.

»Auch.« Paul nickte bedächtig. »Es wird ihr nicht gefallen. Aber es ist generell besser, Gerede zu vermeiden.«

Charlotte verstand, was er meinte. Es war ein großer Vertrauensbeweis ihrer Eltern, dass sie ihr das Treffen erlaubt hatten. Nicht jeder im Dorf würde diese Beziehung gutheißen. Und wie Ilse reagieren würde, wollte sie sich erst gar nicht ausmalen. Charlotte erinnerte sich an den Tag, an dem sie ihre Schätze in das Kirchhof-Versteck gelegt hatten – Paul seine Glücksmurmel und Charlotte ihre liebsten Glanzbildchen. Ilse war ihnen heimlich gefolgt. Sie sprach tagelang nicht mehr mit ihnen, weil Paul und Charlotte dieses Geheimnis vor ihr hatten. Wie würde sie dann erst auf *dieses* Geheimnis reagieren?

»Es ist schön, dass ich dich jetzt in meinen Armen halten kann«, riss Paul sie aus den Gedanken.

Er strich ihr mit einer Hand eine Strähne hinter das Ohr, während seine andere an ihrer Hüfte lag. Sein Blick wurde intensiver, bohrte sich in sie. Langsam beugte Paul sich vor. Charlotte sah wie hypnotisiert auf seine Lippen. Sie reckte den Kopf ein wenig, kam ihm entgegen und wartete mit wild klopfendem Herzen auf die Berührung. Fast schon andächtig senkte er seinen Mund auf ihren. Flüchtig nur, sanft und behutsam, aber doch aufregend genug für ein feines Kribbeln auf der Haut.

Im Hof fiel eine Tür ins Schloss. Charlotte und Paul fuhren auseinander. Das also war ihr erster Kuss gewesen? Sie spürte noch das leichte Kitzeln auf der Lippe. Ihr Herz schlug ein paar Takte schneller. Sie wollte mehr davon.

»Verflucht.« Paul spähte um die Ecke. »Mein Vater und Herr Heitmann stehen genau vor dem Lager«, informierte er Charlotte flüsternd. »Sie hatten eine Besprechung.«

»Sie bleiben also dabei?« Das war Pauls Vater, der so verärgert klang, dass Charlotte Paul einen fragenden Blick zuwarf, der jedoch nur ratlos mit den Schultern zuckte.

»Auch wenn man Ihresgleichen kaufmännisches Geschick nachsagt, gibt es nichts, was mich überzeugen könnte«, erwiderte Ruprecht Heitmann kalt.

Charlotte sog bei diesen Worten erschrocken die Luft ein.

»Ihresgleichen?«, stieß Paul zischend hervor. Er sah aus, als könne er sich nur schwer zurückhalten. »Was meint der Kerl? Falls es das heißen soll, was ich vermute – mein Vater ist kein Jude.«

Charlotte legte Paul die Hand auf den Arm. Tröstende Worte waren kaum zu finden. Innerlich kochte sie genauso vor Wut wie Paul. Was fiel Ilses Vater ein, so abfällig mit Herrn Heinrichs zu reden?

»Dann gehen Sie wohl besser«, sagte Pauls Vater ruhig. »Auf Wiedersehen.« Er ließ Ruprecht Heitmann einfach stehen und kehrte ins Haus zurück. Nachdrücklich schloss er die Tür.

Nun spähte auch Charlotte um die Ecke.

Ruprecht Heitmann starrte Pauls Vater hinterher, zunächst fassungslos, doch dann so unverhohlen bösartig, dass Charlotte ein Frösteln überlief.

Erst nach Sekunden löste sich Herr Heitmann aus der Erstarrung. Er wandte sich um, als sich von der Einfahrt her Schritte näherten.

»Was ist denn heute hier los?«, flüsterte Paul und zog Charlotte wieder ein wenig mehr in den Schatten des Lagers.

Eng an Paul gedrückt verfolgte sie das Geschehen im Hof.

Ein Mann trat auf Ruprecht Heitmann zu. Sein grauer Mantel sah ärmlich aus, sein Hut war verbeult. »Sind Sie Herr Heinrichs? Der Inhaber?« Er nahm seinen Hut ab. »Ihre Frau hat mir gesagt, dass ich Sie vermutlich im Hof finde.« Er verstand Ruprecht Heitmanns empörtes Grunzen offenbar falsch, denn er sprach rasch weiter. »Ich frage mich, ob Sie Leopold Rosenberg kennen.«

Ruprecht Heitmanns Augen wurden schmal. »Hangeck ist klein. Natürlich kenne ich die Rosenbergs.«

Der Mann begann, den Hut nervös zwischen seinen Händen zu drehen. »Wissen Sie etwas über Leopold? Den Knaben?«

Ilses Vater richtete sich auf. »Was interessiert Sie das? Sind Sie ein Verwandter?« Sein Tonfall wurde schneidend. »Ein Jude. Und Sie kommen hierher, weil Sie denken, ein Jude hilft dem anderen? Ist das so? Ist der Junge hier?« Sein Blick wanderte zum Lagerraum, und Charlotte und Paul zuckten zurück.

»Sie sind nicht Gustav Heinrichs«, stellte der Mann fest, und seine Stimme verriet den Schrecken. Wortlos drehte er sich um und verließ mit eiligen Schritten den Hof.

Charlotte hatte die Szene mit wachsender Aufregung

verfolgt. War der Mann tatsächlich ein Verwandter von Leopold? Dann durfte er ihr nicht entwischen. Allerdings stand Ruprecht Heitmann noch immer im Hof, es würde seltsam aussehen, wenn sie hinter dem Mann herrannte.

»Stell keine Fragen, ich brauche deine Hilfe«, sagte sie entschieden zu Paul. Wahllos drückte sie ihm eine Kiste in die Hand und ergriff selbst eine. »Jetzt sieht es so aus, als hätten wir nur etwas aus dem Lager geholt. Geh! Bring mich in den Laden.«

Paul warf ihr einen fragenden Blick zu.

»Später«, drängte Charlotte. »Ich erkläre es dir später, ich muss vorne raus. Bitte!«

Er runzelte noch immer die Stirn, aber nickte und verließ den Anbau.

Zusammen schritten sie zügig über den Hof.

Ruprecht Heitmann blickte ihnen stumm entgegen.

»Heil Hitler«, murmelte Charlotte im Vorbeigehen mit gesenktem Kopf. Nach dem, was sie soeben mitbekommen hatte, erschien es ihr ratsam, ganz besonders brav zu wirken.

Paul brummte etwas Undefinierbares, riss die Tür auf und betrat das Haus.

Charlotte folgte ihm in den schmalen Gang. Rechts führte eine Tür ins Büro, geradeaus ging es in den Laden. Charlotte stellte die Kiste ab und rannte los. Vorbei an Pauls Mutter, die gerade eine Kundin bediente, stob sie aus dem Laden und spähte die Dorfstraße hinunter.

Dorfauswärts war die Straße wie leergefegt, Richtung Kirche bog Frau Brettwieser mit einem Einkaufskorb um die Ecke. Der alten Frau durfte sie keinesfalls in die Arme laufen, sie war immer zu einem Schwätzchen aufgelegt. Charlotte wandte sich nach rechts und legte ein Tempo vor, das ihre Sportlehrerin gern beim Dauerlaufen gesehen hätte. Falls Frau Brettwieser sie erkannt hatte, würde sie

irgendwann sicherlich eine gute Erklärung für ihre Sport-
einlage parat haben müssen. Doch einer jungen Dame
angemessen über die Straße zu schreiten, kam jetzt nicht
infrage. Noch immer sah sie keinen grauen Mantel vor sich.
Dabei hatte sie gehofft, den Mann auf dem Weg zum Bus
zu erwischen.

Charlotte erreichte die Bushaltestelle außer Atem und
verschwitzt – und musste feststellen, dass nur Rosis Schul-
freund Heiner mit seiner Mutter dort wartete. *Verdorrichnocheins*. Mit hängenden Schultern machte sie kehrt.

Hangeck war klein, verfügte aber über verschlungene
Gässchen. Wenn der Unbekannte durch dieses Gewirr davongelaufen war, konnte er inzwischen Gott weiß wo sein.
Wer in den Wald eintauchte, konnte Hunderte von Kilome-
tern weit kommen, ohne mehr als die eine oder andere Land-
straße überqueren zu müssen.

Niedergeschlagen kehrte sie in den Laden der Heinrichs
zurück. Nicht einmal Pauls Anblick konnte sie aufmuntern,
als sie ihn mit einer Kiste in den Händen um die Ecke biegen
sah. Offenbar beendete er die Arbeit, bei der sie ihn vorhin
unterbrochen hatte.

»Da bist du ja wieder«, begrüßte er sie und neigte den
Kopf zur Seite. »Aber du siehst nicht glücklich aus.«

Charlotte zuckte nur mit den Schultern. Sie wusste, sie
schuldete ihm eine Erklärung. Später.

Paul sah sie abwartend an, doch schien er zu merken, dass
sie ihm keine Antwort geben würde. »Dein Einkaufskorb
steht hinter der Ladentheke«, wechselte er das Thema. »Du
hast ihn im Lager vergessen. Ich war so frei, deine Einkäufe
von der Liste zusammenzustellen. Sie sind im Korb.«

»Ich danke dir.« Eine warme Welle überflutete Charlotte.

So etwas war typisch für Paul. Wem, wenn nicht ihm,
durfte sie vertrauen?

Sie gab sich einen Ruck. »Paul, der Mann von vorhin – kanntest du ihn?«

»Nein, noch nie gesehen.« Er blickte sie ruhig an. »Verrätst du mir, warum er dir so wichtig ist?«

»Nicht hier, nicht jetzt.«

Gerade öffnete sich die Ladentür, und eine Kundin kam heraus.

»Guten Tag, Frau Schneider«, grüßten Charlotte und Paul unisono.

Paul wartete, bis die Frau außer Hörweite war. »Du wolltest ihn sprechen, hast ihn aber nicht mehr erwischt?«

»Ja. Ich bin bis zur Haltestelle gerannt, da war er jedoch nicht. Kennt dein Vater ihn? Weil er nach ihm gefragt hat …«

»Nein, während du weg warst, habe ich ihm schon von dem seltsamen Besucher berichtet, aber er konnte sich keinen Reim darauf machen. Wie Gestapo sah er jedenfalls nicht aus.«

»Warum sollte die Gestapo nach Leo suchen?« Charlotte merkte, wie ihr das Blut in die Füße sackte. »Er ist acht Jahre alt!«

»Die Gestapo interessiert sich wahrscheinlich weniger für Leo, aber sie würden sich sehr wohl für denjenigen interessieren, der einen Juden versteckt.« Paul neigte abermals den Kopf zur Seite und sah Charlotte an. Lange und eindringlich. Charlotte konnte förmlich sehen, wie es in ihm arbeitete. »Ich kann hier nicht weg, bis ich meine Aufgaben erledigt habe«, sagte er schließlich. »Aber du kannst mein Rad nehmen. Fahr alle Gassen ab. Ich achte hier darauf, ob er noch einmal wiederkommt.«

Oh, wie sehr sich Charlotte in solchen Momenten wünschte, nicht nur zur Leibesertüchtigung Hosen tragen zu dürfen! Wenn sie wenigstens ein eigenes Fahrrad gehabt hätte! Die hohe Querstange von Pauls Herrenrad und ihr Rock vertrugen sich einfach nicht. Es war schrecklich unbequem, den Stoff so unter den Po zu schieben, dass er alles verbarg und trotzdem nicht im Weg war. Zum Glück war Hangeck so klein, dass sie nicht allzu lange durch die Gassen strampeln musste. Es mochte keine halbe Stunde vergangen sein, da kam sie schon wieder am Laden an. Paul war nicht zu sehen, also rollte sie mit dem Rad die Einfahrt entlang und versuchte auf dem Hof, vom Rad zu steigen, ohne sich in ihrem Rock zu verheddern.

Als sie das Rad an die Hauswand lehnte, trat Paul aus dem Schuppen neben dem Lager. Und hinter ihm – Charlotte traute ihren Augen kaum – erschien der Unbekannte. Er nickte Charlotte zu, kam aber nicht näher, sondern verharrte im Halbdunkel.

Paul überquerte den Hof und nahm das Fahrrad. »Ich habe ihm gesagt, dass du ihn dringend sprechen musst.« Mit einer Kopfbewegung deutete er in Richtung des Mannes. »Du warst gerade losgeradelt, da schlich er auf den Hof. Mein Vater konnte ihm bei seiner Frage nicht weiterhelfen, also bat ich ihn, auf deine Rückkehr zu warten.«

Er fragte nicht, worüber sie mit ihm reden wollte. Er wusste es längst. Für einen Moment pochte ihr Herz vor Schreck mit schmerzhaften Schlägen gegen das Brustbein. Bis ihr klar wurde, dass es Paul war. Paul, der ihr, ohne Fragen zu stellen, half. Paul, der ahnte, dass sie etwas Riskantes tat, und sie trotzdem unterstützte. Paul, den sie damit in Gefahr brachte, falls der Mann doch von der Gestapo war.

Obwohl er wirklich nicht so wirkte. Abwartend, beinahe schüchtern, stand er auf der Schmalseite des Hofs, bereit, sich mit einem Schritt im Dunkel des Schuppens zu verbergen. Das konnte natürlich ebenso eine Finte sein, um Vertrauen zu gewinnen.

Charlotte wandte sich an Paul. »Geh! Was immer geschieht – du kannst glaubhaft behaupten, nichts davon zu wissen.«

Paul schüttelte entschieden den Kopf. »Das werde ich ganz sicher nicht tun. Ich lasse dich nicht mit einem fremden Mann allein. Berede, was du zu bereden hast, aber ich bleibe hier, um notfalls einzugreifen.«

Sie sah in seinen Augen, dass sie ihn nicht würde umstimmen können. Sie versuchte es trotzdem. »Wenn er von der Gestapo ist …«

»… habe ich längst ein Problem. Nun geh, er wird unruhig.«

Tatsächlich hatte der Mann den Schuppen verlassen und war unschlüssig einige Schritte auf sie zugekommen.

Charlotte fasste sich ein Herz. »Nun denn.« Mit weichen Knien überquerte sie den Hof. »Guten Tag.« Sie stockte kurz. »Heil Hitler?« Das kam so zögerlich, dass es zur Frage geriet. Ein schlechter Anfang, wenn er in offizieller Funktion hier war.

Ein Anflug von Belustigung erschien in der Miene des Mannes.

Aus der Nähe erkannte Charlotte, dass sie ihn älter geschätzt hatte, als er tatsächlich war. Die leicht ungepflegte Erscheinung und die unauffälligen Bewegungen hatten sie getäuscht.

»Guten Tag«, antwortete er und gab Charlotte damit zu verstehen, was sie wissen wollte.

Auch das konnte natürlich ein Trick sein.

Sie schüttelten einander nicht die Hände, irgendwie schien das zu diesem Treffen nicht zu passen. Und seltsamerweise fühlte es sich ebenfalls richtig an, sich nicht mit Namen vorzustellen.

Charlotte musterte ihn prüfend. Er hatte freundliche

Augen. Konnte sie ihm vertrauen? Wie um alles in der Welt sollte sie mit ihm reden, ohne zu viel zu verraten? Sie wünschte sich plötzlich, ihr Vater wäre hier. Er hatte immer einen Rat. Er wüsste auch jetzt, was zu tun wäre. Wie hatte sie sich mit ihren fünfzehn Jahren nur für erwachsen genug halten können, diese Situation zu meistern? Das weiche Gefühl in den Beinen nahm zu. Wenn sie jetzt hätte wegrennen müssen, hätte sie es nicht geschafft. Obendrein wäre es sinnlos gewesen. In einem winzigen Dorf wie Hangeck wäre es für jeden Gestapo-Mann ein Leichtes, herauszufinden, wer sie war. Damit hätte sie diese Menschen direkt zu Leopold und ihren Eltern geführt. Und Rosi. Oh Gott, was hatte sie getan! Plötzlich fühlte sich ihr Handeln nach einer riesigen Dummheit an.

»Du wolltest mit mir sprechen?«, begann der Mann ruhig, als Charlotte nach einer gefühlten Ewigkeit noch immer keinen Ton herausbekam.

»Nein!« Das glich eher einem Aufschrei als einer Antwort.

Sofort richtete sich Paul auf, der bei seinem Fahrrad stehen geblieben war und sie beobachtete.

Der Mann legte die Stirn in Falten, sagte jedoch nichts.

»Ich meine ja«, verbesserte sich Charlotte ein wenig gefasster und zwang sich, ihre feuchten Hände nicht am Rock abzuwischen. Um unverfänglich aus der Sache herauszukommen, musste sie schwindeln, und überzeugend konnte sie das nur, wenn sie gelassen wirkte. »Ich hatte gehört, dass Sie nach den Rosenbergs gefragt haben, und dachte, Sie wüssten etwas über den Verbleib der Familie.« Sie schob ein Lächeln nach, das sie für gewinnend hielt. »Das war schon alles.«

Er glaubte ihr kein Wort, das sah sie ihm an.

»Ich hatte nach Leopold gefragt«, erwiderte er und ließ sie nicht aus den Augen, »weil seine Mutter sich Sorgen macht.«

»Sie wissen, wo sie ist? Geht es ihr gut?« Charlotte machte sich nicht die Mühe, ihre Erleichterung zu verbergen. Das wäre ihr in diesem Moment ohnehin nicht gelungen. Sie freute sich unbändig für Leo. Hoffentlich konnte er seine Eltern bald wiedersehen.

»Ich weiß nicht genau, wo sie ist«, dämpfte der Mann ihre Hoffnungen, »und ich fürchte, es geht ihr nicht gut.« Sein Blick wurde traurig. »Niemandem geht es dort gut.«

Er klang genauso pessimistisch wie Charlottes Vater. Nach dem kurzen Moment der Freude schmerzte diese Erkenntnis besonders. Wenn er Leo nicht zu seiner Familie bringen konnte, was wollte er dann von dem Kind? Misstrauisch musterte sie ihr Gegenüber.

»Du traust mir nicht.« Er wirkte darüber nicht betrübt, sondern nickte vielmehr zufrieden. »Das ist gut. Das sichert in diesen Zeiten das Überleben. Ich werde irgendwann sterben, weil ich dem falschen Menschen vertraut habe. Ich hoffe, der Tag wird nicht heute sein, denn ich habe beschlossen, jetzt dir zu vertrauen.« Er nestelte ein gefaltetes Blatt Papier aus der Tasche. »Meine Freunde und ich, wir helfen Menschen. Menschen wie Leo. Für seine Eltern können wir nicht mehr viel tun. Wer einmal in einem Lager ist, kommt dort nicht mehr heraus.« Wieder sah Charlotte den Schmerz in seinen Augen. »Aber für Menschen wie Leopold können wir etwas tun. Menschen, die untergetaucht sind. Er ist doch untergetaucht, nicht wahr?« Sein Blick durchbohrte Charlotte, der erneut mulmig wurde.

Sie zuckte mit den Schultern. »Wenn es so wäre, was würden Sie tun?«

»Ihn in Sicherheit bringen. Raus aus dem Reich und den besetzten Gebieten. Die jüdischen Gemeinden unterstützen uns. Es wird täglich schwieriger, aber noch immer schaffen wir es, wenigstens einige Menschen zu retten.«

»Und woher wissen Sie von Leo?«

»Von seiner Mutter.«

»Ich dachte, Sie wissen nicht, wo sie ist?«

»Nicht genau.« Er faltete das Blatt auseinander. »Jeder in der Kette erfährt immer nur das, was er für seine Aufgabe benötigt. Ich kenne kaum jemanden der Beteiligten oder irgendwelche Namen. Niemand von uns kennt alle Helfer, die Geldgeber oder die Fluchtwege. Sollte einer von uns geschnappt werden, kann er auch unter der Folter der Gestapo nichts verraten, weil er nichts weiß.«

Charlotte schauderte. Die eindringliche Art, mit der er sprach, überzeugte sie, dass er die Wahrheit sagte. Sie würde dennoch wachsam bleiben. Nur so viel zu verraten, wie der jeweils andere unbedingt wissen musste, war ein einleuchtendes Prinzip, das sie beherzigen würde.

Der Mann reichte ihr das Blatt. »Das ist alles, was ich an Informationen habe.«

Es war ein Brief.

»Sehr geehrte Damen und Herren«, las sie leise. »Mein Name ist Herta Rosenberg. Mein Mann Ludwig und ich mussten unsere Heimat Hangeck verlassen. Wir wurden getrennt, ich weiß nichts über den Verbleib meines Mannes und auch nichts über den unseres Sohnes. Unser Sohn Leopold ist gerade einmal acht Jahre alt. Am Tag, als wir fortgebracht wurden, war er in der Schule. Ich bete jeden Tag, dass er entkommen konnte. Mein Schicksal ist ungewiss, doch bitte ich Sie aus dem tiefsten Herzen einer liebenden Mutter: Retten Sie meinen Sohn! Ergebenst, Ihre Herta Rosenberg.« Die letzten Worte stieß Charlotte kaum mehr verständlich mit erstickter Stimme hervor.

Der Unbekannte gab ihr einen Moment, sich zu sammeln. »Solche Briefe werden immer wieder aus den Lagern herausgeschmuggelt. Wir versuchen, die Kinder zu finden, um wenigstens sie zu retten.« Er sah sie eindringlich an. »Wenn du also weißt, wo Leopold ist, so bitte ich dich, mir ebenso zu vertrauen wie ich dir.«

Charlotte nickte langsam. »Es kann sein, dass ich jemanden kenne, der wissen könnte, wo Leopold ist.«

»Das ist mehr, als ich nach diesem Nachmittag zu hoffen wagte.« Der Unbekannte lächelte leicht. »Wirst du uns zusammenbringen?«

»Nein.« Entschieden schüttelte Charlotte den Kopf. »Nein. Aber wenn Sie hier warten, kann ich dort Bescheid geben, dass Sie hier sind.«

Das war viel verlangt, denn nun musste er darauf vertrauen, dass sie keine Verräterin war; schlimmstenfalls legte er sein Leben in ihre Hände.

Der Fremde ließ seinen Blick einen Moment auf ihr ruhen. Dann nickte er. »Einverstanden.«

»Kann ich den mitnehmen?« Sie hielt den Brief hoch.

Er zögerte kurz, bevor er erneut nickte.

Charlotte faltete den Brief sorgfältig zusammen und steckte ihn ein. »Ich komme wieder, sobald ich kann.«

»Ist alles in Ordnung?«, erkundigte sich Paul sofort, als Charlotte zu ihm ging. »Du hast gerade so erschrocken ausgesehen.«

»War ich auch. Wohl ist mir immer noch nicht. Mir ist in diesem einen Moment erst richtig bewusst geworden, wie heikel alles ist.«

Paul legte die Hand auf ihren Arm. »Auf meine Hilfe kannst du immer zählen.«

»Dafür danke ich dir.« Charlotte lächelte schwach. »Kannst du ein Auge auf ihn haben, dass er mir nicht folgt, bitte? Ich misstraue ihm zwar nicht, aber es ist besser, vorsichtig zu sein.«

»Mache ich. Wie lange bleibst du weg?«

»Ich habe keine Ahnung. Kann er so lange hierbleiben?«

»Natürlich. Jetzt lauf! Und vergiss deine Besorgungen nicht.«

Charlotte lächelte ihm dankbar zu, dann ging sie in den Laden, bezahlte ihre Einkäufe und schlenderte mit dem gefüllten Korb nach Hause. Wie an jedem beliebigen Tag und so, als läge nicht gerade der nervenaufreibendste Nachmittag ihres Lebens hinter ihr. Ihre Knie zitterten immer noch. Sie war froh, die Entscheidung und die Verantwortung jetzt an ihren Vater abgeben zu können.

7. Hangeck, Mai 1943

Du hast *was*? Einem Fremden von Leopold erzählt? Bist du denn völlig von Sinnen? Du solltest alt genug sein, um zu begreifen, dass Schweigen in diesem Land dein Leben retten kann!« Ihr Vater sah Charlotte an, als habe sie den Verstand verloren.

Seit sie dazu angesetzt hatte, ihm von den Geschehnissen des Nachmittags zu berichten, hatte er sich im Wohnzimmer vor ihr aufgebaut und hielt ihr eine Standpauke, wie Charlotte sie zuletzt erlebt hatte, als sie etwa in Rosis und Leos Alter gewesen war. Ungefähr diesen Grad an geistiger Reife schien ihr Vater ihr in diesem Moment auch zu unterstellen.

»Vati, was schimpfst du denn die Charlotte so?« Rosi stand in der Tür.

Charlotte hatte nicht einmal mitbekommen, dass ihre Schwester nach Hause gekommen war.

»Deine große Schwester hat etwas Dummes getan«, antwortete ihr Vater mühsam beherrscht.

»Habe ich nicht«, murmelte Charlotte. Sie blinzelte die Tränen weg, die in ihre Augen stiegen. »Wenn du mir erlaubt hättest, alles zu erklären …«, fügte sie etwas lauter hinzu, brach jedoch unter dem strafenden Blick ihres Vaters ab.

Natürlich war es ungehörig, ihrem Vater Widerworte zu geben, aber dass er sie ungerecht behandelte, würde sie nicht kommentarlos hinnehmen. Zornig funkelte sie ihn an.

»Rosemarie, geh deiner Mutter in der Küche zur Hand«, ordnete ihr Vater an, und Rosi verschwand blitzschnell aus dem Raum. Sie wusste, was es bedeutete, wenn die Eltern sie Rosemarie nannten.

Ihr Vater wandte sich wieder Charlotte zu. Er atmete tief durch. »Du hast recht, ich hätte dir zuhören müssen.«

Charlotte merkte, dass es ihn Mühe kostete, sich zu beruhigen. Und plötzlich wurde ihr klar, welch unglaubliche Angst ihr Vater ausstand. Die Gereiztheit, die ihre Eltern in den vergangenen Wochen entzweit hatte und die nun Charlotte traf, war eine Folge dessen, was auch sie heute beschäftigt hatte: die Frage, ob sie das Richtige tat oder am Ende ihre gesamte Familie in Gefahr brachte.

»Ich habe ebenfalls Angst«, sagte sie leise. »Ein so hohes Risiko auf der einen Seite, doch die vielleicht einzige und letzte Chance für Leo auf der anderen.«

Diese schlichte Aussage veränderte schlagartig die Atmosphäre. Ihr Vater sah sie anders an, ernster, nachdenklich – und auf eine neue Art gleichgestellt. Charlotte hatte den Eindruck, sie war in dieser Sekunde in den Augen ihres Vaters erwachsen geworden.

»Erzähle mir alles ganz genau«, bat er sie, endlich mit der vertrauten Besonnenheit und Ruhe.

Charlotte begann. Sie erzählte von der Szene im Hof, ignorierte, dass ihr Vater die Augenbrauen hochzog, weil sie *zufällig* mit Paul allein im Lager gewesen war, berichtete von ihrer Suche, und davon, dass der Fremde letztlich von sich aus zum Krämerladen zurückgekehrt war.

»Er hatte diesen Brief dabei«, sagte Charlotte und reichte ihrem Vater das Blatt.

Der las das Schreiben mit bedrückter Miene und nickte schließlich. »Ich würde den Mann gern kennenlernen« Er legte den Brief beiseite. »Er wartet bei Heinrichs, sagst du?«

»Ja. Glaubst du, er sagt die Wahrheit?«

Ihr Vater erhob sich, ging zu seinem Schreibtisch in der Ecke des Raums und öffnete eine Schublade. Er zog einen Ordner heraus, blätterte darin, nahm den Brief wieder zur

Hand und legte ihn daneben. »Ja«, sagte er. »Ja, ich glaube ihm. Das ist die Handschrift von Leopolds Mutter. Das hier sind Unterlagen, die ich als Leopolds Lehrer hatte, ganz unverfänglich also.« Er legte den Ordner zurück, das Schreiben steckte er ein.

»Es könnte trotzdem ein Trick sein«, gab Charlotte zu bedenken.

»Völlig sicher können wir nicht sein. Aber ich denke nicht, dass die wegen eines kleinen jüdischen Knaben ein solches Aufheben machen. Deshalb neige ich dazu, dem Mann zu glauben. Ich würde mir gern selbst ein Bild von ihm machen. Also gehen wir.« Auf dem Weg zur Tür hinaus hielt er noch einmal inne. »Charlotte?«

»Ja, Vati?«

»Du hast dich sehr verantwortungsvoll und klug verhalten. Verzeihe mir meine Worte von vorhin.«

Nach all den Zweifeln des Nachmittags tat sein Lob unglaublich gut.

Gemeinsam betraten sie die Diele. Ihr Vater rief in die Küche, dass er noch frische Luft schnappen wolle, während er gleichzeitig Charlotte aus der Tür schob.

»Rasch, bevor Rosi auf die Idee kommt mitzugehen.« An der Abzweigung zur Dorfstraße hielt er an. »Kennst du die alte Schutzhütte, auf halbem Weg hoch zur Kuppe?« Er zeigte in Richtung des höchsten der Hangecker Berge.

»Natürlich.«

»Von dort hat man einen guten Überblick. Da werde ich warten. Komm mit dem Unbekannten dorthin. Sobald ihr da seid, läufst du heim. Wenn Mutti fragt, sag ihr, ich trinke noch ein Bier in der *Amsel*.«

Ihr Vater im Hangecker Gasthaus war zwar eine wenig glaubhafte Ausrede, aber da Charlotte ohnehin nicht vorhatte, die beiden Männer allein zu lassen, nickte sie nur.

Während ihr Vater nach rechts den Weg zum Wald einschlug, wandte sich Charlotte in die entgegengesetzte Richtung und stand kurz darauf auf dem Hof hinter dem Krämerladen. Die Kirchturmuhr hatte bereits sechs Mal geschlagen, und der Laden war geschlossen. Auch der Hof lag verwaist vor ihr.

»Ist hier jemand? Paul?« Sie rüttelte probehalber an der hinteren Tür, doch die gab nicht nach. Das Lager war abgesperrt. Sie lenkte ihre Schritte zum Schuppen, drückte die Klinke und atmete auf, als sich die Tür mit einem Knarzen öffnen ließ. »Paul, seid ihr hier?«, rief sie verhalten ins Innere, aber niemand antwortete.

Charlottes Nackenhärchen richteten sich auf. Irgendetwas musste geschehen sein.

Ohne Lampe traute sie sich nicht weiter hinein. Ihr grauste es vor Spinnen, und dort gab es sicherlich ein paar besonders dicke Exemplare, in deren Netze sie nicht unversehens hineinlaufen wollte. Also drehte sie sich um – und stieß einen Schrei aus, als sie gegen eine Brust prallte und ins Wanken geriet. Kräftige Arme packten sie – und dann setzte ihr Denken wieder ein, und sie erkannte Paul. Vor Erleichterung wurde ihr ganz schwindelig.

»Langsam, es ist alles in Ordnung«, sagte Paul beruhigend und strich ihr über den Rücken. Mit der anderen Hand hielt er sie immer noch fest. »Zumindest für den Augenblick«, fügte er knurrend hinzu, und Charlottes Pulsschlag schoss erneut in die Höhe.

»Was ist passiert? Wo ist der Fremde?« Bestürzt sah sie Paul an. »War es doch eine Falle?«

»Nein, keine Falle. Aber ich glaube, wir bekommen ein Problem mit dem Heitmann.« Er deutete aufs Haus. »Komm mit.«

Mit einem unguten Gefühl folgte Charlotte ihm.

Im Büro hinter dem Laden saß der Fremde bei einer Tasse Ersatzkaffee und blickte Charlotte zunächst gespannt, dann mit sichtlicher Enttäuschung an. »Du kommst allein?«

»Was ist hier los?« Charlotte drehte sich zu Paul um.

Sie würde sicher nicht den Treffpunkt verraten, bevor sie nicht wusste, was geschehen war.

»Heitmann«, antwortete Paul düster. »Er war hier und hat herumgeschnüffelt.«

»Ich habe ihn misstrauisch gemacht«, erklärte der Fremde. »Weil ich gedacht habe, den Vater des Jungen hier«, er nickte in Pauls Richtung, »vor mir zu haben, war ich unvorsichtig.«

»Warum haben Sie eigentlich gerade Herrn Heinrichs nach Leo gefragt?«

»Er ist der letzte Jude in Hangeck.«

»Er ist kein Jude«, widersprach Paul mit einer Aggressivität in der Stimme, die Charlotte an ihm nicht kannte.

»Drei Viertel jüdischen Blutes reichen. Mir, um ihn als Anknüpfungspunkt für meine Suche zu wählen, und, Junge«, er sah Paul eindringlich an, »den Nazis, um ihn als Juden einzuordnen. Würdet ihr in einer Stadt leben, hätte dein Vater vermutlich schon ernste Schwierigkeiten.« Er seufzte. »Ich hoffe, durch mein unbedachtes Vorgehen habe ich jetzt nicht die Aufmerksamkeit auf ihn gelenkt. Dieser Mann, Heitmann, scheint zu den Menschen zu gehören, die Ärger bedeuten.«

Paul verzog das Gesicht. »Das hätte ich nie von ihm gedacht. Wir sind mit seiner Tochter befreundet. Vielleicht hat er es vorhin nicht so gemeint. Er war einfach verärgert. Mein Vater und er hatten Streit wegen einer Lieferung.«

Der Fremde wiegte den Kopf hin und her. »Seid besser vorsichtig. Dass er noch einmal hier war, lag nicht an dem teuren Füllfederhalter, den er angeblich verloren haben will. Er vermutet, dass ihr Leopold versteckt, und wenn er diese Information an die falschen Leute weitergibt, kann es gefährlich werden. Er sah Charlotte an. »Paul hat den Mann gerade noch rechtzeitig erwischt, bevor er so weit in den Schuppen gelangen konnte, dass er mich entdeckt hätte. Das war haarscharf.«

Charlotte fröstelte es. Heitmann war ein böser Mann. Dass Paul das nicht glauben wollte, lag in seinem Naturell. Er sah immer nur das Gute. Dabei hatte auch er Ilses Blutergüsse gesehen, wenn Heitmann wieder einmal die Hand ausgerutscht war.

»Was machen wir denn nun?« Charlotte drehte sich zum Fenster, fast in Erwartung, Ruprecht Heitmanns feistes Gesicht dort zu entdecken. Natürlich war da niemand, aber sie fühlte sich trotzdem unwohl.

»Wir gehen hintenherum raus«, sagte Paul, der sie beobachtet hatte. »Jetzt sollten wir überlegen, wie es konkret weitergeht. Hast du etwas erreicht?«

»Ja«. Charlotte nickte. »Ja, habe ich. Mein V… Kontakt wartet.« Sie drehte sich zu dem Mann. »Ich werde Sie hinbringen.«

»Gehen wir.« Er erhob sich. »Danke für deine Hilfe.« Er streckte Paul die Hand hin. »Auf Wiedersehen und viel Glück, Junge.«

Paul winkte ab. »Ich komme mit. Ich lasse sie nicht allein.« Er deutete auf Charlotte.

Charlotte überlegte, ihn zu bitten, sie nicht zu begleiten. Doch im Grunde steckte Paul ohnehin schon tief in der Sache mit drin. Und ein Sturkopf war er obendrein. Also nickte sie und überquerte mit den beiden Männern im Eiltempo den Hof.

Paul führte sie hinter den Schuppen, an der Rückseite des Lagers entlang und durch eine Lücke zwischen dem Haus und der Hecke des angrenzenden Grundstücks auf die Straße.

Bevor sie den Gehsteig betraten, hielt er an. »Ihr geht vor, ich folge euch in einigem Abstand. So sehe ich hoffentlich, falls Heitmann sich an eure Fersen heftet.«

»Du glaubst, so weit würde er gehen?« Charlotte blickte unwillkürlich über ihre Schulter.

»Ich weiß es nicht. Im Grunde kann ich mir noch immer nicht vorstellen, dass er einer von denen ist.«

»Bleiben wir vorsichtig.« Der Fremde nickte.

Charlotte wählte einen Umweg, der sie um Hangeck herumführte. Sie mieden die Häuser, kamen Heitmanns nicht zu nah und hatten das Glück, niemandem zu begegnen. Paul schloss nach einer Weile im Laufschritt zu ihnen auf und gab Entwarnung. Charlotte atmete auf.

Ihr Vater stand außerhalb der Hütte an einer Eiche und beobachtete den Weg, der auf direktem Weg vom Dorf aus hochführte. Er wandte sich um, als sich die kleine Gruppe aus der anderen Richtung näherte. Dass Paul dabei war, schien ihn nicht zu überraschen, er nickte ihm zu, dann richtete er seine Aufmerksamkeit auf den Fremden.

Die beiden Männer musterten sich.

»Wie ich hörte, haben wir etwas zu besprechen.«

Der Mann nickte stumm. Für ihn war dies der Augenblick, in dem sich alles entschied. Sollte Charlotte ihn verraten haben, wären das seine letzten Minuten in Freiheit.

»Warum tun Sie das alles?«, rutschte es ihr heraus, als sie diese Tatsache begriff. »Warum riskieren Sie so viel für einen Jungen, den Sie doch gar nicht kennen?«

Der Mann sah sie mit einem traurigen Lächeln an. »Ich bin arischer Abstammung, aber meine Frau ist Jüdin. *War* Jüdin.« Er schwieg für einen Atemzug. »Die Menschen, die meinen Sohn außer Landes gebracht haben, kannten Karl ebenso wenig, wie ich Leopold kenne.«

»Das tut mir leid«, murmelte Charlotte.

Paul schüttelte betroffen den Kopf.

Ihr Vater räusperte sich. »Ihr kehrt jetzt ins Dorf zurück«, sagte er an Charlotte und Paul gerichtet. Dann wies er auf einen kleinen Pfad, abseits vom Hauptweg. »Ich schlage vor, wir gehen ein paar Schritte und reden dabei«, sagte er zu dem Mann.

Charlotte und Paul schlenderten einige Meter in Richtung Hangeck, aber sobald die Männer außer Sichtweite waren, blieben sie wie auf Kommando stehen.

Paul grinste. »Dachte ich es mir doch, dass du nicht vorhast, dich von hier wegzubewegen.«

»Natürlich nicht. Besonders jetzt, da ich glaube, dass Herr Heitmann etwas im Schilde führt.«

»Du wirst Ärger bekommen, wenn du deinem Vater nicht gehorchst«, gab Paul zu bedenken. »Lauf lieber heim, ich bleibe bei den Männern.«

»Ich möchte dich nicht noch weiter mit in diese Sache reinziehen«, widersprach Charlotte.

»Sag mal, dass du zur Stubenhockerin geworden bist, hatte das mit Leo zu tun?«, wechselte Paul abrupt das Thema.

Charlotte blinzelte irritiert. »Möglich.«

Anstatt nachzuhaken, neigte Paul den Kopf und sah sie auf seine spezielle Art an. So lange, bis sie von sich aus weitersprach.

»Rosi weiß nichts von Leo. Ich habe meinen Teil dazu beigetragen, dass sie es nicht erfährt«, erwiderte sie ausweichend, die Mahnung des Fremden im Ohr, niemandem mehr als nötig zu verraten.

Paul schien diese Antwort zu reichen. »Nun trage ich meinen Teil dazu bei, dass der arme Junge in Sicherheit gebracht wird«, erklärte er entschieden. »Ich kann mir vorstellen, dass die vergangenen Wochen hart für dich waren, jetzt bin ich an der Reihe, meinen Beitrag zu leisten. Also geh heim. Und diesmal wirklich.« Er wandte sich um, hielt aber inne. »Und Charlotte …«

»Ja?«

»Ich wünschte, du hättest mich eher eingeweiht. Ich habe mir den Kopf zermartert, warum du mir aus dem Weg gehst.«

»Nichts zu wissen kann eine Gnade sein.«

Paul strich ihr über den Arm. »Und dennoch hätte ich die Last gern mit dir geteilt. Und nun lauf heim, damit du keinen Ärger bekommst.« Er drehte sich um und ging mit energischen Schritten zur Hütte zurück.

Sie sah ihm nach, bis die Schatten des Waldes ihn verschluckten. Schon wieder schlug ihr Herz bis zum Hals, aber diesmal vor Zuneigung. Vielleicht wurde 1943 ja doch noch zu einem schönen Jahr.

Charlotte drehte sich um und stieg nach Hangeck ab. Die letzten Bäume wichen zurück, die Sträucher am Rand wurden spärlicher, und Felder, die Ausläufer des Heitmann-Hofs, säumten den Weg. Mit dem beglückenden Gefühl im Bauch, dass nun alles gut werden würde – Leo wäre bald in Sicherheit, und sie hätte endlich mehr Zeit für Paul –, lief Charlotte beschwingt den Berg hinunter. Bis sie an einer Wegbiegung beinahe mit einem Mann zusammenstieß.

Er war vom Abzweig des Heitmann-Hofs gekommen und schritt nun den Weg zum Wald hinauf, den sie in entgegengesetzter Richtung zum Dorf nahm.

»Entschuldigung«, stammelte sie und wollte ausweichen, als sie den Mann erkannte.

Es war Matthias, der letzte verbliebene Knecht der Heitmanns. Die anderen Arbeiter waren zur Wehrmacht eingezogen worden, doch Matthias mit seinem Hinken war untauglich und deshalb weiterhin auf dem Hof beschäftigt.

Sofort hatte Charlotte ein flaues Gefühl im Magen. Jemand wie Matthias ging nicht einfach spazieren. Nach einem Tag voller harter Arbeit schaffte es der Knecht allenfalls noch bis ins Gasthaus. Und hatte sich Ilse nicht erst kürzlich darüber beschwert, dass Matthias mit seinem schmerzenden Knie immer lauffauler wurde und aus diesem Grund immer mehr Aufgaben an ihr und den Geschwistern hängenblieben? Konnte es wirklich Zufall sein, ihn ausgerechnet hier und jetzt zu treffen?

»Matthias, grüß dich! Was machst du denn hier?« Sie lächelte ihn so strahlend an, als habe sie seit Ewigkeiten auf die Gelegenheit gewartet, mit ihm reden zu können.

»Siehst du doch«, knurrte er. »Ich gehe hierher.«

»Ein Abendspaziergang?«, erkundigte sich Charlotte freundlich und ignorierte, dass sein Benehmen dem eines bissigen Hofhunds glich. »Wie schön.«

Während sie um einen Plauderton bemüht war, ratterten die Gedanken in ihrem Hinterkopf. Ob Zufall oder nicht – sie musste ihn irgendwie davon abhalten, zum Wald zu laufen. Es gab dort nicht viele Wege. Er würde unweigerlich auf die drei Männer treffen.

»So ungefähr, Mädchen«, brummte der Knecht und trat einen Schritt zur Seite, um an Charlotte vorbeizukommen.

Doch die dachte gar nicht daran, ihn so schnell entkommen zu lassen.

»Gibt es etwas Neues auf dem Hof?«, fragte sie munter.

»Ja, eine Menge Ärger mit dem Chef, wenn ich meine Aufgaben nicht erledige. Also lass mich in Ruhe.«

»Ich habe Ilse noch gar nicht nach den Katzen gefragt. Hat sie ihre Jungen schon bekommen?«

Matthias war mit seiner Geduld am Ende. »Frag Ilse.« Er drängte sich an Charlotte vorbei und ging weiter.

Das konnte sie nicht zulassen.

»Weißt du was?« Charlotte schloss mit wenigen schnellen

Schritten zu Matthias auf und lief neben ihm her. »Wir kennen uns schon so lange, und doch kenne ich dich gar nicht richtig. Was hältst du davon, wenn ich dich begleite und du mir von dir erzählst?«

Matthias blieb abrupt stehen. »Hör zu, Mädchen!« Er warf ihr einen Blick zu, der ihr das Blut in den Adern gefrieren ließ. »Ich habe keine Ahnung, was das hier werden soll. Aber ich habe kein Interesse daran, dich näher kennenzulernen, und ich habe eine Aufgabe zu erledigen, also geh heim, und mach deine Hausaufgaben oder was kleine Mädchen in deinem Alter halt so machen.«

Die Abfuhr war deutlich. Doch was er sagte, bestätigte Charlotte in ihrer Sorge. Matthias ging nicht einfach nur spazieren. Was, wenn Heitmann so misstrauisch geworden war, dass er und Matthias nun patrouillierten? Sie musste sich etwas Neues einfallen lassen. Also nickte sie wie ein folgsames Mädchen und wandte sich zum Dorf.

Auch Matthias setzte seinen Weg in Richtung Wald fort.

Kaum kehrte er ihr den Rücken zu, ließ sich Charlotte mit einem Aufschrei fallen. Mit einem Seitenblick versicherte sie sich, dass Matthias wie erhofft reagierte.

»Was ist denn jetzt schon wieder?«, schimpfte er vor sich hin, eilte aber zu ihr.

»Ich bin umgeknickt«, jammerte Charlotte. »Es tut so weh! Mein Knöchel! Ich glaube, ich kann nicht mehr auftreten.«

»Verdammter Scheiß!«, fluchte Matthias. Er beugte sich zu ihr und streckte ihr die Hand hin. »Komm, versuch es mal.«

Innerlich widerwillig, aber äußerlich dankbar lächelnd ergriff Charlotte die Hand und versuchte umständlich, auf die Beine zu kommen. Stöhnend belastete sie behutsam den rechten Fuß. »Ich glaube, ich schaffe es allein nicht heim«, sagte sie weinerlich und klammerte sich an ihn wie an einen Rettungsring.

Matthias bedachte sie mit einem Blick, der sonst wahrscheinlich ausgesprochen ekligen Insekten oder dicken Ratten vorbehalten war. Die Abneigung beruhte durchaus auf Gegenseitigkeit. Obwohl Matthias nur wenige Jahre älter war als Ilse und Charlotte, hatten sie selten ein Wort gewechselt. Seine groben Gesichtszüge hatten Charlotte immer abgeschreckt.

Jetzt sah sie ihn allerdings an wie ihren persönlichen Helden. »Ich danke dir«, hauchte sie, als sie mit seiner Hilfestellung endlich stand. »Begleitest du mich, damit ich nach Hause komme?«

Das »Nein« lag ihm erkennbar auf der Zunge, doch er hatte mehr von einem Kavalier, als Charlotte zu hoffen gewagt hatte. Er nickte knapp und packte Charlotte fest am Arm. Sie würde morgen blaue Flecken haben, aber hütete sich zu protestieren, sondern humpelte auf ihn gestützt los. In diesem Tempo würden sie nicht vor Sonnenuntergang ihr Haus erreichen.

Matthias mussten ähnliche Gedanken durch den Kopf gehen. »Kannst du nicht etwas schneller machen? Ich bekomme wirklich Ärger.«

»Ich gebe mir doch Mühe«, beteuerte sie mit einem scheuen Augenaufschlag. »Was gibt es denn so spät am Tag noch Wichtiges zu erledigen?«

»Kontrollrunde«, brummte Matthias.

An Matthias geklammert, bewegte sich Charlotte langsam vorwärts. Matthias grunzte gelegentlich unzufrieden, blieb jedoch an ihrer Seite.

Sie hatten gerade die ersten Häuser des Dorfes erreicht, als sich schnelle Schritte näherten. Paul, mit erhitztem Gesicht, bog um die Ecke.

»Charlotte!« Besorgt sah er von ihr zu Matthias. »Was ist passiert?«

»Ich bin umgeknickt. Zum Glück war Matthias in der Nähe und hilft mir nun heim.«

»Das übernehme ich.« Paul sah Matthias auffordernd an, der Charlotte bereitwillig losließ.

Fürsorglich legte Paul seinen Arm um Charlottes Hüfte. So sehr sie die Berührung genoss – just in diesem Moment hätte Paul ihr nicht unwillkommener sein können. Wie sollte sie Matthias jetzt noch aufhalten? Der hatte sich wortlos umgedreht und schon einige Meter entfernt. Charlotte starrte ihm verzweifelt hinterher.

»Es ist alles in Ordnung«, raunte Paul ihr ins Ohr. »Dein Vater ist auf dem Heimweg.«

Erleichtert ließ Charlotte ihren Kopf an seine Schulter sinken. »Du wusstest, dass es eine Finte ist?«

»Ich hatte es gehofft, denn mir ist beinahe das Herz stehengeblieben, als ich dich und Matthias zusammen gesehen habe.«

»Ich musste ihn doch aufhalten!«

»Das habe ich mir gedacht. Gut gemacht.« Paul grinste anerkennend. »Ich habe euch über das Feld hinweg beobachtet. Fast wäre ich zu dir gelaufen, aber gerade noch rechtzeitig ist mir eingefallen, dass du vielleicht nur versuchst, Besucher aus dem Wald fernzuhalten. Da es nicht so aussah, als wärst du in Gefahr, habe ich deinen Vater gewarnt und bin dann hintenrum nach Hangeck zurückgerannt.«

»Das erklärt deinen knallroten Kopf.« Charlotte lachte leise.

»Das nächste Mal lasse ich mir mehr Zeit mit deiner Rettung.« Paul grinste. »War ja bestimmt ein Vergnügen, so eng an einen Kerl wie Matthias geschmiegt unterwegs zu sein.« Er fuhr sich mit der freien Hand durch die Haare.

»Komm, lass mich dir helfen, solange Matthias uns sehen kann.«

Arm in Arm, und in Charlottes Fall leicht humpelnd, gingen sie weiter.

»Meinst du, es war nur Zufall, dass Matthias ausgerechnet jetzt zum Wald gelaufen ist?«, fragte Charlotte nachdenklich. »Oder hat Heitmann doch etwas mitbekommen und Matthias losgeschickt?«

»Was hat Matthias denn gesagt?« Paul warf Charlotte einen Seitenblick zu. »Wie ich dich kenne, hast du gewiss versucht, ihn auszufragen.«

»Das habe ich durchaus, aber der ist mundfaul. Er hat etwas von einer Aufgabe und einer Kontrollrunde gebrummt.«

Paul seufzte. »Wir können nur hoffen, dass diese Aufgabe nichts mit uns zu tun hatte.«

Inzwischen hatten sie die Dorfstraße erreicht, und widerstrebend löste sich Paul von ihr.

Keine Sekunde zu früh, denn in diesem Augenblick kam Charlottes Vater aus Richtung der Schule auf sie zu. Er hatte ein Knäuel unter den Arm geklemmt. Vor Charlotte und Paul blieb er stehen und musterte sie mit fragender Miene.

»Vati!«, rief Charlotte aus. »Wo kommst du denn her?«

»Dasselbe wollte ich dich fragen, junge Dame. Ich war noch in der Schule.« Mit einer Kopfbewegung deutete er auf das Bündel unter seinem Arm. »Ich habe die Perücke aus der Requisitenkiste für die Schulaufführung geholt. Wir werden Leopold verkleiden, wenn ich ihn zum Treffpunkt bringe.«

»Er verlässt uns also«, sagte Charlotte mit einer Mischung aus Sorge und Erleichterung. »Hoffentlich kann er irgendwo in Sicherheit ein besseres Leben führen.«

»Das hoffen wir alle. Was er hier erleben musste, wird ihn traurigerweise begleiten. Ich fürchte, so etwas vergisst man nicht.«

»Aber er wird überleben«, sagte Charlotte. »Mehr konnten wir nicht für ihn tun.«

»Ja, wenigstens das.« Ihr Vater sah einen Moment lang so gequält aus, dass es Charlotte in der Seele wehtat. Dann sammelte er sich. »Und nun zu dir, junges Fräulein. Wo kommst du jetzt erst her? Ich hatte dich doch nach Hause geschickt!«

»Ja, Vati«, erwiderte Charlotte kleinlaut. »Aber es war so ein schöner Abend, dass ich einen kleinen Umweg genommen habe.«

»So, so.« Ein Lächeln umspielte die Lippen ihres Vaters. »Zumindest müssen wir deiner Mutter jetzt nicht die Lüge auftischen, dass ich noch in die *Amsel* eingekehrt wäre.« Er sah Paul an. »Junge, ich danke dir für alles.«

»Von Herzen gern«, erwiderte Paul. »Wenn ich Ihnen helfen kann, dann sagen Sie es nur.«

»Hoffentlich ist jetzt alles ausgestanden.« Charlottes Vater wirkte plötzlich kraftlos. »Wir werden den Krieg und seine Folgen nicht aufhalten können, doch ich bete zum Herrn, dass Hangeck von weiteren Abscheulichkeiten verschont bleibt.«

Nach dem Abendessen und sobald Rosi im Bett war, schlich sich ihr Vater auf den Dachboden, um dem Jungen die Nachricht zu überbringen. Danach gingen auch Charlottes Mutter und Charlotte zu ihm hinauf.

Unglücklich klammerte sich Leo an Charlotte. »Ich habe Angst«, schluchzte er.

»Ich weiß.« Charlotte strich dem weinenden Jungen über den Rücken. »Aber du warst in den vergangenen Wochen so tapfer. Jetzt musst du nur noch einige Tage mehr so mutig sein, dann bist du in Sicherheit und brauchst dich nicht mehr zu verstecken.« Zumindest wünschte sie ihm das. »Du kannst wieder wie früher mit anderen Kindern spielen.«

Ein Hauch von Zuversicht blitzte im Gesicht des Jungen auf. »Und meine Eltern? Werden sie auch da sein?«

»Ich weiß es nicht.« Sie wollte ihn nicht anlügen, aber sie wollte ihn ebenso wenig noch trauriger machen. »Es wird vermutlich dauern, bis alles vorbei ist.«

»Kannst du nicht wenigstens mitkommen?«, bettelte er und nahm ihre Hand.

Charlotte riss fast das Herz entzwei. Sie hatte Leo in den vergangenen Wochen lieb gewonnen. Wie sehr, wurde ihr in dieser Sekunde bewusst.

»Nein, ich fürchte, das wird nicht gehen«, sagte sie und musste zwinkern, um die Tränen zu verbergen. »Aber die Menschen, die dir helfen, meinen es gut mit dir. Es wird besser sein, als in dieser Kammer auf dem Dachboden zu hocken.«

»Ja, die war nicht schön.« Er verzog das Gesicht. »Ich würde gern wieder in einem Bett schlafen.«

Aus Platzgründen hatte er in der Kammer nur eine Matratze auf dem Boden gehabt.

»Ich glaube, das wirst du.« Sie strich ihm über den Kopf. »Alles wird gut.«

Nun hatte sie ihn doch angelogen. Denn mit Sicherheit wurde nicht alles gut. Man hatte ihm die Eltern genommen. Aber vielleicht würde er eines Tages wieder lachen können.

In der Nacht lag Charlotte schlaflos in ihrem Bett. Sie hörte die Schritte ihres Vaters in den frühen Morgenstunden, die knarzenden Stufen, Türen, die leise geöffnet und geschlossen wurden. Irgendwann wurde es ruhig im Haus. Leo war weg und mit etwas Glück auf dem Weg in eine bessere Zukunft.

Am Frühstückstisch war nur Rosi guter Stimmung. Ihre Eltern wirkten ebenso müde wie Charlotte.

Immerhin nickte ihr Vater ihr bedeutungsvoll zu. Alles

gut gegangen, sollte das heißen, und Charlotte entspannte sich. Die Gefahr für ihre Familie war vorüber.

Sie betete, dass auch Leo sein Ziel sicher erreichte – irgendwo in Großbritannien würde er von nun an leben. Er sähe London eher als Charlotte, aber sie hätte nicht mit ihm tauschen wollen. Sie konnte sich kaum ausmalen, welche Ängste und Sorgen er in den vergangenen Wochen ausgestanden haben musste. Hoffentlich lag das nun alles hinter ihm.

Auf dem Weg zum Bus trabte Ilse neben Charlotte her und warf ihr von Zeit zu Zeit einen fragenden Blick zu. »Du humpelst gar nicht«, stellte sie schließlich fest.

»Was?« Dann begriff Charlotte. Matthias. »Oh, zum Glück war der Fuß nur vertreten. Ein bisschen hochlegen und kühlende Umschläge haben geholfen.«

»Dann ist ja gut.« Ilse grinste schelmisch. »Oder wolltest du nur mit Matthias anbandeln? Sind dir etwa seine Muskeln aufgefallen?« Sie lachte auf. »Mir schon. Aber mein Mann muss auch etwas im Kopf haben. So wie Paul. Der hat Muskeln *und* ist klug.«

Charlotte sah unbehaglich zur Seite. Jetzt war wohl der Zeitpunkt gekommen, ihrer Freundin von der Veränderung ihrer Beziehung zu Paul zu erzählen. Zum Glück kam in diesem Moment der Bus, und sie mussten die letzten Meter rennen, um ihn zu erwischen.

Als Charlotte nach Hause kam, stand ihre Mutter im Vorgarten. Mit einem wehmütigen Lächeln betrachtete sie die Tränenden Herzen. »Alba«, sagte sie, und Charlotte sah in ihren Augen, dass sie nicht die Pflanzen meinte, sondern an ihre Mutter dachte. Großmutter Alba war vor wenigen Jahren an einer Lungenentzündung gestorben. »Ihr hätte es nicht gefallen, dass ihre Blume die einzige in diesem Garten ist.«

»Omi hätte gewiss Verständnis. Sie musste dich und Tante Klara schließlich auch irgendwie durch den ersten großen Krieg bringen.«

»Du hast recht. Sie war pragmatisch in solchen Dingen und hätte auch Vorsorge getroffen.«

Charlotte strich ihrer Mutter tröstend über den Arm. Großmutter Alba war wirklich eine besondere Frau gewesen, und sie verstand den Kummer ihrer Mutter.

In den letzten Tagen ihres Lebens hatte Alba Charlotte zu sich gerufen und ihr mit inzwischen schwacher Hand eine kleine Schatulle übergeben. »Schau hinein.«

In dem Kästchen hatte Charlotte den Anhänger gefunden, den sie häufig am Hals ihrer Großmutter gesehen hatte. Ein Tränendes Herz, silbern schimmernd und filigran gearbeitet.

»Hübsch, nicht wahr?«, hatte ihre Großmutter mit einem Lächeln gefragt. »Es ist aus Silber und Weißgold, mit einer Perle und einem echten Diamanten.«

»Es ist wunderschön«, hatte Charlotte ehrfürchtig hervorgebracht.

»Mein Vater hat es meiner Mutter zu meiner Geburt geschenkt.« Ein Hustenanfall unterbrach sie. »Er hat es selbst entworfen – er konnte zauberhaft zeichnen – und hat einen Großteil seiner Ersparnisse dafür ausgegeben, es von einem befreundeten Goldschmied anfertigen zu lassen.« Sie hatte leise gelacht und sofort wieder gehustet. »Meine Mutter hat vor Rührung weinen müssen, und gleichzeitig wollte sie ihn wegen des vielen Geldes, das er dafür ausgegeben hatte, ausschimpfen. Aber am Ende hat sie sehr an diesem Schmuckstück gehangen.«

Es war das letzte Gespräch mit ihrer Großmutter gewesen.

Zum Abschied hatte sie Charlotte die Schatulle mitgegeben. »Es werden schwere Zeiten auf dich zukommen. Halte das Tränende Herz in Ehren. Aber wenn einmal ein Tag kommen sollte, an dem du so dringend Geld benötigst, dass es überlebensnotwendig wird, dann scheue dich nicht, den Anhänger zu verkaufen.«

Wann immer Charlotte seit diesem Tag eine der hübschen Stauden mit den herzförmigen Blüten sah, dachte sie unwillkürlich an ihre Großmutter.

»Sie hätte es zu schätzen gewusst, dass du ihren Lieblingsblumen hier einen Platz gegeben hast«, sagte sie zu ihrer Mutter.

»Du bist in den letzten Wochen erwachsen geworden.« Hilde Gerber strich ihr über die Wange. »Ich danke dir für deine Hilfe in den Monaten, die hinter uns liegen.«

»Ich habe es gern gemacht. Ich hoffe, Leo ist nun in Sicherheit und kann ein normales Leben führen.«

»Das hoffen wir alle. Zumindest gab es keine Probleme bei der Abreise. Der Fremde hat Leopold in einem Automobil mitgenommen.«

Charlotte neigte den Kopf zur Seite. »Wenn ich mich nicht mehr um Leopold kümmern muss, darf ich dann am Samstag zum See?«

Ein scharfer Blick traf Charlotte. »Mit Paul?«

»Vielleicht. Wenn er Zeit hat.« Charlotte versuchte, möglichst unschuldig auszusehen. Dabei hoffte sie nichts sehnlicher, als dass er sie genauso dringend treffen wollte wie sie ihn.

»Nachdem ich dich soeben für dein erwachsenes Verhalten gelobt habe, kann ich es dir schwerlich verbieten.« Hilde Gerber zog die Augenbrauen in die Höhe. »Du wirst dieses Vertrauen nicht missbrauchen, nicht wahr?«

»Mutti, wo denkst du hin!« Charlotte war ehrlich empört. Tief in ihrem Innern spürte sie jedoch eine verräterische

Wärme in der Magengegend, wenn sie an den gestrigen Kuss dachte. Insgeheim hätte sie gar nichts dagegen, falls Paul sie wieder küssen würde. Aber die Vorstellung von dem, was ihre Mutter andeutete, sorgte für brennende Wangen.

8. Hangeck, Mai 1943

Es war kühler geworden. Wind strich sanft über das Meer aus gelben Löwenzahnblüten, und das Wasser des Sees kräuselte sich leicht. Immerhin blitzte die Sonne gelegentlich zwischen den Wolken hervor. Schwimmen konnten sie heute nicht.

Trotzdem hatte sich ein Strahlen in Charlottes Miene gestohlen, das nicht mehr weichen wollte. Das Schicksal schien sich endlich zum Besseren zu wenden. Seit Leo fort war, tauschten ihre Eltern wieder liebevolle Blicke, und das eine oder andere scherzhafte Wort flog über den Esstisch, wenn sie gemeinsam zu Abend aßen. Selbst die drohende Einberufung ihres Vaters konnte die Stimmung für einige Tage nicht trüben, so erleichtert waren ihre Eltern und Charlotte, dass die Episode mit Leopold glimpflich ausgegangen war.

Gestern war ein Schreiben gekommen, in dem Tante Trudel von ihren schönen Urlaubstagen an der Küste berichtete. Die verabredete Nachricht, dass Leo sicher auf das Schiff nach England gelangt war. Charlotte stellte sich vor, wie er gerade ohne Angst irgendwo Ball spielte. Vielleicht lachte er das erste Mal wieder frei heraus.

Das Schönste im Moment war aber Paul, der neben ihr auf der Decke saß. Er hatte die Knie an den Körper gezogen und blickte auf das glitzernde Wasser des Sees. Als Charlotte am Dienstag zu ihrem Versteck geeilt war, um für ihn eine Nachricht zu hinterlassen, hatte sie dort schon ein Briefchen von ihm gefunden. Er vermisste sie also auch, hatte sie mit einem glücklich klopfenden Herzen festgestellt.

Jetzt drehte er seinen Kopf und warf ihr einen seiner eindringlichen Blicke zu. Er legte einen Arm um ihre Schulter und zog sie leicht an sich. »Ich bin froh, dass Leo in Sicherheit ist«, sagte er. »In all dem Kummer gibt es wenigstens ab und an Hoffnung.« Ein verschmitztes Lächeln legte sich auf seine Lippen. »Und ich darf nun wohl hoffen, dich häufiger zu sehen, da du dich nicht mehr um euren Gast kümmern musst.«

»Die Hoffnung hege ich auch.« Charlotte legte ihren Kopf an seine Schulter. Es war ungewohnt, ihm so nah zu sein, seine Wärme zu spüren. Ungewohnt, aber schön. Sie hätte stundenlang so dasitzen können. »Seit du die Männer im Wald vor Matthias gewarnt hast, hält mein Vater noch größere Stücke auf dich. Ich denke, er wird nichts dagegen haben, dass wir uns gelegentlich treffen.« Sie zwinkerte ihm zu. »Er muss ja nicht unbedingt erfahren, dass du mich geküsst hast.«

»Da du es gerade ansprichst …« Pauls Lächeln verwandelte sich. War es eben noch verschmitzt gewesen, erweckte es nun in Charlotte den unbändigen Wunsch, diese Lippen auf ihren zu spüren.

Bevor sie den Mut verlor, hob sie den Kopf etwas höher und näherte sich seinem Mund. War das zu forsch? Doch Paul überbrückte die fehlenden Zentimeter, und nur Sekunden später trafen seine Lippen auf ihre. Sanft strich er mit seinem Mund über ihren, küsste die Mundwinkel, die Nasenspitze, wieder ihren Mund.

»Gott, darauf habe ich mich die ganze Woche gefreut.« Seine Stimme war voller Emotionen, und eine Woge von Wärme breitete sich in Charlotte aus.

Sie schmiegte sich an ihn und öffnete leicht die Lippen, wie es die Frauen in den Romanheftchen taten, um anziehender zu wirken. Paul verstand ihre Signale, umfasste sie fester, und das Spiel seiner Lippen wurde inniger. Ein Feuerwerk an

Glücksgefühlen explodierte in ihr. Seine Zunge tastete sich in ihren Mund, und das Kribbeln in jeder Nervenbahn wurde noch intensiver. Sein Atem ging schnell, und Charlottes Puls beschleunigte sich.

Bis sie ein Knacken im Gebüsch hinter ihnen zusammenzucken ließ. Das war kein Tier gewesen. Sofort lösten sie sich voneinander, aber es war zu spät.

Dass die Person dort alles gesehen hatte, wurde ihnen klar, als sie zwischen den Zweigen hervortrat. Es war Ilse – und Tränen liefen über ihre Wangen. Stocksteif starrte sie auf Charlotte und Paul, die Hände neben dem Körper zu Fäusten geballt. Es war nicht nur Kummer, den Charlotte in ihrem Blick las. Sie erschrak, als sie die Wut darin erkannte.

»Ihr ... ihr seid so gemein!« Ilse warf sich herum.

»Ilse, warte!« Mit einem Sprung war Paul auf den Beinen und hatte ihre Freundin mit wenigen Schritten eingeholt. Er hielt sie am Arm fest und drehte sie zu sich. »Es tut mir leid.« Paul sah Ilse eindringlich an. Zu eindringlich, fand Charlotte. Doch Paul erreichte sein Ziel. Ilse beruhigte sich und war immerhin bereit, ihn anzuhören. »Wir hätten es dir schon längst sagen sollen. Aber wir wollten dich nicht verletzen.«

Eine neue Träne bildete sich und benetzte Ilses Wange. »Ich habe geglaubt, wir wären Freunde.« Dabei sah sie allerdings nur Paul an. »Ich bin gekommen, weil ich einen Freund brauche.« Sie schluchzte auf. »Und dann finde ich das hier vor!«

Charlotte hatte sich inzwischen ebenfalls erhoben, war aber auf ihrem Platz stehen geblieben. Ilse wollte nicht mit ihr, sondern mit Paul reden. Ihn hatte sie sehen wollen. Sie hing an seinen Lippen, klebte mit ihrem Blick an ihm. Charlotte hätte sich in Luft auflösen können, Ilse hätte es in diesem Moment nicht einmal registriert. Vielleicht wünschte sie sich sogar, Charlotte möge sich auflösen. Unwillen stieg in ihr auf, doch sie rief sich zur Räson. Ilse hatte echten Kummer, ihre Tränen quollen nun unaufhörlich aus den Augenwinkeln hervor. Auch wenn ihre Freundschaft in den vergangenen Wochen abgekühlt war, wollte sie Ilse gegenüber nicht selbstsüchtig sein.

»Warum brauchst du einen Freund? Ilse, ist etwas passiert?« Sorge stand in Pauls Gesicht.

Ilse nickte und rieb sich über das Gesicht. »Ich muss weg«, erklang es erstickt hinter den Händen hervor. »Meine Eltern schicken mich fort. Der Fliegeralarm. Die Angriffe. Mein Vater hat einen Bruder in der Schweiz. Dort bin ich in Sicherheit, sagt er.« Sie ließ die Hände sinken und sah Paul niedergeschlagen an. »Ich will hier nicht weg. Michael darf schließlich auch bleiben! Und der ist noch jünger.« Jetzt klang sie eher zornig als traurig. »Aber mein Vater lässt nicht mit sich reden. Michael bleibt, weil er ein Junge ist. Der Hoferbe.« Ihr Kopf sank tiefer. »Ich kenne da doch niemanden. Ich werde ganz allein sein.«

Einen Moment schwiegen alle. Charlotte verspürte Mitleid. Sie liebten Hangeck. Alle drei. Es war Heimat. Vertrautheit. Sicherheit. All das gerade jetzt aufgeben zu müssen war grausam. Das mussten Ilses Eltern doch einsehen, auch wenn sie die Sorge der Familie verstand. Sie war versucht, zu Ilse zu gehen, um sie zu trösten, ihr sogar anzubieten, sie zu begleiten, falls sie noch einmal mit ihren Eltern reden wollte, da hob Ilse den Kopf und sah Paul an.

»Ich bin gekommen, um dich zu bitten, mit mir in die Schweiz zu gehen.« Aus Ilses Blick sprach eine Mischung aus Hoffnung und Flehen. »Du bist mit deiner Abstammung hier schließlich nicht mehr sicher. Die Schweiz wäre für dich ein guter Zufluchtsort.«

»Ach, Ilse«, erwiderte Paul sanft. »Wie stellst du dir das

vor? Selbst, wenn ich dazu bereit wäre, könnte ich meine Eltern nicht mit dem Geschäft im Stich lassen.«

Ilse zog zornig die Augenbrauen zusammen. »Mein Vater sagt, das Geschäft wird es ohnehin nicht mehr lange geben. In Hangeck mag es keine Rolle spielen, aber irgendwann wird es an anderer Stelle auffallen, dass dein Vater kein reines deutsches Blut hat.«

Paul wurde blass. »Was soll das, Ilse?«, presste er hervor. »Ist das eine Drohung?«

»Aber nein!« Ilse riss erschrocken die Augen auf. Ihr ging wohl auf, dass sie in ihrem Versuch, Paul zu überreden, über das Ziel hinausgeschossen war. Sie legte ihre Hand auf seinen Arm und sah ihn beschwörend an. »Ich bin nur in Sorge. Du weißt doch, dass sich die Gesetze und Maßnahmen nicht mehr nur gegen echte Juden richten, sondern auch gegen Mischlinge. Was willst du dann machen?«

»Ich weiß deine Sorge zu schätzen.« Paul lächelte nachsichtig. »Aber ich glaube nicht, dass ich in Hangeck in Gefahr bin. Ja, mein Vater ist zwar nur zu einem Viertel *von reinem Blut*«, er verzog bei den letzten Worten verächtlich den Mund, »aber ich bin evangelisch getauft, und meine Mutter hat in meiner Schule sogar den großen Ariernachweis von sich vorgelegt. Mir passiert hier nichts.«

»Was ist, wenn du falschliegst?« Ilse packte seine Oberarme, als wollte sie ihn wachrütteln. »Es wird zu spät sein, wenn du deinen Irrtum bemerkst. Du hast jetzt die Gelegenheit, dich in Sicherheit zu bringen. Komm mit!«

Paul griff nach Ilses Händen, löste sie sachte und hielt sie fest. »Ilse.« Seine Stimme war einfühlsam. »Ich weiß, dass du Angst hast. Es tut mir leid, dass deine Eltern dich wegschicken, und ich kann nachvollziehen, dass dir der Abschied leichter fiele, wenn ich mit dir käme, aber ich kann nicht. Meine Eltern sind hier und zählen auf meine Hilfe im Laden.

Ich will meinen Schulabschluss machen. Und, Ilse …«, er unterbrach sich und wollte sich offensichtlich erst die richtigen Worte zurechtlegen, »auch Charlotte ist hier. Solange sie in Hangeck ist, werde ich ebenfalls in Hangeck bleiben.«

Ilse zuckte zurück, als hätte er sie geohrfeigt. »So ist das also«, zischte sie und entriss ihm ihre Hände.

»Ja, so ist es.« Paul sah sie ruhig an. Es war wieder einer dieser Momente, in denen er älter als seine sechzehn Jahre wirkte. »Ich mag dich sehr. Niemals würde ich dich verletzen wollen, und es tut mir leid, dass du es auf diese Weise erfahren hast. Aber ich empfinde große Zuneigung für Charlotte, und solange uns der Krieg nicht trennt, werde ich mit ihr zusammen sein.«

Ilses Blick wurde eisig. »Dann ist jedes weitere Wort an dieser Stelle eines zu viel«, erklärte sie mit giftgetränkter Stimme, wandte sich abrupt um und stolzierte in Richtung Hangeck davon.

»Du liebes bisschen«, murmelte Charlotte und starrte Ilse mit ungutem Gefühl hinterher.

»Was für ein Auftritt!«, sagte Paul, ließ sich auf die Decke fallen und zog Charlotte zu sich herunter. »Aber wir sollten Nachsicht üben, sie hat momentan viel zu verkraften. Mit fünfzehn Jahren allein in ein fremdes Land geschickt zu werden muss furchterregend sein. Und uns so unvorbereitet auf diese Art zusammen zu sehen war mit Sicherheit auch nicht einfach für sie.« Er zuckte mit den Schultern. »Sie kriegt sich schon wieder ein. Geben wir ihr ein paar Tage, dann reden wir noch einmal in Ruhe mit ihr.«

Charlotte nickte und fragte dann leise: »Paul?«

»Ja?«

»Hast du das gerade ernst gemeint? Dass du auch meinetwegen in Hangeck bleibst?« Ein wenig atemlos sah sie ihm in die Augen.

»Und ob!« Er kniete sich vor sie und nahm ihr Gesicht zwischen seine Hände. »Ich mag dich sehr, Charlotte. Ich weiß, dass dies nicht die Zeit für Pläne und Versprechungen ist, doch darauf kann ich dir mein Wort geben: Einerlei, wohin das Leben uns spült, und auch wenn ich eines Tages neunzig Jahre alt sein werde – du wirst immer in meinem Herzen sein!«

Als seine Lippen nach dieser beinahe schon feierlichen Erklärung auf ihre trafen, stieg eine heiße Zuneigung und Sehnsucht in Charlotte auf. Ihr Herz schlug schnell, und der Bauch kribbelte. So also fühlte sich Liebe an.

9. Hangeck, Juni 1943

Der Frühsommer, der sie im Mai mit Sonne verwöhnt hatte, zeigte Anfang Juni seine nasse Seite.

Missmutig starrte Charlotte aus dem Wohnzimmerfenster. Die Kartoffeln im Vorgarten freuten sich über den Regen, doch die Tränenden Herzen, die ihre Mutter so liebevoll pflegte – wohl weil sie die einzig verbliebene Zierde im Garten waren – ließen unter der Last der dicken Tropfen Blüten und Blätter hängen.

Seit einer Woche hatte sie Paul nicht mehr getroffen, nur verstohlene Blickwechsel waren ihr vergönnt gewesen, während sie für ihre Mutter die Einkäufe bei den Heinrichs erledigte. Hätten nicht Pauls kleine Briefchen regelmäßig in dem Mauerversteck auf sie gewartet, hätte sie womöglich die Erinnerung an seine zärtlichen Küsse am See für einen Traum gehalten.

Heute war er mit seinen Eltern zu Verwandten gefahren. Selbst wenn der Regen nachließ, würde sie ihn nicht sehen können. Sie seufzte. Warum hatte niemand sie vorher gewarnt, dass Lieben auch Leiden bedeutete? Jede Sekunde, die sie nicht bei Paul sein konnte, spürte sie dieses wehmutsvolle Ziehen in ihrem Brustkorb.

»Ich gehe spazieren.« Die Idee war ihr spontan gekommen. Vielleicht hatte Paul ihr eine Nachricht geschrieben. Etwas von ihm in den Händen zu halten würde ihre Sehnsucht lindern.

»Jetzt?« Ihr Vater blickte stirnrunzelnd von seinem Buch auf. »Es regnet, wie du sicher bemerkt hast, da du seit einer geraumen Weile aus dem Fenster blickst.«

»Ich habe meine Hausarbeit erledigt. Jetzt ist mir nach frischer Luft.« Sie ging in die Diele, legte sich ihr Regencape über die Schultern und setzte den Hut auf.

»Und ich dachte, die Heinrichs seien am Wochenende gar nicht in Hangeck«, murmelte ihr Vater und vertiefte sich wieder in seine Lektüre. Charlotte hatte sein Lächeln dennoch gesehen.

Sie liebte ihre Eltern dafür, dass sie ihr die Treffen mit Paul nicht verboten. Wenn sie da an Ilses Vater dachte! Sie hatte es mit ihren Eltern wirklich gut getroffen.

Sie steckte noch einmal den Kopf ins Wohnzimmer. »Paul besucht mit seinen Eltern Verwandtschaft.«

»War mir doch so, dass ich das irgendwo gehört habe.« Ihr Vater hob den Blick. »Bleib nicht zu lange weg.«

Charlotte musste lachen. Dass jeder im Dorf mitbekam, wenn eine Familie wegfuhr, war so bezeichnend für Hangeck. Hier blieb wirklich kaum etwas geheim.

»Ich bin bald wieder zurück«, versicherte sie und schlüpfte durch die Tür hinaus in den Regen.

Hangeck präsentierte sich an diesem Nachmittag wie ausgestorben. Bei diesem Wetter fegte niemand den Weg oder schnitt die Hecke vor dem Haus. Es war aber auch wirklich unangenehm. Von der Hutkrempe tropfte es schon in den Nacken. Charlotte zog den Kragen ihres Capes enger um sich und stapfte weiter in Richtung Kirchhof. Hoffentlich war der ungemütliche Spaziergang wenigstens die Mühe wert.

Als sie die Steine zur Seite legte und das Glas hervorzog, wurde sie belohnt. Ein gefalteter Zettel kam zum Vorschein und brachte Wärme in den kühlen Tag.

Paul schrieb, sie blieben nun doch nicht das gesamte Wochenende über fort und schlug ein Treffen für den nächsten Nachmittag vor. Mit vor Freude zittrigen Fingern zog Charlotte den Bleistiftstummel aus ihrer Rocktasche, den sie jetzt immer bei sich trug, für den Fall, dass sie »zufällig« an ihrem Versteck vorbeikam und ihn benötigte. Sie antwortete mit einem groß geschriebenen »JA!«.

* * *

»Meine Tante hat sich eine Erkältung zugezogen«, erklärte Paul und zog die Decke etwas enger um sie beide. »Deshalb sind wir nur hingefahren, um nach ihr zu sehen und ihr Hühnersuppe zu bringen, aber nicht wie geplant das ganze Wochenende dort geblieben.«

»Ich hoffe, es geht ihr bald wieder besser«, murmelte Charlotte und legte ihren Kopf an Pauls Schulter. »Doch ich habe nichts dagegen, dass du nicht fort bist.«

»Allerdings.« Paul rieb mit der Hand über ihren Arm. »Ist dir auch nicht zu kalt?«

»Nein.« Nicht bei der Wärme, die seine Nähe in ihr entfachte. »Es ist angenehm.«

Im Inneren des Bootshauses hörte man den stetigen Regen nur als sanftes Klopfen auf das Dach. Paul hatte aus zwei Baumstümpfen und einem Brett eine Sitzbank gezimmert – offenbar schon vor einiger Zeit, denn das Holz war trocken. Hier saßen sie unter einer Decke, Charlotte in Pauls Umarmung, und sahen hinaus auf das Wasser. Die Tropfen zeichneten Kringel auf die Oberfläche des Sees. Über ihnen knarzte ein Baum im Wind, der Luftzug trug den Geruch des Waldes herein.

»So friedlich«, sagte Charlotte. »Niemals käme man auf die Idee, dass Krieg herrscht.«

Und doch rückte die Einberufung ihres Vaters näher. Sie verdrängte den Gedanken. Sie mochte ebenso wenig daran denken, dass Paul womöglich auch in den Krieg ziehen musste. Niemand glaubte mehr an ein rasches Ende. Große

Städte wie Köln wurden immer häufiger von Bomben getroffen. Tante Klara berichtete auch aus Dortmund von großer Zerstörung und wachsender Angst.

»An was denkst du?« Paul klang besorgt. Er wusste wirklich immer, wann ihr Beschwerliches durch den Kopf ging.

»An den RAD«, antwortete sie wahrheitsgemäß, obwohl sie die schöne Stimmung nicht zerstören wollte. »In der Schule erzählen sie, dass man beim Reichsarbeitsdienst bald bei der Luftwaffe eingesetzt werden soll.« Sie drehte ihr Gesicht so, dass sie Paul direkt ansehen konnte. »Mir graut vor meinem Pflichtjahr. Ich will nicht als Arbeitsmaid mithelfen, Krieg zu führen. Vor einigen Wochen habe ich mich noch auf diesen Sommer gefreut, aber jetzt macht mir Angst, wie sich alles entwickelt. Fürchtest du dich nicht?«

»Oh, doch.« Pauls Miene verfinsterte sich. »Ich will nicht kämpfen. Ich will nicht für ein Land sterben, das ich so, wie es ist, nicht mehr mag. Ich hoffe, sie gestatten uns wenigstens noch, den Schulabschluss zu machen, bevor wir uns für die wirren Ideen der Goldfasane in Berlin abknallen lassen müssen wie räudige Füchse im Hangecker Wald.«

Charlotte hörte seine Anspannung. Sie bereute es, das Thema angesprochen zu haben.

»Vielleicht wird ja doch noch alles gut«, flüsterte sie.

»Wenigstens haben wir uns.« Paul lehnte seine Stirn gegen ihre. »Weil wir nicht wissen, wann uns all das Schöne genommen wird, ist mir jede Sekunde mit dir so wichtig. Wären wir älter, würde ich dich vom Fleck weg heiraten wollen.«

»Und ich würde ›Ja‹ sagen.« Charlotte lächelte traurig. »Ich hoffe, bis wir alt genug sind, ist der Krieg vorbei. Ich möchte eine Hochzeit in friedlichen Zeiten feiern. Mit einer riesigen Torte. Ganz Hangeck würde uns vor der Kirche zujubeln, wenn wir nach der Trauung durch das Portal schreiten. Danach gäbe es für alle Kaffee und Kuchen in unserem

Garten, in dem nicht das Tränende Herz die letzte Blume wäre, sondern der wieder bunt und prächtig in all seiner Schönheit erstrahlte.«

»Wir hätten eine Kapelle, die für die Jüngeren Swing spielen würde, während sich die Älteren entsetzt die Ohren zuhielten«, nahm Paul den Faden auf. »Und du sähst in dem weißen Kleid einfach wundervoll aus.« Er hob den Kopf und sah sie intensiv an. »Ich kann den Tag kaum erwarten.« Er erklärte es mit einem Ernst, der einem Versprechen glich.

Charlotte schluckte. Sie hatte sich oft ausgemalt, wie es sein würde, wenn ein Mann dereinst um ihre Hand anhalten würde. Ein alter Bootsschuppen hatte in ihrer Fantasie nie eine Rolle gespielt. Und doch hätte sie sich keinen schöneren Moment wünschen können. Das Boot gluckerte in den plätschernden Wellen, die Bäume bauschten sich im Wind, und der Regen trommelte unablässig auf das Dach. Sie fühlte sich geborgen in den Armen des Mannes, den sie liebte und der ihr gerade versprochen hatte, dass sie eines Tages seine Frau sein würde.

Sie saßen lange schweigend nebeneinander. *Wenn man frisch verliebt ist, genügt wahrlich die Nähe des anderen, um glücklich zu sein*, ging es Charlotte durch den Kopf. Weder störte sie das harte Holz unter ihrem Gesäß noch die kalte Luft, die durch die Ritzen der hölzernen Wände in den Bootsschuppen kroch. Sie hatte Paul, seine Umarmung, sein Lächeln und gelegentlich einen Kuss.

»Wir müssen langsam nach Hause«, sagte Paul irgendwann, und Charlotte hörte ihm an, dass er diese Zweisamkeit ebenso wenig verlassen wollte wie sie. »Meine Eltern wollten den unverhofft freien Tag nutzen, um das Lager zu putzen und zu ordnen. Sie haben mich nur gehen lassen, weil ich versprochen habe, später mit doppeltem Eifer mitzuhelfen.«

Er richtete sich auf und nahm seinen Arm von Charlottes Schulter.

Die Decke rutschte hinunter. Sofort fröstelte Charlotte.

»Dann dürfen wir die Gutmütigkeit deiner Eltern nicht überstrapazieren«, sagte sie halbherzig.

Ihre eigenen Eltern wären sicherlich auch erfreut, wenn sie nicht allzu lange fortblieb.

Paul half ihr die bemoosten Stufen vor dem Schuppen hinab und behielt danach ihre Hand in seiner. Lächelnd schlenderten sie auf Hangeck zu.

»Wie geht es Ilse?«, erkundigte sich Paul, während sie die Kuppe des letzten Hügels erreichten.

Gleich würden die Häuser am Dorfrand vor ihnen auftauchen. Erst hier lösten sie ihre Hände und vergrößerten den Abstand zwischen sich.

»Sie spricht noch immer nicht mit mir.« Charlotte ließ die Schultern hängen. »Ich habe mehrere Male versucht, mit ihr zu reden, doch sie sieht einfach durch mich hindurch oder schnaubt und dreht sich weg.«

»So war es auch bei mir.« Paul drückte ihren Arm. »Das wird schon wieder.«

»Hoffentlich. Ich finde Ilse in letzter Zeit reichlich seltsam. Hangeck ist so klein, da möchte ich mit niemandem Streit haben.«

»Sag mal – riechst du das?« Paul blieb stehen und bewegte witternd den Kopf. »Das ist doch Brandgeruch!«

Charlotte sog Luft ein. »Jetzt rieche ich es auch.« Erschrocken blickte sie ihn an. »Vielleicht verbrennt nur jemand Gartenabfälle?«

»Bei diesem Wetter?« Paul sah besorgt aus.

Ein Feuer war für ganz Hangeck mit seinen engen Gassen und den verschachtelten Fachwerkhäusern eine Bedrohung. Sie beschleunigten ihre Schritte.

Hinter der Kirche bog Herr Brettwieser in die Dorfstraße ein. Er sah sie und blieb abrupt stehen. »Paul!«, sagte er mit Erleichterung in der Stimme. »Dem Herrn sei es gedankt, da bist du ja! Und unverletzt!« Er kam auf sie zu und griff Paul bei den Händen. Beunruhigt sah Charlotte, wie sich der Ausdruck des alten Mannes in tiefe Bestürzung verwandelte. »Junge, es tut mir so leid«, sagte der Mann mit brüchiger Stimme. »Das ganze Dorf ... Alle haben ihr Möglichstes getan ... Ich habe gerade Edeltraud nach Hause gebracht. Die Arme ist so erschöpft.«

»Ich verstehe nicht ...«, stammelte Paul. »Was ist passiert?«

»Das Feuer. Euer Lager, es ist zerstört, und euer Haus ...« Er brach ab, und sein Blick wurde noch trauriger.

Charlotte spürte, wie Paul neben ihr zitterte. Er wurde kreidebleich. Sie hätte gern seine Hand genommen, traute sich aber vor den Augen ihres Nachbarn nicht.

Herr Brettwieser räusperte sich. »Paul, ich fürchte, deine Eltern ...«

Das Ende des Satzes ging in einem Laut unter, der Charlotte tief in die Eingeweide fuhr. Ein Laut, der unendlichem Schmerz und Trauer entsprang. Dann rannte Paul los.

Charlotte folgte ihm, so schnell sie konnte. Je näher sie dem Geschäft der Heinrichs kam, desto größer wurde das Grauen in ihr.

Die Fassade des Ladens war rußgeschwärzt. Das Schaufenster war in tausend Teile zersprungen, die Scherben lagen überall auf dem Gehsteig verstreut. Die Flammen mussten meterhoch gelodert haben, denn auch die Scheiben der darüberliegenden Wohnung zeigten Risse, und die Rahmen waren angesengt. Pauls Zuhause war eine Ruine.

Von Paul selbst war nichts zu sehen. Charlotte drängte sich durch den Kreis der Schaulustigen, Helfer und Feuerwehrleute und bog in die Gasse zum Hinterhof ein. Der Boden war voller Pfützen. Regen und Löschwasser hatten kleine Seen gebildet. Als Charlotte um die Ecke bog, bot sich ihr ein Bild der Verwüstung. Dort, wo sich das Lager befunden hatte, ragten verkohlte Balken wie dürre Finger in den Himmel. Wasser tropfte auf den Schutt. Der Schuppen mit Pauls Fahrrad war verschwunden. Er hatte sich in einen undefinierbaren schwarzen Fleck verwandelt. Über allem lag ein widerwärtiger Brandgeruch.

Paul stand wie erstarrt vor den Trümmern. Ein Mann hatte den Arm um seine Schultern gelegt – es war ihr Vater.

Charlotte näherte sich zögernd. Sie stellte sich neben die beiden Männer. Schweigend blickte sie auf den stinkenden Haufen vor sich. Vom einstigen Fachwerk war nichts mehr zu erkennen. Sie merkte erst, dass ihr Tränen über die Wangen liefen, als sie Salz auf den Lippen schmeckte.

»Was ist passiert, Vati?« Charlottes Stimme zitterte.

»Pauls Eltern«, antwortete er düster. »Seine Mutter war im Lager, als das Feuer ausbrach. Die Flammen haben sich viel zu schnell ausgebreitet und ihr den Weg abgeschnitten. Pauls Vater hat versucht, zu ihr zu gelangen. Die Nachbarn konnten ihn nicht aufhalten. Das Gebäude ist über den beiden eingestürzt, noch bevor die Feuerwehr da war.«

Paul schluchzte auf. Er schaffte es nicht mehr, seine Gefühle zu unterdrücken. Sein ganzer Körper bebte. »Ich hätte da sein sollen«, presste er hervor. »Ich hätte auf sie aufpassen sollen. Aber sie haben mir freigegeben. Sie haben immer zuerst an mich gedacht.«

Charlotte zögerte kurz, dann schlang sie ihre Arme um ihn, und er barg den Kopf an ihrer Schulter. Sie weinte mit ihm. Mehr als ihre Zuneigung konnte sie ihm in diesem Moment nicht geben, auch wenn sie alles getan hätte, um seinen Kummer zu lindern.

Ihr Vater trat hinter sie und Paul und legte seine Arme um sie beide. »Kommt«, sagte er behutsam. Charlotte hörte, dass er ebenfalls mit den Tränen kämpfte. »Wir können hier nichts mehr tun.«

Paul schluchzte auf, ließ sich aber wegführen.

Schutt knirschte unter ihren Schuhen.

»Ich weiß nicht, was ich machen soll.« Er wirkte wie betäubt.

»Wir gehen zu uns«, erwiderte ihr Vater. »Rosi kann bei Charlotte schlafen. So hast du erst einmal einen Platz für die Nacht, und Polizei und Feuerwehr wissen, wo sie dich finden, um alles Weitere zu regeln. Lassen wir die Männer jetzt ihre Arbeit tun.«

Charlottes Bewunderung für ihren Vater war in diesem Augenblick grenzenlos. Er schaffte es mit seiner Besonnenheit, Paul Halt zu geben. Später, wenn es etwas ruhiger geworden war, würde sie ihm sagen, wie dankbar sie war und wie glücklich, solche Eltern zu haben.

Als sie auf die Straße hinaustraten, stürzte Ilse aus der Menschenmenge auf sie zu. Ohne sich um Charlotte oder ihren Vater zu kümmern, warf sie sich dem überraschten Paul in die Arme. »Paul, mein Gott, es tut mir so leid! Deine Eltern – ich habe es gerade gehört. Ich … ich …« Sie brach ab.

Charlotte trat einen Schritt zur Seite, und auch ihr Vater nahm mit einem Stirnrunzeln seinen Arm von Pauls Schultern.

Paul rieb der schluchzenden Ilse über den Rücken. Über Ilses Schulter hinweg warf er Charlotte einen hilflosen Blick zu.

Wieder war es ihr Vater, der die Situation rettete. »Wir sollten Paul von hier wegbringen«, erklärte er leise, aber bestimmt.

Ilse blinzelte verwirrt, als käme sie von weither in die Realität zurück. Sie wirkte auf eine Art verloren, die Charlotte nicht von ihr kannte. Was immer in den letzten Wochen zwischen ihnen gestanden hatte, schien vergessen – zumindest Paul gegenüber. Ihre Tränen waren echt.

»Hättest du nur auf mich gehört!« Ilse senkte den Kopf. »Ich habe doch gesagt, dass ihr in Gefahr seid!«

Paul erstarrte. »Was meinst du damit?«

»Die Leute sagen, das Feuer hat sich zu schnell ausgebreitet.« Ilse war kaum zu verstehen.

Einer der Umstehenden mischte sich ein, Herr Mayer aus der Werkstatt. »Die Feuerwehr meint, da hat jemand nachgeholfen. Das ging zu schnell. Und der Erich hat jemanden wegrennen sehen.«

»Erich hat jemanden weglaufen sehen?« Pauls Haltung wirkte zum Zerreißen gespannt. Aufmerksam sah er den alten Mann an. »Hat er erkannt, wer es war?«

»Nein.« Herr Mayer schüttelte den Kopf. »Er hat sich nur gewundert, dass der Mann es so eilig hatte, hat er mir erzählt. Aber ein Fremder war er. Da war er sich sicher. Niemand aus dem Ort.« Er sah Paul mitleidig an. »Niemand aus dem Ort«, wiederholte er in sich gekehrt. »Das hätte ich auch niemals geglaubt. Solche Leute haben wir hier doch nicht.«

Paul setzte dazu an, eine weitere Frage zu stellen, als ein spitzer Schrei erklang. Ein Raunen ging durch die umstehenden Menschen, und die allgemeine Aufmerksamkeit verlagerte sich von ihrer kleinen Gruppe zu der Frau, die geschrien hatte.

»Das war Ilse.« Paul sah erschrocken in die Richtung, aus der der Schrei gekommen war.

Mit energischen Bewegungen bahnte er sich einen Weg durch die Leute. Charlotte folgte ihm. Nach und nach teilte sich die Menge der Schaulustigen und gab den Blick auf ein

Szenario frei, das Charlotte das Blut in den Adern gefrieren ließ.

Etwas entfernt von ihnen stand Ilse. Sie hielt sich die Wange und war offensichtlich soeben von dem Mann ihr gegenüber geohrfeigt worden. Doch dies allein war nicht der Grund, warum Charlotte ein kalter Schauer über den Rücken jagte. Es war die Uniform, die der Mann trug: die schwarze Uniform der SS. Er gehörte zu Hitlers gefürchtetsten Helfern.

Paul blieb abrupt stehen. »Verdammter Mist«, fluchte er. »Sie war doch davon überzeugt, dass jemand von diesen Leuten kommen würde, um meinem Vater zu schaden. Und nun sieht es danach aus, als hätte sie recht behalten. Wenn sie ihn deshalb angeht … Verdammt!« Er fuhr sich durch sein Haar und sah Charlotte an. »Ich fürchte, sie ist dabei, eine riesige Dummheit zu machen.«

»Glaubst du, sie stellt ihn deshalb zur Rede?« Beide sahen wieder zu Ilse und dem Mann, die in ein heftiges Wortgefecht verwickelt schienen. »Zuzutrauen wäre es ihr.«

Der Mut ihrer Freundin imponierte ihr. Dachte Ilse denn nicht an die Gefahr, in die sie sich brachte?

»Verdammt, verdammt, verdammt!«, fluchte Paul unterdrückt vor sich hin. »Es hilft niemandem, wenn nach meinen Eltern nun auch noch Ilse in das Visier dieser Geisteskranken gerät.«

Sie beobachteten, wie Ilse auf den Uniformierten einredete. Sie machte ihm Vorwürfe, drohte ihm womöglich sogar. Charlotte konnte nicht verstehen, was sie sagte, aber die Gestik war unmissverständlich.

In diesem Augenblick hob der Uniformierte ein weiteres Mal drohend die Hand.

»Aufhören!«, rief Paul. Ohne dass Charlotte die Möglichkeit hatte, ihn aufzuhalten, rannte er wutentbrannt auf Ilse und den Fremden zu. »Hören Sie sofort auf, das Mädchen zu schlagen!« Er baute sich vor dem Mann auf.

Der sah Paul an wie ein lästiges Insekt. »Bist du der Judenjunge?«

»Was?« Er starrte den Mann einen Moment lang schweigend an. Dann explodierte er regelrecht. Die Wut und der Schmerz in ihm loderten offenbar zu heftig, um ihn an die Gefahr denken zu lassen. »*Sie* waren das! Sie waren der Fremde, der das Lager meiner Eltern angezündet hat! Verdammt! Meine Mutter war dort drin! Sie haben meine Eltern ermordet!« Mit erhobenen Fäusten stürzte er sich auf den SS-Mann.

Der erste Treffer gehörte Paul. Danach schoss die Rechte des Uniformierten nach vorne, erwischte Pauls Kinn, der kurz taumelte und zu Boden ging.

»Was macht er denn da?« Charlottes Vater eilte zu den Streitenden. »Das ist doch Selbstmord!«

Der Mann stand breitbeinig vor Paul, der noch immer benommen auf dem nassen Kopfsteinpflaster lag und nach oben starrte, als könnte er nicht begreifen, was vor sich ging.

Charlotte vermutete, dass dieser Eindruck der Wahrheit ziemlich nahekam. Das Verhalten der letzten Minuten sah Paul so wenig ähnlich, dass er mit Sicherheit nicht ganz bei sich war. *Der Schock*, dachte sie. Kein Wunder, wenn man von jetzt auf gleich seine Eltern und sein Zuhause verlor und dann dem Mann gegenüberstand, der wahrscheinlich dafür verantwortlich war.

»Ein Jude, der einen Angehörigen der Schutzstaffel angreift? Keine gute Idee, meinst du nicht auch?« Der Fremde trat Paul in den Bauch, der sich vor Schmerzen krümmte. »Ich werde dich persönlich bei meinen Kameraden abliefern. Die werden dir schon beibringen, wo dein Platz in dieser Welt ist. Steh auf!«

Bevor er noch einmal zutreten konnte, erreichte Charlottes

Vater Paul, zog ihn hoch und stellte sich schützend vor ihn. Dann wandte er sich an den SS-Mann. »Lassen Sie es doch bitte auf sich beruhen!« Er hob in einer beschwichtigenden Geste die Hände. »Paul ist kein Jude. Er ist getauft, seine Mutter ist ... Seine Mutter war Deutsche. Arisch. Im Dorf engagiert. Paul ist fleißig, ein guter Schüler. Niemandem ist geholfen, wenn dieser Junge, der gerade seine Eltern auf so tragische Weise verloren hat, noch mehr Leid erdulden muss.«

Der Fremde sah ihn ernst an. »Er hat mich angegriffen.« Mit diesen Worten drängte er sich an Charlottes Vater vorbei und griff nach Pauls Arm.

In diesem Moment brach ein Tumult aus.

Charlottes Vater beförderte den SS-Mann mit einem kräftigen Stoß zur Seite. »Lauf!«, schrie er Paul an. »Verschwinde und tauch unter!«

Ilse erschien aus dem Hintergrund und zerrte Paul mit sich. Der warf Charlotte über die Schulter hinweg einen schockierten Blick zu, dann verschluckte ihn die Menge.

Der SS-Mann starrte Charlottes Vater zornig an. »Das wird Ihnen noch leidtun!«

Er drehte sich um und versuchte, Paul zu folgen, scheiterte jedoch an einer Mauer aus Hangeckern. Niemand stellte sich ihm offen in den Weg, doch jeder half, so gut er konnte, Paul einen Vorsprung zu verschaffen. Der Uniformierte musste seine Ellbogen grob einsetzen, um den Kreis der Umstehenden schließlich zu durchbrechen.

Charlotte wollte sich ebenfalls einen Weg durch die Menschen bahnen, aber ihr Vater hielt sie am Arm zurück.

»Nicht.« Er sah sie streng an. »Warte, bis sich der Sturm gelegt hat. Wir gehen jetzt nach Hause.«

Aber sie musste Paul doch helfen! *Er braucht mich doch!* Charlotte öffnete den Mund, um ihrem Vater etwas zu entgegen. Dann fiel ihr auf, wie blass er war. Sein Zittern. Sie begriff in dieser Sekunde erst richtig, was er getan hatte. Er hatte den Mann angegriffen, um Paul zu schützen. Einen SS-Mann. Das war der falsche Moment für Widerworte.

»Sind wir in Gefahr?«, fragte sie leise, während sie sich mit ihrem Vater in Bewegung setzte. »Weil wir Paul geholfen haben?«

»*Ich* habe Paul geholfen, du hattest nichts damit zu tun und musst dir keine Sorgen machen.« Ihr Vater dirigierte sie am Arm durch den äußeren Ring der Schaulustigen in Richtung Kirche. »Ich glaube außerdem nicht, dass dieser Mann seine Drohungen ernst meinte. Wenn er sich erst wieder beruhigt hat, wird er verstehen, wie unsinnig es ist, gegen junge deutsche Männer wegen einer Nichtigkeit vorzugehen.«

»Bist du sicher, Vati?«

Sie passierten den Ortskern und bogen in das Gewirr von Gassen ein, das Hangeck abseits der breiten Dorfstraße durchzog. Sofort fühlte Charlotte sich besser. Geborgener. Als ob das Knäuel an Sträßchen sie schützend umspannte, wenn sie erst weit genug eingetaucht war.

»Sicher kann in diesen Zeiten niemand sein.« Die Stimme ihres Vaters klang ernst. »Aber, Charlotte …«, er blieb stehen und drehte sie an den Schultern zu sich, »einerlei, was passiert, es muss dir klar sein, dass es *richtig* war, so zu handeln. Ich hätte jeglichen Respekt vor mir selbst verloren, wenn ich dieses Unrecht zugelassen hätte. Und ich wäre meinen Töchtern ein schlechtes Vorbild gewesen.«

Charlotte nickte. »Vati, habe ich dir jemals gesagt, wie sehr ich dich bewundere? Ich bin dankbar und glücklich, dass ich dich zum Vater habe.«

Ihr Vater lächelte, und es blieb Charlotte nicht verborgen, dass er die Feuchtigkeit in seinen Augen wegblinzelte. »Dann habe ich wohl alles richtig gemacht.« Er räusperte sich. »Und nun lass uns nach Hause gehen.«

10. Hangeck, Juni 1943

Ihre Mutter und Rosi erwarteten sie mit bangen Blicken im Wohnzimmer.

»Konnte man das Feuer rechtzeitig löschen? Wie geht es den Heinrichs? Und Paul?«

Die letzte Frage der Mutter galt Charlotte, die darauf selbst gern eine Antwort gehabt hätte. Hatte er es geschafft, dem Verfolger zu entkommen? Und wie sollte es für ihn weitergehen? Hatte Ilse am Ende recht, und Paul war in Deutschland nicht mehr sicher?

Ihr Vater hatte Rosi indes mit ein paar beruhigenden Worten aus dem Zimmer gescheucht und berichtete knapp, was am Nachmittag geschehen war.

Ihre Mutter schlug die Hand vor den Mund und nahm sie nicht mehr weg. Blass und mit vor Schreck geweiteten Augen starrte sie ihren Mann an, als dieser beschrieb, wie er sich zwischen Paul und den Uniformierten gestellt hatte.

Charlotte entging nicht, dass er ihrer Mutter eine deutlich abgeschwächte Version der tatsächlichen Geschehnisse lieferte. Das zeigte Charlotte, wie besorgt er wirklich war. Das ungute Gefühl in ihrem Magen verstärkte sich. Ihr wurde klar, dass ihr Vater die gleiche Furcht teilte, die auch sie seit dem Nachmittag nicht mehr losließ. Er verbarg sie, um seine Familie zu schützen. So, wie er Charlotte geschützt hatte, indem er sie vorhin nach Hause geschickt hatte. Er wollte verhindern, dass sie sich zu einer Dummheit hinreißen ließ wie Paul und Ilse. Und er selbst.

Jetzt sank er müde in einen Sessel.

»Ich mache Abendessen.« Ihre Mutter verließ im Eil-schritt das Wohnzimmer.

Charlotte sah ihr erstaunt nach. Der Geruch nach fri-schem Brot verriet, dass es belegte Schnittchen geben würde. Dann war es jedoch viel zu früh, um mit den Vorbereitungen zu beginnen.

»Küchenarbeit beruhigt sie«, sagte ihr Vater, der Charlot-tes Blick bemerkt haben musste. »Die Routine gibt ihr ein Stück Normalität zurück. So wird sie mit all den Schrecken dieser Monate besser fertig.«

»Soll ich ihr helfen?«, fragte Charlotte zögerlich. Norma-lerweise war das eine Selbstverständlichkeit, doch die Worte ihres Vaters ließen sie vermuten, dass ihre Mutter nicht ge-stört werden wollte.

»Sie wird dich rufen, wenn sie Hilfe braucht.« Ihr Vater deutete auf das Sofa. »Setz dich, bitte.«

Das klang ernst. Prompt bekam Charlotte weiche Knie und war froh, sitzen zu können.

»Ich fürchte, Paul muss in nächster Zeit untertauchen«, sagte ihr Vater. »Bis wir sicher sein können, dass dieser Wich-tigtuer von der SS nicht mehr auf Rache sinnt.«

»Falls er ihn nicht schon längst erwischt hat.« Angst legte sich wie eine eiserne Hand um ihr Herz.

»Paul ist klug. Und er kennt die Gegend.« Charlottes Vater lächelte beruhigend. »Er wird sich nicht so leicht erwischen lassen. Hast du eine Ahnung, wo er sich verstecken könnte?«

Charlotte nickte. Mit ziemlicher Sicherheit würde er sich ins Bootshaus flüchten. Der vergessene Holzbau lag ver-borgen im schlecht zugänglichen Bereich des Sees und bot Schutz gegen den Regen.

»Gut.« Ihr Vater stand auf. »Ich werde dir Geld geben. Bring es ihm, damit es für ihn leichter wird, sich durchzu-schlagen. Er soll Hangeck in nächster Zeit meiden.«

Die Angst um Paul lastete wie eine schwere, muffige Decke auf ihren Gedanken. Wie hatte es nur so weit kommen können? Vor wenigen Stunden hatten sie noch über das Heiraten gesprochen, und nun wurde ihr Freund von der SS gejagt. Die Grausamkeiten der Nationalsozialisten hatten Hangeck erreicht. Und Paul, ihr geliebter Paul, der doch nie einen Fehler gemacht hatte, war in den Strom dieses Irrsinns geraten. Sie musste ihm helfen.

Charlotte rannte die Treppe hoch in ihr Zimmer.

Eine Schatulle in der Ecke ihres Kleiderschranks barg ihre gesammelten Schätze – und das nicht nur im übertragenen Sinn. Jede gesparte Reichsmark und jeder Pfennig waren darin verstaut. Sie öffnete den Deckel und klaubte die Münzen zwischen Glanzbildchen, Muscheln und einigen Murmeln zusammen. Es war nicht viel, aber Paul konnte sicherlich jede noch so kleine Hilfe gebrauchen.

Als sie das Kästchen wieder schließen wollte, fiel ihr Blick auf den einzigen echten Schatz, den die Schatulle barg: Großmutter Albas Tränendes Herz aus Weißgold. Der Anhänger, den ihre Großmutter ihr mit den Worten anvertraut hatte, er möge ihr in einer Notsituation helfen. Die Hand schon danach ausgestreckt, hielt Charlotte inne. War der Moment wirklich gekommen, ihn wegzugeben? Das Schmuckstück hatte immerhin auch einen großen ideellen Wert. Andererseits – konnte es eine schlimmere Notlage geben als die, in der sich Paul jetzt befand? Und was für eine Freundin war sie, wenn sie zögerte? Entschlossen ließ sie den Anhänger zusammen mit den Münzen in ein Stoffbeutelchen fallen und schob die Schatulle in den Schrank zurück. Direkt neben den Karton mit ihren Fotos.

Kurzentschlossen zog sie ihn aus dem Schrank. Ein Foto würde Paul sagen, dass er nicht verzweifeln sollte, denn er war nicht allein. Sie wusste genau, welche Aufnahme sie ihm mitgeben würde. Zielsicher suchte sie das Bild aus dem Stapel heraus, das sie ganz besonders mochte. Es war ein Schnappschuss, den ihr Vater vor einigen Jahren gemacht hatte. Paul und sie waren darauf zu sehen, wie sie einander auf dem Hangecker Dorffest gegenüberstanden und sich in die Augen schauten. Mit dem Wissen von heute entdeckte Charlotte schon damals die große Zuneigung in ihrer beider Mienen. Das Bild würde Paul wissen lassen, dass sie an ihn dachte und auf ihn wartete, einerlei wie lange er sich verstecken musste.

Mit dem Beutel und dem Foto in der Tasche ihres Rocks eilte Charlotte die Treppe hinunter.

Ihr Vater erwartete sie bereits. »Wo steckst du denn nur?« Er zog sie zur Tür. Dort drückte er ihr einige Scheine in die Hand.

Ungläubig starrte sie darauf. Das waren bestimmt über einhundert Reichsmark! Ein Vermögen. »Aber Vati! Ihr spart doch auf ein Automobil!«

»Treibstoff ist ohnehin rationiert«, erwiderte er trocken. Sie wussten beide, dass es nicht die Bagatelle war, als die ihr Vater es darstellte, doch Charlotte war ihm dankbar, dass er es ihr auf diese Weise leichter machte, das Geld anzunehmen. »Und Paul wird es brauchen.« Ihr Vater überreichte ihr ein in ein Leinentuch gehülltes Paket. »Das hier nimmst du ihm auch mit. Etwas Brot und Käse für den Abend. Das hat deine Mutter für ihn gepackt.«

»Mutti weiß Bescheid?«

»Natürlich.« Ihr Vater nickte. Ein leichtes Lächeln erhellte für einen kurzen Moment die ernste Miene. »Wenn ich unversehens auf unsere Ersparnisse zurückgreife, schulde ich ihr wohl wenigstens eine Erklärung. Wir mögen Paul beide und möchten ihm helfen. Nun spute dich! Lass dich nicht erwischen, und komm sofort zurück, hörst du? Auch wenn es dir schwerfällt. Du darfst nicht bei ihm bleiben. Verabschiedet euch geschwind voneinander, dann kehrst du heim. Versprich mir das.«

Charlotte nickte beklommen und verstaute das Geld in der Rocktasche. Ihr fehlten die Worte, um die tiefe Dankbarkeit auszudrücken, die sie in diesem Moment empfand. »Danke«, sagte sie deshalb einfach nur mit belegter Stimme und hoffte, ihr Vater wusste, wie viel mehr sie ihm eigentlich sagen wollte.

»Es ist das Mindeste«, erwiderte er ruhig, strich ihr mit einer ungewohnt liebevollen Geste über die Wange und öffnete ihr die Tür.

Ein kühler Wind wehte Charlotte entgegen. Am Horizont türmten sich schwarze Wolken. Kein Abend für einen Spaziergang. So würde ihr kleiner Ausflug hoffentlich unbemerkt bleiben.

Ein Wagen fuhr vorbei. Ein dunkles, großes Fahrzeug, das sofort ein ungutes Gefühl in Charlotte auslöste. Ihrem Vater erging es nicht anders, stellte sie mit einem Blick auf ihn fest. Automobile waren selten in Hangecks engen Gassen.

Ihr Vater trat mit ihr zusammen zum Gartentor. Von hier aus beobachteten sie, wie der Wagen am Ende der Straße anhielt. Zwei Männer stiegen aus. Sie trugen graue Anzüge und offene Mäntel, keine Uniform. Trotzdem ging von ihnen etwas Autoritäres aus, als sie energisch auf die nächstgelegenen Häuser zuhielten – der eine auf der linken, der andere auf der rechten Straßenseite.

»Was hat das zu bedeuten?« Charlotte sah ihren Vater beunruhigt an.

Eine steile Falte zeichnete sich auf seiner Stirn ab. »Nichts Gutes, fürchte ich.« Er griff in seine Hosentasche und zog das Geldbündel hervor, aus dem die Scheine für Paul stammten. »Das sieht nach einer Haus-zu-Haus-Befragung aus.« Blind teilte er den Geldstapel in seiner Hand in ungefähr zwei Hälften. »Gib auch das Paul.« Er schob ihr die eine Hälfte der Scheine in die Hand. »Die suchen ihn. Mir scheint, es reicht nicht, wenn sich Paul für einige Tage versteckt. Er muss länger untertauchen. Ich weiß von Leopolds Retter, dass es entlang der Grenzen Schleuser und Fluchthelfer gibt. Mit diesem Geld wird er es schaffen.«

Charlottes Kehle wurde eng. Angst schoss durch ihre Glieder. Ihre schlimmsten Befürchtungen wurden wahr und sie und Paul getrennt. Ihr Vater hatte recht. Diese Männer suchten etwas. Jemanden. Das wurde nun offensichtlich, da sich die beiden den nächsten Häusern zuwandten. Sie musste das tun, was für Paul am besten war. Hier war er nicht mehr sicher. Tapfer nickte sie.

»Ich gehe denen wohl besser aus dem Weg«, sagte sie, schlüpfte aus dem Gartentor und rannte die Straße entlang, um in die nächste Seitenstraße zu huschen, bevor sie ins Sichtfeld der Fremden geriet.

Über einen schmalen Weg hinter jenen Häusern, deren Anwohner soeben von den einschüchternden Gestalten befragt wurden, schlängelte sich Charlotte in Richtung Dorfzentrum. Ihr Regencape war bald genauso nass wie die Hecken, an denen sie sich vorbeidrückte. Doch dieser Pfad war nur den Dorfbewohnern bekannt. Hier würde sie niemand aufhalten. Gegenüber der Kirche trat sie auf den Gehsteig hinaus, und kurz darauf erreichte sie unbehelligt die Dorfstraße. Just in dem Moment, in dem sie erleichtert durchatmen wollte, verließ sie das Glück.

Ein Mann stellte sich ihr in den Weg. Charlotte hatte ihn noch nie in Hangeck gesehen. Er trug einen dunklen Anzug, darüber einen Mantel. Unschwer zu erraten, dass er zu denjenigen in ihrer Straße gehörte.

»Wohin des Wegs, junge Dame?«

Er stand so breit auf dem Gehsteig, dass sie anhalten musste.

»Heil Hitler«, grüßte Charlotte, ganz das unschuldige Dorfmädel.

Sie wagte ein zaghaftes Lächeln. Doch die finstere Miene ihres Gegenübers hellte sich keinen Deut auf.

»Ich habe gefragt, wohin du unterwegs bist«, wiederholte der Mann und nickte zum Leinenpäckchen in Charlottes Hand. »Und was hast du da?«

»Brot«, antwortete Charlotte, streckte ihm das Päckchen entgegen und lüftete einen Zipfel, damit er sich persönlich davon überzeugen konnte. »Meine Mutter hat mir aufgetragen, es einer Freundin im Dorf zu bringen«, improvisierte sie geistesgegenwärtig und lächelte noch immer möglichst unschuldig.

»Soso«, brummte der Mann unwirsch. »Nun, das wird warten müssen. Wir sind auf der Suche nach subversiven Kräften. Ein Angehöriger der Schutzstaffel ist heute hinterrücks angegriffen worden.«

Hinterrücks angegriffen? Wohl kaum! Pauls Gegner hatte offenbar gehörig übertrieben, um seinen persönlichen Rachefeldzug ausleben zu können.

»Einen Überfall?« Sie gab sich ahnungslos. »Es gab einen Überfall? Wen suchen Sie denn?«

»Vor allem einen gewissen Paul Heinrichs.« Der Mann neigte den Kopf zur Seite. »Ein jüdischer Junge. Er müsste ungefähr in deinem Alter sein. Kennst du ihn?«

Charlotte überlegte einen Augenblick. Es zu leugnen wäre erst recht verräterisch. Natürlich kannte sich in einem solch kleinen Dorf jeder, und das würde dem Mann bewusst sein. »Ja«, antwortete sie deshalb wahrheitsgemäß, »selbstverständlich kenne ich Paul. Er ist ein Jahr älter als ich.«

»Dann weißt du, wo wir ihn finden können?«

»Nein, das kann ich Ihnen leider nicht sagen. Es hat heute bei ihm gebrannt. Wo er jetzt untergekommen ist, weiß ich nicht.«

»Ja, ja, schon gut, verschwinde einfach.« Mit einer unwirschen Handbewegung verscheuchte er Charlotte wie eine lästige Fliege.

Charlotte wartete keine Sekunde länger, sondern machte kehrt und eilte in Richtung Kirche davon.

»Vergiss nicht – lauf geradewegs heim«, rief der Mann ihr hinterher, als Charlotte bereits um die Ecke bog.

Etwas in ihr hätte dem Befehl nur allzu gern Folge geleistet. Sie sehnte sich nach der Sicherheit ihres Zuhauses. Sie wollte sich die Decke über den Kopf ziehen und die Welt aussperren. Das war doch alles Wahnsinn! Noch vor drei Monaten war sie ein braves Schulmädchen gewesen, und inzwischen war ihr Freund auf der Flucht vor der SS, und sie selbst belog die Gestapo. Denn dass dieser Mann für die Geheime Staatspolizei arbeitete, erschien ihr ziemlich sicher, auch wenn sie glücklicherweise bisher keine Erfahrungen mit SS, SA oder Gestapo sammeln musste. Sie lachte bitter auf. Das holte sie nun alles an einem Tag auf. Doch sie hatte keine andere Wahl, als es auszuhalten. Alle um sie herum – ihr Vater, Paul und sogar Ilse – hatten heute Tapferkeit bewiesen, da würde sie sich gewiss nicht wie ein kleines Kind ins Bett flüchten. Sie *musste* Paul helfen. Die Frage war nur – wie? Der direkte Weg zum Bootshaus war abgeschnitten, dafür hätte sie Hangeck durchqueren müssen.

Ohne dass sie sich bewusst dazu entschieden hatte, fand sie sich plötzlich im Kirchhof wieder. Bewacht von den hohen Mauern lehnte sie sich an einen der dicken Bäume und versuchte, ihren galoppierenden Herzschlag zu beruhigen. Mit der freien Hand rieb sie sich über das Gesicht und dachte nach.

Es sah schlimm aus für Paul. Solange die Männer in Hangeck unterwegs waren, war Paul für Charlotte unerreichbar. Der direkte Weg war versperrt, und auf dem langen Umweg hatte sie Angst, einem der Fremden noch einmal in die Arme zu laufen.

Unschlüssig kaute sie auf ihrer Unterlippe. Ihr Blick heftete sich auf die losen Steine in der Mauer. Zunächst starrte sie nur gedankenverloren darauf, ohne sie wirklich wahrzunehmen, doch dann wurde ihr klar, dass die Lösung des Problems womöglich genau vor ihr lag. Es hing davon ab, ob Paul so dachte, wie sie es hoffte. An Pauls Stelle würde sie warten, bis die Männer abgezogen waren, um im Schutz der Nacht nach Hangeck zurückzukehren. Vielleicht, um noch ein paar Sachen aus dem Haus retten zu können, und hoffentlich auch, um in ihrem Versteck nach einer Nachricht zu suchen.

Das Päckchen mit dem Brot passte nicht in die Mauerlücke, aber den Stoffbeutel mit dem Geld und dem Anhänger stopfte sie hinein und deponierte das von ihr so geliebte Foto im Einmachglas. Zum Schluss schob sie alles weit nach hinten und legte die Steine sorgfältig wieder davor.

Ganz wohl war ihr nicht, so viel Geld und das wertvolle Schmuckstück zurückzulassen. Aber nach zehn unbehelligten Jahren würde hoffentlich nicht ausgerechnet heute Nacht jemand ihr Versteck entdecken. Es war in diesem Moment der einfachste und auch der einzige Weg. Und er würde funktionieren, entschied sie und verließ den Kirchhof.

Am Tor spähte sie vorsichtig die Straße hinauf und hinab. Von den Männern war nichts zu sehen. Erleichtert atmete sie auf. Stattdessen entdeckte sie Ilse, die mit einem Korb in der Hand in ihre Richtung kam.

Ihre Freundin war blass und wirkte verstört. Die Geschehnisse des Nachmittags hatten ihr sichtlich zugesetzt.

Im Kern war sie also doch verletzlicher, als sie sich immer gab. Der heutige Tag hatte ihr Ilse wieder nähergebracht, spürte Charlotte, während sie wartete, bis Ilse vor ihr stand. Wortlos nahm Charlotte ihre Freundin in den Arm. Ilse erwiderte die Umarmung lange und fest, fast Halt suchend.

»Paul ist im Bootshaus«, raunte Ilse ihr zu und hob den Korb in ihrer freien Hand kurz an. »Ich bin auf dem Weg zu ihm. Ich war gerade zu Hause, um ihm ein paar Lebensmittel zusammenzupacken.«

»Lass dich damit nicht von den Gestapo-Männern erwischen.« Charlotte blickte sich automatisch um. »Ich wollte ihm Brot bringen, aber durfte nicht weiter.«

»Gestapo?« Ilse schaute sie verwirrt an.

»Ein paar Männer suchen im Dorf nach Paul. Ich glaube, sie sind von der Gestapo, weil sie keine Uniformen tragen, aber so autoritär wirken.«

»Verdammt!« Ilse zog die Schultern hoch. Dann traten Tränen in ihre Augen, und es brach aus ihr heraus: »Es tut mir so leid. Das darf alles nicht sein … Es tut mir so leid für Paul …«

In diesem Augenblick erklangen schwere Schritte hinter ihnen. Charlotte und Ilse drehten ihre Köpfe und fuhren auseinander.

Der Gestapo-Mann, der Charlotte vorhin aufgehalten hatte, baute sich mit grimmiger Miene vor ihnen auf. Er warf ihr einen finsteren Blick zu. »Du schon wieder! Hatte ich dir nicht gesagt, dass du sofort nach Hause gehen sollst?«

»Ich war auf dem Heimweg«, versicherte Charlotte eilig. »Ich habe nur meine Freundin getroffen.«

Der Mann wandte sich nun an Ilse. »Und du? Was hast du am Abend noch auf der Straße zu suchen? Und was ist da in dem Korb?«

Ilse riss ihre blauen Augen verschüchtert auf. »Heil Hitler«, grüßte sie mit leiser Stimme. »Ich bin auf dem Weg zu einer Freundin der Familie. Ich bringe ihr eine Kleinigkeit zum Abend und sehe nach ihr.«

»Ist denn das ganze verdammte Dorf auf den Beinen, um Lebensmittel durch die Straßen zu tragen?« Der Mann warf beiden Mädchen einen scharfen Blick zu.

Ilse wagte einen Augenaufschlag, von dem Charlotte wusste, dass ihre Freundin ihn lange vor dem Spiegel geübt hatte. »Wir helfen einander in diesem kleinen Dorf«, erklärte sie. »Heute hat es ein fürchterliches Feuer gegeben, das hat viele Menschen sehr aufgewühlt.«

Charlotte hatte immer belächelt, wenn Ilse von einer Rolle in die andere schlüpfte. Als hätte man einen Schalter umgelegt, war Ilse in der Lage, sich vom braven Schulmädchen in eine kesse junge Frau zu verwandeln und umgekehrt. In diesem Augenblick erwies sich dieses Talent als ausgesprochen nützlich. Wie Charlotte schon oft beobachtet hatte, verfehlte Ilse selten ihre Wirkung bei den Männern – und so war es auch jetzt.

»Nun gut, wenn das so ist, werde ich den Weg nicht verwehren.« Er trat mit einem gönnerhaften Lächeln, das vor allem Ilse galt, zur Seite. »Den Zusammenhalt des deutschen Volkes muss man unterstützen.«

Ilse und Charlotte nickten ihm freundlich zu und strebten wieder auf die Dorfstraße zu.

Charlotte überlegte fieberhaft, ob sie es wagen konnte, rasch zur Mauer zurückzukehren, um Geld, Schmuck und Foto für Paul zu holen. Wenn Sie dem Gestapo-Mann ein drittes Mal in die Arme lief, könnte es allmählich unglaubwürdig wirken, dass sie ständig mit einem Brot in der Hand hin- und herspazierte.

Bevor sie einen Entschluss fassen konnte, erklangen eilige Schritte auf der Straße. Ein Kind, das rannte.

»Charlotte!«

Die Stimme ließ Charlotte erstarren. Es war Rosi, und Charlotte hörte ihre Panik. Mit pochendem Herzen drehte sich Charlotte um. Ihre Schwester lief auf sie zu.

Noch bevor sie Charlotte erreichte, sprudelten die Worte aus Rosi heraus. »Du musst sofort nach Hause kommen!« Völlig außer Atem kam ihre Schwester vor ihnen zum Stehen. »Du musst nach Hause kommen«, wiederholte sie japsend. »Es sind Männer im Haus. Sie durchsuchen alles. Jemand hat ihnen erzählt, dass du Pauls Freundin bist, und nun denken sie, Paul wäre bei uns zu Hause. Komm schnell!« Sie ergriff Charlottes Arm und zerrte an ihm.

Charlotte warf Ilse einen hilflosen Blick zu.

Ihre Freundin war noch blasser geworden. »Oh mein Gott«, stammelte Ilse, »das darf alles nicht wahr sein!« Sie sah auf das Brot in Charlottes Hand. »Lauf geschwind nach Hause zurück!« sagte sie. »Ich nehme das Brot mit.«

Charlotte beugte sich nah an Ilses Ohr. Rosi musste nicht wissen, wohin sie unterwegs gewesen waren. »Richte Paul aus, es liegt etwas für ihn in unserem Versteck«, flüsterte sie. »Machst du das bitte für mich?«

Ilse nickte. »Natürlich. Ich werde ihn auch von dir grüßen. Ich helfe, wo immer ich kann. Es tut mir so leid!«

Unter anderen Umständen hätte Charlotte sich vielleicht mehr über das seltsame Verhalten ihrer Freundin gewundert, die sie so selbstlos nicht kannte. Doch in diesem Moment war sie einfach dankbar dafür, dass ihr eine Last abgenommen wurde. Sie strich Ilse rasch über den Arm, gab ihr das Brot, und die Freundinnen trennten sich mit einem letzten besorgten Blick.

Charlotte wandte sich um und folgte ihrer Schwester, die schon vorausgelaufen war. Das Wasser spritzte unter ihren Schuhen. Sie achtete nicht darauf, den Pfützen auszuweichen. Der Wind trieb ihr den Nieselregen ins Gesicht. Auch das spielte keine Rolle. Ihre Schritte hämmerten im Takt ihres viel zu schnellen Herzschlags auf den Asphalt. Charlotte sah das große dunkle Automobil bei sich vor der Tür stehen. Die Gardine bei Brettwiesers bewegte sich, als sie an dem Haus der Nachbarn vorbeilief. Sie erreichte das Gartentor, sprintete an Kartoffeln und Herzblumen vorbei, durch die geöffnete Haustür in die Diele.

Dort standen drei fremde Männer mit strengen Mienen und militärisch straffer Haltung. Daneben ihre Mutter, an deren Hand sich die schluchzende Rosi klammerte. Im Zentrum von allem stand ihr Vater. Leichenblass und mit dem Ausdruck eines gehetzten Tieres im Gesicht, der Charlotte vor Angst den Atem nahm. Irgendetwas Entsetzliches ging hier vor sich.

Hilfesuchend sah sie einen nach dem anderen an.

Die Gruppe war bei ihrem Eintreten verstummt.

Jetzt räusperte sich der älteste der fremden Männer, der wohl der Vorgesetzte war. »Sie wollen uns also nicht sagen, welchem Zweck die Kammer oben auf dem Dachboden dient? Oder sollte ich fragen: *Wem?*« Er trat dicht vor Charlottes Vater. Sein Gesicht war nur wenige Zentimeter von dem ihres Vaters entfernt. »Planten Sie, Paul Heinrichs hier zu verstecken? Den Freund ihrer Tochter?« Er warf einen kurzen Seitenblick auf Charlotte, die wie erstarrt war. »Oder hatten Sie Leopold Rosenberg *zu Gast?*« Seine letzten Worte klangen spöttisch. »Mir ist zugetragen worden, dass der Junge aus Ihrem Klassenraum verschwunden ist, justament, als er abgeholt werden sollte, um ihn mit seinen Eltern an seinen neuen Wohnort zu bringen. Danach hat man einen Knaben seines Alters bei Ihnen im Haus gesehen.«

Ilse, durchzuckte es Charlotte. Ilse hatte Leo damals gesehen und ihr die Notlüge offenbar nicht abgekauft. War ihrer

Freundin im Verlaufe des Tages klar geworden, dass sie zu Hause zu viel gesagt hatte, und war sie deshalb heute so anders gewesen? Fühlte sie sich mitschuldig?

Der Wortführer zog die Augenbrauen in die Höhe und sah Charlottes Vater abwartend an.

Der hatte die Augen niedergeschlagen und presste die Lippen aufeinander. Charlotte entging das leichte Zittern nicht, das seinen Körper durchlief.

Sie selbst bebte ebenfalls. Lange würde sie sich nicht mehr auf den Beinen halten können. Sie hatte das Gefühl, ihr Herz müsste gleich in der Brust zerspringen.

»Nun, wir nehmen Sie erst einmal mit«, entschied der Mann. »Dann klären wir alles in Ruhe.«

Wie konnte jemand fast liebenswürdig und zugleich drohend klingen? Der Tonfall jagte Charlotte mehr Angst ein, als wenn der Mann ihren Vater angeschrien hätte.

»Dann können wir auch gleich klären, aus welchem Grund Sie undeutsche Literatur in Ihrem Hause aufbewahren«, fuhr der Mann nun deutlich schärfer fort.

Charlotte fiel erst jetzt auf, dass einer der beiden anderen Männer das Buch *Pünktchen und Anton* in der Hand hielt. Ihr wurde übel. Hatte sie es nicht gut genug wieder versteckt, nachdem sie es mit Leopold ausgelesen hatte?

Als die beiden anderen Männer sich in Bewegung setzten, um ihren Vater rechts und links an den Armen zu packen, gaben sie den Blick ins Wohnzimmer frei. Hätten die Fliegerangriffe im Mai ihrem Haus gegolten, hätte es kaum schlimmer aussehen können. Nicht ein Gegenstand schien sich mehr im Schrank zu befinden, nicht ein Buch im Regal. Der Boden war bedeckt mit einer Schicht Unordnung. Lose Buchseiten, ein gesprungenes Porzellankännchen, die Einzelteile der Zeitung von heute. Wie mussten die Männer gewütet haben, um in einer derart kurzen Zeit dieses Ausmaß an Verwüstung zu erreichen? Es tröstete sie nicht, dass es zumindest nicht ihr Versäumnis war, dass ihnen das Buch von der Schwarzen Liste der verbotenen Werke in die Hände gefallen war.

Ihre Mutter starrte reglos ins Leere. Seit Charlottes Rückkehr hatte sie sich keinen Zentimeter bewegt; man sah kaum, dass sie atmete. Rosi klammerte sich an sie, schluchzend und tränenüberströmt.

Charlottes Blick fing den ihres Vaters auf. Seine Haut wirkte wächsern. Ungesund grünlich-blass und von einem Schweißfilm überzogen. Doch als er sie ansah, versuchte er ein leichtes Lächeln. »Es war richtig«, formten seine Lippen lautlos.

»Hier wird nicht geredet«, ging der Anführer der drei dazwischen. »Was hat er gesagt?«, fuhr er Charlotte an.

»Dass er mich liebt«, schwindelte Charlotte und wunderte sich, wie leicht ihr das Lügen inzwischen fiel. »Ich liebe ihn auch.« Sie sah zu ihrer Mutter und Rosie. »Wir alle lieben ihn.«

Ihr Vater lächelte traurig. Er wusste, was ihm bevorstand. Verhöre bei der Gestapo waren nicht nur unangenehm, sie endeten auch häufig mit dem Tod oder damit, dass Menschen auf Nimmerwiedersehen verschwanden. Charlotte erinnerte sich an das Gespräch mit ihrem Vater. Jenes, als sie vor Monaten darum gebeten hatte, BBC hören zu dürfen. Rückblickend war es ihr, als habe an jenem Tag ein neuer Lebensabschnitt begonnen. Sie hatte in den darauffolgenden Wochen den Rest ihrer kindlichen Unschuld verloren, als ihr Vater ihr nach und nach immer mehr über die Schattenseiten der nationalsozialistischen Führung des Reichs offenbarte. Deshalb wusste sie um die Gefährlichkeit der Männer, die in ihrem Zuhause standen. Sie konnten jeden, der politisch unliebsam auffiel, in Schutzhaft nehmen, was nichts anderes bedeutete, als dass derjenige ohne Möglichkeit einer juristischen Überprüfung seines Falles weggesperrt wurde.

Und jetzt hatten sie ihren Vater.

Charlottes Kehle zog sich zu. Ihr Vater, ihr geliebter Vati, wurde von zweien der Männer aus dem Haus gezerrt. Er stolperte über die Schwelle, seine Beine gaben nach, er stürzte. Rechts und links packten ihn die Männer und führten ihn ab.

Charlotte wollte die Augen schließen. Der Anblick ihres Vaters, wie ihm die Verzweiflung die Kräfte raubte, der mehr zum Fahrzeug geschleift wurde, als dass er ging, sollte nicht das letzte Bild sein, das sie von dem Mann, der ihr ein Leben lang Halt gegeben hatte, in Erinnerung blieb. Doch sie zwang sich, in der Tür stehen zu bleiben. Sollte ihr Vater noch einmal zu ihnen herübersehen, sollte sein letzter Blick seiner Frau und seinen beiden Töchtern gelten. Sie spürte ihre Mutter und Rosi hinter sich.

Niemand brachte einen Ton über die Lippen, während sie zusahen, wie die Fahrzeugtüren zugeschlagen wurden und sich der Wagen in Bewegung setzte. Minutenlang starrten sie auf die Straße, unfähig, ins Haus zurückzukehren. Es war, als ob sie das Geschehene so lange leugnen konnten, wie sie auf der Schwelle stehen blieben. Eine Rückkehr ins Haus, in dem die Spuren der Durchsuchung so offensichtlich waren, würde sie zwingen, die schreckliche Wahrheit zu akzeptieren.

Schließlich drehte Charlotte sich um und schob ihre apathische Mutter und die schluchzende Rosi in die Diele. Bevor sie die Tür schloss, glitt ihr Blick noch einmal zur Straße.

Der Weg vor ihrem Haus war zu schmal gewesen für zwei Männer, die einen in der Mitte mit sich schleiften. Rechts und links waren die Beete zertrampelt.

Dort, wo die Tränenden Herzen gestanden hatten, lagen nur noch zertretene Blätter im Matsch.

11. London/Hangeck,
September 2018 – Charlotte

Wir haben meinen Vater nie mehr wiedergesehen.« Charlotte drehte den Kopf und sah aus dem Fenster.

Einige tausend Meter unter ihnen glitzerte Wasser. Der Ärmelkanal.

Müde schloss sie die Augen.

In Kürze würde sie deutschen Boden betreten. Zum ersten Mal seit siebzig Jahren. Sie hatte gedacht, sie wäre aufgeregter, doch sie spürte eher Wehmut.

Während des Fluges hatte sie Hannah zum ersten Mal von 1943 erzählt. Erst jetzt erfuhr ihre Enkelin, warum Charlotte, Großtante Rosi und Urgroßmutter Hilde Hangeck verlassen mussten. Die Familie wusste natürlich, dass Johann August Gerber von den Nazis getötet worden war, aber Charlotte hatte nie über die Einzelheiten jener Nacht gesprochen.

Und nun stellte sie fest, dass Schweigen kein Heilmittel war. Wie konnte eine Erinnerung auch fünfundsiebzig Jahre später noch so schmerzhaft sein? Vielleicht war die Reise nach Hangeck doch keine gute Idee.

Es gab Dinge, die am besten dort aufgehoben waren, wo niemand mehr an ihnen rühren konnte. Gedanken beispielsweise, die nicht mehr gedacht wurden. Wie die Frage, was in jener Nacht geschehen war, die ihr Leben so dramatisch verändert hatte. Wohin hatte man ihren Vater gebracht? Hatte er leiden müssen, oder war ihm zumindest ein schneller Tod vergönnt gewesen?

Ihre Mutter hatte irgendwann nach dem Krieg seine Sterbeurkunde erhalten. Weil viele Dokumente im Bombenhagel zerstört worden waren, hatte man ihr nicht einmal einen genauen Todestag nennen können.

Und wohin war Paul gegangen – ohne ein Wort des Abschieds? Seine Rolle in ihrem Leben hatte sie Hannah gegenüber nicht ausführlich geschildert. Er war in ihrer Erzählung zum Kaufmannssohn, einem Freund aus Kindertagen, geworden. Dabei spürte sie noch heute die Sorge, die sie damals monatelang begleitet hatte, das Hoffen darauf, dass er sich melden würde, und die wachsende Erkenntnis, dass sie ihn verloren hatte.

»Granny?« Die Stimme ihrer Enkelin. »Ist alles in Ordnung?«

»Ja, natürlich.« Charlotte rang sich ein Lächeln ab. »Ich war nur in Gedanken. Entschuldige, Darling. Hattest du etwas gefragt?«

»Ja. Ich wollte wissen, wie es dann dazu kam, dass ihr Hangeck verlassen habt. Aber wenn dich das Reden zu sehr anstrengt ...«

»Nein, überhaupt nicht.« Wenn sie schon einmal so tief in ihre Erinnerungen verstrickt war, konnte sie den Rest der traurigen Geschichte auch noch hinter sich bringen. »Du kannst dir denken, dass die Tage nach der Verhaftung meines Vaters schrecklich waren. Meine Mutter hat anfangs versucht, irgendetwas in Erfahrung zu bringen, doch die Gestapo war ein rechtsfreier Raum. Die konnten schalten und walten, wie es ihnen beliebte. Irgendwann hat sie den Glauben daran verloren, dass mein Vater heimkehren würde. Und eines Tages stand der Nachfolger meines Vaters vor der Tür. Du weißt, er war Dorflehrer, und das Haus, in dem wir wohnten, gehörte der Schulbehörde. Wir mussten ausziehen.«

»Wie furchtbar.« Hannah sah sie aus ihren großen blauen Augen an. »Du hast deinen Vater und dein Zuhause verloren.«

Und Paul.

»Und meine Freunde.« Charlotte nickte. »Es war die schlimmste Zeit meines Lebens. Die Schwester meiner Mutter, Tante Klara, nahm uns bei sich auf. Während alle Welt versuchte, das Ruhrgebiet zu verlassen, das inzwischen flächendeckend in Schutt und Asche gelegt wurde, zogen wir nach Dortmund.« Sie sah den fragenden Blick ihrer Enkelin. »Das ist eine der größten Städte im Ruhrgebiet. Am Ende des Krieges war sie zu achtundneunzig Prozent zerstört.«

»Oh mein Gott! Wie kann man das überleben?«

»Nun, größtenteils in irgendwelchen Kellern oder Luftschutzbunkern.« Charlotte roch plötzlich wieder die muffigen Gewölbe, in denen sie ausgeharrt hatten, während um sie herum die Erde bebte und das Dröhnen der Kampfflugzeuge bis tief hinunter zu ihnen reichte. Sie hörte die Schreckenslaute, wenn ein Sprengkörper in der Nähe eingeschlagen war, und sah lockere Teile aus den nur notdürftig verstärkten Kellerdecken rieseln. »Wir hatten Glück. Niemand aus der Familie kam ums Leben.«

Außer ihrem Vater. Und auf eine gewisse Weise auch ihre Mutter. Denn selbst wenn sie noch atmete und ihr Herz weiterhin schlug, war nach diesem schrecklichen Abend doch jegliche Lebenskraft aus ihr gewichen. Die Geburt ihrer Enkelkinder hatte Hilde Gerber schon nicht mehr erlebt. Es war, als hätte sie nur darauf gewartet, bis Charlotte und Rosi versorgt waren, um dann an ihrem gebrochenen Herzen zu sterben. Die Ärzte hatten es sachlicher ausgedrückt und »Herzinfarkt« genannt.

Charlotte wurde bewusst, dass Hannah sie fragend ansah. Rasch räusperte sie sich. »Meine Mutter fand nach dem

Krieg Arbeit in der Kaserne«, fuhr sie fort. »Man benötigte dort zivile Übersetzerinnen. Nachdem ich mein Notabitur in der Tasche hatte, kam auch ich dort unter. Die Nazis hatten kapituliert, doch Übersetzerinnen wurden nun erst recht benötigt. Jetzt von den Briten, die die Kasernen übernommen hatten und mit ihnen die zivilen Angestellten. So hatten wir in den harten Nachkriegsjahren Arbeit und – was in jenen Zeiten noch viel wichtiger war – etwas zu essen, denn in den Stützpunkten der Alliierten gab es im Gegensatz zum Rest Deutschlands ausreichend Lebensmittel.«

»Und du hast ganz nebenbei Grandpa kennengelernt.« Hannah schmunzelte.

Von diesem Zeitpunkt an kannte sie die Familiengeschichte natürlich.

»Ja, dann habe ich deinen Großvater kennengelernt.«

Charlotte war von dem schnittigen Soldaten beeindruckt gewesen, der aus London stammte und ihr stundenlang so lebhaft von der Stadt erzählen konnte, dass Charlotte das Gefühl hatte, selbst an der Themse entlangzuschlendern. Sie hatte sich geschmeichelt gefühlt, dass der junge Mann aus dieser bedeutenden Stadt sich für das einfache Mädchen vom Dorf interessierte, und doch war ihr Herz von der Erinnerung an einen anderen besetzt gewesen. Wäre Albert nicht ausgerechnet aus London gekommen und hätte er sie nicht immer wieder mit den Geschichten aus seiner Heimatstadt gefangen genommen, so hätte sie seinem Werben vermutlich nicht nachgegeben. Aber mit der Zeit lernte sie ihn zu schätzen. Er brachte ihr Herz nie auf diese spezielle Art zum Klopfen, wie Paul es vermocht hatte, doch er erwies sich als treusorgender Ehemann und Vater und war ihr bis zu seinem Tod ein guter Partner gewesen. Und er hatte sie mitgenommen in die Stadt, von der sie so lange geträumt hatte.

Charlotte lächelte in sich hinein. Es war ein anderes Leben gewesen als das, was sie sich mit Paul ausgemalt hatte, aber es war ein gutes Leben gewesen. Susan und Neil waren wunderbare Kinder, sie liebte ihre Enkelkinder, und insbesondere die Nachzüglerin Hannah hatte Charlotte um mindestens zwanzig Jahre verjüngt. Sie hatte keinen Grund, sich zu beschweren.

12. Hangeck, September 2018 – Hannah

Über ihr Brötchen hinweg betrachtete Hannah die gerahmte Panoramafotografie an der Wand des Gastraums. So also hatte es hier ausgesehen, als der Hangecker Stausee voll Wasser gewesen war. Glitzernde Wellen, umgeben von bewaldeten Hügeln im Sonnenschein. Das große Gebäude am Ufer musste der *Gasthof Hangecke* sein, in dem sie mit Müh und Not noch ein Zimmer hatten reservieren können. Das Auftauchen der Überreste des alten Dorfs war eine Sensation, und sämtliche Hotels, Pensionen und Campingplätze der Gegend waren auf Wochen ausgebucht.

Hannah drehte den Kopf und sah aus dem Fenster. An die Idylle auf dem Foto erinnerte aktuell nichts mehr. Der steinige Strand ging in eine öde, graubraune und von Rissen durchzogene Fläche über. Hübsch war hier nur noch die Hügelkette im Hintergrund, wo die Baumkronen die ersten gelben und roten Farbtupfer des Herbstes zeigten. Die Sonne des ausklingenden Septembers überzog alles mit goldenem Licht. Wenn sie den Kopf etwas weiter drehte, erhob sich in einiger Entfernung die Kirche, das einzige Gebäude, das die Jahre in der Flut überstanden hatte. Die meisten Häuser Hangecks hatten aus Fachwerk bestanden und hätten das jahrzehntelange Bad nicht überlebt. Man hatte sie und die wenigen gemauerten Bauten abgerissen, bevor das Wasser gestaut wurde. Geblieben waren von Grannys alter Heimat nur vereinzelte Fundamente.

Hannah lenkte ihre Aufmerksamkeit zurück zum Frühstückstisch und stellte fest, dass ihre Großmutter lustlos auf ihre Brötchenhälfte starrte, ohne davon abgebissen zu haben.

»Granny? Ist alles in Ordnung? Oder bist du das deutsche Frühstück nicht mehr gewohnt?«, fragte sie und versuchte, ihre Sorge hinter dem Scherz zu verbergen.

»Vielleicht bin ich noch zu sehr daran gewöhnt«, erwiderte ihre Großmutter mit einem in sich gekehrten Lächeln.

Hannah zog fragend die Augenbrauen in die Höhe.

Granny war schon seit ihrer Ankunft gestern in einer seltsamen Stimmung. Hannah hatte es auf die anstrengende Reise geschoben. Zwar hatten sie gleich am Flughafen ein Fahrzeug gemietet, und Hannah hatte mit zahlreichen Stoßgebeten den Kampf mit dem ungewohnten Rechtsverkehr aufgenommen, aber für eine Neunzigjährige war der Tag dennoch eine kräftezehrende Herausforderung gewesen.

»Wie meinst du das?«, hakte Hannah nach, als ihre Großmutter keine weitere Erklärung lieferte.

»Ach, Darling.« Nun biss ihre Großmutter doch in das Brötchen, kaute, schluckte und trank von ihrem Tee. »Im Alter nimmt man Zeit anders wahr. Was vierundzwanzig Jahre zurückliegt, kommt einem nicht nur sprichwörtlich vor, als sei es gestern gewesen – wie die Geburt der Enkelin beispielsweise.« Kurz lächelte sie liebevoll, bevor ihre Miene wieder ernst wurde. »Ich muss nun erkennen, dass dasselbe auch für Dinge gilt, die ein Dreivierteljahrhundert zurückliegen. Wenn ich aus dem Fenster sehe und mein Blick über die Hügel schweift, dann sind mir diese Formen so vertraut, als sei ich erst kürzlich durch die Wälder gelaufen. Der Geruch ist derselbe. Der Geschmack dieses Pumpernickels, den ich gestern gegessen habe, hat Erinnerungen heraufbeschworen an den Küchentisch in einem Haus, das dort unten schon lange nicht mehr steht.« Sie deutete in Richtung des Kirchturms.

»Pumper-was?« Hannah musste kichern. »Was ist das denn bitte für ein Wort?«

Zum ersten Mal an diesem Morgen lachte auch Granny. »Pum-per-nik-kel«, betonte sie Silbe für Silbe. »So heißt das schwarze Brot, das es gestern zur Begrüßung gab.«

Die seltsam dunklen und süßlich schmeckenden Schnitten hatte es als Snack gegeben, nachdem sie eingecheckt hatten. Hannah schmunzelte. Die Deutschen und ihre Brote. Aber trotz des merkwürdigen Namens und der gewöhnungsbedürftigen Farbe hatte es überraschend gut geschmeckt.

»Und das erinnert dich an früher? Habt ihr das oft gegessen?«

»Gelegentlich. Vor allem, als es noch alle Zutaten problemlos zu kaufen gab.«

Bei diesen Worten sah Hannah automatisch auf den reichlich gefüllten Brotkorb in der Mitte des Tisches. An der langen Seite des Gastraums, unterhalb der Panoramaaufnahme, erstreckte sich ein großzügiges Frühstücksbuffet. Unvorstellbar, dass ihre Großmutter hier eine Zeit erlebt hatte, in der die Menschen Sorge hatten, nicht satt zu werden.

»Ist alles zu Ihrer Zufriedenheit, Mrs Davies? Ms Davies?«, erkundigte sich in diesem Moment ein Angestellter des kleinen Hotels mit professionellem Lächeln in geschliffenem Englisch.

»Aber ja, alles ist bestens.« Ihre Großmutter betupfte sich mit einer Serviette die Mundwinkel und sah gleichzeitig fragend zu Hannah.

»Wunschlos glücklich«, bestätigte sie. »Von mir aus können wir gleich los.«

»Dann wünsche ich den Damen einen schönen Tag.« Der Hotelangestellte zog sich mit einem Nicken zurück.

»Starten wir sofort, oder möchtest du dich nach dem Frühstück lieber noch ein bisschen ausruhen?« Hannah trank den letzten Schluck Kaffee.

»Noch scheint die Sonne, wer weiß, ob es sich nicht nachher zuzieht. Ich würde also sagen – legen wir los!«

Der Rezeptionist hatte ihnen beschrieben, wohin sie fahren sollten. Nachdem der Tourismusverband bemerkt hatte, wie groß das Interesse am wiederauferstandenen Hangeck war, hatte man den Zugang geregelt, indem man einen Besucherparkplatz geschaffen und einen Weg angelegt hatte, der direkt ins Zentrum des einstmals versunkenen Dorfes führte.

Zum Glück war es nicht weit zu fahren. Hannah würde sich nie an den Rechtsverkehr gewöhnen. Erleichtert stellte sie den Wagen ab, stieg aus und sah sich staunend um.

Die Fläche bot Platz für Dutzende von Fahrzeugen. Ob es im Laufe des Tages tatsächlich so voll werden würde? Noch waren Imbiss- und Eisstand geschlossen, und außer ihrem befanden sich nur zwei weitere Autos hier. Aus einem davon krabbelte gerade eine vierköpfige Familie, das andere – ein elegantes Mercedes-Coupé – kam laut Kennzeichen aus der Schweiz.

Granny warf einen verächtlichen Blick auf den Gehstock, den ihre Enkelin ihr hinhielt, ergriff ihn dann aber doch. Die Miene ihrer Großmutter war angespannt. Hannah konnte sich nicht vorstellen, was jemandem durch den Kopf gehen musste, der nach fünfundsiebzig Jahren in die alte Heimat zurückkehrte, die er einst nach so schlimmen Ereignissen verlassen hatte. Der Ausdruck »gemischte Gefühle« traf die Gemütslage ihrer Großmutter sicherlich nur unzureichend.

»Geht es?«, fragte sie behutsam, aber Granny winkte nur ungehalten ab und marschierte los.

Zunächst führte ein serpentinenartiger Pfad zum ehemaligen Ufer hinunter. Hannah erkannte es an dem vertrockneten Schilfrohr, das wie Orgelpfeifen aus der rissigen Erde ragte. Hier wurde das Gelände ebener, und dank ausliegender

Holzbohlen konnte selbst Granny mit ihrem Gehstock problemlos auf die Mitte des Sees zusteuern. Je weiter sie über die schrundige Fläche schritten, desto mehr schien sich die braune Einöde in alle Richtungen auszubreiten. Als einziger markanter Punkt erhob sich das Kirchengebäude aus dem trockenen Schlamm.

Sowie sich die ersten Fundamente in der Erde abzeichneten, blieb ihre Großmutter stehen. Zunächst dachte Hannah, sie bräuchte eine Pause, doch dann bemerkte sie den in sich gekehrten Ausdruck in dem faltendurchzogenen Gesicht. Dieser Moment gehörte Granny und der Vergangenheit. Hannah hielt sich bewusst im Hintergrund, während Granny ihre Schritte in Richtung Kirche lenkte.

Das Areal rund um das letzte Hangecker Bauwerk war mit rot-weißem Flatterband abgesperrt. Ein Schild informierte die Besucher auf Deutsch und Englisch, dass das Betreten des Gebäudes aus Sicherheitsgründen untersagt war.

Vor dem Absperrband blieb Granny stehen und wartete auf Hannah. »Der Platz vor der Kirche war das Herz Hangecks«, erklärte sie. »Von hier gelangte man um die Ecke auf die Dorfstraße. Da gab es den Krämerladen und eine kleine Post.« Sie drehte sich halb nach rechts und deutete mit dem Arm hinter sich. »Dort in etwa muss die Straße zu unserem Haus gewesen sein. Die Schule war da drüben.« Sie zeigte in eine andere Richtung.

Hannah sah um sie herum nur leere Fläche, doch vor dem inneren Auge ihrer Großmutter schienen die Bilder der Vergangenheit aufzuziehen.

Mit einem verklärten Ausdruck wandte Granny sich wieder zum Gebäude vor ihnen. »Da, der Kirchhof.« Sie trat an das Absperrband heran.

Die Natursteine des Gotteshauses waren nach all der Zeit unter Wasser vielleicht etwas dunkler geworden, erschienen

Hannah jedoch ziemlich unspektakulär. Alt ja, aber die sechzig Jahre im See sah man ihnen nicht an. Hannah hätte allerdings auch nicht sagen können, welchen Anblick sie erwartet hatte. An die Außenwand der Kirche schloss sich eine hüfthohe Mauer an, ebenfalls aus Naturstein.

Eine Stelle schien Granny besonders zu interessieren, sie starrte mit zusammengekniffenen Augen in den hinteren Bereich des Hofs. »Ob es wohl noch da ist?«, murmelte sie, und allein, dass sie Deutsch sprach, bestätigte Hannahs Vermutung – ihre Großmutter befand sich gedanklich in ihrer Jugend. »Ich werde nachsehen«, fügte Granny, nun wieder in Englisch, hinzu. Resolut hob sie das Absperrband an.

»Warte!« Hannah hielt sie am Arm fest. »Das Schild! Du kannst da nicht hin!«

»Aber warum denn nicht?« Ihre Großmutter runzelte die Stirn. »Glaubst du ernsthaft, hier stünde nur diese lächerliche Flatterbandabsperrung, falls es *wirklich* gefährlich wäre?« Sie tauchte mit einer für ihr Alter erstaunlich geschmeidigen Bewegung unter dem Band durch. »Du bleibst hier«, bestimmte sie dabei. »Sollte tatsächlich ein Ziegel vom Dach fallen, reicht es, wenn ich ihn abbekomme.«

Hannah sah ihr unschlüssig hinterher. Die Bitte – oder Anordnung – ihrer Großmutter war unmissverständlich gewesen. Aber sollte sie Granny nicht trotzdem begleiten? Doch ihre Großmutter bog schon um die Ecke und steuerte auf den hinteren Teil der Mauer zu.

Als sich Schritte näherten, drehte sich Hannah hastig um. Durch die Diskussion mit Granny hatte sie nicht bemerkt, dass sie nicht mehr allein waren. Wurde die Kirche am Ende bewacht? Das fehlte noch, dass sie hier in Deutschland Ärger bekamen. Ihre Mutter hatte ihr eingeschärft, gut auf Charlotte zu achten. Ihren Eltern hatte es überhaupt nicht gefallen, die alte Dame auf diese Reise gehen zu lassen. Doch da Granny äußerst ungehalten reagieren konnte, wenn man ihr mit dem Hinweis auf ihr Alter wohlmeinende Ratschläge erteilte, hatte Hannah schließlich alles Notwendige buchen dürfen.

Erleichtert atmete sie auf, als kein finsterer Ordnungshüter, sondern ein durchaus sympathisch wirkender Mann Anfang dreißig um die Ecke bog. Er hatte die Kirche offenbar umrundet und schickte sich nun an, das Portal mit einer Spiegelreflexkamera zu fotografieren.

Hannah warf einen begehrlichen Blick auf die Kamera. Sie hatte das ausgesprochen hochpreisige Modell kürzlich im Atelier verwenden können. Es war ein Genuss, damit zu arbeiten. Auch das Objektiv dürfte noch einmal so viel gekostet haben wie das Gehäuse selbst. Trotzdem schoss der Mann ein Bild nach dem anderen im Automatikmodus, ohne sich lange mit Fragen der Perspektive oder Bildkomposition aufzuhalten. Kein Profi, schlussfolgerte Hannah, und nicht einmal jemand, der zu schätzen wusste, welches Kleinod der Fotografie er in den Händen hielt. Der Mann tat ihr fast leid, da er eine so exzellente Kamera besaß und offensichtlich nicht damit umzugehen wusste. Ihr Blick wanderte von der Kamera weiter nach oben. Erst jetzt fiel ihr auf, dass der Mann sie ebenfalls ansah, mit einem amüsierten Zug um die Mundwinkel.

Unwillkürlich zogen sich ihre Augenbrauen zusammen. Hatte er ihr Interesse an der Kamera fehlgedeutet, oder was erheiterte ihn so?

»Ich kam nicht umhin, Ihren Dialog mitanzuhören«, beantwortete er ihre unausgesprochene Frage in fließendem Englisch. »Die Logik Ihrer Großmutter – sie ist doch Ihre Großmutter? – ist erfrischend.« Sein Schmunzeln vertiefte sich. Er hatte ein nettes Lächeln, das seine grünen Augen spitzbübisch funkeln ließ.

»Ja, sie ist meine Großmutter«, bestätigte Hannah, erleichtert, dass nicht sie, sondern Grannys forsche Art ihn amüsiert hatte. »Sie kann in der Tat sehr eigen sein.«

»Entschuldigen Sie, falls die Frage zu neugierig erscheint, aber hat sie einen Bezug zu Hangeck? Sie schien sich hier auszukennen.«

Hannah nickte. »Sie hat früher hier gelebt.«

»Dann sind Sie Deutsche?« Er wirkte verwirrt. »Ich dachte, weil Sie Englisch gesprochen haben …«

»Sie ist inzwischen Britin«, erklärte Hannah. »Mein Großvater stammte aus London, sie hat ihn kurz nach dem Krieg kennengelernt und ist mit ihm nach London gezogen.«

»Meine Großeltern stammen ebenfalls aus der Gegend.« Der Mann hatte offenbar genug Fotos geschossen und schaltete die Kamera aus. »Sie sind im Krieg in die Schweiz gegangen.«

Das erklärte den seltsamen Akzent. Hannah hatte schon einige Deutsche Englisch reden hören, aber die Sprachmelodie ihres Gegenübers hatte sie nicht einordnen können. Schweizer war er also. Nun wusste sie wohl, wem die edle Karosse auf dem Parkplatz gehörte. Teures Auto, teure Kamera, und jetzt fiel ihr auch die Uhr an seinem Handgelenk auf, die ebenfalls nicht billig aussah. Fast hätte sie gelacht. Ein wandelndes Schweizer Klischee. Eigentlich wirkte er in seiner Jeans, dem Shirt und den Wanderschuhen zu locker, um diesem Bild zu entsprechen.

»Ich bin für meinen Großvater hier«, fuhr der Schweizer fort. »Als er im Internet gelesen hat, dass Hangeck aus dem Wasser auftaucht, hat er mich gebeten, auf meiner nächsten Reise nach Deutschland einen Abstecher in seine alte Heimat zu machen. Mein Großvater ist leider nicht mehr so gut zu Fuß wie Ihre Großmutter, deshalb habe ich mir extra einen Fotoapparat gekauft, um ein paar Impressionen für ihn einzufangen.« Er machte eine Geste in Richtung Kirche. »Bedauerlicherweise ist das hier das einzig Sehenswerte. Ich fürchte, er wird enttäuscht sein.«

Es lag Hannah auf der Zunge, ihn auf die übrigen Möglichkeiten hinzuweisen. Der Blick über den ausgetrockneten See. Die Fundamente der Häuser, die mit der richtigen Perspektive spannende Muster ergeben konnten. Vom höher gelegenen Ufer hatte sie im Hintergrund das Flüsschen Hangecke im Sonnenlicht funkeln sehen. Doch sie wollte nicht schulmeisterlich wirken. Wenn es um Fotografie ging, war sie bisweilen verbissen und vergaß, dass andere Menschen diese Leidenschaft nicht teilten.

»Ach, wenn Sie sich etwas umsehen, springt Ihnen sicherlich noch das ein oder andere Motiv ins Auge«, erklärte sie deshalb nur leichthin.

»Ich habe leider keine Zeit mehr.« In seiner Miene las Hannah echtes Bedauern. »Ich muss in drei Stunden bei einem Geschäftstermin in Düsseldorf sein und vorher noch ins Hotel, um mich umzuziehen.«

»Machen Sie einfach vom Parkplatz aus eine Panoramaaufnahme. Dann hat ihr Großvater einen Überblick über die Gegend, und ihre Kamera ist so hochauflösend, dass Sie am PC einige Details vergrößern können.« Sie biss sich auf die Lippe. Das war nun doch ziemlich belehrend herausgerutscht.

»Gute Idee.« Der Schweizer nahm ihr den ungefragten Rat zum Glück nicht übel, sondern sah sie interessiert an. »Sie kennen sich mit Fotografie aus? Wissen Sie zufällig, wie man diese Panoramafunktion einstellt? Ich habe leider versäumt, mich mit all den Programmen zu befassen. Bei meinem Smartphone drücke ich auf den Auslöser, und das war's dann.« Er grinste zerknirscht.

Dabei fiel Hannah auf, wie gut er aussah. Die Lippen hatten einen schönen Schwung, und das intensive Grün seiner Augen wurde durch einen Kranz dichter Wimpern betont. Schade, dass er jetzt weiterfahren musste. Sie hatte mit einem Mal große Lust, ihm seine Kamera genauer zu erklären.

»Ja, ich kenne mich aus. Ich bin Fotografin, und mein Chef hat in seinem Fotostudio die gleiche Kamera. Es ist ganz einfach. Darf ich?« Sie streckte die Hand aus.

Mit einem Lächeln nahm der Schweizer die Kamera vom Hals und gab sie ihr. Hannah warf einen Blick auf das Objektiv. Sie hatte es geahnt. Es hatte den Wert einer Monatsmiete. Einer *durchschnittlichen Londoner Wohnung* wohlgemerkt, nicht ihres winzigen Apartments.

»Sehen Sie, hier stellen Sie die verschiedenen Programme ein, ablesen können Sie die Auswahl im Sucher oder auf dem Display.«

Damit beide auf die Anzeigen der Kamera blicken konnten, mussten sie nah beieinanderstehen. Hannah spürte nicht nur seine Wärme, auch sein Geruch stieg ihr in die Nase. Sofern er ein Aftershave benutzte, passte es so perfekt zu ihm, dass die Note nicht herausstach. Angenehm, fand Hannah, die es nicht leiden konnte, wenn Menschen meterweit zu riechen waren. Dann konnte selbst der teuerste Duft abstoßend wirken.

»Sobald Sie die Panoramafunktion eingestellt haben, folgen Sie einfach den Anweisungen im Display.« Sie lächelte ihn aufmunternd an und gab ihm schweren Herzens seine Kamera zurück. Sie hätte nichts dagegen gehabt, länger neben ihm stehen zu bleiben.

»Also dann …« Er schien ebenso wenig gehen zu wollen. »Sagen Sie, fotografieren Sie hier gleich noch?«

»Ja, das hatte ich vor.« Hannah steckte die Hand in ihre Umhängetasche und zog ihre eigene Kamera hervor.

»Würden Sie mir ein paar der Fotos zur Verfügung stellen? Ich habe den Eindruck, Ihre Aufnahmen werden weitaus besser sein als meine. Natürlich würde ich Sie dafür bezahlen«, versicherte er schnell.

»Ich kann Ihnen gern einige Fotos mailen«, sagte Hannah. »Gratis. Es ist ja kein Mehraufwand. Verraten Sie mir Ihre Mailadresse?«

»Selbstverständlich.« Auf der Miene des Schweizers zeichnete sich Erleichterung ab. Er zog eine Geldbörse aus der Hosentasche und nahm eine Visitenkarte heraus. »Ich heiße Eliah Andrin«, stellte er sich vor. »Über die untere der beiden E-Mail-Adressen erreicht man mich direkt.« Er sah Hannah in die Augen. »Ich freue mich darauf, von Ihnen zu hören.«

Flirtete er, oder war er nur ausgesprochen höflich?

Hannah lächelte automatisch etwas breiter zurück. »Hannah Davies«, erwiderte sie. »Ich schicke Ihnen eine Auswahl von Fotos, sobald wir wieder in London sind.«

»Vielen Dank.« Er nickte leicht. »Es hat mich sehr gefreut.« Mit diesen Worten und einem letzten Lächeln drehte er sich um und lenkte seine Schritte in Richtung Parkplatz.

Hannah sah ihm einen Moment nach und betrachtete dann die Visitenkarte in ihrer Hand. In filigranen silbernen Lettern auf tintenblauem Grund stand »Andrin« auf der Vorderseite, darunter die silberglänzende Prägung eines umrankten Herzens. Kein Hinweis darauf, in welchem Geschäftsfeld Eliah Andrin tätig war. Neugierig drehte Hannah die Karte um. Eine Interlakener Anschrift mit Telefonnummer und E-Mail-Adressen. Wiederum fehlte ein Hinweis auf den Geschäftsbereich.

»So tief in Gedanken versunken?« Die Stimme ihrer Großmutter ließ Hannah aufblicken. »War der junge Mann so interessant?«

Granny schmunzelte, doch auf Hannah wirkte die Heiterkeit nicht echt. Ihre Großmutter war blass und hielt sich betont aufrecht. Sofort meldete sich ihr schlechtes Gewissen. Ihre Großmutter hatte sich überanstrengt. Sie hätte Granny davon abhalten müssen, den Kirchhof zu betreten oder zumindest bei ihr bleiben müssen.

Mit drei schnellen Schritten erreichte sie ihre erschöpfte Großmutter und griff nach ihrem Arm. »Entschuldige, ich habe nicht auf dich geachtet. Schaffst du es bis ins Hotel zurück, wenn ich dich stütze?«

Granny blickte geringschätzig auf Hannahs Hand an ihrem Arm und hob dann den Kopf, um Hannah anzusehen. »Darling, kann es sein, dass deine Mutter dich mit ihrer übertriebenen Sorge angesteckt hat? Wirke ich irgendwie tatterig auf dich?«

»Eher so, als ob du einen Geist gesehen hättest.«

Sofort wandelte sich Grannys Miene, und ein Hauch von Melancholie schlich sich ein. »Das könnte man so nennen.« Sie seufzte leise. »Ich hatte nicht erwartet, dass dieser Ort mich derartig zu einer Zeitreise zwingen würde. Das hier hat mich endgültig in die Vergangenheit gezogen.« Sie hob ihren Arm.

Erst jetzt fiel Hannah auf, dass ihre Großmutter etwas in der Hand hielt. Ein Einmachglas. Schmutzig von den Jahren unter Wasser, aber es ließ sich erahnen, dass sich etwas darin verbarg.

»Es war noch da.« Granny streckte ihr das Glas entgegen. »Und es ist dicht geblieben. Ist das zu fassen?«

»Was ist drin?« Hannah nahm das Behältnis und legte ihre Finger an den Öffnungsmechanismus. »Darf ich?«

»Nur zu.« Granny nickte auffordernd, und Hannah ließ den Verschlussbügel aufschnappen.

Das Glas war mit brüchigem Papier ausgelegt.

»Ölpapier«, erklärte ihre Großmutter. »Als wir es vor

etwas mehr als fünfundsiebzig Jahren hineinlegten, war es noch geschmeidig. Heute würde man wohl Frischhaltefolie benutzen.«

Behutsam bog Hannah das spröde Papier auseinander. Eine Murmel kullerte durch das Glas. Dann fiel ihr Blick auf ein Foto, und plötzlich verstand Hannah, was ihre Großmutter mit aller Kraft in ihre Jugend zurückkatapultiert hatte. Es war eine Schwarz-Weiß-Fotografie. Ein kleines Format, typisch für jene Zeit. Was Hannah unmittelbar in den Bann zog, war das Motiv: zwei Kinder, vielleicht elf oder zwölf Jahre alt. Beide sahen sich an, ihre Blicke so intensiv ineinander verwoben, dass Hannah rund achtzig Jahre später sofort die Zuneigung herauslas, die den Jungen und ihre Großmutter verbunden hatte. Denn dass das hübsche Mädchen Granny war – daran hegte Hannah nicht den geringsten Zweifel. Zu groß war die Ähnlichkeit des Mädchens mit ihrem eigenen Spiegelbild.

»Das ist Paul«, sagte Granny.

Überrascht sah Hannah auf. »Der Krämerjunge? Ich dachte, er sei nur ein Freund gewesen …«

Auch ohne das Foto wäre Hannah spätestens jetzt klar geworden, wie tief die Gefühle ihrer Großmutter einstmals gewesen waren. Nun, da Grannys Schutzwall zur Vergangenheit eingerissen war, konnte sie nicht mehr verbergen, welche Rolle der Junge einmal gespielt haben musste.

»Was ist aus ihm geworden?«

»Das frage ich mich seit fünfundsiebzig Jahren.«

13. London, September 2018 – Hannah

Von Hangeck aus waren Hannah und Granny nach Dortmund gefahren, wo die Kasernen standen, in denen sich ihre Großmutter und Grandpa Albert kennengelernt hatten, danach waren sie nach London zurückgekehrt.

Der Kurztrip nach Deutschland hatte eine neue Seite von Granny zum Vorschein gebracht, und sofern das überhaupt möglich war, fühlte sich Hannah ihr jetzt noch näher. Ungewohnt offen hatte ihre Großmutter in den vergangenen zwei Tagen durchblicken lassen, wie viel sie damals für Paul empfunden hatte. Hannah konnte den Schmerz über den Verlust auch nach all der Zeit heraushören.

Nun saß Hannah in ihrem kleinen Apartment am Schreibtisch. Regentropfen perlten draußen am Fenster herab und sorgten für interessante Lichtbrechungen. Mit zur Seite geneigtem Kopf studierte sie die Unschärfe, die der Wasserfilm auf der Scheibe erzeugte.

Sie sollte arbeiten, aber immer wieder drifteten ihre Gedanken zu Granny und Paul. Ihre Großmutter hatte in Hangeck nicht gefunden, wonach sie suchte.

»Dieses Stück meines Lebens ist unvollendet«, hatte Granny es beschrieben.

Durch den Besuch in Hangeck hatte sie einen Schlussstrich ziehen wollen, doch der Fund des Fotos hatte das Gegenteil bewirkt. Hannah war die Trauer in den Augen ihrer Großmutter nicht entgangen.

Mit einem letzten Blick auf die Lichtreflexe vor dem Fenster öffnete Hannah ihren Laptop und startete das Bildbearbeitungsprogramm. Nicht nur für Granny sollten die

Fotos besonders gut werden. Wenn sie ehrlich zu sich war, wollte sie auch Eliah Andrin mit den Aufnahmen beeindrucken.

Das Wochenende in Deutschland erschien als Thumbnail-Sammlung auf ihrem Monitor. Sie hatte die gelungensten Bilder schon vorsortiert. Nun nahm sie sich eines nach dem anderen vor.

Der Regen begleitete ihr Tun mit rhythmischem Klopfen. Bald wäre der Sommer endgültig vorbei, und mit ihm die meisten Hochzeiten und Familienfeiern. Tom, ihr Chef, würde sie dann nicht mehr so häufig benötigen. Es war an der Zeit, sich um einen Aushilfsjob in einem der umliegenden Cafés zu bemühen. Oder sich gleich mal um eine richtige Anstellung zu kümmern. Mit diesem Wunsch lagen ihr ihre Eltern seit zwei Jahren in den Ohren. Doch Tom und sein Lebensgefährte Moritz waren angesehene Fotografen und unter Fachleuten hochgeschätzt. Sie lernte eine Menge von ihnen, und Jobs für Fotografinnen waren obendrein rar gesät, falls man nicht gerade ein Leben lang Hochzeiten ablichten wollte. Sofern sie sich einen Namen machen wollte, um später an gut bezahlte Aufträge zu gelangen, musste sie weiterhin für Tom arbeiten. Selbst wenn das bedeutete, im Winter noch häufiger bei Granny oder ihren Eltern vorbeizuschauen, weil das Heizkosten sparte und dabei meist auch eine warme Mahlzeit für sie heraussprang.

Wie immer, wenn sie sich mit ihren Fotos beschäftigte, vergaß Hannah die Zeit. Ihr knurrender Magen erinnerte sie irgendwann daran, dass es spät geworden war. Überrascht sah sie in den Abend hinaus. Der Himmel über der Stadt war schwarz, die Londoner Lichter brachen sich in den Regentropfen, die weiter unablässig die Fenster hinunter perlten. Doch die Arbeit hatte sich gelohnt.

Zufrieden dehnte Hannah die Arme über dem Kopf und warf einen abschließenden Blick auf die Hangecker Fotos. Die kräftigen Farben des sonnenbeschienenen Laubs im Hintergrund ließen den öden Seegrund beinahe vergessen. Der Kontrast war sogar ausgesprochen reizvoll. Einige Detailaufnahmen der alten Kirche gefielen ihr ebenfalls. Am schönsten war jedoch die Serie, die sie am Ende geschossen hatte. Während des Studiums hatte sie ihre Liebe zur Objektfotografie entdeckt. Das in die Jahre gekommene Einmachglas mit dem knitterigen Ölpapier und dem Jugendfoto ihrer Großmutter hatte Hannahs Kreativität beflügelt. Granny hatte ihr gestattet, die Erinnerungsstücke mit ins Fotostudio zu nehmen, und Hannah hatte dort am Vormittag ein stimmungsvolles Stillleben kreiert – morbider Verfall und charmante Zeitreise in einem. Das Ergebnis konnte sich sehenlassen. Hoffentlich gefiel es Granny genauso gut.

Während sie darauf wartete, dass sich ihre Tiefkühlpizza im Ofen in etwas Essbares verwandelte, fiel ihr Blick auf die Visitenkarte von Eliah Andrin an der Kühlschranktür. Der edlen Karte hätte es nicht als Erinnerung bedurft. Auch ohne sie hatte sie das eine oder andere Mal an den gut aussehenden Schweizer gedacht.

Sie ärgerte sich, ihn nicht nach den Namen seiner Großeltern gefragt zu haben. Grannys Freundin Ilse war im Krieg in die Schweiz geschickt worden. Das hatte ihre Großmutter allerdings erst nach dem Treffen an der Kirche erzählt. Hätte Hannah das eher gewusst, wäre ihr der Gedanke sicherlich sofort gekommen, den Schweizer genauer auszuhorchen. So aber hatte Hannah ihrer sichtlich enttäuschten Großmutter nichts über Eliahs Vorfahren sagen können. Den Namen Andrin kannte Granny nicht, doch als Enkel musste Eliah nicht zwangsläufig denselben Familiennamen tragen wie seine Großeltern.

Ein Blick in den Backofen verriet, dass Hannah genügend Zeit für eine E-Mail in die Schweiz blieb. Sie öffnete das Programm und fügte die Dateien der bearbeiteten Fotos hinzu. Schnell formulierte sie einen Gruß. Kurz hielt sie inne. Ob sie ihn jetzt nach seinen Hangecker Vorfahren fragen sollte? Warum eigentlich nicht? Wenn er die Frage zu aufdringlich fand, musste er ja nicht darauf antworten. Dann schickte sie die E-Mail ab. Zu spät fiel ihr ein, dass sie auch Grannys Mädchennamen hätte erwähnen können. Sei es drum – entweder er antwortete, oder er ließ es bleiben. In diesem Moment war wichtiger, dass die Pizza endlich fertig war.

***

Am nächsten Tag saß Hannah mit ihrer Großmutter auf deren Sofa. Jede mit einer Tasse Tee in den Händen, warteten sie gespannt auf die Fotos, die der Fernseher von Hannahs mitgebrachtem USB-Stick lud.

Das Hangecker Panorama, die Kirche, Detailaufnahmen, Fundamente im ausgetrockneten Schlick. Und ganz am Ende dieses besondere Foto, auf das Hannah so stolz war.

»Wunderschön«, sagte Granny ergriffen. »Dass du Talent hast, habe ich schon immer gewusst, doch dieses letzte Foto ist herausragend.« Sie blinzelte, dann lächelte sie Hannah an. »Ich weiß, dass du das nicht hören willst, und ich verstehe, dass dir die Arbeit bei Mr Fowler wichtig ist, aber …« Sie hob Einhalt gebietend die Hand, als Hannah den Mund öffnete, um zu protestieren. »Lass mich ausreden. Deine Mutter hat recht. Du musst dir langsam überlegen, wohin dein Weg dich führen soll. Es bringt dich nicht weiter, die immer gleichen Hochzeitsfotos zu schießen, um so Geld in die Kasse deines Chefs zu wirtschaften, damit er sich künstlerisch verwirklichen kann.«

»Was soll ich denn machen?« Hannah seufzte. »Ich brauche Tom Fowler als Sprungbrett. Und wenn ich hundert Hochzeiten mehr ablichten muss, damit ich später das da«, sie zeigte auf das letzte Foto, das noch immer auf dem Bildschirm zu sehen war, »machen kann, dann ist es mir das wert. Ich will gegenständlich arbeiten, Objekte fotografieren. Ich will mich nicht mit mittelmäßiger Produktfotografie für irgendwelche Werbebroschüren rumschlagen. Um gute Aufträge zu bekommen, muss man gut sein *und* die richtigen Leute kennen. Und Tom *kennt* die richtigen Leute.«

»Wird Zeit, dass er sie dir auch mal vorstellt«, murmelte Granny und zog vielsagend die Augenbrauen hoch.

Hannah setzte zu einer Erwiderung an, als das Klingeln ihres Mobiltelefons sie davor bewahrte, sich auf eine Diskussion mit ihrer Großmutter einzulassen. Dabei konnte sie doch nur verlieren. Das Thema hatte sie mit ihrer Familie nicht zum ersten Mal erörtert, und niemand schien zu verstehen, warum die Arbeit für Tom eine Win-win-Situation für sie beide war.

Die Handymelodie dudelte noch immer. Eine ewig lange Nummer leuchtete im Display auf. Ausland. Irgendeine neue Betrugsmasche?

Mit gerunzelter Stirn nahm sie das Gespräch an. »Ja?«, blaffte sie in Erwartung eines unerwünschten Werbeanrufs.

Ein Moment Stille.

»Spreche ich mit Ms Hannah Davies?«

Diese Stimme kam ihr vage bekannt vor. Einen winzigen Augenblick benötigte Hannah, dann hatte sie die Sprachmelodie zugeordnet. »Eliah Andrin!«, rief sie aus. »Das ist eine Überraschung! Woher haben Sie meine Nummer?«

Aus den Augenwinkeln beobachtete Hannah, wie Granny interessiert näher rückte. Sie stellte auf Mithören um.

»Aus Ihrer E-Mail«, antwortete der Schweizer.

Hannah hätte sich fast mit der Hand vor die Stirn geschlagen. Natürlich, in ihrer Signatur standen alle notwendigen Daten, die sie als freie Fotografin mitschicken musste oder wollte. Viel dümmer hätte sie nicht fragen können.

»Ich wollte mich für die unglaublichen Fotos bedanken«, sagte Eliah Andrin. »Die sind wirklich außergewöhnlich gut.« Er hielt kurz inne. »Und ich habe ein weiteres Anliegen.«

»Natürlich. Um was geht es?«

»Sagen Sie, Ihre Großmutter – heißt sie zufällig Charlotte? Charlotte Gerber?«

Granny schlug die Hand vor den Mund und unterdrückte einen überraschten Laut. Mit großen Augen starrte sie auf das Telefon. Hannah tätschelte mit der freien Hand ihren Arm. Ihre Großmutter wirkte so, als könne sie das gebrauchen.

»Ja, meine Großmutter heißt Charlotte. Und ihr Mädchenname ist Gerber«, antwortete sie mit klopfendem Herzen. Hatten sie etwa tatsächlich den Enkel von Grannys alter Freundin getroffen? »Wieso fragen Sie?«

Eliah Andrin antwortete nicht sofort. Im Hintergrund hörte Hannah eine leise, aber bestimmte Männerstimme, doch ihr Deutsch war nicht gut genug, um die mit Dialekt gefärbte Sprache zu verstehen.

»Haben Sie die Möglichkeit, Ihre Großmutter zeitnah zu kontaktieren?«, fragte er einen Moment später.

»Allerdings«, antwortete Hannah. »Sie sitzt neben mir.« *Und sieht so aus, als würde sie gleich vor Aufregung kollabieren.* Besorgt musterte sie ihre Großmutter.

Wieder tuschelte es auf Schweizer Seite.

»Könnten Sie Ihr Telefon auf Lautsprecher stellen?«, bat Eliah Andrin.

»Meine Großmutter hört schon mit.«

Abermals wurde es unruhig am anderen Ende.

»Charlotte? Charlotte, bist du da? Kannst du mich hören?« Das war eine andere Stimme. Älter. Knarziger. Der Mann sprach Deutsch. »Charlotte, so antworte doch! Hier spricht Paul.«

Granny öffnete den Mund, schloss ihn wieder, öffnete ihn erneut, brachte jedoch keinen Ton hervor. Sekundenlang starrte sie auf das Telefon, als hätte es sich vor ihren Augen in Aladdins Wunderlampe verwandelt, aus der ein sehr, sehr alter Geist entstiegen war. »Aber … aber wie kann … wie kann das sein?«, stammelte sie schließlich tonlos.

»Ich glaube, es hat ihr die Sprache verschlagen«, erklärte Hannah.

Kein Wunder. Ihr war selbst ein Stromstoß durch den Körper geschossen. Wie musste es sich erst für Granny anfühlen?

»Das kann ich gut verstehen«, sagte Paul, dessen Englisch nicht ganz so flüssig klang wie das seines Enkels. »Ich dachte, mich trifft der Schlag, als Eliah mir vorhin die Bilder aus Hangeck zeigte und ich plötzlich mein elfjähriges Ich sah – und Charlotte. Ich habe so sehr gehofft, dass sie die alte Dame ist, von der Eliah mir erzählt hat.« Er räusperte sich. »Ich bin leider gesundheitlich nicht mehr gut genug beisammen, um zu reisen. Aber ich habe ein schönes Haus in wundervoller Lage im Berner Oberland. Charlotte, hörst du mich noch?«

Granny nickte und krächzte: »Ja.«

Ein leises Lachen erklang daraufhin aus dem Hörer. »Ich hoffe, du findest deine Stimme wieder. Wir haben uns sicher viel zu erzählen. Charlotte, kannst du dir vorstellen, dass wir uns treffen?«

»Treffen?«, übersetzte Hannah den verwirrten Blick ihrer Großmutter für die schweizerische Seite.

»Ja, ein Treffen. Ich würde Charlotte gerne wiedersehen. Mein Haus ist groß, ich habe Gästezimmer für Charlotte und natürlich auch für eine Begleitung. Darf ich Sie und Ihre Großmutter in aller Form einladen?«

»Oh mein Gott, ja!« Granny hatte verdächtig feuchte Augen. Sie blinzelte heftig und räusperte sich. »Ja, wir kommen sehr gern.« Ihre Stimme war noch immer etwas wackelig, aber die Antwort gab sie entschieden.

14. Mürren, Oktober 2018 – Hannah

Eliah Andrin begrüßte sie persönlich am Flughafen. Sein Lächeln war genauso charmant, wie Hannah es in Erinnerung hatte. Wie schon bei ihrem Kennenlernen in Hangeck trug er Jeans, die ausgezeichnet saßen. Dazu hatte er diesmal ein dunkelblaues Hemd an, das ihm mit dem mattseidigen Glanz ein elegantes Auftreten verlieh, ohne zu fein zu wirken.

»Willkommen in der Schweiz.« Er gab ihrer Großmutter und Hannah die Hand, dann deutete er auf den Kofferwagen. »Ich darf doch? Zum Parkhaus geht es dort entlang. Können Sie das Stück laufen?«, erkundigte er sich fürsorglich bei Granny, was diese mit dem üblichen Stirnrunzeln quittierte.

Hannah verkniff sich ein Grinsen. Bei passender Gelegenheit sollte sie den Mann darauf hinweisen, dass ihre Großmutter in diesem Punkt etwas empfindlich war.

»Natürlich kann ich laufen. Für Notfälle hat mir meine Enkelin ja den hier aufgeschwatzt.« Sie wedelte mit dem Gehstock, und nun musste Hannah doch lachen.

Auch Eliah Andrins Mundwinkel zuckten.

»Dann mal los«, erklärte Hannah munter, bevor Granny den Schweizer noch in Verlegenheit brachte. »Es ist sehr freundlich von Ihnen, Mr Andrin, dass Sie uns abholen. Ich hatte schon Bauchschmerzen bei dem Gedanken, wieder mit dem Rechtsverkehr kämpfen zu müssen.«

»Eliah, bitte.«

»Hannah.«

Sie lächelten sich an, und Hannah wünschte sich plötzlich, ihn häufiger im Haus seines Großvaters zu sehen. Sie hatte ihre Kamera und Wanderschuhe dabei und auch ihren E-Reader voller Bücher, deshalb würde sie sich als fünftes Rad am Wagen nicht langweilen, doch mit Eliah in der Nähe wären die kommenden Tage sicherlich schöner.

Eliah schob den Kofferwagen bis zu seinem Mercedes im Parkhaus. Dort entriegelte er die Türen und half Granny beim Einsteigen. Dass ihre Großmutter sich bereitwillig darauf einließ, bedeutete, dass sie entweder von der Reise erschöpfter war, als sie zugeben wollte, oder dass sie schlichtweg seinem Charme erlegen war. Hannah war in den letzten Minuten mehrfach aufgefallen, dass sie Eliah verstohlen beobachtete.

»Diese Augen«, sagte sie, als Hannah ihr die Handtasche anreichte. »Er ist eindeutig Pauls Enkel.«

Hannah lächelte. Sie war also dem Charme erlegen.

»Ich bin gespannt auf deinen Paul.«

»Und ich erst, meine Liebe. Ein ganzes Leben liegt zwischen uns. Ich fürchte, die Erwartung ist vermessen, dass wir uns noch kennen.«

Zwei Stunden dauerte die Fahrt nach Lauterbrunnen. Zwei Stunden, in denen sich Hannah kaum sattsehen konnte an majestätischen Bergen, an üppigen Weiden und, nachdem sie die Autobahn verlassen hatten, auch an urigen holzverkleideten Häusern. So hatte sie sich die Schweiz vorgestellt. Sie verspürte unbändige Lust, die Kamera aus der Tasche zu nehmen und die ersten Fotos zu machen.

In Lauterbrunnen parkte Eliah den Wagen. »Von hier aus geht es nur per Bahn weiter«, erklärte er. »Das Gepäck geben wir hier unten auf, das wird dann direkt bis zum Haus gebracht.«

Hannah sah sich bewundernd um. Hohe Gipfel beherrschten das Tal, so weit das Auge reichte. Einige von ihnen trugen Kappen aus Schnee, obwohl die Oktobersonne sie noch mit angenehmer Wärme verwöhnte. Am imposantesten aber war die steile Wand, die sich vor ihnen erhob. Wie mit einem Meißel behauen, ragten die Felsen Hunderte von Metern vertikal in die Höhe. Hannah legte den Kopf in den Nacken und blinzelte gegen den wolkenlosen Himmel. Irgendwo dort oben musste Mürren liegen. Sie hatte im Internet gelesen, dass sich das Dorf wie auf einer Sonnenterrasse über ein riesiges Plateau erstreckte.

»Mürren ist weiter links, das sieht man nicht von hier.« Eliah hatte die Koffer an jemanden übergeben und trat wieder zu ihnen. »Wollen wir? Dann könnt ihr das Dorf in Kürze selbst sehen.«

Zunächst ging es mit der Seilbahn, danach mit einem winzigen Zug weiter.

Unterwegs sog Hannah alles an neuen Eindrücken in sich auf. Sie war nie zuvor in den Bergen gewesen, und diese hier erschienen ihr besonders hoch.

»Eiger, Mönch und Jungfrau«, erklärte Eliah und deutete nacheinander auf drei Gipfel, die sich schneebedeckt über den Tannenwipfeln neben der Bahnstrecke erhoben.

»Die sind riesig«, entfuhr es Hannah.

»Viertausend Meter.« Eliah betrachtete das Panorama mit sichtlicher Heimatliebe. »Wenn du möchtest, unternehmen wir einen Ausflug zum Jungfraujoch. Hast du Winterkleidung dabei? Dort oben musst du immer mit Schneefall rechnen – auch jetzt im Oktober schon.«

»Schnee.« Die Vorstellung zauberte ein breites Lächeln in Hannahs Miene. »Ich liebe Schnee, aber in London ist der selten und verwandelt sich sofort in unschönen Matsch.«

Eliah lachte leise. Ein sehr angenehmer Laut. »Ich denke, das mit dem Schnee bekommen wir hin. Unsere Großeltern sind sicherlich froh über ein wenig Privatsphäre.«

Ein Schneespaziergang mit Eliah. Funkelnde Schneekristalle unter blauem Himmel. Ihre Vorfreude auf die kommenden Tage stieg mit jeder Minute.

»Ich rufe mal eben an, dass wir gleich da sind.« Eliah nahm sein Telefon zur Hand und setzte sich rücksichtsvoll einige Plätze weiter, wo er keine anderen Fahrgäste stören würde.

Hannah sah ihm lächelnd hinterher.

Ihre Großmutter wirkte nicht ganz so glücklich. Eher so, als wünschte sie sich in diesem Moment weit weg von der herrlichen Bergwelt – mitsamt all ihren Bewohnern. Hannah kannte die Zeichen. Je aufrechter sich Granny hielt, desto aufgewühlter war sie innerlich. Sie streckte ihre Hand aus und drückte Grannys Arm.

»Wir werden uns wie Fremde gegenüberstehen«, murmelte ihre Großmutter so leise, dass Hannah es über das Rumpeln der Bahn hinweg kaum verstand. »Ich habe sein Bild in all den Jahren idealisiert – dem kann er gar nicht gerecht werden. Es wird ein Fiasko werden. Eine Enttäuschung auf beiden Seiten.«

»Unsinn.« Hannah lächelte aufmunternd. »Predigst du nicht ständig, man soll nicht alles von vorneherein so schwarzmalen? Wenn ihr euch fremd seid, lernt ihr euch eben neu kennen. Dann kannst du immer noch entscheiden, ob du den heutigen Paul magst oder nicht. In letzterem Fall reisen wir schnell wieder ab. So oder so kannst du nach fünfundsiebzig Jahren das Kapitel schließen.«

Hannah legte mehr Überzeugungskraft in ihre Worte, als sie ehrlicherweise verspürte. Sie hatte sich selbst schon gefragt, ob Granny stemmen konnte, was sie sich aufgebürdet hatte. Dass ihre Großmutter in all den Jahrzehnten nie über ihr Hangecker Leben gesprochen und Paul geradezu verschwiegen hatte, sprach Bände. Da klaffte bis heute ein beträchtlicher Riss im Herzen, und Hannah hatte Angst um

Granny, falls dieser Besuch sich nicht als heilendes Pflaster erwies, sondern die Wunde vertiefte.

»Nun, wenn ich mich nicht irre, werde ich gleich mehr wissen«, sagte Granny mit schicksalsergebener Stimme. »Zum Umkehren ist es zu spät. Wir sind da.«

Tatsächlich verlangsamte der winzige Zug seine Fahrt und rollte gemächlich in die Bahnstation ein.

Eliah kam zu ihrem Platz zurück und reichte Granny den Arm. »Gestatten Sie?«

Ihre Großmutter lächelte dankbar und hakte sich bei ihm unter. Hannah musste schmunzeln. Eliah hatte Granny wirklich im Sturm erobert.

In einem offenen Elektrowagen zockelten Granny, Hannah und Eliah durch das autofreie Mürren. Die Luft roch frisch und klar, die Sonne kitzelte auf der Nase.

Über schmale Straßen ging es an typisch alpenländischen Häusern mit viel Holz und üppigen Geranien vor den Fenstern vorbei, während im Hintergrund die Schweizer Bergwelt für eine filmreife Kulisse sorgte. Am Ortsrand folgten sie den Windungen eines ansteigenden Sträßchens, bis sie kurz darauf vor einem von grünen Weiden umgebenen Chalet anhielten. Über dem weiß getünchten Erdgeschoss erhoben sich zwei holzverschalte Etagen. Das Geländer des umlaufenden Balkons war unter dicht hängenden Geranien kaum zu erkennen. Im Baustil ähnelte das Gebäude den übrigen typisch schweizerischen Häusern im Dorf, aber durch die Größe stach es hervor.

Über einen kleinen Weg betraten sie eine Terrasse aus Bruchsteinen, auf der Kübel mit bunter Blütenpracht und elegant gestutzten Büschen Akzente setzten. Drei Stufen führten zu einer schweren Holztür, die wie auf ein geheimes Signal geöffnet wurde.

Eine Frau von etwa fünfzig Jahren erschien im Türrahmen. Ihr schlichtes Kleid und die akkurat geschnittene, leicht ergraute Kurzhaarfrisur gaben ihr eine gewisse Strenge, aber sie strahlte ihnen fröhlich entgegen. »Da sind Sie ja! Herzlich willkommen. Mein Name ist Brigitta. Kommen Sie, Herr Andrin erwartet Sie schon.« Sie eilte hinein, bevor Granny oder Hannah reagieren konnten.

Hannah warf Eliah einen fragenden Blick zu.

»Sie ist die Pflegerin und Haushälterin meines Großvaters«, erklärte er. »Und sehr tüchtig.«

Nach dieser energiegeladenen Begrüßung bezweifelte Hannah das keinen Augenblick.

»Herr Andrin, Ihre Gäste sind da!«, schallte es aus dem Haus.

Granny straffte die Schultern und nickte, als wollte sie sich selbst Mut zusprechen. Dann folgte sie der einladenden Geste Eliahs und trat durch die Tür. Hannah blieb dicht bei ihr. Um nichts in der Welt hätte sie Granny in diesem Moment allein gelassen. Zugegebenermaßen auch, weil sie das erste Zusammentreffen keinesfalls verpassen wollte.

Hinter dem Eingang erstreckte sich ein ebenso breiter wie hoher Raum, der nach oben bis zum hölzernen Dachgebälk geöffnet war. Durch ein großes Giebelfenster fiel das goldene Licht der Oktobersonne auf einen Boden aus hellgrauem Gestein, das in der Kombination mit der geschwungenen Treppe aus massivem, glänzendem Holz ausgesprochen edel wirkte.

Das unterstrich Hannahs Eindruck, dass in diesem Chalet kein Mangel an Geld herrschte. In Anbetracht von Eliahs hochpreisiger Kamera und dem teuren Mercedes hatte sie sich so etwas schon gedacht.

Außerdem hatte sie die Andrins nach ihrem Telefonat mit Eliah gegoogelt. Über die Familie gab es im Internet nicht viel zu lesen. Selbst die Firmenhomepage enthielt nur spärliche Informationen. Immerhin hatte sie herausgefunden, dass aus einer kleinen Uhrmacherwerkstatt in den vergangenen Jahrzehnten ein Familienunternehmen für Schmuck und hochwertige Uhren geworden war.

Granny neben ihr sah sich ebenfalls aufmerksam um, bis ein Geräusch ihre Blicke zur rückwärtigen Seite der Eingangshalle lenkte.

Dort glitt eine Schiebetür auf, und ein Mann in einem Rollstuhl erschien. Er sah alt aus, deutlich älter als Granny. Sein schlohweißes Haar war noch erstaunlich dicht, doch die Haut war faltig und mit Altersflecken übersät. Die Augen allerdings wirkten wach und lebendig. Er trug einen Anzug, der vermutlich einmal perfekt gesessen hatte, inzwischen aber zu weit war. Wahrscheinlich gab es für ihn nicht mehr viele Anlässe, sich fein zu kleiden.

Hannah warf einen Seitenblick auf Granny. Ihre Großmutter hatte eine neutrale Miene aufgesetzt, doch Hannah entging nicht, dass sie die Schultern zurücknahm und tief einatmete.

Mit Brigittas Hilfe erhob sich Paul Andrin umständlich aus seinem Rollstuhl, ließ sich von der Pflegerin einen Gehstock reichen und bewegte sich mit unsicheren Schritten auf Granny zu.

»Charlotte.« Seine Stimme war kratzig, die eines alten Mannes, aber es lag so viel Gefühl in diesem einen Wort, dass es Hannah durch und durch ging.

Granny schwankte leicht, und Hannah fasste stützend unter ihren Arm. Sie schien es nicht einmal zu bemerken. Wie hypnotisiert sah sie ihren alten Jugendfreund an. Ihre erste Liebe. Selbst Hannah spürte die Energie, die zwischen den beiden floss. In diesen wenigen Sekunden wurde es beinahe greifbar, wie viel die alten Leute damals füreinander empfunden haben mussten. Granny hatte nicht übertrieben, von Paul als ihrer großen Liebe zu sprechen – und wenn Hannah den Gesichtsausdruck des Mannes richtig deutete, beruhte das Gefühl auf Gegenseitigkeit.

Vor Rührung musste sie einen dicken Kloß im Hals herunterschlucken. Sie sah zu Eliah hinüber, der die Szene ähnlich ergriffen beobachtete.

»Paul! Nach all der Zeit ...« Granny machte einen Schritt auf ihren alten Freund zu. Zögerlich streckte sie die Hand aus, legte sie auf seinen Arm. »Ich kann es nicht glauben, dass du wirklich vor mir stehst.«

»Ich habe es kaum zu hoffen gewagt ...« Er brach mit bebender Stimme ab. Haltsuchend umfasste er den Griff seines Gehstocks mit beiden Händen.

»Hübsch hast du es hier. Ich bin gespannt, wie es dich in dieses bezaubernde Dorf verschlagen hat«, äußerte Charlotte im selben Moment, in dem Paul sie fragte: »Wie ist dir ergangen?«

Beide schwiegen und lachten sich an.

Paul zitterte inzwischen am ganzen Körper, doch er schien es nicht zu bemerken.

Resolut schob Brigitta den Rollstuhl nach vorne. »Sie sollten sich wieder setzen, Herr Andrin«, sagte sie, »und etwas ausruhen. Ihr Besuch ist eine Woche hier, Sie werden ausreichend Gelegenheit haben, sich auszutauschen.« Sie wandte sich an Eliah. »Seien Sie bitte so gut und zeigen den Damen ihre Gästezimmer.«

Eliah begleitete sie über die geschwungene Treppe in die erste Etage. Oben führte je ein Korridor nach links und nach rechts. Eliah wählte den linken Gang.

»Rechts sind die Privaträume meines Großvaters«, erklärte er. »Er kommt nur noch selten nach unten, trotz des

Treppenlifts strengt es ihn an. Brigitta hat ein Zimmer direkt neben ihm, und da sind eure Zimmer.« Mit diesen Worten öffnete er die Tür für ihre Großmutter. »Bitte sehr, Mrs Davies. Wenn Sie etwas benötigen, zögern Sie bitte nicht, Ihren Wunsch zu äußern. Ich bringe Ihr Gepäck sofort hoch.«

»Danke«, sagte Granny und betrat den Raum. »Und bitte, nennen Sie mich doch Charlotte.«

»Gern.« Eliah lächelte herzlich. »Wenn Sie mich Eliah nennen.« Dann wandte er sich an Hannah. »Und hier ist dein Zimmer«, sagte er und deutete auf die nächste Tür. »Herzlich willkommen.«

Hell, freundlich, gemütlich waren die Adjektive, die Hannah durch den Kopf schossen, sobald sie den Raum mit seinen Holzmöbeln und farbenfrohen Vorhängen und Läufern betreten hatte.

Mehr als einen flüchtigen Blick hatte sie für die hübsche Einrichtung jedoch nicht übrig, denn sie wurde sofort wie magisch von der Aussicht angezogen. Beinahe ehrfürchtig trat sie an das bodentiefe Panoramafenster. Der Blick auf die Berge war atemberaubend. So weit das Auge reichte, rahmte eine Kette von majestätischen Gipfeln das gesamte Plateau ein. Der tiefe Stand der Sonne sorgte für ein Spiel von Licht und bizarren Schatten, die Schneefelder leuchteten orangerot.

»Imposant, nicht wahr?« Eliah stellte ihren Koffer in der Mitte des Zimmers ab.

Sie hatte nicht einmal mitbekommen, dass er ihn geholt hatte.

»Wunderschön.« Hannah nickte ergriffen. »Ich liebe das Meer und die Küste. Ich hätte nie gedacht, dass mich Berge so gefangen nehmen könnten.«

»Wenn du möchtest, kannst du hinausgehen.«

Erst jetzt bemerkte Hannah, dass die linke Seite des

Fensters eine Tür war, die Eliah nun mit einem Knopfdruck entriegelte und seitlich aufschob.

Auf dem Balkon stützte Hannah ihre Hände auf das Geländer, streckte ihr Gesicht der Sonne entgegen und atmete genüsslich einen zarten Kräuterduft ein. »Herrlich.« Glücklich lächelte sie die Gipfel an.

Auch im Nachbarzimmer wurde in diesem Augenblick die Tür geöffnet, und ihre Großmutter trat hinaus. »Ist es nicht ein entzückendes Bild?« Ihre Augen strahlten.

Hannah nickte aus vollem Herzen. »Ich schätze, ich werde jeden Morgen eine halbe Stunde eher aufstehen, nur damit ich das hier bewundern kann.«

»Und das sagst du Langschläferin!« Granny schmunzelte. »Dann musst du in der Tat beeindruckt sein.«

»Wenn das Wetter so schön bleibt, lässt es sich bestimmt einrichten, im Wintergarten zu frühstücken«, sagte Eliah, der die Begeisterung der beiden sichtlich genoss. »Auch vom Erdgeschoss aus ist der Ausblick sehenswert. Für ein Frühstück auf der Terrasse ist es leider inzwischen zu kühl.«

»Wir frühstücken zusammen?«, fragte Hannah. »Das heißt, du wohnst ebenfalls hier?«

»In den kommenden Tagen ja. Mein Großvater hat mich gebeten, ein wenig die Rolle des Hausherrn zu übernehmen. Er braucht viel Ruhe und hat Sorge, den Aufgaben eines Gastgebers nicht mehr gerecht zu werden.«

»Mir soll das ganz recht sein, die Stille und den Frieden hier oben zu genießen«, sagte Granny. »Wenn ich diese Aussicht habe, dazu ein gutes Buch, könnt ihr mich stundenlang hier parken.«

»Ich stelle auch keine Ansprüche«, versicherte Hannah schnell. »Ich habe meine Kamera dabei und vergesse ohnehin die Zeit, wenn ich fotografiere. Wir wollen euch bestimmt keine Umstände machen.«

»Um Gottes willen, so war das doch nicht gemeint!« Eliah wirkte ehrlich entsetzt. »Ihr macht doch keine Umstände. Im Gegenteil – seit mein Großvater weiß, dass ihr kommt, scheint es ihm deutlich besser zu gehen.«

Hannah verstand, was er meinte. Paul zu treffen hatte auch Granny einen Energieschub versetzt. Ihre Großmutter versuchte zwar, sich nichts anmerken zu lassen, aber Hannah kannte sie zu gut. Das Aufblitzen in ihren Augen, als Paul vor ihnen gestanden hatte, war Hannah ebenso wenig verborgen geblieben wie der Hauch von Rot auf den Wangen.

»Nun kommt erst einmal in Ruhe an«, sagte Eliah. »Wenn ihr ausgepackt und euch am Ausblick sattgesehen habt, wartet später ein Abendessen auf euch. Brigitta ist eine wunderbare Köchin. Das Esszimmer ist nicht zu verfehlen. Einfach durch die Schiebetür durch und den Salon durchqueren.«

»Ich glaube zwar nicht, dass ich mich hieran so schnell sattsehe«, Hannah machte eine ausholende Handbewegung in Richtung der Berge, »aber der Hunger wird uns schon nach unten treiben.«

15. Mürren, Oktober 2018 – Charlotte

Charlotte beobachtete lächelnd, wie Hannah und Eliah den Balkon verließen. Ihr waren die Blicke nicht entgangen, die ihre Enkelin dem jungen Schweizer zuwarf. Sie konnte es ihr nicht verdenken. Eliah sah gut aus, war charmant und wohlerzogen. In vielerlei Hinsicht erinnerte er Charlotte an seinen Großvater. Pauls Haare waren eine Nuance heller gewesen, aber die gerade Nase und das intensive Grün der Augen hatte Eliah eindeutig von seinem Großvater geerbt.

Diese Augen. Vor achtzig Jahren hatte Charlotte sich in sie verliebt, und sie hatten nichts an ihrer Wirkung verloren. Weiche Knie wie ein Backfisch hatte sie da unten in der Eingangshalle gehabt. Sie schüttelte über sich selbst erstaunt den Kopf. Mit neunzig Jahren sollte sie reifer sein und sich nicht mehr so leicht aus der Bahn werfen lassen. Doch hätte sie schwören können, dass noch immer eine Anziehungskraft zwischen Paul und ihr bestand. Erneut schüttelte sie den Kopf. Energischer diesmal. Gut, dass niemand ihre Gedanken lesen konnte.

Paul hatte allerdings mit einem wissenden Grinsen reagiert. Mit diesem besonderen Grinsen, das so untrennbar mit ihrer Erinnerung an ihn verbunden war. Sie befürchtete, dass er auch nach all diesen Jahren noch über die Gabe verfügte, sie mühelos zu durchschauen. Die Angst, sie könnten einander fremd geworden sein, war jedenfalls in der Sekunde verflogen, als sie sich angeschaut hatten.

Charlotte riss ihren Blick vom malerischen Bergpanorama los und kehrte in ihr Zimmer zurück. Sie musste ihren

Koffer auspacken und sich überlegen, was sie am Abend anziehen wollte. Plante Paul ein zwangloses Essen oder ein Dinner?

Wenig später entschied sie sich für eine dunkelblaue Hose mit Bügelfalte. Seit Frauen in Hosen nicht mehr schief angesehen wurden, trug sie nur noch selten Röcke oder Kleider. Eine weiße Bluse und ein in passenden Blautönen gemusterter Cardigan vervollständigten ihr Outfit. Zum Schluss legte sie sich eine Perlenkette um den Hals und fühlte sich gerüstet.

Im Nebenzimmer wurde die Tür geöffnet, und kurz darauf klopfte jemand behutsam bei ihr an.

»Komm rein, ich bin fertig!« Charlotte drehte sich lächelnd zu ihrer Enkelin um.

Anders als sie selbst hatte Hannah eine Vorliebe für Kleider und für den Abend eines mit gradlinigem Schnitt in einem dunklen Rot ausgesucht. *Kluge Wahl*, dachte Charlotte. Die Farbe war elegant genug für ein Dinner, die fehlende Extravaganz passte jedoch ebenso gut zu einem ungezwungenen Abendessen. Obendrein stand es ihrer Enkelin ausgezeichnet. Sie hatte sich die Haare hochgesteckt und ihren schlanken Hals zusätzlich mit einer schmalen Silberkette betont.

»Du siehst hinreißend aus.« Charlotte nickte anerkennend.

»Gute Gene«, erwiderte Hannah lächelnd. »Wenn ich mit neunzig noch so vor Vitalität strotze, wäre ich glücklich. Und deine Figur möchte ich ebenfalls haben.«

»Dann können wir uns wohl unten sehen lassen.« Charlotte nahm ihre Handtasche und vorsichtshalber auch den Gehstock.

»Nervös?«, fragte Hannah, während sie zusammen die Treppe hinabstiegen.

»Ein wenig schon.« Wie sehr, brauchte ihre Enkelin nicht zu wissen.

In der Eingangshalle erschien wie aus dem Nichts Brigitta. »Sie kommen genau richtig.« Lächelnd wies sie zu der Schiebetür, durch die Paul vorhin gekommen war. »Die Herren erwarten Sie.«

Charlotte atmete durch, straffte die Schultern. »Vielen Dank.« Mit Hannah an der Seite betrat sie den Salon.

Auch hier sah es dezent nach Geld aus. Wie im gesamten Haus – zumindest soweit Charlotte es bislang gesehen hatte – waren die Möbel aus massivem Holz. Rustikal, aber edel.

Vor einem ausladenden Natursteinkamin kniete Pauls Enkel und schichtete dünne Scheite auf die Glut. Wenig später züngelten die ersten Flammen in die Höhe, und ein holzig-aromatischer Duft verbreitete sich im Raum.

Eliah erhob sich und drehte sich zu ihnen um. Charlotte registrierte, dass sein Blick eine Sekunde länger an ihrer Enkelin hängen blieb, der sich prompt ein Leuchten in die Augen schlich. Sieh an – das Interesse war beiderseitig.

Wer, wenn nicht sie, konnte es nachvollziehen? Ihr Herz schlug ebenfalls einige Takte schneller, als sie nun Pauls Lächeln begegnete, der – unterstützt von Brigitta – in seinem Rollstuhl auf sie zukam.

Natürlich war ihr rasender Puls der generellen Aufregung geschuldet. Immerhin traf man nicht jeden Tag einen alten Freund wieder. Einen, dessen Schicksal sie fünfundsiebzig Jahre gedanklich nicht losgelassen hatte. Einen, der ihre Seele berührt hatte wie kein Zweiter. Charlotte seufzte innerlich. Wem machte sie etwas vor? Das war der emotional aufwühlendste Moment der letzten fünf Jahrzehnte, und sie war nervös wie vor ihrem ersten Stelldichein. Hoffentlich hielt ein neunzigjähriges Herz derartigen Belastungen überhaupt stand.

»Ihr seht bezaubernd aus!« Paul versuchte, sich aus dem Rollstuhl zu erheben, doch er sackte ermattet zurück.

Sofort richtete sich Brigitta auf. »Sie sollen sich nicht so anstrengen«, sagte sie leise tadelnd. »Ihr Besuch wird es nicht übelnehmen, wenn Sie die Damen im Sitzen begrüßen.« Dabei warf sie Charlotte und Hannah einen warnenden Blick zu.

»Ich habe mir fünfundsiebzig Jahre lang gewünscht, diese Frau als Kavalier auszuführen. Wenn sie heute schon mit meinem Esszimmer statt eines noblen Restaurants vorliebnehmen muss, möchte ich wenigstens ein galanter Tischherr sein«, protestierte Paul, gab aber nach, als Brigitta sanft ihre Hand auf seine Schulter drückte.

Charlotte lächelte. »Immer noch ein Sturkopf.« Auch in ihrer Jugend hatte sich Paul niemals von dem abbringen lassen, was er sich in den Kopf gesetzt hatte. Sie trat auf den Rollstuhl zu und legte ihre Hand auf seinen Unterarm. Nun musste sie vorgebeugt laufen, doch sie hatte schließlich ihren Stock und konnte Paul so seinen Wunsch erfüllen. »Es ist mir eine Ehre, deine Tischdame zu sein.«

Wie der Salon war auch das Esszimmer großzügig geschnitten, und gleichermaßen dominierte hier Holz. Charlotte fühlte sich an die Jagdhütten in den Sauerländer Wäldern erinnert – nur handelte es sich in diesem Fall um eine deutlich exquisitere XXL-Variante. Der längliche Esstisch war für vier Personen eingedeckt, es hätte aber ebenso gut die doppelte Anzahl daran Platz gefunden. Das Porzellan auf der weißen Damasttischdecke war hauchdünn, das Silberbesteck funkelte im Licht der Kerzen. Der Gemütlichkeit schadete der Luxus in dieser ansonsten bodenständigen Umgebung nicht.

Inzwischen war es dunkel geworden. Die Umrisse der Berge verkamen zu schattenartigen Andeutungen vor dem tintenblauen Himmel, nur der Schnee auf den Gipfeln leuchtete milchigweiß im Mondlicht. Eliah hatte nicht übertrieben – am Tag musste die Aussicht auch von hier atemberaubend sein.

Nachdem alle Platz genommen hatten, servierte Brigitta die Vorsuppe, eine leichte Consommé.

»Normalerweise essen wir hier in den Bergen etwas deftiger«, erklärte Paul schmunzelnd, »aber wir wollten euch nicht gleich am ersten Abend mit zu schwerer Kost überfallen.« Er hob sein Glas – gefüllt mit einem Weißwein, der nur unter Brigittas offensichtlichem Missfallen von ihr eingeschenkt worden war. »Schön, dass ihr da seid!«

»Danke für die Einladung.« Charlotte prostete zurück. »Du kannst dir meine Überraschung vorstellen, als dein Enkel sich bei Hannah gemeldet hat.« Das war eine maßlose Untertreibung.

»Allerdings.« Paul lachte leise auf. »Als Eliah mir die Fotos zeigte, die deine – übrigens überaus talentierte – Enkelin ihm geschickt hatte, dachte ich …« Er hielt inne und suchte nach den richtigen Worten.

Bisher hatten sie sich auf Englisch unterhalten, doch Pauls häufiges Stocken verriet, dass er diese Sprache zwar einstmals recht gut beherrscht hatte, seine Fähigkeiten inzwischen jedoch eingerostet waren.

»Sie können gern Deutsch reden«, warf Hannah ein – auf Deutsch. »Ich kann diese Sprache nicht gut sprechen, aber ich verstehe sie ganz gut.«

»So geht es mir umgekehrt mit Englisch.« Paul lächelte erleichtert. »Damit dürfte die Verständigung kein Problem mehr sein. Ich bemühe mich auch, meinen Schweizer Dialekt abzulegen.«

»So machen Sie es mir leichter.« Hannah erwiderte sein Lächeln.

»Sehr gern.« Er hob sein Glas in ihre Richtung. »Und lass uns bitte wie Charlotte und Eliah zum ›Du‹ übergehen. Ich bin Paul.«

Das Tischgespräch tastete sich bedächtig vor. Nach einigen lobenden Worten über das Essen, das Wetter und das Haus, nahm der Verlauf der Unterhaltung allmählich Kurs auf die bedeutsameren Themen.

Paul fasste knapp seinen Werdegang zusammen. Dass er in die Schweiz geflohen war, eine Lehre bei einem Uhrmacher absolviert und sich später in dessen Geschäft eingekauft hatte. »Verwitwet, ein Sohn, zwei Enkel«, schloss er seine Ausführungen, die kaum stichpunktartiger hätten ausfallen können, wenn er sie von einem tabellarischen Lebenslauf abgelesen hätte.

»Ich nehme an, da gibt es noch eine Menge mehr zu erzählen.« Charlotte schmunzelte. »Dein geänderter Familienname zum Beispiel. Ist es der deiner verstorbenen Frau?«

»Nein.« Paul legte seinen Löffel beiseite. »Ich habe quasi meinen Namen behalten. Aber da 1943 niemand wusste, wie sich die Lage in Europa weiter entwickeln würde, hielt ich es für klüger, nicht nur die Staatsangehörigkeit, sondern auch den Namen zu wechseln, damit es keine offensichtliche Verbindung mehr zu dem gesuchten deutschen Jungen Paul Heinrichs gab. Da ›Andrin‹ die schweizerische Form für ›Heinrich‹ ist, wurde aus mir Paul Andrin aus Lauterbrunnen.«

»Du hast wortwörtlich alles verloren. Deine Eltern, dein Zuhause, deine Heimat, all deine Sachen … und am Ende sogar deinen Namen.« Charlotte warf einen mitleidigen Blick über den Tisch. »Ich kann kaum ermessen, wie schwer diese Zeit für dich gewesen sein muss.«

»Es war nicht einfach«, bestätigte Paul. »Aber nun erzähl von dir, meine Liebe. Wie ist es dir ergangen?«, wechselte er rasch das Thema.

»Wir haben Hangeck bald nach dir verlassen«, erwiderte Charlotte mit dem Gefühl, dass er sich mit seiner Frage vor einer Antwort gedrückt hatte. »Ein neuer Lehrer kam, und wir mussten das Haus räumen. Wir sind in Dortmund bei meiner Tante untergekommen. Ich habe eine Arbeit als Übersetzerin gefunden, habe dort meinen Mann kennengelernt und bin mit Albert nach London gegangen.«

»Dein Traum von London.« Paul lächelte. »Du hast es also geschafft. Kein Wunder, dass du in Dortmund nicht mehr zu finden warst.«

»Du hast nach mir gesucht?« Charlotte hob überrascht die Augenbrauen.

Sie selbst hatte seinen Wunsch befolgt und ihn gehen lassen. Allerdings hätte sie nicht einmal gewusst, wo sie mit ihrer Suche hätte beginnen sollen.

»Natürlich. Mein Verstand sagte mir, dass ich dich verloren hatte, aber ich wollte zumindest wissen, dass es dir gut geht. Als wir genug Geld hatten, habe ich einen Privatermittler beauftragt. Doch deine Spur verlor sich in Dortmund. Die Stadt war im Krieg zu schwer beschädigt worden.« Er sah sie fragend an. »Ist es dir denn gut ergangen?«

»Ja, das ist es.« Charlotte durfte dankbar auf ihre Ehejahre zurückblicken. Sie hatte Albert auf eine andere Art geliebt als Paul. Etwas weniger aufregend, und ihr Herz hatte nicht jedes Mal einen Satz gemacht, wenn ihre Blicke sich getroffen hatten, doch sie hatten sich bis zum letzten Tag voller Wärme angelächelt. »Er war mir ein guter Ehemann. Ein Partner, ein guter Vater und ein guter Großvater.« Charlottes Blick wanderte zu Hannah, die bestätigend nickte. »Ich wünsche mir sehr für dich, dass du genauso zufrieden auf dein Leben zurückblicken kannst.«

Ihr war nicht entgangen, dass Paul seine Ehe bislang ausgespart hatte. Auch jetzt wirkte er, als wäre ihm das Thema nicht angenehm. Fast erleichtert wandte er sich Brigitta zu, die den Hauptgang auf den Tisch stellte.

Der Suppe folgte eine Platte mit Fleisch, Gemüse und Kartoffeln, die Eliah als eine von Brigitta abgewandelte Form der traditionellen Berner Platte vorstellte. »Typischerweise strotzt dieses Gericht vor den verschiedensten Fleischsorten. Brigitta hat das Verhältnis im Sinne einer gesunden Ernährung leicht in Richtung Grünzeug verschoben.«

»Es ist köstlich«, versicherten Charlotte und Hannah sofort unisono – die eine auf Deutsch, die andere auf Englisch.

Nach dem Essen wechselten sie für einen Digestif – in Pauls Fall war es ein Tee – zum Kamin hinüber. Charlotte und Hannah nahmen in zwei schweren, aber gemütlichen Sesseln Platz, Paul stellte seinen Rollstuhl neben Charlotte, und Eliah holte sich einen der Stühle aus dem Essbereich heran. Er legte Holzscheite nach, und während das Feuer auf dem schmiedeeisernen Rost knisternd an Kraft gewann, bemerkte Charlotte, wie Pauls Blick nachdenklich auf ihr ruhte.

Fragend hob sie die Augenbrauen.

»Es tut so gut, dich zu sehen. Es kommt mir wie ein Wunder vor«, sagte Paul. »Als Eliah das Foto öffnete, das Hannah geschickt hatte, habe ich es nicht glauben können, als plötzlich mein elfjähriges Ich vor mir erschien. Abgesehen von einer Handvoll Fotos, die Ilse mitgebracht …« Er unterbrach sich. »Was ich sagen wollte, ist, dass dieses Foto viele Erinnerungen wachgerufen hat. Ich hätte gerne ein Foto wie dieses gehabt.«

Charlotte neigte den Kopf zur Seite und studierte Pauls Miene. War das seine Art, sie um Verzeihung zu bitten? Doch er sah sie arglos an, kein Zeichen von Reue war in seinem Gesichtsausdruck zu lesen. Das passte nicht recht zu einer Entschuldigung.

»Warum hast du es damals nicht mitgenommen?«, erwiderte sie stirnrunzelnd. »Ich weiß, du standest unter Schock, und ich habe versucht, es dir nicht übelzunehmen, aber, ehrlich gesagt, hat es mich verletzt, dass du dich auf diese Art von mir getrennt hast.«

»Getrennt?« Nun war es an Paul, die Stirn in Falten zu legen. »Ich habe mich nicht getrennt. Niemals hätte ich das getan! Doch als Ilse mir deine Bitte ausgerichtet hat, habe ich das respektiert.«

»Welche Bitte?« Charlottes Stirn zog sich weiter zusammen.

»Die, dass wir uns nicht mehr sehen dürften, weil du dich und deine Familie nicht in Gefahr bringen wolltest.« Ein leichter Vorwurf klang mit.

»Ich habe nichts dergleichen gesagt!«, empörte sich Charlotte. »Du hast keine Vorstellung davon, wie sehr ich mir gewünscht habe, dass wir uns wenigstens noch einmal hätten sehen können! *Du* warst es doch, der es sicherer fand, sich nicht zu verabschieden!« Und der das Foto in ihrem Geheimversteck zurückgelassen hatte, als Zeichen, dass es vorbei war. Der Grund, warum sie versucht hatte, ihn zu vergessen. Sie funkelte ihn an, wie es ihr fünfzehnjähriges Ich gern getan hätte.

»Aber Ilse hat …« Paul schüttelte stumm den Kopf. »Ich wäre gekommen«, sagte er schließlich leise. »Natürlich wäre ich das.« Seine Stimme war von Traurigkeit umhüllt. »Das Risiko für mich wäre mir gleichgültig gewesen.« Er lachte bitter auf. »Was hatte ich in jenen Tagen denn auch zu verlieren? Ich wäre gekommen, wenn Ilse mir nicht dein Lebewohl ausgerichtet hätte. Ich hätte mich gemeldet, wenn Ilse mir nicht deinen Wunsch weitergegeben hätte, den Kontakt aus Sorge um dein Leben abzubrechen.« Ungläubig schüttelte er den Kopf.

»Sie hat gelogen«, konstatierte Charlotte fassungslos.

Sie kämpfte gegen die Feuchtigkeit in ihren Augen an.

Dass diese alten Wunden nach fünfundsiebzig Jahren noch so weit aufreißen konnten, damit hatte sie nicht gerechnet. Hinzu kam der Verdacht, fünfundsiebzig Jahre einem Irrtum aufgesessen zu sein. An jenem Tag rund um Pauls Flucht schien einiges anders gewesen zu sein als gedacht.

»Ich nehme an, wenn du von dem Foto nichts weißt, warst du nicht mehr an unserem Versteck an der Kirchhofmauer ...« Der Satz war eine Mischung aus Frage und Feststellung.

»Deshalb also!«, entfuhr es Eliah, bevor Paul antworten konnte. Alle drei sahen ihn erstaunt an. »Deshalb war es dir in Hangeck so wichtig, trotz der Absperrung zu dieser Mauer zu gehen.«

»Du warst an unserem Versteck?« In Pauls Stimme schwang Aufregung mit. »War noch etwas davon zu sehen?«

»Mehr als das.« Charlotte griff in ihre Tasche. Als sie die Hand wieder herausnahm, hielt sie das Einmachglas darin. Äußerlich hatte sie es inzwischen gesäubert, doch der Inhalt war so, wie sie ihn vor einem Monat vorgefunden hatte. Sie öffnete den hakeligen Verschluss, schob das Foto zur Seite und fand, was sie suchte. »Ich denke, die gehört dir.«

Sichtlich um Fassung bemüht starrte Paul auf die Glasmurmel, die Charlotte ihm in die gewölbte Handfläche legte. Als er den Kopf hob, hatten seine Augen einen feuchten Glanz. »Verdammt, es ist fünfundsiebzig Jahre her! Es sollte längst vergessen sein. Wie kann der Anblick einer einzelnen Murmel so wehtun?« Er drehte blinzelnd sein Gesicht weg.

Diese Frage stellte sich Charlotte auch, seit ihr Besuch in Hangeck all die alten Emotionen aufgewühlt hatte.

»Wir hatten nie die Gelegenheit, damit abzuschließen«, gab sie ihm die Antwort, die sie für sich gefunden hatte. »Du konntest dich nicht verabschieden. Nicht von deinen Eltern, nicht von Hangeck, nicht von mir.«

»Nicht einmal von dir.« Paul spielte gedankenverloren mit der Murmel in seiner Hand. »Und alles nur, weil Ilse gelogen hat«, murmelte er. Plötzlich richtete er sich energisch in seinem Rollstuhl auf. »Eliah, geh bitte und mach uns noch einen Tee. Brigitta hat sich schon zurückgezogen, sie wird nur nachher noch einmal meinen Blutzucker kontrollieren.«

»Ja, Grossätti.« Eliah, der bisher weitgehend schweigend zugehört hatte, erhob sich sofort. »Welche Sorte möchtest du?«

»Egal, irgendeine.« Ungeduldig wedelte er mit der Hand. »Geh schon!«

Eliah hob überrascht die Augenbrauen, erwiderte jedoch nichts, sondern verließ den Salon.

»Groß– was?«, fragte Hannah.

»Grossätti«, wiederholte Paul. »So nennt man hier den Großvater.« Er schwieg kurz. »Ich war wohl etwas barsch zu ihm. Aber ich will mit euch offen über Ilse reden, und ich möchte ihm nicht das Andenken an seine Großmutter zerstören.«

»Großmutter?« Charlottes Kehle war mit einem Mal trocken. »Ich verstehe nicht … Wieso Großmutter?«

Natürlich verstand sie. Zumindest hatte sie eine böse Ahnung. Dass sie es nicht verstehen *wollte*, stand auf einem anderen Blatt. Er konnte doch nicht wirklich …?

»Ich habe Ilse geheiratet«, machte Paul in diesem Moment aus dem Verdacht Gewissheit, und es aus seinem Mund zu hören brachte Charlottes Welt für einen Augenblick zum Stillstand.

Charlotte umklammerte die Armlehnen ihres Sessels, um nicht den Halt zu verlieren. »Ilse?«, fragte sie gepresst, weil ihre Kehle plötzlich eng war.

Mit einem Schlag war sie wieder fünfzehn und erinnerte sich an die Zweifel. An ihre Eifersucht, die Paul als unbegründet weggelächelt hatte. Wie sie ihm letztlich geglaubt hatte. Einer Lüge, wie sie nun erfuhr. Fünfundsiebzig Jahre lang hatte sie ihre Liebe im Herzen konserviert, gehütet wie einen Schatz, während er sich Ilse zugewandt hatte. Ausgerechnet Ilse.

Paul hatte recht – wie konnten Dinge nach all diesen Jahrzehnten noch so schmerzvoll sein?

»Granny?« Hannah streichelte über ihren Arm. Ihre Enkelin stand auf, goss Wasser in ein Glas und reichte es ihr. »Trink, du bist ganz blass.«

Dankbar nahm Charlotte einige Schlucke, merkte, wie sich ihre Kehle weitete und das Atmen wieder leichter fiel. Dann warf sie Paul einen kühlen Blick zu. »Ilse also.« Ihr Tonfall verbarg nicht, wie sie darüber dachte.

»Es tut mir leid, ich wollte dich mit dieser Nachricht nicht verletzen.« Er rang mit den Händen und sah sie bittend an. »Lass es mich dir erklären. Versteh bitte, wie es mir vor fünfundsiebzig Jahren erging. Wie ich mich fühlte. Wie verzweifelt und einsam ich war. Ich war sechzehn Jahre alt und musste Hals über Kopf alles hinter mir lassen. Meine Eltern ermordet, ich selbst in Gefahr, mit nichts in den Taschen, außer dem Geld, das mich gerettet hat. Kannst du dir vorstellen, was das bedeutet? Ich hatte die Kleidung, die ich am Leib trug, und einen Beutel mit Lebensmitteln und Geld von Ilse. Dazu einen Zettel mit der Anschrift ihrer Verwandten und einen Brief für ihren Onkel, in dem sie darum bat, dass er mir Unterschlupf gewähren möge.«

Charlotte hörte heute noch die Verzweiflung jener Wochen aus seinen Worten heraus, und ihr Herz wurde schwer.

»Wenn ich sage, mein Leben konnte ich retten, dann war das nur meine physische Existenz. Mein Leben, das ich kannte, war zerstört. Weg. Einfach verschwunden. Ich war in einem fremden Land, verstand die Sprache kaum, und wenn mich Ilses Verwandte nicht aufgenommen hätten, wäre ich verloren gewesen. Dann kam Ilse. Ein Stück Heimat. Das einzige vertraute Gesicht. Wir hatten beide nur noch uns aus unseren alten Leben. Da lag es auf der Hand, dass wir uns näherkamen. Als ich dann nach der Lehre in das Geschäft des alten Buchers eintrat und Ilse immer häufiger dort mitarbeitete, erschien es nur folgerichtig, sie zur Frau zu nehmen, damit wir zusammen unsere Existenz aufbauen konnten.« Sein Blick wurde beinahe flehentlich. »Das heißt nicht, dass ich dich vergessen oder aus meinem Herzen verbannt hätte. Ich hatte nur jede Hoffnung verloren, dich wiederzutreffen, nachdem Ilse mir von eurem Weggang aus Hangeck erzählt hat. Bitte glaub mir.« Wehmut und Wärme sprachen aus seinen Worten. Er streckte seine Hand in ihre Richtung aus, die Charlotte, ohne zu zögern, ergriff und festhielt.

»Der Tee ist gleich fertig.« Eliah erschien in der Tür, blieb stehen und sah von einem zum anderen. »Habe ich etwas verpasst?«

»Nein, nein, wir schwelgen nur in Erinnerungen.« Paul lächelte gezwungen. »Kannst du bitte beim Tee bleiben? Nicht, dass er zu lange zieht. Wir haben Briten zu Gast, da müssen wir uns mit dem Tee Mühe geben.«

Eliah quittierte den misslungenen Versuch eines Witzes nicht einmal mit einem angedeuteten Lächeln. »Grossätti, was ist hier los?« Er warf Charlotte einen scharfen Blick zu, dann sah er wieder zu seinem Großvater.

Pauls Enkel hatte offenbar nicht nur seine ausdrucksstarken Augen geerbt, sondern auch seinen sechsten Sinn für die Stimmungen in seinem Umfeld.

»Eliah.« Paul lächelte beschwichtigend. »Es ist nichts. Wir sind nur weit, weit in der Vergangenheit.«

Noch immer stand Eliah im Türrahmen. »Wieso habe ich nur dasselbe Gefühl wie als Kind, wenn ich zum Spielen hinausgeschickt wurde, weil Erwachsenenthemen besprochen wurden?« Er fuhr sich mit der Hand über den Nacken und warf einen misstrauischen Blick in die Runde. »Und wieso darf Hannah alles hören?«

»Ich kann Hannah kaum bitten, Tee für uns zu kochen«, erwiderte Paul trocken.

Charlotte sah ihre Enkelin an und nickte leicht. Sie wusste, dass Hannah sie ungern allein ließ. Das Mädchen war besorgt um sie – und sicher auch neugierig. Doch das hier ging nur Paul und sie etwas an, und Hannah war klug genug, das zu verstehen.

»Ich helfe mit dem Tee«, schlug Hannah prompt vor und stand auf. »Vielleicht möchte mir Eliah danach das Dorf zeigen? Vor dem Schlafengehen könnte ich nach dem guten Essen etwas Bewegung gebrauchen.«

Eliah gab sich geschlagen. Sichtlich bemüht, seinen Unwillen herunterzuschlucken, nickte er und zwang sich ein Lächeln ins Gesicht.

»Ich mag deine Enkelin.« Paul blickte den Kindern hinterher, die den Salon verließen.

»Wir stehen uns sehr nahe.« Charlotte lächelte. »Mir scheint, bei dir und Eliah ist das ähnlich.«

»Gewiss doch.« Paul lächelte. »Trotz all ihren Fehlern hat Ilse mir einen wundervollen Sohn geschenkt, und mit Leona und Eliah habe ich zwei Enkelkinder, wie man sie sich besser nicht wünschen kann.« Er wurde ernst. »Ihr Narzissmus hat es allerdings schwer gemacht, Ilse zu lieben, und wenn ich nun höre, wie sie uns damals angelogen, ja, manipuliert hat, dann muss ich froh sein, dass ich es erst heute erfahre. So war uns wenigstens ein friedliches Familienleben vergönnt.«

»Ich habe nicht geahnt, dass Ilse so eifersüchtig war«, sagte Charlotte. »Gekränkt, das ja. Sie fühlte sich ja immer schnell ausgeschlossen. Aber dass sie so weit gehen würde …«

Paul öffnete den Mund zu einer Erwiderung, schloss ihn jedoch, als sich das Klappern eines Servierwagens näherte, den Eliah kurz darauf in den Salon schob und wie einen Tisch vor Paul und Charlotte platzierte.

Noch immer etwas zögerlich verabschiedeten sich die Kinder. Während Charlotte die Teetassen füllte, hörte sie jedoch, wie die Haustür zufiel. Sie waren allein.

Paul atmete auf. »Ich fürchte, wenn wir über diese letzten Tage in Hangeck reden, kommt nicht viel Schmeichelhaftes über Ilse dabei heraus. Das möchte ich Eliah ersparen.« Er nahm seine Tasse von Charlotte entgegen und wartete, bis auch sie mit ihrem Tee wieder Platz genommen hatte. »Jene Nacht nach dem Brand habe ich voller Angst im Bootsschuppen verbracht«, begann er ihre gemeinsame Reise in die Vergangenheit. »Eine Nacht lang rang ich mit mir. Ich wollte nicht gehen. Meine Eltern waren noch nicht begraben, jemand musste den Laden – das Lebenswerk meines Vaters – retten, und ich wollte auch dich nicht verlassen.« Sein Blick suchte den ihren. Lange, eindringlich und aufrichtig. Charlotte las darin dieselben Gefühle wie vor fünfundsiebzig Jahren.

Konnte man Emotionen tatsächlich über Dekaden hinweg konservieren? Wollte man ihr Herzklopfen als Antwort zulassen, lag in ihrem Fall ein »Ja« zumindest im Bereich des Möglichen.

Paul räusperte sich. »Ilse überzeugte mich zu gehen. Sie sagte, die Gestapo suche nach mir. Hangeck sei zu gefährlich, ja, ganz Deutschland sei inzwischen nicht mehr sicher, wenn man nicht rein arischer Abstammung sei.« Er schüttelte den Kopf – nach all den Jahrzehnten noch immer fassungslos über so viel Menschenverachtung in jener Zeit.

»Was das angeht, hat Ilse nicht geschwindelt«, sagte Charlotte. »Ich überlege, ob sie dir die falsche Botschaft vielleicht überbracht hat, um sicherzugehen, dass du Hangeck auf jeden Fall verlässt und nicht meinetwegen bleibst.«

»Hm«, brummte Paul zweifelnd. Er lächelte traurig. »Mir scheint, zu dir war sie auch nicht ehrlich. Was hat sie dir gesagt? Und was war mit diesem Foto?«

»Das Foto.« Charlotte sah zum Einmachglas hinüber, das neben der Teekanne stand. »Während die Gestapo das Dorf so akribisch durchsuchte, wurde meinen Eltern und mir bewusst, dass du untertauchen musst. Mein Vater hat mir sein Erspartes gegeben. Ich war auf dem Weg zu dir, mit dem Geld, einem Schmuckstück und einem Foto von uns. Mit *diesem* Foto.« Charlotte deutete auf das Behältnis. Hinter dem dicken Glas ließ sich das Bild schemenhaft erkennen.

Paul griff danach und betrachtete es nachdenklich. »All die Jahre hat es dort überdauert. Warum hast du es nicht mitgenommen, als ihr Hangeck verlassen habt?«

»Nachdem du es nicht haben wolltest …« Charlotte unterbrach sich, weil Paul verärgert das Gesicht verzog. »Nachdem Ilse mich glauben machte, dass du das Foto nicht haben wolltest«, setzte sie neu an, »fühlte es sich falsch an, es zurückzunehmen.« Sie zuckte mit den Schultern. »Ich weiß heute nicht mehr genau, was meinem Teenager-Ich durch den Kopf ging, aber es hat mir wohl etwas zu Endgültiges gehabt. Ich musste irgendein Zeichen unserer Liebe in Hangeck lassen.«

Paul nickte und wirkte in sich gekehrt. »Es ist seltsam tröstlich, dass wir zumindest symbolisch all die Zeit dort vereint waren. Und wer weiß – vielleicht sollte es so sein? Immerhin haben wir uns durch dieses Foto fünfundsiebzig Jahre später wiedergefunden.«

»Bisweilen geht das Leben wahrlich eigenartige Wege«, stimmte Charlotte nachdenklich zu.

Hätte sie vor einem Monat nicht in das alte Versteck geschaut, wären Eliah und Hannah nie miteinander ins Gespräch gekommen und sie säße heute nicht hier mit ihrem Paul am Kamin.

»Nun weiß ich, warum das Foto in Hangeck geblieben ist, aber noch immer nicht so recht, weshalb es mich nie erreicht hat.« Paul trank von seinem Tee und sah Charlotte abwartend an.

»Auf dem Weg zu dir bin ich von einem der Gestapo-Männer aufgehalten worden, der mich sofort nach Hause geschickt hat. Ich habe die Sachen – bis auf das Brot – eben noch im Kirchhof verstecken können. Ilse hat auch versucht, sich zu dir durchzumogeln, und sie schien mehr Erfolg zu haben als ich. Deshalb habe ich sie gebeten, dir wegen der Dinge im Versteck Bescheid zu geben.«

Erinnerungen übermannten Charlotte. Sie spürte plötzlich wieder die Beklemmung jener regnerischen Stunde. Sie sah Rosi herbeieilen, fühlte ihre Angst von damals und sah die letzten Blicke ihres Vaters. Energisch schüttelte sie den Kopf und straffte die Schultern. Das war lange her!

»Ilse hat mir nichts von alldem erzählt«, sagte Paul. »Sie hat mir nur deine angebliche Bitte ausgerichtet, mich von dir fernzuhalten.« Schmerz und Bitterkeit lagen in seiner Stimme und zeigten Charlotte, wie sehr ihn diese falsche Nachricht verletzt haben musste.

Trotzdem hatte er Jahre später nach ihr gesucht, wurde ihr voller Zuneigung bewusst.

»Niemals hätte ich dir das angetan«, sagte sie und griff nach seiner Hand. »Niemals würde ich dir so wehtun.«

»Ich weiß.« Paul stellte seine Teetasse klappernd auf dem Servierwagen ab und legte seine zweite Hand auf ihre. »Das wusste ich auch damals. Ich dachte, deine Worte seien deiner Angst entsprungen. Ein Gefühl, dass ich in diesen Stunden ausgesprochen gut nachvollziehen konnte.« Seine Stimme brach, er räusperte sich umständlich. »Das Geld, das Ilse mir in jener Nacht gab … Glaubst du, sie ist selbst zu dem Versteck gegangen, um es zu holen? Sie hat mir nie wirklich verraten, woher es stammt.«

»Inzwischen traue ich es ihr zu.« Charlotte wiegte den Kopf hin und her. »Ich habe sie einige Tage später getroffen. Da war das Versteck schon leer – bis auf das Foto. Ilse hat mir erzählt, du hättest das Geld und den Anhänger mitgenommen. Das Foto wolltest du angeblich nicht haben, weil es für alle besser wäre, einen klaren Schnitt zu machen. So hat sie es mir gesagt.«

Nie würde sie vergessen, wie der Schmerz der Enttäuschung bei diesen Worten einem Messerstich gleich in sie gefahren war.

»Blanker Unsinn.« Er griff wieder nach seiner Tasse und führte sie mit zitternder Hand zum Mund. »Du ahnst nicht, wie sehr ich mir eine Erinnerung an dich, an uns gewünscht habe.« Seinen Blick aufs Feuer gerichtet und die Stirn in Falten gelegt, war ihm anzusehen, dass seine Gedanken erneut auf Reisen gingen. »Und plötzlich ergibt alles einen Sinn«, murmelte er fast unhörbar.

Charlotte lehnte sich in ihrem Sessel zurück und beobachtete ihn. Im weichen Licht des Widerscheins der Flammen traten seine Falten nicht so deutlich hervor, und im Profil erkannte sie etwas von dem sechzehnjährigen Jungen wieder. Sogar die Art, wie er die Stirn leicht kräuselte, war ihr vertraut. Schweigend wartete sie ab. Paul sortierte einen Sachverhalt. Wenn es wie früher war, würde er sie gleich einweihen, sobald er für sich Klarheit hatte.

»Von einem Schmuckstück weiß ich nichts«, sagte Paul tatsächlich nach einigen Augenblicken, »aber die Sache mit dem Geld ergibt für mich endlich einen Sinn.« Er sah Charlotte an. »Ich bin mir sicher, das Geld, das mir Ilse gegeben hat, war das aus dem Versteck. Das Geld deines Vaters. Ilse ist mir immer ausgewichen, wenn ich sie darauf angesprochen habe. Dass es nicht das Geld ihrer Familie ist, weiß ich seit der Hochzeit.«

Charlotte spürte einen Stich in der Brust. Bilder einer wunderhübschen Ilse in einem traumhaften Kleid, mit Diadem und Schleier stiegen vor ihrem geistigen Auge auf. Rasch nahm sie einen Schluck von ihrem Tee, um sich abzulenken. Kräutertee. Nicht ihre bevorzugte Sorte, aber trinkbar. Sie süßte ihn mit einem weiteren Löffel Zucker.

»Ilses Vater war mit unserer Eheschließung ganz und gar nicht einverstanden«, erklärte Paul. »Er nahm es dem schweizerischen Teil der Familie übel, dass er mich aufgenommen und damit unserer Beziehung den Weg geebnet hatte. Zur Hochzeit erschien er immerhin, aber je mehr Alkohol floss, desto weniger Mühe gab er sich, seinen Widerwillen zu verbergen. Als er betrunken genug war, um jeden Anstand zu vergessen, sagte er mir direkt ins Gesicht, dass er Menschen wie seinen Bruder nicht verstehe, die jedem dahergelaufenen Juden helfen würden. Von ihm hätten solche Leute sicherlich keine Unterstützung zu erwarten.« Pauls Abscheu gegen seinen Schwiegervater war ihm heute noch anzuhören. »Mir ist in diesem Moment klar geworden, dass er nichts von dem Geld wusste, das mir die Flucht ermöglicht hatte, und der Betrag war zu groß, als dass meine Schwiegermutter ihn heimlich vom Haushaltsgeld hätte abgezweigt haben können. Obwohl es mir damals die wahrscheinlichste Erklärung zu sein schien.« Er sah Charlotte lange an. »Nun weiß ich es besser.«

Charlotte nickte beklommen. »Als Ilse zu mir gekommen ist, wusste sie, dass der Anhänger und das Geld weg sind. Sie war also dort. An unserem Versteck.« Kopfschüttelnd rührte sie in ihrem Tee. »Ich hätte nie gedacht, dass sie eine solche

Lügnerin sein könnte. Sogar, als sie sich nach diesem Tag zurückgezogen hat, habe ich keinen Argwohn geschöpft. Viele Leute haben sich nach der Verhaftung meines Vaters zurückgezogen. Aber vielleicht hatte Ilse damals ein schlechtes Gewissen.«

»Dein Vater ist verhaftet worden? Meinetwegen?« Paul war blass geworden.

»Nein, nein«, versicherte Charlotte rasch. Niemandem wäre geholfen, wenn Paul sich an dieser Tragödie mitschuldig fühlte. »Jemand hatte uns mit Leo in Verbindung gebracht.« Sie hatte Ilse verdächtigt, diesen Gedanken aber sofort verworfen. Ob sie sich auch in diesem Punkt in der Person geirrt hatte, die vermeintlich ihre beste Freundin gewesen war? »Wir werden wohl nie abschließend erfahren, was in jenen Tagen geschehen ist«, sagte sie mit einer Bestimmtheit, die einen Schlussstrich unter das Thema zog. Sie war schon immer gut darin gewesen, diese unangenehmen Erinnerungen einzufangen und wegzusperren. »Letztlich spielt es fünfundsiebzig Jahre später doch keine Rolle mehr, woher das Geld stammt. Die Hauptsache ist, dass es dich gerettet hat.«

Wo das Erbstück ihrer Großmutter Alba abgeblieben war, hätte sie eher interessiert. Das hätte sie eines Tages gern an Hannah weitergegeben, so, wie sie es vor vielen Jahren von ihrer Großmutter bekommen hatte. Aber auch das gehörte wohl zu den Dingen, die ein Geheimnis der Vergangenheit bleiben würden.

»Mir ist es nicht gleichgültig«, erwiderte Paul mit fester Stimme. »Dieses Geld hat mein Leben nicht nur gerettet, es hat mir ein neues geschenkt. Ich konnte über die Grenze flüchten, mir gefälschte Papiere besorgen, in der Schweiz neu anfangen. Und am Ende konnte ich einen Teil davon sogar noch verwenden, um mich in das Uhrengeschäft einzukaufen.« Er sah Charlotte an. »Ich habe meine Antwort gefunden. Es passt für mich besser ins Bild, dass das Geld von deinem Vater kam, diesem herzensguten Mann. Ich möchte dir danken, dass du dich damals auf den Weg gemacht hast, um mir zu helfen.« Er schenkte ihr wieder dieses Lächeln, das sie unversehens ins Jahr 1943 zurückkatapultierte.

Charlotte erwiderte es und tätschelte seine Hand.

Es war ein gutes Gefühl, so beieinanderzusitzen. Sie konnten beide die Vergangenheit nicht mehr ändern. Aber sie hatten die Gegenwart.

16. Mürren, Oktober 2018 – Hannah

An Eliahs Seite stapfte Hannah durch die kühle Abendluft. Am Nachmittag hatte der Winter eine ferne Zurückhaltung geübt, doch jetzt, nach Sonnenuntergang, war der Hauch der kalten Jahreszeit spürbar. Fröstelnd zog Hannah ihren Mantel enger um sich. Ihre eleganten Stiefel passten perfekt zu ihrem Kleid und auf Londoner Gehsteige – aber nicht unbedingt in die Berge. Da sie den Spaziergang selbst vorgeschlagen hatte und Paul sicherlich eine Weile ohne seinen Enkel mit Charlotte sprechen wollte, marschierte sie trotzdem tapfer neben Eliah ins Dorf hinunter.

Noch eine Biegung, dann erreichten sie die Hauptstraße, an der sich Geschäfte und Einkehrmöglichkeiten mit meist touristischem Charakter aneinanderreihten.

Hin und wieder wies Eliah auf eine Besonderheit hin. »Schau dort, die alte Fassade, das ist eines der ältesten Häuser hier. Und da gibt es leckere Schoggi. Du musst auch unsere heiße Schokolade unbedingt probieren.«

Hannah hörte nur mit einem Ohr zu. Ihre Füße schmerzten jetzt schon. Diese Stiefel waren spürbar nicht zum Wandern gemacht.

Irgendwann blieb Eliah stehen. »Versteh mich bitte nicht falsch, aber möchtest du wirklich spazieren gehen, oder wolltest du mich nur aus dem Haus locken?« Er senkte den Blick auf ihre Stiefel. »Ich habe nicht den Eindruck, dass du darin besonders gut laufen kannst.«

»Kann ich auch nicht.« Hannah verzog das Gesicht. »Doch ich habe keine anderen Schuhe dabei, die zu diesem Kleid passen.«

»Verstehe.« Eliah grinste leicht. »Was hältst du davon, wenn ich dich von den Qualen erlöse und stattdessen auf einen Drink einlade? Das Hotel dort hat eine gemütliche Bar.«

»Das klingt großartig.«

Auch ohne schmerzende Füße wäre ein Drink mit Eliah ihre erste Wahl gewesen. Wandern würde sie in den kommenden Tagen vermutlich noch genug.

Die Bar des Vier-Sterne-Hotels war gut besucht. Das Interieur präsentierte sich so, wie der durchschnittliche Tourist es in einem Bergdorf erwartete, und verströmte einen rustikalen Charme.

»Mit einer hippen Londoner Location kann sie zwar nicht mithalten, aber der Barkeeper zaubert bei Bedarf leckere Cocktails«, sagte Eliah. »Möchtest du einen?«

»Wäre es völlig unpassend, ein Bier zu trinken?«, erwiderte Hannah, während sie einen freien Ecktisch ansteuerten und sich setzten. »Mir ist nach dem deftigen Abendessen danach.«

Zustimmung und auch eine gewisse Anerkennung blitzten in Eliahs Augen auf. »Zwei Bier also.«

Er bestellte und winkte einigen Bekannten zu, dann gehörte seine gesamte Aufmerksamkeit Hannah.

»Du hast ein gutes Verhältnis zu Charlotte«, sagte er. »Man merkt direkt die Harmonie zwischen euch beiden. Und mein Großvater sagt, du seist ihr sehr ähnlich. Er hat die junge Charlotte sofort in dir wiedererkannt.«

Hannah lächelte. »Das freut mich zu hören. Dann darf ich hoffen, mit neunzig noch genauso fit und vital zu sein. Ich finde nämlich, für ihr Alter sieht sie richtig gut aus.«

»Das tut sie«, bestätigte Eliah. »Und ihre Eigenständigkeit scheint ihr ausgesprochen wichtig zu sein.« Er schmunzelte. »Ich habe den Eindruck, sie mag es nicht sonderlich, wenn man ihr Hilfe anbietet.«

»Der Eindruck täuscht nicht.« Hannah lachte. »Du hast Glück, dass du sie mit deinem Charme eingenommen hast, sonst hätte sie dir schon eine barsche Abfuhr erteilt.«

»Soso, mit meinem Charme habe ich sie eingenommen.« Eliah grinste und warf Hannah einen langen Blick zu.

Himmel, hoffentlich hatte er das jetzt nicht falsch verstanden! Manchmal redete sie wirklich schneller, als sie dachte.

Rasch konzentrierte sich Hannah auf das große Bierglas, das in diesem Moment serviert wurde.

»Zum Wohl.« Eliah prostete ihr zu und wechselte zum Glück das Thema. »Wenn du nicht gerade deine Großmutter auf Reisen begleitest, dann arbeitest du als Fotografin?«

»Richtig. Ich bin freie Fotografin.« Hannah beobachtete, wie ein Wassertropfen außen am Bierglas hinabperlte. »Oder sagen wir so: Ich will es werden. Es ist schwer, als Neuling in der Branche Fuß zu fassen. Es reicht nicht, gut zu sein. Man muss sich erst einmal einen Namen machen. So lange bin ich freie Mitarbeiterin eines wirklich angesehenen Fotografen in London. Der Vorteil ist, dass ich flexibel bin und Zeit für Touren wie diese hier habe. Der Nachteil … na ja.« Sie hielt mit einem Schulterzucken inne und hob den Blick vom Bierglas – etwas bange, ob sie zu viel geplappert hatte.

Irgendetwas an ihm machte sie nervös. Auf eine positive Art zwar, aber dennoch nervös.

In Eliahs Miene las sie jedoch echtes Interesse.

»Hast du dich auf einen bestimmten Bereich spezialisiert?«, erkundigte er sich. »Oder nimmt man, was man an Aufträgen kriegen kann?«

»Jetzt muss ich machen, was mein Chef mir gibt. Aber mein Traum ist ein anderer.« Sie erzählte ihm von ihrer Liebe zur Objektfotografie, vom künstlerischen Aspekt, mit Licht und Schatten immer wieder neue Perspektiven zu eröffnen, Detailaufnahmen von eigentlich unscheinbaren Gegenständen so in Szene zu setzen, dass sie plötzlich besonders wurden.

Eliah hörte aufmerksam zu.

»Du liebst ganz offensichtlich, was du tust«, sagte er schließlich. »Oder eines Tages tun wirst. Und du bist gut, das habe ich an deinen Fotos aus Hangeck erkannt. Du wirst deinen Weg gehen.«

Hannah bekam häufiger Komplimente für ihre Aufnahmen, doch das hier freute sie besonders. Sie hatte gehofft, Eliah mit den Fotos beeindrucken zu können, als sie ihm die Mail geschickt hatte – und es war ihr geglückt. Lächelnd trank sie von ihrem Bier.

»Jetzt musst du meine Neugier aber auch stillen. Was machst du beruflich?«

»Ich bin in der Geschäftsführung der Andrin KlG tätig«, sagte Eliah. »Wir sind ein kleines Familienunternehmen mit Sitz in Interlaken und spezialisiert auf Uhren und Schmuck.« Den letzten Satz spulte er so geschäftsmäßig herunter, als lese er ihn von der Firmenhomepage ab. Woher er vermutlich auch stammte.

»Und was machst du da genau?« Hannah wollte sich als ebenso interessierte Zuhörerin zeigen.

»Lauter langweiliges Managementzeug.« Eliah war offenbar nicht so mitteilungsfreudig wie sie selbst. Mit einem Lächeln entschuldigte er sich für die knappe Antwort. »Es ist wirklich nicht halb so interessant wie dein Job. Dass man häufiger mal Geschäftsreisen macht, sich auf Messen präsentiert und zu den besseren Kunden den persönlichen Kontakt pflegt, ist schon das Aufregendste daran.«

»Daher deine ausgezeichneten Englischkenntnisse«, schlussfolgerte Hannah.

»Danke für das Kompliment aus berufenem Munde«, erwiderte Eliah. »Ja, ich war eine Weile auf einer Management School in den USA, zwei Gastsemester in Harvard kommen hinzu, das hat eine recht gute Basis geschaffen. Ich hoffe, es schleichen sich nicht allzu viele Fehler ein.«

»Fishing for compliments?«, erwiderte Hannah neckend. »Kannst du haben. Du sprichst ganz ausgezeichnet. Deine Sprachmelodie verrät deine Herkunft ein wenig, wobei ich das Gefühl habe, je länger wir reden, desto mehr verliert sich auch das.«

Seitdem sie unter sich waren, war Eliah wieder ins Englische gewechselt. Hannah wusste das zu schätzen. Zwar hatte sie sich zunehmend in das Deutsch reingehört, doch das internationale Sprachgewirr in der Bar erschwerte es, sich auf die Fremdsprache zu konzentrieren.

»Ich freue mich jedenfalls, dass wir mein Englisch aufpolieren können. Ich hoffe, wir setzen das in den nächsten Tagen noch ein wenig fort.« Seine Worte begleitete ein Lächeln, das diesen Satz zu mehr als einer Floskel machte.

An ihr sollte es nicht scheitern. Eliahs Gesellschaft war angenehm in jeder Hinsicht.

»Mit Vergnügen.« Sie sah auf die Uhr. »Doch für heute würde ich den Abend gern ausklingen lassen. Allmählich werde ich müde, und ich möchte vor dem Schlafengehen noch nach meiner Großmutter sehen.«

Kurz darauf schlenderten sie gemächlich die Anhöhe zu Pauls Haus hinauf. Hannah vermochte nicht zu sagen, ob es bei Eliah aus Rücksicht auf Hannahs Schuhwerk geschah oder weil er es ebenso wenig eilig hatte wie Hannah, diesen Abend zu beenden. Insgeheim hoffte sie auf Letzteres.

Sie ärgerte sich über ihren voreiligen Wunsch, nach Hause zu gehen. So spät war es wirklich noch nicht. Wenn sie daheim in London über ihren Fotos saß, konnte sie nächtelang durcharbeiten, und Granny schaffte es seit rund fünfundachtzig Jahren recht zuverlässig ohne Hilfe, den Weg ins Bett zu finden. Sie würde tüchtig mit Hannah schimpfen, sollte sie jemals erfahren, dass Hannah den Abend mit diesem attraktiven Mann ihretwegen vorzeitig beendet hatte.

»Weißt du eigentlich, was Charlotte und mein Großvater so Geheimnisvolles miteinander zu besprechen haben?«, erkundigte sich Eliah beiläufig, kurz bevor Pauls Haus in Sichtweite kam.

Hannah vermutete, dass er schon eine ganze Weile auf den geeigneten Zeitpunkt für diese Frage gewartet hatte.

»Irgendwelche Dinge aus der Vergangenheit«, antwortete Hannah ebenso wahrheitsgemäß wie nichtssagend.

Eliah blieb stehen und sah sie eindringlich an. »Warum wollte mein Großvater mich nicht dabeihaben? Weißt du, was damals geschehen ist?«

»Keine Ahnung.«

Eliahs Großvater hatte Charlottes beste Freundin geheiratet, so weit hatte Hannah der Sache folgen können. Aber noch während sie diese überraschende Wendung verdaute – und sich um ihre Großmutter kümmerte, der diese Tatsache sichtlich zugesetzt hatte –, war Eliah wiedergekommen.

Eliah bohrte seinen Blick in sie. »Es hat mit meiner Großmutter zu tun, nicht wahr?«

»Vermutlich.« *Er wäre ein verdammt guter Polizist geworden*, schoss es Hannah durch den Kopf. Unter diesem Blick konnte man leicht einknicken. »Es hat mit Ilse zu tun, aber bevor es spannend wurde, bin ich mit dir gemeinsam hinauskomplimentiert worden.« Von ihr würde er sicher nicht erfahren, dass Paul offenbar keine besonders hohe Meinung von seiner verstorbenen Frau hatte und Eliah deshalb den Raum verlassen sollte.

»Schade. Ich hatte gehofft, du könntest mir helfen, ein Familiengeheimnis zu lüften.« Eliah rieb sich über den Nacken.

»Ein Familiengeheimnis?« Vielleicht wäre es klüger gewesen, die Sache auf sich beruhen zu lassen, um nicht doch noch einem Verhör ausgesetzt zu werden. Aber Eliahs Andeutung hatte die Frage geradezu herausgefordert.

Eliah wies auf eine Bank am Wegesrand. »Wollen wir uns einen Moment setzen?«

Obwohl Hannah in der kühlen Oktoberluft fröstelte, siegte die Neugier. Sie nickte.

»Meine Großeltern waren stets bemüht, ihre Rollen perfekt zu spielen«, begann Eliah, als sie Platz genommen hatten. »Dass ihre Ehe nicht besonders harmonisch war, konnten sie allerdings nicht dauerhaft verbergen.« Mit auf den Knien abgestützten Armen schaute er in die Ferne. »Wir Kinder – meine Schwester Leona und ich – haben davon nichts mitbekommen. Ich war vier, als meine Großmutter Ilse gestorben ist. Doch vor unseren Eltern konnten sie die Kälte zwischen ihnen nicht verheimlichen. Der Umgang zwischen Paul und Ilse war immer höflich, aber nie liebevoll, hat meine Mutter mir erzählt. Meine Großeltern gehörten jedoch einer Generation an, in der man über solche Probleme nicht sprach, und deshalb haben meine Eltern nie herausgefunden, was zwischen den beiden stand.« Er fuhr sich mit einer ratlosen Geste durch die Haare. »Erst kurz vor dem Tod meiner Großmutter erfuhren meine Eltern von der großen Liebe, die mein Großvater in Deutschland zurückgelassen hatte und nie vergessen konnte. Grosi – Großmutter Ilse – wusste es die ganze Zeit.«

Eliah sprach ohne Vorwurf, doch Hannah spürte trotzdem einen Stich. Auch, weil sie sich fragte, ob es Charlotte ähnlich wie Paul und Ilse ergangen war. Hatte sie ihr Glück nur vorgetäuscht und Traurigkeit empfunden? Nein, Grannys Augen hatten vor Lebenslust geblitzt, solange Hannah denken konnte. Das konnte niemand spielen. Eine gewisse Wehmut hatte sich erst in den letzten Wochen bei ihr eingeschlichen, seit die Erinnerungen an Deutschland eine immer größere Rolle einnahmen.

»Das ist das Familiengeheimnis, das du lösen möchtest?« Hannah hatte eine spannendere Geschichte erwartet.

»Ausgeschlossen ist es nicht, dass die Erinnerung an meine Großmutter die Beziehung belastet hat. Dass die beiden sogar heute noch viel füreinander empfinden, ist unschwer zu sehen. Und eine Liebe, die so tragisch vom Krieg auseinandergerissen wird, bleibt sicherlich im Herzen haften.«

»Liebe, die im Herzen haftet?« Eliahs Mundwinkel zuckten amüsiert. »Ich hätte es vielleicht prosaischer ausgedrückt, doch den Eindruck habe ich auch. Da ist noch immer eine Menge Herzklopfen im Spiel. Aber darauf wollte ich nicht hinaus. Ich denke, es steckt mehr dahinter. Etwas, das Einfluss auf die Leben meiner Großeltern genommen hat. Warum sonst sollte meine Großmutter deiner Großmutter einen Brief hinterlassen haben – fünfzig Jahre, nachdem sich ihre Wege getrennt haben?«

»Sie hat *was*?« Ein Brief, der nach fünfzig Jahren geschrieben wurde, war nun doch etwas Mysteriöses.

»Kurz vor ihrem Tod hat sie einen Brief für Charlotte verfasst. Als meine Großmutter an Krebs erkrankt ist und der Tag kam, an dem sie akzeptierte, dass sie den Kampf verlieren wird, wurde sie nachdenklich«, sagte Eliah. »Meine Mutter hat mir erzählt, dass Grosi Ilse von Fehlern der Vergangenheit gesprochen hat, von Schuld und Reue, aber nie konkret wurde. Allerdings war ihr eine Sache extrem wichtig, und meine Eltern mussten schwören, diese Bitte zu erfüllen.« Er sah Hannah an. »Und an dieser Stelle kommt der Brief an Charlotte ins Spiel.«

Hannah blinzelte erstaunt.

»Grosi Ilse war überzeugt, dass Paul nach ihrem Tod seine alte Liebe suchen würde. Sie hat einen Brief für diese Frau hinterlassen. Für Charlotte Gerber. Meine Eltern mussten schwören, ihn niemals zu lesen und auch Paul nichts davon zu verraten. Sie versprachen ihr, Charlotte den Brief zu geben, sollte Paul sie irgendwann finden.« Eliah zuckte leicht mit den Schultern. »Ich wüsste einfach gern, welche Verflechtungen es damals gegeben hat, dass meiner Großmutter diese Sache so wichtig war.«

»Sie waren befreundet«, erklärte Hannah und spürte, wie auch ihre Neugier erwachte. »Paul, Ilse und Charlotte waren beste Freunde seit ihrer Kindheit. Mehr weiß ich leider nicht.« Sie zupfte nachdenklich an einer Locke, die ihr ins Gesicht wehte. »Was ist aus dem Schreiben geworden?«

»Meine Großmutter ist seit fünfundzwanzig Jahren tot, die Geschichte geriet in Vergessenheit. Nun, da Charlotte aufgetaucht ist, fiel meinen Eltern ihr Versprechen wieder ein, und meine Mutter wollte den Brief suchen.« Er sah Hannah an, seine Augen blitzten energiegeladen auf. »Wie wäre es, wenn wir den Brief bei meinen Eltern abholen? Ich rufe gleich nach dem Frühstück bei meiner Mutter an und frage, ob sie ihn inzwischen gefunden hat. Dann wissen wir morgen Abend vielleicht schon mehr. Und bei dieser Gelegenheit zeige ich dir Interlaken.«

Hannah nickte. »Das hört sich nach einem sehr guten Plan an.«

17. Mürren, Oktober 2018 – Hannah

Am nächsten Morgen wurde Hannah von einem Sonnenstrahl geweckt, der direkt auf ihr Bett fiel. Trotz der fremden Umgebung hatte sie geschlafen wie ein Stein.

»Dafür wird die gute Alpenluft sorgen«, hatte ihr Eliah am Abend prophezeit, als sie sich auf der Treppe verabschiedet hatten.

Hannah hielt es etwas pragmatischer für den Sauerstoffmangel, da sich die dünnere Luft hier oben auf 1650 Metern schon bemerkbar machte.

Sie öffnete die Balkontür und trat hinaus. Eine kühle Brise weckte ihre Lebensgeister. Lächelnd blinzelte sie in die Sonne. Das Weiß der Gipfel blendete, der Himmel sah fast unnatürlich blau aus. Ein paar Wölkchen tummelten sich um die Bergspitzen herum. Nach einigen tiefen Atemzügen fühlte sie sich fit, duschte schnell und eilte die Treppe hinunter.

Der Frühstückstisch war gedeckt, aber niemand dort.

Hannah trat ans Fenster. Eliah hatte nicht gelogen. Die Aussicht war auch von hier atemberaubend.

»Herr Andrin senior lässt sich entschuldigen«, sagte Brigitta hinter ihr und stellte eine Kanne auf den Tisch. »Gestern war es recht anstrengend für ihn, er bleibt deshalb auf seinem Zimmer und hat Ihre Großmutter gebeten, ihm Gesellschaft zu leisten.«

»Mein Großvater hat oben ein eigenes kleines Wohnzimmer«, sagte Eliah, der nur wenige Sekunden nach Brigitta ins Esszimmer gekommen war.

Hannah drehte sich lächelnd um. Zum ersten Mal sah

sie Eliah nicht in Jeans, sondern in einem Anzug, der seiner Attraktivität nicht unbedingt schadete. Sie hätte sich zwar gern vergewissert, dass Granny die Strapazen des gestrigen Reisetages gut überstanden hatte, aber gegen ein Frühstück allein mit Eliah hatte sie nichts einzuwenden. Er trat neben Hannah ans Fenster. Ein Greifvogel zog in einiger Entfernung seine Kreise und stieg höher und höher.

»Spektakulär, nicht wahr? Ich staune jedes Mal wieder über die herrliche Natur, wenn ich hier oben zu Besuch bin.«

»Wirklich eindrucksvoll. Ob sich eine solche Aussicht jemals abnutzt?«

»In den vergangenen fast dreißig Jahren jedenfalls nicht. Ich sage dir Bescheid, falls es sich ändern sollte.« Er deutete auf den Tisch. »Wie sieht es aus – setzen wir uns trotzdem? Für den Wintergarten ist es heute Morgen leider doch zu kühl.«

»Ich denke, hier kann man es auch aushalten«, erwiderte Hannah gutgelaunt und wandte sich dem einladend gedeckten Esstisch zu.

Der Inhalt eines großzügig gefüllten Brotkorbs wartete darauf, mit der Auswahl an Honig und Konfitüre bestrichen oder mit Käse oder Schinken belegt zu werden.

»Die Butter ist – wie der Käse, die Milch und der Joghurt – direkt beim örtlichen Bauern gekauft worden. Lass es dir schmecken.« Eliah blieb stehen, bis Hannah sich gesetzt hatte, dann nahm er selbst Platz. »Wenn du möchtest, brät Brigitta Speck für dich und Charlotte.«

»Nein, danke.« Sie lachte leise. »Was Frühstück angeht, orientiere ich mich an der Vorliebe meiner deutschen Vorfahren für das kontinentale Frühstück. Granny meint, jetzt wüsste sie wenigstens, wo ihre Gene gelandet sind. Sie selbst hat sich auch nie an das englische Frühstück gewöhnen können.«

Eliah stimmte in ihr Lachen mit ein. »Tee oder Kaffee?« Er zeigte auf zwei Thermoskannen auf dem Tisch.

»Kaffee, bitte. Es sei denn, du möchtest jemanden mit dem Elan eines Zombies durch Interlaken führen.«

»Verstehe.« Eliah zwinkerte ihr zu und füllte Hannahs Tasse. »Dieses Schicksal teilen wir. Ohne den morgendlichen Koffeinschub bin ich auch nur ein halber Mensch.«

Während sie sich dem Frühstück widmeten, erklärte Eliah, wie er den Tag in Interlaken plante. »Ich muss auf dem Hinweg kurz in die Firma«, sagte er. »Wenn es für dich in Ordnung ist. Das dauert wirklich nur ein paar Minuten.«

»Natürlich, kein Problem.« Hannah biss in ihr Brötchen und genoss den würzigen Bergkäse.

»Danach zeige ich dir Interlaken. Wir können am See spazieren gehen, und in der Zwischenzeit habe ich hoffentlich in Erfahrung gebracht, ob der Brief aufgetaucht ist.« Er sah auf die Uhr. »Bevor ich meine Eltern anrufe, lasse ich meinen Vater erst einmal seinen Kaffee trinken. Seit meine Schwester und ich die Firma leiten, schätzt er seine Ruhe am Morgen.«

»Nach all den Jahren kommt es sicherlich auf ein paar Minuten nicht mehr an.« Hannah sah nachdenklich in den Brotkorb. Ob es unmanierlich war, ein weiteres Brötchen zu essen?

Mit einem Lächeln hielt ihr Eliah den Korb entgegen, und sie griff zu. Hier mit Eliah so gemütlich zu sitzen war etwas anderes, als daheim schnell einen Kaffee hinunterzustürzen, um dann ins Fotostudio zu eilen. Der Aufenthalt gefiel ihr immer besser.

Unten im Tal stiegen sie im Parkhaus in Eliahs Mercedes. Sanft schnurrend fraß der Wagen die wenigen Kilometer von Lauterbrunnen nach Interlaken in einer Viertelstunde.

Ging es anfangs über eine schmale Straße durch ein enges Tal, zogen sich die Berge Stück für Stück zurück, je weiter nordwärts sie fuhren.

»Ich habe meine Mutter erreicht«, berichtete Eliah unterwegs. »Sie hat den Brief bisher nicht gefunden. Allerdings ist ihr vorhin eingefallen, dass es noch Kisten im Keller gibt. Ich denke, die nehmen wir uns gleich vor. Immerhin ist Charlotte jetzt hier, und das Rätsel um den Brief kann endlich gelöst werden.«

Kurz nachdem die Hinweise auf die Stadt zahlreicher geworden waren – breitere Straßen, eine Autobahnanschlussstelle und ein Einkaufszentrum –, setzte Eliah den Blinker und bog in eine Nebenstraße ein, die durch Wiesen in Richtung eines kleinen Wäldchens mäanderte. Wie nicht anders zu erwarten, lugten im Hintergrund über den Wipfeln weiße Bergspitzen in den blauen Himmel. Beim Näherkommen entpuppte sich das Waldstück als Parkplatz mit dichtem Baumbestand, dahinter erhob sich ein zweistöckiges Gebäude in kubistischem Stil. Die Fassade bestand aus riesigen getönten Glasscheiben und Holz. Letzteres sorgte dafür, dass der Komplex trotz der modernen Architektur in diese Gegend passte, und das Glas gab ihm eine Leichtigkeit, als halte er sich dezent im Hintergrund, um die eindrucksvolle Natur der Umgebung nicht zu stören.

»Unser Firmensitz«, sagte Eliah mit unüberhörbarem Stolz und bog schwungvoll auf den freien Parkplatz mit dem Schild »Geschäftsführung« ein. Neben ihm blitzte ein A3-Cabriolet in der Sonne. »Leona ist noch da.« Eliah nickte zufrieden in Richtung des Wagens. »Sie hat am Mittag einen Geschäftstermin in Luzern, und ich habe gehofft, sie vorher noch zu erwischen.«

Ein Wachmann öffnete ihnen die gläserne Eingangstür. Hannah warf einen fragenden Blick zu Eliah, der den Mann grüßte und mit seinem Nicken offensichtlich zu verstehen gab, dass Hannah mit ihm durchgehen durfte.

»Wir haben nicht selten Edelsteine und Schmuck im Wert von mehreren Millionen Franken im Tresor«, erklärte er in einem Ton, als sei es normal, von solchen Kostbarkeiten umgeben zu sein. Für ihn war es das vermutlich. »Die Produktion befindet sich ebenfalls hier auf dem Gelände. Da kommen rasch Werte zusammen, die bei Leuten Begehrlichkeiten wecken, die man nicht auf dem Grundstück haben will.«

Eliah zog die innere Tür für sie auf, und sie betraten den Empfang.

Der hallenartige Raum war lichtdurchflutet und von ebensolcher schlichter Eleganz wie das Äußere des Gebäudes. Hellgraue, mattglänzende Fliesen, gläserne Türen im Hintergrund und ein kühn geschwungener, langer Holztresen.

Eine Frau Mitte vierzig in einem adretten Kostüm erhob sich. »Herr Andrin, mit Ihnen haben wir heute gar nicht gerechnet.« Freundlich nickte sie Eliah und Hannah zu.

»Guten Morgen, Frau Weber. Ich bin nur kurz hier. Wir wollen gleich weiter zu meinen Eltern«, erwiderte Eliah. »Ich muss nur rasch etwas mit meiner Schwester besprechen.«

Eliah führte Hannah durch eine der Türen in ein Treppenhaus. Im Glas der Tür befand sich ein filigranes Herz, das sich mit einem A verband. Auch auf dem Firmenschild und in der Eingangstür hatte Hannah es entdeckt.

»Wie kommt es, dass euer Firmenlogo ein Herz ist?«, erkundigte sie sich bei Eliah, während sie in den ersten Stock hochgingen.

»Das Tränende Herz hat das Unternehmen groß gemacht«, antwortete Eliah. »Mein Großvater hat als junger

Mann ein kleines Uhrengeschäft in Lauterbrunnen übernommen. Als der Tourismus nach dem Krieg wieder anlief, nahm meine Großmutter, die auch im Laden arbeitete, Schmuck in den Verkauf und begann, selbst welchen zu entwerfen. Den Beruf als Goldschmiedin oder Schmuckdesignerin hat sie nie offiziell erlernt, aber mit dem Tränenden Herz ist ihr ein Topseller gelungen. Der Schmuckanhänger ist ihr Entwurf. Schau hier!«

Sie waren auf einen Gang hinausgetreten. Eliah deutete auf eine Vitrine in einer Nische zwischen zwei Bürotüren. Mit geschickt platziertem Licht in Szene gesetzt, wurden hier einige Teile aus der Kollektion des Unternehmens präsentiert. Einzelne kleinere Schmuckstücke, wie Ringe und Ohrstecker, verteilten sich wie lässig geworfenes Streugut auf dem samtschwarzen Untergrund. Was zufällig aussah, erkannte Hannah mit ihren geschulten Augen als sorgfältig von einem Profi arrangiert. Zum Schmuck gesellten sich drei Uhren – bei dem Damenmodell war das Herzlogo prominent auf dem Ziffernblatt zu sehen. Den Mittelpunkt der Präsentation bildete eine feingliedrige Kette mit einem einzelnen silbrigen Herzen und einem blassblauen Stein als stilisierte Träne. Ein winziges *A* versteckte sich am Rande des Schenkels. Das Tränende Herz des Firmenlogos.

»Wunderschön«, flüsterte Hannah hingerissen. »Der Anhänger ist einfach wundervoll.«

»Das fanden die Kundinnen auch«, sagte Eliah hörbar zufrieden. »Vor allem verliebte Paare haben meiner Großmutter die erste Kollektion quasi aus den Händen gerissen. Anfangs waren die Anhänger aus Silber und die Steine recht klein, doch unsere Kunden wurden exklusiver und ihre Wünsche ebenfalls. Das Stück, das du hier siehst, ist High Jewellery, also aus dem obersten Qualitäts- und Preissegment. Platin und ein blauer Diamant.«

»Das klingt teuer.« Hannah warf einen letzten sehnsuchtsvollen Blick auf das Stück. »Dann verabschiede ich mich besser sofort wieder von dem Gedanken, einen solchen Anhänger besitzen zu wollen.« Sie lachte auf. »Ich würde mein Geld vermutlich ohnehin lieber in eine neue Kamera investieren.«

»Eine Frau mit klaren Prioritäten.« Eliah grinste. »Zum Glück sind nicht alle so, sonst wären wir bald pleite.« Er öffnete die Tür rechts neben der Vitrine. »Bitte sehr, mein Reich.«

Hannah betrat Eliahs Büro. Das Panoramafenster gab den Blick auf die Berge frei. Anders hätte es bei einem Büro, das Eliah gehörte, vermutlich nicht sein können. Die Einrichtung war schlicht gehalten. Ein zweckmäßiger hellgrauer Teppich, massive Holzmöbel mit heller Lasur. Der Wandschmuck bestand aus einer länglichen Hängevitrine, in der sich wiederum Stücke aus der Kollektion befanden. Wie alles im Raum war auch der Schreibtisch weit von dem Chaos entfernt, das Hannah an ihrem Arbeitsplatz um sich verbreitete.

Eliah deutete auf eine Sitzecke. »Mach es dir gemütlich, ich bin gleich wieder da. Soll ich dir einen Kaffee oder etwas anderes bringen lassen?«

»Mach dir keine Umstände. Ich widme mich meinen Mails«, erwiderte Hannah und wollte sich setzen, als eine Frau ihren Kopf in das Büro steckte.

Sie war ungefähr in Eliahs Alter, und die Ähnlichkeit mit ihm war unverkennbar: dunkle dichte Haare, die in ihrem Fall über die Schultern fielen, auffallend grüne Augen und eine offene Art, die Hannah sofort mochte.

»War mir doch so, dass ich Stimmen gehört habe.« Mit einem Lächeln kam sie herein und ging zu Hannah. »Sie müssen der Besuch aus Großbritannien sein.« Sie schüttelte ihr die Hand. »Ich bin Leona Andrin. Willkommen in der

Schweiz. Ich hoffe, Ihre Großmutter und Sie hatten eine gute Reise.« Wie ihr Bruder sprach Leona ein gepflegtes und flüssiges Englisch.

»Ja, danke. Wir sind gut in Mürren angekommen und genießen die Gastfreundschaft Ihres Großvaters und die herrliche Gegend.«

»Das freut mich. Wenn ich Ihnen meinen Bruder kurz entführen dürfte?« Sie wandte sich zu Eliah, der nickte und ihr nach draußen folgte.

Aus dem Nachbarbüro drangen ihre Stimmen durch die geöffneten Türen herüber. Untereinander sprachen die Geschwister ein schnelles und vom Dialekt geprägtes Deutsch. Sie hätten ihre Besprechung ebenso gut direkt neben ihr abhalten können, und Hannah hätte trotzdem nichts verstanden.

Sie angelte ihr Smartphone aus der Tasche und kontrollierte ihre E-Mails. Ihrem Chef hatte sie gesagt, dass sie für mindestens eine Woche verreisen würde. Da die Auftragslage im Herbst nachließ, kam Tom gut ohne sie aus. Bei ihren wie immer um Granny besorgten Eltern hatte Hannah sich gestern schon gemeldet. Nun bestätigte sie auch ihrer Schwester, dass sie alle bester Gesundheit waren, schickte ein Foto der Aussicht von ihrem Balkon mit und steckte das Telefon wieder ein.

Im Nebenraum war der Gesprächston schärfer geworden. Das klang nach Missstimmung zwischen Eliah und seiner Schwester, doch trotz der erhobenen Stimmen verstand Hannah noch immer nichts. Kurz darauf kehrte Eliah in sein Büro zurück. Er wirkte ungehalten, sein Lächeln gezwungen.

Hannah sah ihm entgegen und war sich unschlüssig, ob sie auf den Streit reagieren sollte.

»Differenzen über die Strategie der bevorstehenden Besprechung«, erklärte Eliah von sich aus und nahm ihr die

Entscheidung ab. »Nichts Wildes.« Er rieb sich über den Nacken. »Einmal tief durchatmen, dann ist alles wieder gut.« Sein Blick wurde wärmer. »Wollen wir los? Jetzt beginnt der schöne Teil des Tages.«

Wenige Momente später war Eliahs Ärger vergessen. Er öffnete ihr zuvorkommend die Beifahrertür, zwinkerte ihr verschmitzt zu und steuerte den Wagen entspannt in das Zentrum Interlakens.

Dort schlenderten sie durch die Straßen und am Fluss Aare entlang. Hannah bewunderte die liebevoll gearbeiteten Fassaden der alten Häuser.

»Ich glaube, so allmählich verliebe ich mich in diese Gegend«, sagte sie. »Es ist alles irgendwie niedlich.«

»Niedlich?« Eliah sah sie verblüfft an. »*Niedlich* hat meine Heimat noch niemand genannt.«

»Ich meine das natürlich positiv«, beteuerte Hannah rasch. »Es erinnert an eine Spielzeugwelt. So viel Natur und so hübsche Häuser.« Um ihre Worte zu unterstreichen, zeigte Hannah auf ein altes, bis ins letzte Detail restauriertes Holzhaus. »Das ist wie ein Puppenhaus.«

Eliah lachte frei heraus. »Irgendwie hast du schon recht«, räumte er ein. »Ein bisschen verspielt ist das alles.« Er sah auf die Uhr. »Wollen wir weiterfahren? Wir können am See spazieren gehen, bevor wir im Haus meiner Eltern den Brief suchen.«

»Interlaken liegt zwischen dem Thunersee und dem Brienzersee«, erklärte Eliah auf dem Weg zum letztgenannten. »Daher stammt der Name der Stadt, der übersetzt ›zwischen Seen‹ bedeutet.«

Sie ließen das Zentrum hinter sich, und bald tauchte ein Gewässer von einem unglaublichen Blau vor ihnen auf.

»Wir parken bei meinen Eltern«, sagte Eliah und steuerte den Wagen parallel zum Wasser über eine schmale Straße bis zu einem schmiedeeisernen Tor. Es schwang auf, nachdem Eliah eine Fernbedienung gedrückt hatte, und gab den Blick auf eine lange Einfahrt und auf ein traditionelles Chalet frei. Auf dem gepflasterten Platz vor einer großen Doppelgarage stellte Eliah den Mercedes ab.

Als sich Hannah nach dem Aussteigen zum See umdrehte, blieb ihr der Mund offen stehen. »Diese Aussicht!« Sie schüttelte den Kopf. »Immer, wenn ich denke, schöner kann es nicht mehr werden, erwartet mich hinter der nächsten Ecke eine neue Überraschung. Das ist ja wie gemalt. *Hier* bist du aufgewachsen?«

Hätte sie hier gelebt, wäre sie vermutlich Landschaftsfotografin geworden. Das ging in einer solchen Umgebung gar nicht anders. Im ruhigen Wasser des Sees spiegelte sich die gegenüberliegende Bergkette, das herbstlich gefärbte Laub der Bäume konkurrierte leuchtend mit dem strahlenden Blau des Himmels und dem türkisfarbenen Ton des Gewässers.

»Sieht aus wie ein übertrieben retuschiertes Prospektfoto«, sagte Hannah. »Solche Farben glaubt einem niemand.« Sie drehte den Kopf zu Eliah, um zu sehen, ob er ihre Begeisterung verstand, wo dieser Ausblick für ihn doch alltäglich war.

Aber er hatte nicht den See angeschaut, sondern sie. Ihre Blicke trafen sich, und Hannah erschrak fast vor der Intensität. Ein kurzes, heißes Brennen loderte auf, dann lächelte Eliah, und der Moment war vorüber.

»Ja, wir wohnen recht hübsch. Als Kind habe ich den See geliebt.«

»Nur als Kind?«

»Seit ich die Firma leite, habe ich einfach nicht mehr so viel davon.« Sein gepresster Unterton hörte sich nicht nach ausgewogener Work-Life-Balance an, was in dieser Umgebung geradezu verwerflich war.

Vielleicht war es doch ganz gut, dass ihre Karriere eher holpernd voranging. Geldsorgen waren nicht schön, aber bislang war sie immer klargekommen. Sie hatte noch nie sehnsüchtig an die Themse denken müssen. Wenn sie dorthin wollte, ging sie einfach los.

Eliah sah auf die Uhr. »Meine Eltern kommen gleich heim. Wollen wir vorher zum See?«

Sie spazierten in Richtung Interlaken am Ufer entlang. Lichtreflexe tanzten auf dem Wasser. Eine leichte Brise verzerrte das Spiegelbild der Berge und kühlte angenehm Hannahs Wangen, die ihr Gesicht begierig der Sonne entgegenreckte.

»Du weißt ja, alles ab vierzehn Grad ohne Regen ist für uns Londoner Sommer«, scherzte Hannah, als sie Eliahs Blick bemerkte.

»Lass dich nicht stören«, erwiderte er und deutete auf eine sonnenbeschienene Bank am Ufer. »Ich finde es schön, wie du die Dinge genießt.«

Sie setzten sich. Still sogen sie die friedliche Atmosphäre der Szenerie auf, in der das Gluckern der Wellen der einzige Laut war. Bis eine Schar Enten eifrig angewatschelt kam. Als sie enttäuscht quakend wieder zum Wasser marschierte, weil es nicht den erhofften Mittagssnack gab, musste Hannah lachen, und Eliah stimmte mit ein.

Wie alte Freunde, kam es Hannah in den Sinn. Sein Lachen war offen und herzlich und hinterließ Wärme in ihrem Bauch. Verstohlen musterte sie Eliah von der Seite.

Er hatte sein Anzugjackett im Auto gelassen. Jetzt knöpfte er die ersten beiden Knöpfe seines Hemdes auf und rollte die Ärmel hoch. »In der Sonne fühlt es sich wahrhaftig noch nach Sommer an. Nicht nur für Londoner«, sagte er, legte den Kopf in den Nacken und schloss die Augen.

Nun konnte sie ihn ungeniert betrachten. Er hatte sich heute Morgen rasiert, dabei hatte sie den leichten Bartschatten gestern durchaus attraktiv gefunden. Sie beobachtete, wie er sich allmählich entspannte. Sein Gesicht wurde weich, fast wie das eines Schlafenden. Einzig ein Zucken der Mundwinkel irritierte sie. Ein Blinzeln folgte, und sie begriff, dass er die Augen nicht vollständig geschlossen gehabt hatte. Er hatte ihren Blick mitbekommen. Hitze schoss ihr ins Gesicht, und sie drehte so beiläufig wie möglich den Kopf weg. Eliah lachte leise, und Hannahs Wangen brannten.

»Ich weiß nicht, wann ich das letzte Mal einfach nur so dagesessen habe«, sagte Eliah. »Das ist eigentlich ganz schön.«

»Es geht mich genau genommen nichts an«, erwiderte Hannah, froh über den Themenwechsel, »doch vielleicht solltest du dir solche Momente häufiger gönnen. Immer unter Strom zu stehen ist auf Dauer nicht gut.«

»Ja, vielleicht sollte ich das tun.« Eliah ließ nachdenklich seinen Blick auf ihr ruhen. »Ich habe es nie infrage gestellt, jede Minute der Firma zu widmen. Mag sein, dass das ein Fehler war.« Er neigte den Kopf leicht zur Seite. »Vielleicht funktioniert es aber auch nur in der richtigen Begleitung.«

Hannahs Herz machte einen Satz. Er hatte eine Art an sich, sie anzusehen, die tief in sie eindrang. Sie konnte jedoch nicht ausmachen, was sie bedeutete. Dass sie seit gestern im Mittelpunkt seiner Aufmerksamkeit stand, durfte sie nicht falsch interpretieren – immerhin war er für seinen Großvater in die Rolle des charmanten Gastgebers geschlüpft. Aber gehörten diese Blicke auch zu seinem Verständnis dieses Auftrags?

Eliah sah auf die Uhr. »Meine Eltern werden inzwischen

zu Hause sein. Sie waren zum Brunch im Golfclub verabredet.«

Seine Worte rissen Hannah aus den Gedanken, die ohnehin nirgendwohin führten.

Sie standen auf – beide etwas widerstrebend, wie es Hannah schien – und schlenderten gemächlich zu Eliahs Elternhaus zurück.

Kurz bevor sie es erreichten, erklang hinter ihnen eine glockenhelle Stimme. »Eliah, Liebling, wusste ich es doch, dass du es bist!«

Liebling? Hannah kräuselte die Stirn. Sie registrierte, dass auch Eliah sich verspannte.

»Marilen.« Er drehte sich um. »Das ist aber eine Überraschung.« Er sprach jetzt Deutsch, schien jedoch bemüht, nicht zu sehr in den Berner Dialekt zu rutschen.

Hannah wandte sich ebenfalls um. Die Frau, die auf sie zugeschritten kam, war das, was im herkömmlichen Sinne als schön galt. Recht groß und vor allem ausgesprochen schlank. Ihre blonden Locken wippten bei jeder Bewegung mit wie in einer Shampoo-Werbung. Wie schafften einige Frauen das bloß? Natürlich saß auch ihre cremeweiße Hose perfekt, die Bluse hatte nicht eine Knitterfalte. Was dieser Schönheit allerdings fehlte, war jede Herzlichkeit. Ihr Lächeln wirkte kalt und schmallippig – obwohl sie sorgfältig geschminkt war.

Sie schob ihre Sonnenbrille ins Haar und musterte Hannah so eindringlich, dass es fast schon an Unhöflichkeit grenzte. Ihr Lächeln wurde erst etwas breiter, als sie sich Eliah zuwandte.

Sie hauchte ihm einen Kuss auf die rechte Wange. »Liebling, willst du uns nicht miteinander bekannt machen?« Marilen machte sich nicht die Mühe, ihren Dialekt zu unterdrücken.

Hannah wurde allerdings immer besser darin, sich aus den aufgeschnappten Lückentexten einen Sinn zusammenzureimen.

»Selbstverständlich.« Für jemanden, der soeben »Liebling« genannt worden war, klang seine Stimme erstaunlich sachlich.

War sie eine Kundin, die so gut betucht war, dass sie sich diese Vertraulichkeit herausnehmen durfte? Wohlhabend genug sah sie aus.

Eliah wechselte ins Englische. »Marilen, das hier ist Hannah Davies, unser Besuch aus London. Hannah, das ist Marilen Bucher.« Er zögerte kurz.

Offensichtlich zu lange für Marilen, deren Miene eine Spur giftiger wurde. »Seine Verlobte.«

Keine reiche Kundin. Seine Verlobte. Hannah spürte Hitze in ihrem Gesicht. Sie fühlte sich ertappt, obwohl Marilen unmöglich wissen konnte, welche Gedanken ihr vorhin in Bezug auf Eliah durch den Kopf gegangen waren. Oder doch? Sie entdeckte einen schlecht verborgenen Triumph in der Miene der Frau.

Hannah straffte die Schultern und reichte ihr die Hand. »Sehr erfreut.« Sie blieb im Englischen.

»Ganz meinerseits.« Hoheitsvoll ergriff Marilen die dargebotene Hand, ließ aber sofort wieder los, als habe sie etwas Ekliges berührt.

Aus den Augenwinkeln bemerkte Hannah eine steile Falte auf Eliahs Stirn. Er bohrte seinen Blick geradezu in seine Verlobte. »Wir müssen jetzt weiter«, sagte er kurz angebunden. »Wir haben etwas zu erledigen.«

»Das muss ja unglaublich wichtig sein«, zischte Marilen.

Bei dem nun folgenden schnell gesprochenen Disput wurde es schwer für Hannah zu folgen. Marilen machte Eliah Vorwürfe, weil er sie in letzter Zeit vernachlässigt hatte, so viel verstand sie. Eliah verteidigte sich mit Gründen, die mit dem Unternehmen zusammenhingen.

Daraufhin schnaubte Marilen abfällig. »Und dass du mit diesem blauäugigen Ding herumläufst, ist auch notwendig für den Umbau des Unternehmens? Was ist sie? Eine Investorin? Wohl eher eine dumme Kuh, die dir schöne Augen macht.« Sie funkelte ihren Verlobten an.

Eliah war die Szene sichtlich unangenehm. »Marilen, bitte.« Er warf Hannah einen prüfenden Blick zu, vermutlich um festzustellen, ob sie etwas von dem Gesagten verstanden hatte.

Hatte sie, aber um Eliah nicht noch mehr in Verlegenheit zu bringen, setzte sie ein neutrales Gesicht auf. Wenn sie nur einige der Gene ihrer Großmutter in sich trug, die es in dieser Kunst zur Perfektion gebracht hatte, sollte es ihr gelingen, unbeteiligt zu wirken.

Sichtlich erleichtert wandte sich Eliah Marilen zu. »Ich verspreche dir, ich mache es wieder gut. Der Besuch ist wichtig für meinen Großvater, das weißt du. Er hat mich um Hilfe gebeten, damit seine Gäste sich wohlfühlen.«

»Und wenn der Grossätti ruft, dann eilt der brave Eliah herbei.« Marilens Stimme troff vor Sarkasmus.

»So ist es. Abgesehen davon, dass er mir als großartiger Mensch und als mein Großvater wichtig ist, darf ich dich daran erinnern, dass wir ihm unseren Wohlstand zu verdanken haben. Da ist es nicht zu viel verlangt, eine Woche zu ihm nach Mürren zu ziehen, wenn er darum bittet.« Kühl musterte er Marilen.

»Dann hoffe ich, dass dir diese Aufgabe nicht zu viele Opfer abverlangt. Ich muss weiter.« Sie gönnte Eliah einen giftigen Blick, Hannah ein falsches Lächeln, machte auf dem Absatz kehrt und stolzierte davon.

Die Locken wippten noch immer bei jedem Schritt, aber

Hannah hatte den Eindruck, dass Marilen ein wenig an Elan verloren hatte. Sie starrte ihr hinterher und konnte sich ein »Muh« nicht verkneifen.

Eliah sah sie erschrocken an. »Du hast alles verstanden?«, fragte er mit kaum verborgenem Unbehagen.

Sie zuckte nur mit den Schultern. Den kleinen Seitenhieb hatte er verdient. Was war er auch mit so einer Frau verlobt?

»Es tut mir leid, dass du das mit anhören musstest. Ich weiß nicht, was in sie gefahren ist.« Er wirkte ehrlich ratlos. »Das war doch kein Zufall, dass sie hier auftaucht! Frau Weber vom Empfang muss getratscht haben. Aber dass Marilen extra deshalb hier herauskommt …«

Begriff er es wirklich nicht? Seine Verlobte kochte vor Eifersucht, und er merkte es nicht? Hannah öffnete den Mund, verbiss sich dann jedoch eine Erklärung. Es ging sie letztlich nichts an.

»Es ist ja nicht deine Schuld.« Höchstens die, sich mit einer solchen Person verlobt zu haben. Sie hätte ihn für klüger gehalten. Schönheit verging, ein hässlicher Charakter blieb.

18. Mürren, Oktober 2018 – Hannah

Eliahs Mutter empfing sie an der Tür. Sie war eine elegante Frau, schlank und sportlich. In ihren Designerjeans, der gut sitzenden Bluse und den flachen Pumps hatte sie genau die Ausstrahlung, die man von jemandem erwartete, der zum Brunchen im Golfclub verabredet war.

Sofort fühlte sich Hannah underdressed. Sie trug zwar ebenfalls Jeans und eine Bluse, doch fehlte ihrer Jeans ein Label, und der Bluse sah man den Aufenthalt im Koffer an.

»Ich habe euch in der Einfahrt gesehen. Kommt herein.« Sie trat zur Seite.

Ihr warmes Lächeln ließ Hannahs Befangenheit verschwinden.

»Muetti, das ist Grossättis Londoner Besuch.« Eliah lächelte. »Zumindest die jüngere Hälfte. Hannah Davies. Hannah, das ist meine Mutter Carolin Andrin.«

»Sehr erfreut«, bemühte Hannah ihr Deutsch, da Eliah ebenfalls in dieser Sprache geredet hatte.

»Ganz meinerseits«, erwiderte Eliahs Mutter. »Kann ich Ihnen etwas anbieten?« Sie wandte sich an Eliah. »Oder wollt ihr sofort mit der Suche beginnen? Dein Vater ist noch kurz im Bad, wir kommen gerade erst aus dem Golfclub.«

»Ich denke, wir gehen in den Keller«, entschied Eliah. »Danach bleibt sicher noch Zeit für einen Kaffee. Oder, Hannah?«

Sie nickte. Lieber Kisten als Kaffee. Die Neugier hatte sie gepackt.

Der Keller des Hauses war ausgebaut und wirkte hell und

warm. Eliah führte sie durch einen Gang, von dem mehrere Türen abgingen.

»Mein Vater erinnert sich, dass er Großmutters Brief zunächst in den Safe gelegt hatte«, sagte er. »Aber mit den Jahren erschien er ihm immer unwichtiger. Als er in den Ruhestand gegangen ist, hat er in seinem Arbeitszimmer klar Schiff gemacht, und einige Erinnerungsstücke an seine Mutter sind in Kisten gelandet, die er hier unten eingelagert hat. Hoffen wir, dass der Brief dabei ist.«

Er stieß eine Tür auf, und sie standen in einem Raum mit Regalen an allen vier Wänden. Jede der Kisten darin war mit einem Aufkleber versehen.

Der Keller der Andrins ist ordentlicher als mein Wohnzimmer, schoss es Hannah durch den Kopf, die an ihre Fotoausrüstung dachte, gegen die sie schon seit Jahren einen Kampf auf verlorenem Posten führte. Jedes Mal, wenn sie eines der seltener benutzten Objektive suchte, befand es sich woanders.

Sie gingen die Regalreihen ab, um die Kiste mit der Beschriftung »Ilse Andrin« zu finden, die sich am Ende als kleiner Karton entpuppte.

»Die meisten Sachen sind natürlich beim Grossätti oben in Mürren«, sagte Eliah.

Er stellte zwei Campingstühle in die Mitte des Raums, nahm den Karton auf den Schoß, und sie begannen, den Inhalt zu sichten. Unter anderem kamen einige Postkarten zum Vorschein, drei Briefe, die an Eliahs Eltern adressiert waren, uralte Eintrittskarten und eine Handvoll verblichener Fotos. Kein Umschlag mit Charlottes Namen. Enttäuscht stapelte Hannah die Postkarten und Briefe und reichte sie Eliah, der sie wieder ordentlich in die Kiste legte.

»Schade.« Er stand auf und schob den Karton an seinen angestammten Platz. »Mein Vater war sich recht sicher, dass er den Brief nicht weggeworfen hat.« Er fuhr sich ratlos durch die Haare. »Vielleicht fällt ihm ja doch noch ein, wo er ihn hingelegt haben könnte. Lass uns einen Kaffee trinken, hier kommen wir nicht weiter.«

Oben hatte Eliahs Mutter inzwischen den Terrassentisch in eine Kaffeetafel verwandelt, auf der Pflaumen- und Apfelkuchen auf sie warteten.

Dort, wo die Holzbohlen der Terrasse an eine weitläufige Rasenfläche grenzten, sorgten Kübel mit Chrysanthemen, Dahlien und Astern für Farbtupfer im Garten, ansonsten störte nichts die Sicht auf den See.

»Es ist sehr schön«, lobte Hannah etwas unbeholfen auf Deutsch und verfolgte den Flug eines Vogelschwarms über dem Wasser.

»Ja, die Aussicht ist wundervoll. Wenn im Winter …«

Was im Winter war, ging in Carolin Andrins Schweizer Dialekt unter. Hilflos lächelte sie Eliahs Mutter an.

»Du musst deutlich sprechen.« Eliah tauchte neben ihnen auf. »Dann versteht Hannah Deutsch recht gut.«

»Verzeihung.« Nun wechselte Carolin Andrin ins Englische. »Ich sagte, im Winter bieten glitzernde Eiskristalle, mattgraue Schollen und weißer Schnee ein ganz anderes Bild, und im Frühjahr verändert sich alles erneut. Ich habe schon überlegt, einen Malkurs zu belegen, nur um das festzuhalten.«

»Ah, wir haben Gäste!«, ertönte in diesem Moment eine tiefe Männerstimme hinter ihnen, und sie drehten sich um.

Diese Augen werden in der Familie dominant weitervererbt, war Hannahs erster Gedanke. Überhaupt sah der Mann aus wie eine ältere Ausgabe von Eliah. Nur wirkten seine Züge härter und die Augen weniger warm. Doch die selbstbewusste Ausstrahlung, die gerade Haltung und sogar das volle

Haar glichen sich bei Vater und Sohn – und beide hatten diese Merkmale eindeutig von Paul geerbt.

»Eliah.« Er nickte seinem Sohn zu. »Marcel Andrin«, stellte er sich dann mit einem kurzen Händedruck bei Hannah vor.

Sie setzten sich, widmeten sich Kaffee und Kuchen, und Carolin Andrin erkundigte sich in geübtem Smalltalk auf Englisch bei Hannah nach der Reise, dem Londoner Wetter und ihren ersten Eindrücken von der Schweiz.

Eliahs Vater hielt sich zurück. Hannah konnte nicht einordnen, ob er generell ein reservierter Mensch oder schlecht gelaunt war, doch meinte sie, eine Anspannung zwischen Vater und Sohn zu spüren.

»Hast du schon etwas von deiner Schwester gehört?«, wandte sich Marcel Andrin auf Deutsch an seinen Sohn. In einem knappen Tonfall, der Hannahs Ahnung bestätigte – zwischen Eliah und seinem Vater lag etwas im Argen. »Die Besprechung in Luzern war doch heute?«

»Leona müsste gerade dort sein«, antwortete Eliah mit einem Blick auf die Uhr. »Ich habe also noch nichts gehört.«

»Wäre es nicht wichtiger gewesen, deine Schwester zu begleiten als das hier? Gästebetreuer für die schrulligen Ideen deines Großvaters?« Er warf seinem Sohn einen grimmigen Blick zu und rechnete offenbar nicht damit, dass Hannah etwas von dem Gesprochenen verstehen könnte. Oder es war mit der oft gelobten Höflichkeit der Schweizer doch nicht so weit her, und es war ihm schlicht egal.

»Marcel, bitte.« Eliahs Mutter legte beschwichtigend die Hand auf den Arm ihres Mannes. »Macht das doch aus, wenn ihr unter euch seid.«

»Eine gute Idee.« Marcel Andrin erhob sich. »Entschuldigen Sie uns einen Augenblick.« Das war Englisch und galt Hannah. »Eliah, kommst du?« Er verschwand ins Innere des

Hauses, bevor Eliah antworten konnte. Er wirkte auf Hannah wie jemand, der es gewohnt war, dass seinen Anordnungen Folge geleistet wurde.

Eliah rührte sich nicht. Mit einem verärgerten Kopfschütteln füllte er seine Tasse noch einmal auf und hielt fragend die Kanne in Hannahs Richtung.

»Nein, danke.«

Sie wäre lieber sofort aufgebrochen. Die Atmosphäre war aufgeladen wie vor einem Gewitter.

»Eliah!«, tönte es aus dem Haus.

»Ich bin keine fünfzehn mehr, er hat die Verantwortung für die Firma abgegeben, und zu dem Thema ist ohnehin schon alles gesagt«, knurrte Eliah in seinen Kaffee und blieb sitzen.

»Bitte«, sagte seine Mutter. »Mir zuliebe. Er ist sonst den ganzen Tag unausstehlich.«

Über die Kaffeetasse hinweg kreuzte Eliahs Blick Hannahs. Sie nickte ihm aufmunternd zu. Das klang nach einem Kompetenzgerangel zwischen Vater und Sohn. Sie selbst kannte diese Gespräche, wenn Eltern die Entscheidung der Kinder nicht nachvollziehen konnten. Ohne Grannys Vermittlung hätte ihr Vater niemals gestattet, dass Hannah Fotografie studierte. Er hatte sie auf einer anderen Laufbahn gesehen – Ärztin wie ihre Schwester Isabell oder vielleicht Anwältin. Daher wusste Hannah, wie zäh, aber auch notwendig solche Gespräche waren, sofern man keinen endgültigen Bruch mit den Eltern riskieren wollte.

»Danke«, sagte Carolin Andrin, als Eliah sich nach dem Blickkontakt mit Hannah erhoben hatte und zu seinem Vater ging. »Mein Mann hat die Firmenleitung offiziell an die Kinder abgegeben, doch loslassen kann er nicht. Es ist schwierig.« Sie wies auf die Kuchenplatte. »Darf ich Ihnen noch etwas anbieten?«

»Vielen Dank, nein. Aber der Kuchen war vorzüglich.«

Hannah half Eliahs Mutter, die das Geschirr zusammenstellte.

Carolin Andrin brachte das Tablett ins Haus, und als sie wieder auf die Terrasse trat, hielt sie ein Fotoalbum in den Händen. »Das ist mir gerade in den Sinn gekommen«, sagte sie. »Es ist eigentlich das Kinderalbum meines Mannes, aber auf den ersten Seiten sind auch einige Fotos seiner Eltern, ich glaube, ein oder zwei sind noch aus Deutschland. Vielleicht interessiert es Sie?« Sie legte das Album auf den Tisch.

Der Einband knirschte, als Hannah es vorsichtig öffnete. Der Leim war in den Jahren hart geworden, und die Pergamentseiten waren brüchig.

Auf der ersten Seite war eines dieser typischen Säuglingsfotos mit der Bildunterschrift »Unser Baby«.

Doch bevor es mit unzähligen Kinderfotos weiterging, gab es tatsächlich eine Doppelseite mit den kleinformatigen Aufnahmen aus der Jugendzeit der Großeltern. Ein Bild fesselte Hannahs Aufmerksamkeit besonders: Es zeigte drei Kinder im Alter von etwa zehn Jahren. Granny und Paul erkannte Hannah sofort. Sie sahen nicht viel anders aus als auf dem Foto aus dem Einmachglas. Das zweite Mädchen musste Ilse sein. Sie war unbestreitbar hübsch gewesen mit den blonden Zöpfen und dem strahlenden Lächeln. Paul stand zwischen ihnen und grinste wie der sprichwörtliche Hahn im Korb. *Welche Symbolik*, dachte Hannah.

Sie blätterte um. Nun folgten Bilder von Marcel Andrin. Als Baby auf dem Arm seiner Mutter, Paul stand stolz daneben. Ilse mit dem Sohn auf einer Decke, im Hintergrund die Berge. Der kleine Junge an der Hand der Mutter auf einem Wanderweg.

Ilse lächelte auf jedem Foto, doch in ihren Augen lag immer ein Hauch von Melancholie. Ob sie litt, weil sie ahnte, dass Paul sie nicht wirklich liebte? Nicht aus vollem Herzen, wie ein Mann eine Frau lieben sollte, wenn er sie heiratete. Mitleid mit der unbekannten Frau stieg in ihr auf, und sie hatte plötzlich das Gefühl, zu tief in die Intimität einer Familie einzudringen. Sie klappte das Album zu.

Als sie es Eliahs Mutter zurückgab, fiel Hannah auf, dass sich ein Foto aus der Verklebung gelöst hatte und unten zwischen den Seiten herausragte.

Carolin Andrin hatte es ebenfalls bemerkt und versuchte, das Bild vorsichtig zurückzuschieben, doch es verhakte sich. »Dann also auf dem umständlichen Weg«, murmelte sie, zog es heraus und blätterte auf der Suche nach der passenden leeren Stelle durch das Album. »Hoppla, was ist das denn?«, fragte sie plötzlich und hob einen Briefumschlag hoch. »Der lag hier einfach dazwischen.«

Hannah entzifferte die Beschriftung auf der Rückseite des Kuverts. »Charlotte Gerber«, las sie vor. Sie lachte verblüfft auf. »Sieht so aus, als hätten wir den gesuchten Brief gefunden.«

Auf der Rückfahrt sah Hannah nachdenklich auf den Briefumschlag in ihrer Hand. »Bist du unsicher, ob wir ihn meiner Großmutter geben sollen?«

Eliah hatte nicht ansatzweise so erfreut auf ihren Fund reagiert, wie sie erwartet hatte.

»Nein. Wie kommst du darauf?« Er warf ihr einen raschen Seitenblick zu. »Es war Grosi Ilses letzter Wunsch. Ich finde, uns steht es nicht zu, darüber zu entscheiden, ob wir ihren Brief weitergeben oder nicht.«

»Ich dachte nur … Er könnte vieles durcheinanderwirbeln«, begann Hannah vorsichtig. Eigentlich ging es sie nichts an, das war ihr bewusst. »Ich hatte das Gefühl, dass ohnehin ausreichend Klärungsbedarf zwischen dir und deinem Vater besteht. Da ist es vielleicht ein schlechter Zeitpunkt ...«

Eliah schnaubte unwillig. »So gesehen wäre der Zeitpunkt immer schlecht.« Er atmete tief durch. »Es tut mir wirklich leid. Marilen und mein Vater haben sich unmöglich benommen. Das hat aber nichts mit eurem Besuch zu tun. Es ist derzeit generell etwas schwierig.«

»Willst du darüber reden? Ich weiß, wie es ist, wenn die Eltern nicht damit einverstanden sind, was man tut.«

Überrascht sah Eliah sie an. »Deine Eltern sind nicht mit deiner Berufswahl einverstanden? Aber du bist großartig in dem, was du tust. Sie müssen das Talent doch erkennen.«

Hannah lachte gepresst. »Das Talent erkennen sie durchaus. Sie sind allerdings der Meinung, das sei keine richtige Arbeit. Eher ein netter Zeitvertreib, wie das Vorhaben deiner Mutter, den See zu malen.«

»Das tut mir leid.« Ein harter Zug erschien um Eliahs Mund. »Ja, in gewisser Weise passt es auch auf meine Situation. Mein Vater hat sich aus der Unternehmensführung zwar zurückgezogen, aber nun hat er an all meinen Plänen etwas auszusetzen.« Er lachte bitter auf. »Dabei hat er mir das Unternehmen schon mit rückläufigen Umsätzen übergeben. Vor der eigenen Türe zu kehren – daran denkt er nicht einmal. Viel einfacher ist es doch, meinen Weg zu kritisieren.«

Er sah so verletzt aus, dass Hannah spontan die Hand auf seinen Arm legte und tröstend drückte. Erleichtert bemerkte sie, dass sich ein leichtes Lächeln in seine Züge schlich.

Die Minuten vergingen, während sie schweigend in Richtung Lauterbrunnen fuhren. Die Berge rückten wieder näher an die Straße heran, und Hannah versank in dem wunderschönen Anblick schroffer Felsen, saftig grüner Wiesen und weißer Gipfel. Sie spürte, dass Eliah Ruhe zum Nachdenken brauchte.

»Dem Unternehmen geht es nicht gut«, brach es irgendwann aus ihm heraus. »Mein Großvater soll vorerst nichts davon erfahren, bitte.«

Hannah nickte stumm. »Ich verrate es ihm nicht«, schob sie hinterher, weil Eliah seine Augen auf die schmale Straße gerichtet ließ.

»Wir sind ein exklusives Unternehmen«, erklärte Eliah. »High Jewellery für die Reichsten der Reichen. Das ist die Linie, die mein Vater dem Unternehmen verpasst hat, als er die Firmenleitung von meinem Großvater übernommen hat. Doch eine solche Spezialisierung auf nur ein Segment ist nicht mehr zeitgemäß. Wir verlieren Marktanteile und müssen uns breiter aufstellen, um dem entgegenzuwirken. Ich möchte auch die gehobene Mittelschicht mit Fine Jewellery ansprechen.«

»Aber das will dein Vater nicht«, konstatierte Hannah.

»Mein Vater fühlt sich von diesem Plan persönlich angegriffen. Leona teilt meine Ansicht, scheut jedoch den Konflikt mit meinem Vater. Deshalb herrscht die dicke Luft, in die du vorhin geraten bist.« Eliah hielt kurz inne.

Hannah wartete, ob er weitersprechen würde. Obwohl er das Lenkrad noch immer eine Spur zu fest umklammerte, hatte sie den Eindruck, dass er sich ihr öffnen wollte.

»Das größte Problem ist, dass Marilen auf seiner Seite ist«, fuhr Eliah nach einem tiefen Atemzug und mit einem erschreckenden Maß an Resignation in der Stimme fort. »Sie beharrt darauf, dass der Name Andrin für höchste Qualität stehe und nicht plötzlich Ramsch anbieten könne. Ich bin der Meinung, ein Schmuckstück für fünftausend Franken ist keineswegs Ramsch.«

»Was hat Marilen mit alldem zu tun?«, unterbrach Hannah ihn verwirrt.

»Entschuldige, das kannst du ja nicht wissen.« Er warf

ihr ein rasches, freudloses Lächeln zu. »Sie gehört zur Geschäftsführung. Als mein Großvater in die Schweiz gekommen ist, hat er eine Lehre bei einem Uhrmacher in Lauterbrunnen angefangen. Beim Uhrmacher Bucher.« Er wartete einen Augenblick, aber als Hannah nicht reagierte, schob er hinterher. »Marilens Urgroßvater.«

»Oh«, machte Hannah nur.

Allmählich bekam sie einen Knoten im Hirn von all den Verstrickungen.

»Paul war sehr geschickt und übernahm später den Laden. Einen Teil kaufte er ab, alles konnte er aber nicht zahlen, und die Buchers blieben Miteigentümer. Der Laden florierte. Mein Großvater kümmerte sich um das Handwerkliche, und Grosi Ilse war verantwortlich für das Geschäftliche. Die Buchers hielten sich weitgehend im Hintergrund. Als meine Großmutter krank wurde, hat Grossätti alles in die Hände meines Vaters gelegt, vor ungefähr fünf Jahren übernahmen Leona und ich die Geschäftsführung. Zusammen mit Marilen. Durch einen Unfall ihrer Eltern war sie zur Erbin der Bucher-Anteile geworden.«

»Und das wird jetzt zum Problem?«

»Das wird es in der Tat, weil sie nicht nur gegen die Erschließung neuer Käuferschichten ist, sondern sich auch beharrlich einer zeitgemäßen Umstrukturierung der Gesellschaftsform verweigert«, erwiderte Eliah bitter. »Die brauchen wir jedoch dringend, weil die jetzige Form – eine einfache Kollektivgesellschaft – für Investoren unattraktiv ist, weil sie zu viele Risiken birgt. Wir benötigen aber unbedingt Geld von außen.«

Und nun kam noch dieser Brief ins Spiel. Hannah konnte nicht genau sagen, woran sie es festmachte, doch in ihr keimte die dunkle Vorahnung, dass der die Situation nicht vereinfachen würde.

19. Mürren, Oktober 2018 – Charlotte

Charlotte wachte am Morgen mit einem Lächeln im Gesicht auf. Während die Enkel sich in Interlaken vergnügt hatten, hatten Paul und sie den vorigen Tag genutzt, um sich vom Leben zu erzählen und den Menschen wiederzufinden, der einem einst so viel bedeutet hatte. Es hatte nicht lang gedauert, bis Charlotte den Gleichklang ihrer Seelen wieder gespürt hatte. Diese Harmonie und das Selbstverständnis, mit dem man wusste, dass eine besondere Verbindung bestand. Schon als Fünfzehnjährige hatte sie es so empfunden.

Sie hatten über Hangeck gesprochen, über ehemalige Nachbarn und über Leopold.

Mit dem Aufkommen des Internets und der ersten Suchmaschinen hatte Charlotte einen Dr. Leopold Rosenberg im passenden Alter entdeckt, der von London aus in die USA eingewandert war. Leider hatte sie ebenfalls einen Nachruf auf ebendiesen Mann in einem Ärzteblatt gelesen, aber sie hatte Trost in dem Gedanken gefunden, dass er ein erfolgreiches Leben mit Kindern und Enkelkindern geführt hatte.

Sie hatten über Dorffeste und Feldarbeit gesprochen, über Menschen, die lange verstorben waren, und über Kindheitsfreunde, die vielleicht noch lebten.

Danach hatten Paul und Charlotte geschwiegen. Durch ihre Hände verbunden, doch mit den Gedanken auf Wanderschaft.

Bis Paul schließlich gelächelt hatte. »Aber jetzt, meine Liebe, jetzt haben wir uns endlich wieder.«

Seit diesem Augenblick trug Charlotte dieses besondere Gefühl in sich, das ihr auch dieses Lächeln beim Aufwachen beschert hatte. Sie blieb noch ein bisschen liegen, horchte in sich hinein und fühlte sich jung. Nicht jung in dem Sinne, dass Gelenke nicht mehr knackten oder sich Einkaufstüten mühelos tragen ließen. Aber da war eine Leichtigkeit in ihrem Herzen, die sie jedes Alter vergessen ließ und ihr dieses Gefühl schenkte, als flöge ihre Seele.

Im Nebenzimmer hörte sie Geräusche, ihre Enkelin war also auch schon wach.

Hannah hatte nachdenklich gewirkt, als sie und Eliah gestern aus Interlaken zurückgekehrt waren. Doch sie war nicht damit herausgerückt, was sie bedrückte. Vielleicht, weil sie weder am Nachmittag noch am Abend allein gewesen waren.

Womöglich jetzt, dachte Charlotte, als sie Schritte auf dem Flur vernahm und es kurz darauf an ihrer Tür klopfte. So rasch es ihre Knochen zuließen, die von der neuen Leichtigkeit offensichtlich bisher nicht erreicht worden waren, stand sie auf und öffnete die Tür. Im Nachthemd und mit dicken Pantoffeln an den Füßen. »Hannah, Darling, was gibt es?«

Ihre Enkelin sah in Wanderhose und Pullover äußerst tatendurstig aus.

»Oh, ich komme wohl besser später wieder.« Hannah schmunzelte. »Normalerweise bist du doch immer vor mir fertig.«

»Zwei Tage in Folge bin ich für meine Verhältnisse viel zu spät ins Bett gekommen. Wenn du erst einmal neunzig bist, wirst du das auch nicht mehr so leicht wegstecken«, konterte Charlotte lachend. »Gib mir zehn Minuten, in Ordnung?«

Es wurden fünfzehn Minuten, dann trat sie zu ihrer Enkelin auf den Balkon. Hannah hatte sich mit den Unterarmen auf das Balkongeländer gestützt und reckte ihr Gesicht der Morgensonne entgegen.

»Es ist herrlich hier, nicht wahr?«

Der Morgennebel stieg vom Tal hoch, waberte über die Weiden und hüllte Baumkronen ein. Die Bergspitzen trugen eine Haube aus Wolken vor dem wieder strahlendblauen Himmel.

Hannah nickte, aber es kam Charlotte so vor, als sei ihre Enkelin nicht bei der Sache. »Was bedrückt dich, Darling?«, fragte sie geradeheraus. In ihrem Alter war Lebenszeit zu kostbar, um lange um den heißen Brei herumzureden. »Raus damit!«

»Eliah und ich waren doch gestern in Interlaken …«, begann Hannah zögerlich.

»Und der Tag war nicht schön?«, half Charlotte weiter, als Hannah innehielt.

»Es ging so.« Hannah blickte in die Ferne. »Abgesehen davon, dass Eliahs Vater leider nicht halb so viel Charme wie Eliah oder Paul besitzt und dass Eliahs Verlobte eine richtig, richtig unsympathische Person ist, gibt es da noch eine Sache, bei der ich nicht weiß, was ich davon halten soll.« Hanna wandte den Kopf und sah Charlotte an. »Eliah hat mir etwas erzählt.«

Charlotte hob fragend die Augenbrauen. Es war sonst nicht Hannahs Art, so herumzudrucksen. Vielmehr trug ihre Enkelin ihr Herz oft auf der Zunge. »Nun rede schon! Etwas aufzuschieben macht es nicht leichter. Was bereitet dir Kummer?«

»Ilse«, platzte Hannah heraus.

Charlottes Augenbrauen schossen ein Stück weiter in die Höhe. »Ilse? Wie kommst du denn auf Ilse? Du meinst, weil ich überrascht war, dass Paul meine Freundin aus Kindheitstagen geheiratet hat?« Das war moderat formuliert. Einen Herzstillstand hätte sie beinahe bekommen. Aber sie hatte sich redlich Mühe gegeben, die Contenance zu wahren.

»Ja, es hat irgendwie damit zu tun.« Jetzt starrte dieses

Mädchen doch schon wieder an ihr vorbei auf die Berge! »Ich weiß nicht, wie du reagierst.«

»Nun, das wirst du erst erfahren, wenn du mir endlich sagst, was los ist. Allmählich bin ich ein wenig beunruhigt.«

Am Ende des langen Balkons wurde eine Tür geöffnet. Brigitta trat heraus, schüttelte eine Bettdecke auf und legte sie über einen Stuhl.

»Sie sind schon wach«, rief sie, als ihr Blick auf Hannah und Charlotte fiel. »Herr Andrin benötigt noch einen Moment. Frühstück gibt es heute etwas später, wenn es Ihnen nichts ausmacht.«

»Nein, nein, das ist kein Problem«, versicherte Charlotte schnell. »Machen Sie sich keine Gedanken.« Bevor Hannah ihr nicht gesagt hatte, was ihr auf der Seele lag, war das Frühstück zweitrangig. »Also?«, wandte sie sich wieder an ihre Enkelin, nachdem Brigitta den Balkon verlassen hatte.

Hannah atmete hörbar durch. »Granny, ich habe einen Brief von Ilse für dich.«

»Wie bitte?« Charlottes Herzschlag fühlte sich plötzlich unnatürlich an. Sie stützte sich mit beiden Armen am Balkongeländer ab und zwang Luft in ihre Lungen.

»Granny?« Hannah klang ängstlich.

»Es geht gleich wieder.« Ging es nicht, aber Hannah sah sie aus so riesigen Augen an, dass Charlotte die Schultern straffte und sich ein Lächeln abrang. »Das war nur etwas … überraschend.« Sie zeigte auf zwei zusammengeklappte Stühle, die in der Ecke des Balkons am Geländer lehnten. »Hol die mal. Besser wir setzen uns.«

Bis die Stühle aufgestellt waren, hatte sich Charlotte gesammelt. Trotzdem war sie dankbar, sich setzen zu können.

Sie räusperte sich. »So, nun erzähl bitte der Reihe nach.«

Sie bekam eine der seltsamsten Geschichten zu hören, die ihr in den vergangenen neunzig Jahren zu Ohren gekommen waren. Ihr Staunen und ihre Neugier steigerten sich mit jeder Minute, und am Ende streckte sie mit zitternden Fingern die Hand aus.

»Natürlich will ich ihn lesen. Meinst du, jetzt würde ich noch ›Nein‹ sagen?«, beantwortete sie Hannahs abschließende Frage.

Und dann hielt sie den Brief in der Hand, den ihre ehemals beste Freundin vor einem Vierteljahrhundert für sie hinterlassen hatte. Mit pochendem Herzen blickte sie auf den an den Rändern schon leicht vergilbten Umschlag. »Wenn es dir nichts ausmacht, wäre ich jetzt lieber allein.« Sie konnte nicht dafür garantieren, dass sie die Gefühle nicht übermannen würden. Der bloße Anblick des Briefes reichte, um sie vor Aufregung zittern zu lassen.

»Natürlich, Granny.« Hannah sprang auf. »Ich warte in meinem Zimmer, falls du mich brauchst.«

Charlotte sah ihr lächelnd hinterher. Sie hatte ein solches Glück mit ihrer Familie. Mit ihren Kindern Susan und Neil, mit ihrer Schwiegertochter Megan und erst recht mit ihren bezaubernden Enkelinnen. Hübsch und gescheit waren die Mädchen. Nein, sie würde keinen Was-wäre-gewesen-wenn-Gedanken zulassen. Denn ohne ihren Albert hätte sie diese wunderbaren Menschen nicht um sich. Mit dieser Erkenntnis fiel es ihr leichter, sich dem Brief zuzuwenden. Ein wenig fürchtete sie sich vor dem Inhalt. Obschon sie hergekommen war, um Antworten zu suchen, hatte sie in den letzten Tagen fast mehr erfahren, als ihr lieb war.

Die Gummierung des Umschlags war brüchig geworden, so ließ er sich problemlos aufreißen. Zwei beschriebene Seiten kamen zum Vorschein. Schmuckloses, aber hochwertiges Papier.

Mit zitternden Fingern faltete Charlotte das erste Blatt auseinander. Sie erkannte diese energischen Linien sofort.

Ilses Schrift war seit jeher so stark wie ihre Persönlichkeit gewesen.

Sie atmete einmal durch und begann zu lesen.

Lauterbrunnen, im März 1993

Meine liebe Charlotte,

ich schreibe diese Zeilen, ohne zu wissen, ob sie Dich jemals erreichen werden. Vermutlich finde ich nur aus diesem Grund den Mut, das Folgende zu Papier zu bringen. Aus diesem Grund – und weil ich weiß, dass ich bald sterben werde. Möglicherweise möchte ich vorher mein Gewissen erleichtern, aber ich denke auch, dass ich die Wahrheit nicht mit ins Grab nehmen darf. Die Wahrheit über das, was geschah, damals in jener Nacht im Juni 1943.

Falls Dich dieser Brief jemals erreicht, bedeutet dies, dass Paul Dich endlich gefunden hat. Ich weiß, dass er nie aufgehört hat, Dich zu vermissen, obwohl es fünfzig Jahre her ist, dass wir Hangeck verlassen haben. Paul denkt, ich weiß nichts davon, dass er sogar einen Privatdetektiv engagiert hat. Aber natürlich habe ich es mitbekommen. Nachdem ich die Rechnung gefunden habe, wusste ich Bescheid. Genauso wie ich gemerkt habe, dass er Dich noch immer liebt.
Das ist die traurige Wahrheit. Ich habe bekommen, was ich mir immer gewünscht habe, nämlich Paul. Und doch hat er nie wirklich mir gehört. Sein Herz ist in Deutschland geblieben – oder wohin auch immer Dich das Leben verschlagen hat.
Ich will mich nicht beklagen. Wir haben einen wunderbaren Sohn, Enkelkinder, und Paul war mir ein guter und

anständiger Ehemann, auch wenn mir bewusst ist, dass er in mir nur eine Kameradin und nicht die Dame seines Herzens sah. Dass er mich nicht liebt – ja, niemals geliebt hat –, ist der Preis, den mir das Leben abverlangt hat, und ich war bereit, ihn zu zahlen.

Nun, da der Zeitpunkt näher rückt, Abschied zu nehmen, werden die Momente zahlreicher, in denen ich zurückschaue und ein Resümee ziehe. Und mir wird bewusst, dass nicht nur ich einen Preis gezahlt habe. Wenn ich diese Welt ruhig verlassen will, muss ich mir die düstere Last von der Seele schreiben, die mich seit jener Nacht im Juni begleitet. Ich muss Dich, liebe Freundin, um Verzeihung bitten, auch wenn meine Tat unverzeihlich ist und es mir nicht zusteht, Dich noch Freundin zu nennen, denn ich habe unsere Freundschaft verraten.
Ich habe sie verraten, aber was in jener Nacht geschehen ist, habe ich nie gewollt, ja nicht einmal für möglich gehalten, das musst Du mir glauben.

Charlotte musste eine Pause machen. Das Zittern ihrer Hände war so stark geworden, dass die Buchstaben vor ihren Augen hüpften und sprangen.

Was deutete Ilse an? Sie hatte Angst vor der Zeitreise, zu der Ilse sie zwang. Schon in den letzten Tagen waren die Ereignisse aus jenem Juni immer näher gerückt, aber nun katapultierte sie das Schreiben direkt in den Frühsommer zurück, der sich als der zugleich schönste und furchtbarste ihres Lebens erwiesen hatte.

Bevor ihr Zittern zunahm und ihre Beine sich weigerten, ihren Dienst zu verrichten, stand sie auf und ging in ihr Zimmer. Hier konnte sie sich den Dämonen der Vergangenheit unbeobachtet stellen.

»Granny, ist alles in Ordnung?« Hannah streckte den Kopf durch die Balkontür herein.

»Ja, ja.« Geistesgegenwärtig setzte sich Charlotte auf die Bettkante und griff nach der Flasche Wasser und dem Glas auf dem Nachttisch. »Ich wollte nur etwas trinken.«

»Ja, dann …« Ihre Enkelin schien nicht recht zu wissen, wie sie sich verhalten sollte.

»Geh doch schon mal runter, Darling. Vielleicht kannst du Brigitta bei den Frühstücksvorbereitungen zur Hand gehen? Ich würde gern noch einige Minuten für mich sein.«

»Natürlich.« Hannah schluckte den höflichen Rauswurf tapfer. »Wir sehen uns unten.«

Das kurze Gespräch hatte Charlotte daran erinnert, dass sie im Hier und Jetzt von wundervollen Menschen umgeben war. Sie hatte nichts zu befürchten. Der Inhalt des Schreibens würde vielleicht schmerzhaft sein, aber letztlich lag alles lange zurück. Entschlossen nahm sie den Brief wieder zur Hand und las weiter.

Ich habe damals aus Dummheit eine Lawine in Gang gesetzt, die wie eine Woge aus dunklem, zähflüssigem Pech über uns hinweggerollt ist. Gedankenlosigkeit, wie nur eine Fünfzehnjährige sie haben kann, brachte Leid über Menschen, die ich mochte.
Ich war es, die auslöste, was in jenem Juni an Grauen folgte. Ich trage diese Schuld, obwohl es nie meine Absicht war, dass es so weit kommt.
Und alles nur, weil ich wie von Sinnen war vor Angst, als mein Vater mich wegschicken wollte. Dann sah ich obendrein Dich und Paul. Ihr hattet euch, und ich würde allein sein.

Charlottes Gedanken wanderten zu jenem Tag am See. Die Bilder standen so klar vor ihrem geistigen Auge, als läge alles nicht schon Jahrzehnte zurück. Die Wut in Ilses Zügen, Charlottes Unbehagen darüber – wie eine Vorahnung, dass in dem Moment ihr größtes Glück ein noch größeres Unglück heraufbeschworen hatte.

Sie schüttelte den Kopf und vertiefte sich wieder in den Brief.

Erinnerst Du Dich an meinen Vetter Wilhelm? Ein Dummkopf, aber einer, der bei der SS Karriere machte. Als er zu Besuch kam, hörte ich meinen Vater mit ihm reden. Mein Vater hatte sich mit Pauls Vater gestritten und schwärzte ihn bei Wilhelm an. Im Grunde reichte es meinem Vetter schon, dass ein Jude das Geschäft führte.

Hätte ich in diesem Moment anders gehandelt, vielleicht wäre alles anders gekommen. Ich hätte Wilhelm sagen können, dass mein Vater irrt und Pauls Eltern keine Juden sind. Doch ich naives Ding, das ich damals war, sah nur die Möglichkeit, meine Probleme zu lösen.

Ich passte Wilhelm ab und bat ihn, Pauls Familie gehörig Angst einzujagen. Heinrichs sollten sich in Hangeck nicht mehr sicher fühlen. Ich dachte, dann wäre Paul am Ende bereit, mit mir wegzugehen.

Die Seite segelte zu Boden, aber Charlotte fehlte die Kraft, sie aufzuheben. Fassungslos starrte sie auf die Buchstaben zu ihren Füßen.

Was hatte dieses selbstverliebte Mädchen bloß angestellt? Sie nannte ihr Handeln naiv? Das war nicht naiv, das war so niederträchtig und bösartig, dass es Charlotte den Atem raubte. Der arme Paul war mit einem Monster verheiratet gewesen.

Sie dachte an den Tag des Brandes. Wie hatte sie Ilse dafür bewundert, dass sie den SS-Mann mutig zur Rede gestellt hatte! Dabei hatte sie nur mit ihrem Vetter gestritten, den sie vorher höchstpersönlich dazu angehalten hatte, Unheil zu stiften.

Charlotte wurde entsetzlich übel.

Dieser Streit war Ausgangspunkt für die Einmischung von Paul und ihrem Vater gewesen, die letztlich für das spätere Auftauchen der Gestapo gesorgt hatte. Ihre ehemals beste Freundin trug nicht nur Mitschuld an der Ermordung von Pauls Eltern und an der Zerstörung seines gesamten Lebens, sondern auch an der Verhaftung und dem Tod von Charlottes Vater.

Der Druck in der Magengegend nahm zu. Als hätte sie zu viel gegessen. Sie hatte wahrhaftig einiges zu verdauen.

Trotz ihres Alters hatte Charlotte sich nie als jemand gesehen, der in der Vergangenheit lebte, doch jetzt war alles plötzlich greifbar und grauenvoll präsent. Die Angst aus jenen Tagen legte sich zentnerschwer auf ihre Brust.

Noch immer bebend langte Charlotte nach ihrem Gehstock. Zum ersten Mal war sie froh, dass sie ihn Hannah zuliebe neben dem Bett stehen hatte.

Mit schleppenden Schritten erreichte sie das Bad. Das Gesicht im Spiegel erkannte sie kaum wieder. Gut, dass Hannah sie nicht so sah. Charlotte drehte den Wasserhahn auf, spritzte sich mehrere Hände voll Wasser ins Gesicht und rubbelte anschließend so lange mit dem Handtuch über die Wangen, bis die Blässe verschwand. Sie fühlte sich schwach. Schwer auf ihren Stock gestützt durchquerte sie ihr Zimmer. Der Elan von heute Morgen war verflogen.

Meine liebe Charlotte, ging es weiter, nachdem sie das Blatt mit einiger Mühe vom Boden geklaubt hatte und wieder auf dem Bett saß. Wie konnte Ilse sich nur anmaßen, diese freundschaftliche Anrede zu benutzen? Nach alldem, was sie geschrieben hatte, musste ihr doch klar gewesen sein, dass dieses Geständnis sogar den letzten Funken Sympathie zum Erlöschen bringen würde.

Meine liebe Charlotte, bitte glaube mir, dass ich Paul niemals schaden wollte. Es war ein Unfall. Wilhelm dachte, niemand sei im Haus oder Lager, als er zündelte. Ich selbst hatte ihm erzählt, dass die Familie an jenem unglückseligen Tag verreist sein würde. Er wollte Heinrichs nur beunruhigen. Auch Dir, liebe Freundin, wollte ich nicht schaden, und ich fürchte, auch wegen der Schwierigkeiten Deines Vaters muss ich Dich um Verzeihung bitten. Ich hatte längst begriffen, dass ihr den jüdischen Jungen (ich erinnere den Namen nicht mehr, Du weißt gewiss, wen ich meine) versteckt hattet. Mein Vater verdächtigte ausgerechnet Pauls Vater, diesem Kind zu helfen. Ich musste mich entscheiden. Hätte ich meinem Vater nicht die Wahrheit gesagt, hätte er mir den Umgang mit Paul verboten. Gustav Heinrichs vor dieser Anschuldigung zu schützen, brachte es bedauerlicherweise mit sich, deinem Vater zu schaden.
Rückblickend bedaure ich viele meiner Handlungen aus dieser Zeit. Du warst schon immer ein gütiger Mensch. Ich stelle mir vor, wie Du mir verzeihst oder zumindest verstehst, dass es nur Unbedachtsamkeit war, die mein Tun bestimmte, und mir wird leichter ums Herz.

Charlotte schnaubte empört. »Du machst es dir ganz schön einfach«, sagte sie zu dem Blatt Papier. »Das war nicht unbedacht. Du hattest es schon immer faustdick hinter den Ohren. Ich habe nur nie das Ausmaß deiner Durchtriebenheit durchschaut. Absolution wirst du von mir nicht erhalten.«

Es klopfte an der Tür, und Charlotte zuckte zusammen.

»Granny, telefonierst du?« Hannahs Stimme. »Ich habe dich reden gehört.«

»Nein, Hannah, Darling. Ich bin eine alte Frau, wir neigen zu Selbstgesprächen.« Erstaunlich, dass sie so normal klingen und sogar geistesgegenwärtig scherzen konnte. Ihr Herz galoppierte, ihre Hände bebten, aber ihre Stimme war fest.

Die Klinke wurde gedrückt, und Hannah sah ins Zimmer. »Du liest immer noch? Wie lang ist denn dieser Brief?«

»Sehr klein geschrieben, das macht das Entziffern bisweilen schwierig.«

»Soll ich ihn dir vorlesen?«

Um Gottes willen, bloß nicht! »Nein, nein, mich hetzt ja keiner.« Das war eine Sache, die nur sie etwas anging. Und eigentlich auch Paul, aber der würde vom Inhalt dieses Schreibens nicht ein Wort erfahren. Nicht von ihr. Vor dieser grausamen Wahrheit musste sie ihn schützen.

»Ich wollte nur mal hören, ob du zum Frühstück kommst. Eliah und ich sind schon unten, Paul möchte auf dich warten.«

»Oh, bitte richte ihm aus, dass ich noch nicht fertig bin. Ihr sollt nicht auf mich warten.«

»Mache ich.« Hannah zögerte. »Ist wirklich alles in Ordnung?«

»Aber ja. Sei nicht immer so besorgt um mich.«

»Muss ich doch, sonst bekomme ich Ärger mit Dad.« Hannah grinste verschmitzt. »Und was ich noch fragen wollte: Könntest du mich einen weiteren Tag entbehren? Das Wetter soll ab morgen schlechter werden, und Eliah wollte mir das Jungfraujoch zeigen. Er meinte, wir sollten heute fahren.«

»Ja, geh nur. Das ist eine wundervolle Idee.«

Vor allem verschaffte ihr das die Gelegenheit, ihr Innerstes zu sortieren, bis die Kinder zurückkehrten.

»Prima.« Hannah strahlte.

Offenbar hatte sie es verwunden, dass Eliah verlobt war. Charlotte hätte allerdings schwören können, dass die Luft zwischen den beiden trotzdem noch knisterte.

»Dann bin ich jetzt weg. Ich wünsche dir einen wunderschönen Tag, Granny. Und heute Abend musst du mir alles über den Brief erzählen. Das muss doch irre spannend für dich sein.«

»Nun sieh erst mal zu, dass du auf den Berg kommst«, wich Charlotte aus. »Macht euch einen schönen Tag, und vergiss nicht, mir einige Schnappschüsse mitzubringen.« Als ob ihre Enkelin Schnappschüsse knipsen würde – aber sie zog Hannah gern damit auf.

Hannah lachte dementsprechend. »Ich werde sehen, was sich machen lässt.« Vergnügt warf sie Charlotte eine Kusshand zu und verschwand aus dem Zimmer.

Charlotte hörte sie in ihrem Zimmer hantieren, sie schloss ihre Tür. Schritte erklangen auf dem Flur, dann herrschte Ruhe.

Sie war wieder allein. Zeit, den nächsten Absatz in Angriff zu nehmen.

Dass Dein Vater verhaftet wurde, hat mich bekümmert. Ich habe oft überlegt, zu Dir zu gehen und alles zu beichten. Aber ich hatte Angst, dass Paul davon erfahren könnte, und das

durfte keinesfalls geschehen. In der Kirche habe ich gebetet,
dass sie Deinen Vater rasch freilassen. Ich hoffe, es ist ihm
nicht schlecht ergangen. Da ihr alsbald weggezogen seid, habe
ich nie erfahren, was aus Dir und Deiner Familie geworden
ist.

Hatte sie wirklich nicht gesehen, was sie zu verantworten
hatte? Ebenso wenig wie Charlotte ihre Freundin zu Lebzei-
ten durchschaut hatte, verstand sie Ilse nach ihrem Tod. Sie
sollten wohl beide dankbar sein, dass es nie zu einer Aussprache gekommen war. In neunzig Jahren hatte sie niemals die
Hand gegen irgendwen erhoben, doch wäre Ilse in diesem
Augenblick in ihr Zimmer gekommen, hätte Charlotte nicht
für ihre Selbstbeherrschung garantieren können.

Unschlüssig blickte sie auf das zweite Blatt, das gefaltet neben ihr lag. Für einen winzigen Moment erschien es Charlotte
verlockend, nicht danach zu greifen. Sie könnte frühstücken,
spazieren gehen, Abstand gewinnen. Dem Seelenheil wäre es
sicher zuträglicher. Doch natürlich las sie weiter.

Wenn Paul Dich gefunden hat, weißt Du inzwischen
gewiss, wie es uns nach Pauls Flucht ergangen ist. Er hat die
Schweiz erreicht und kam bei meinen Verwandten unter. Ich
habe ihm das Geld aus eurem Geheimversteck gebracht und
den Anhänger an mich genommen. Auch ich kannte ja das
Versteck in der Kirchenmauer. Mithilfe des Geldes hat Paul
sich eine neue Identität zugelegt und behielt sogar etwas über,
das später in den Kauf einfloss, als er Anteile des Geschäfts
seines Lehrherren übernahm. Es wird Dir vielleicht zum
Trost gereichen – sein Leben hast Du mit Deinem Geld nicht

nur gerettet, Du hast ihm ein neues ermöglicht. Obendrein hast Du – wenngleich ohne Wissen – den Grundstein für den Aufstieg unseres Unternehmens gelegt.

Gemessen an dem, was ich an Schuld gegenüber Pauls Eltern trage, erscheint es fast als Bagatelle, und doch fällt mir das letzte Geständnis am schwersten, denn es betrifft die einzige Sache, die mir Pauls Hochachtung eingebracht hat: Ich meine den Entwurf des Andrinherzens. Es schmerzt unendlich, nicht einmal diese Achtung ehrlich verdient zu haben. Aber da ich diesen Brief in der Absicht begonnen habe, reinen Tisch zu machen, gehört diese letzte Wahrheit ebenfalls dazu. Und die Wahrheit ist, dass ich deinen Herz-Anhänger für meine eigenen Zwecke verwendet habe.

Ich nahm das Herz mit, weil es von Wert war, doch dann entschied ich, es Paul nicht zu geben, aus Angst, er könnte es als Deines wiedererkennen. Lange Jahre schlummerte der Anhänger vergessen in einer Ecke meiner Erinnerung und meines Nachtkästchens. Bis zu dem Tag, an dem ich vorgeschlagen habe, eine Schmuck-Kollektion ins Angebot unseres Geschäfts aufzunehmen.

Plötzlich sah mich Paul mit einer neuen Aufmerksamkeit an. Er war interessiert an meinen Ideen und meiner Meinung. Ich hatte Angst, diese neue Verbundenheit wieder zu verlieren, wenn ich seinen Ansprüchen nicht genügte. Das wunderschöne Herz war meine Rettung. Ich zeichnete es ab, gab es als meine Kreation aus, und nicht nur Paul, sondern auch unsere Kundschaft war begeistert.

Das Geschäft entwickelte sich weiter. Vom kleinen Uhrengeschäft zur exklusiven Firma. Das Herz war inzwischen so wichtig, dass es zu unserem Firmensignet wurde – das Original war ja bereits mit einem »A« verziert. Wobei ich mich seit fünfzig Jahren frage, wofür das »A« stehen mag. Seit über vierzig Jahren steht es jedenfalls für den Namen Andrin – und das weltweit! Anfangs habe ich mich gefragt, ob jemand das Label sehen und sich melden wird. Aber die Jahre vergingen, und meine Sorge schwand. Du hast Dich vermutlich nicht in den Kreisen bewegt, die Andrinstücke tragen.

Zur Wiedergutmachung hätte ich Dir den Anhänger gern zurückgegeben – wenigstens jetzt, nach all den Jahren. Doch fällt mir kein gangbarer Weg ein. Ich kann ihn unmöglich den Erben hinterlassen, denn allein die Vorstellung, dass Paul am Ende doch noch von meinem Betrug erfährt, lässt mich den Gedanken sofort verwerfen. Dass ich den Entwurf des Musterstücks gefertigt habe, ist das Einzige, was uns jemals wirklich nahegebracht hat. Als Beigabe dieses Briefs würde es unnötige Neugier wecken. So lasse ich das Herz an dem einzigen Ort von ähnlicher Bedeutung zurück, auf dass sich der Kreis schliessen möge.

Meine liebe Freundin, nun ist mir die Last auf dem Herzen leichter. Sollten Dich diese Zeilen jemals erreichen, so sei Dir gewiss, dass ich oft an Dich gedacht habe und Dir nur das Allerbeste wünsche.

In tiefer Verbundenheit,
Deine Ilse

Charlotte starrte ungläubig auf die Blätter in ihrer Hand. In tiefer Verbundenheit? War Ilse von allen guten Geistern verlassen? Ihre Zeilen lasen sich, als hätte sie sie wahrhaftig in dem Glauben verfasst, Charlotte könnte mit einem leichten Lächeln über all die furchtbaren Dinge hinweggehen, die sie ihr offenbart hatte. Hatte die Krankheit sie in diesem Moment vielleicht schon zu sehr gezeichnet, hatten die Medikamente ihr Denken getrübt?

Die Buchstaben verschwammen vor ihren Augen.

Nun hatte sie Antworten. Mehr als Charlotte sich das hatte vorstellen können. Doch fühlte es sich in diesem Moment nicht so an, als könnte sie damit den ersehnten Abschluss finden. Vielmehr wurde die Last der zu verdrängenden Dinge ein Stück schwerer.

Bald tropfte ihr die erste Träne in den Schoß, knapp neben das Blatt in ihrer Hand. Rasch legte sie den Brief zur Seite. Schon fiel die nächste Träne. Das alles lag ewig lang zurück, versuchte sie sich zu beruhigen, aber danach fühlte es sich nicht an. Der Schmerz war frisch und echt und zog ihre Kehle zusammen. Da sie das Gefühl hatte, nie wieder atmen zu können, wenn sie all das herunterschluckte, ließ sie den Tränen freien Lauf. Mochten sie hinausspülen, was hinausmusste. Sie weinte, endlich, wie sie es vor fünfundsiebzig Jahren schon hätte tun sollen.

Sie weinte um ihren Vater und um die Lebensfreude ihrer Mutter, die nach diesem Tag im Juni 1943 nie mehr unbeschwert gelacht hatte. Sie weinte um Gustav Heinrichs, den Mann, der immer ein Lächeln für seine Kunden und besonders für Charlotte übriggehabt hatte. Sie weinte um Pauls Mutter. Und um Paul, der um das Leben gebracht worden war, das er eigentlich hätte leben wollen. Sie weinte um all die Leben, die nicht hatten gelebt werden dürfen, und zum Schluss auch um eine Liebe, die sterben musste, bevor sie sich wirklich entfalten durfte.

Erst, als sich Charlotte leer und ausgelaugt fühlte, verebbten die Tränen. Sie suchte ein Taschentuch, putzte sich die Nase und starrte an die Wand.

Was sollte sie nun machen? Durchatmen, aufstehen, frühstücken? Paul treffen? Nein, Paul konnte sie jetzt unmöglich gegenübertreten. Er besaß noch immer die Gabe, tief in ihr Inneres zu sehen. Selbst, wenn sie ihre verquollenen Augen kühlte, würde er wissen, dass etwas nicht stimmte. Und Paul durfte niemals von diesem Brief erfahren. Ilse war seine Ehefrau und die Mutter seines Sohnes gewesen. Eliahs Großmutter. Die Wahrheit wäre grausam für die Familie. Auch Hannah würde sie mit einer belanglosen Antwort abspeisen.

Schließlich stand sie auf, ging auf den Balkon und sog gierig die frische Morgenluft ein. Ihr Blick glitt über die mächtigen Gipfel, die Ruhe und Beständigkeit verhießen. Die richtige Umgebung, um zu sich zurückzufinden. Sie würde spazieren gehen und währenddessen eine hübsche Ecke in ihrem Kopf finden, in die sie all die furchtbaren Informationen aus dem Brief verbannen konnte. Danach würde sie weiterleben und sich freuen, dass ihr das Schicksal diese gemeinsame Zeit mit Paul geschenkt hatte. Die würde sie sich nicht auch noch durch Ilse zerstören lassen.

20. Mürren, Oktober 2018 – Hannah

Eliah empfing Hannah mit einem Lächeln im Esszimmer. Er trug eine Wanderhose und einen Hoodie. Gestern, im Anzug, hatte er eine ausgezeichnete Figur gemacht, doch das sportliche Outfit gefiel Hannah besser. Eliah wirkte lockerer und zugänglicher, vor allem, weil seine blitzenden Augen verrieten, wie sehr er sich selbst auf den Tag freute.

»Schon alles bereit?«, fragte er mit Blick auf ihren Rucksack, den sie neben dem Stuhl abstellte, bevor sie sich setzte.

»Alles fertig.« Hannah angelte sich ein Brötchen aus dem Korb und hielt Eliah ihre Tasse hin, der fragend die Kaffeekanne hochgehoben hatte. »Wir können gleich los.«

»Was ist mit Charlotte?«

»Sie möchte für sich sein.«

»Gut, dann mache ich Herrn Andrin das Frühstück oben zurecht«, sagte Brigitta, die gerade einen Obstteller hereinbrachte und Hannahs Antwort gehört hatte. »Benötigt Ihre Großmutter etwas? Soll ich nach ihr sehen?«

»Das ist lieb, aber ich denke, sie wird später selbst herunterkommen.« Hannah lächelte.

Es war beruhigend, dass Brigitta ihre Fürsorglichkeit wie selbstverständlich auch auf Granny übertrug. Das half gegen den Anflug des schlechten Gewissens, weil sie den zweiten Tag in Folge mit Eliah unterwegs war.

Brigitta nickte und eilte hinaus. Sie hörten emsiges Klappern aus der Küche.

»Ist es wegen des Briefs?«, fragte Eliah, als sie wieder allein waren. »Dass Charlotte ihre Ruhe haben will, meine ich.«

»Ich denke schon.« Hannah pflückte einige Weintrauben vom Obstteller und kaute nachdenklich darauf herum.

»Hast du ihn lesen dürfen?« Auch Eliah stopfte sich eine Weintraube in den Mund.

»Noch nicht. Sie war mitten im Text, als ich nach unten gegangen bin.«

»Dann weißt du nicht, was drinsteht?« Er lächelte entschuldigend. »Ich gestehe, ich platze vor Neugier.«

»Kann ich verstehen.« Hannah träufelte Honig auf ihr Brötchen. »Diese Dreiecksgeschichte ist schon sehr speziell. Aber ich fürchte, bis heute Abend werden wir uns gedulden müssen.«

Die Fahrt zum Jungfraujoch war an sich bereits ein Erlebnis. Gondel, Zug, Zahnradbahn.

»Und später geht es auch noch in den schnellsten Fahrstuhl der Schweiz.« Eliah grinste.

»Himmel, fehlt eigentlich nur ein Heli.«

»Wenn das so ist – einen Heli-Landeplatz gibt es dort oben.« Er zwinkerte ihr zu. »Soll ich einen für den Rückflug chartern?«

»Angeber.« Sie boxte ihm in die Rippen, und er lachte laut auf.

Dass er es sich vermutlich tatsächlich leisten könnte, einen Hubschrauber zu mieten, sah und merkte man ihm zum Glück nicht an. Er betrachtete ebenso begeistert die Berge, die vor den Fenstern vorbeizogen, und wirkte zufrieden und entspannt. Zudem entpuppte er sich als Reiseführer mit einem erstaunlichen Wissensschatz.

»Wir fahren auch mit unseren Geschäftskunden hier rauf«, erklärte er beinahe entschuldigend, als sie ihn darauf ansprach. »Das Jungfraujoch ist die Topdestination in der Schweiz.« Er wies auf einige Gipfel und nannte die Namen, die an Hannah vorbeirauschten, weil sie jetzt schon einen Overkill an Sinneseindrücken zu verarbeiten hatte, dann tauchte die Zahnradbahn in einen Tunnel. »Ab hier geht es unterirdisch weiter. Das ist alles unglaublich mühevoll vor über hundert Jahren gebaut worden.«

Einen ersten Eindruck von den Schneemassen hier oben erhielt Hannah während eines kurzen Fotostopps an der Haltestelle Eismeer, wo sie Granny zuliebe tatsächlich mit dem Mobiltelefon knipste. Mehr ließ der Zeitplan der Bahn nicht zu.

»Du kannst dich später mit der Kamera austoben«, tröstete Eliah sie beim Wiedereinsteigen.

Er hatte ihre unzufriedene Miene richtig interpretiert, und Hannah lächelte verlegen. Er bemühte sich, ihr einen grandiosen Tag zu bereiten, und sie verzog das Gesicht, weil sie nicht so fotografieren durfte, wie sie wollte.

Eliah schien ihr das jedoch nicht übel zu nehmen, sondern pflichtete ihr sogar bei. »Das ist schon eine ziemliche Massenabfertigung«, räumte er ein. »Aber wenn du erst die Aussicht vor dir hast, ist das alles vergessen.«

Das Innere der Station verzauberte die Besucher mit spektakulären Installationen. Hannah bestaunte die Videoleinwände und Lichteffekte, doch die größte Überraschung war eine überdimensionale, beleuchtete Herzblume. Natürlich fehlte der Schriftzug »Andrin« nicht. Die Werbung wies auf ein Geschäft hin, in dem hier auf dem Berg der Luxusschmuck verkauft wurde.

»Euch entkommt man nicht so leicht.« Hannah lachte beeindruckt.

Als sie den kleinen Laden mit dem bekannten Logo und dem Namen *Bijouterie Andrin* passierten, blieb Hannah fast der Mund offen stehen. »Und ihr verkauft hier wirklich etwas?«

In der Auslage zeigte jedes Preisschild einen fünfstelligen Betrag. Das Premiumstück – ein Collier mit dem Andrinherzen – war nicht einmal ausgezeichnet.

»Immer mal wieder.« Eliah lachte leise. »Im Urlaub sitzt das Geld lockerer.«

Das schon, dachte Hannah. Aber es ging hier nicht um ein Souvenir für ein paar Franken. Sie warf einen letzten Blick auf das Andrinherz. *Traumhaft – und absolut unerschwinglich.*

Als sie von der künstlichen Freizeitpark-Atmosphäre der Station genug hatten, schlug Eliah vor, den Wanderweg zur Mönchsjochhütte zu nehmen.

Sie traten aus der Tür – und Hannah blieb geblendet von der Sonne und dem strahlenden Weiß der Welt hier oben stehen.

»Das ist … das ist unglaublich.«

Jetzt wusste sie, warum sich Eliah zweimal vergewissert hatte, dass sie ihre Sonnenbrille bei sich trug. Rasch kramte sie die Brille aus der Tasche und überlegte gleichzeitig, ob sie die richtigen Filter und die Sonnenblende für die Kamera eingepackt hatte. Im Geiste positionierte sie sich bereits für die ersten Fotos. Liebhaber minimalistischer Fotografie ging hier oben das Herz auf. Das unberührte, alles dominierende Weiß der unendlich wirkenden Schneefelder kontrastierte an einigen Stellen mit dem dunklen Fels oder dem strahlenden Blau des Himmels. Die wenigen Wolken warfen vereinzelt Schattenmuster. Der Wanderweg war gut besucht. Wie eine gepunktete Schlange wand er sich über die ansonsten abgesperrte und deshalb menschenleere Fläche. Ein interessantes Motiv, wenn sie den richtigen Graufilter …

Sanft nahm Eliah sie am Arm und führte sie ein Stück zur Seite. »Hier kannst du in Ruhe schauen. Und fotografieren.«

Reumütig wandte sie sich ihm zu.

Er lächelte amüsiert. »Du gehörst zu den Leuten, die alles um sich herum vergessen, wenn sie sich in ihre Tätigkeit vertiefen«, stellte er fest, klang jedoch eher anerkennend als verstimmt.

»Entschuldige. Ja, das kann passieren. Aber natürlich bin ich nicht zum Fotografieren hier, sondern um mit dir den Tag zu genießen. Also lass uns gehen.« Mit leichtem Bedauern verwarf sie den Gedanken an das interessante Schlangenmuster aus Menschen, das sie mit einer moderaten Langzeitbelichtung ... *Schluss damit!*

»Mach ruhig, es stört mich nicht. Im Gegenteil – ich möchte gern sehen, wie du arbeitest. Vielleicht kann ich mir sogar etwas abschauen. Wie du bemerkt hast, bin ich nicht allzu versiert im Umgang mit meiner Kamera.«

Eine Idee blitzte in Hannahs Hinterkopf auf. »Hast du deine Kamera dabei?«

Eliah nickte.

»Was hältst du davon, wenn wir zusammen fotografieren? Wir wählen die Motive gemeinsam aus, und ich erkläre dir die Grundlagen. Hier sind perfekte Bedingungen, um aus Fehlern zu lernen. Falls du hier nämlich im Automatikmodus knipst, hast du mit ziemlicher Sicherheit grauen Schnee oder ausgebrannten Himmel.«

»Das ist ein großartiger Vorschlag.« Eliah sah aus, als hätte sie ihm ein Weihnachtsgeschenk überreicht. »Ich bin dabei!« Mit strahlender Miene holte er seine Kamera aus dem Rucksack.

Auf der Suche nach einer ruhigeren Stelle folgten sie einige Minuten lang dem Wanderweg. Der Schnee knirschte unter den dicken Schuhsohlen. Die Eiskristalle auf der weiten Ebene funkelten in den Farben des Regenbogens. Hannah atmete die frische, klare Bergluft ein und lächelte. Das hier war ein Wintermärchen im Herbst. Der Wind strich kühl über die Haut, gleichzeitig wärmte die Sonne. Eine irritierende Mischung.

Eine Tube Sonnenschutz schob sich in ihr Blickfeld. »Du siehst sicher auch mit einer roten Knollennase gut aus, aber vielleicht möchtest du Vorsorge treffen.« Eliah verrieb etwas Lotion in seinem Gesicht. Direkt auf der Nasenspitze blieb ein weißer Klecks zurück.

Hannah hatte die Hand schon ausgestreckt, als sie sich bremste. »Du hast da …« Sie deutete auf ihre eigene Nase. Rasch nahm sie Eliah die Tube ab und verteilte Sonnenschutz auf ihrer Haut.

Kurz darauf fanden sie eine Stelle mit guter Aussicht auf gleich mehrere markante Punkte. Hannah packte ihre Kamera und die Sonnenblende aus und legte die verschiedenen Filter griffbereit auf ihren Rucksack. Eliah sah ihr dabei zu, während seine Augen immer größer wurden.

»Na, bereust du es schon?« Sie grinste ihn an.

»Ich habe mich noch nie vor Herausforderungen gedrückt.« Er lächelte aufreizend selbstbewusst zurück. »Leg los.«

Und Hannah legte los. »Wenn es dir zu viel wird, sag Bescheid«, warnte sie Eliah, der jedoch entschlossen schien, sich als Musterschüler in diesem Crashkurs zu beweisen. Er sog alles in sich auf, was sie sagte oder vorführte. Und ließ sie dabei nicht aus den Augen.

Ob sie selbst Fotos machte, im Schnee kniete, um neue Perspektiven zu finden, oder einfach nur mit einem Gefühl der Freiheit in die Ferne schaute – stets spürte sie, dass er sie ansah. Ein leichtes Kribbeln verriet es ihr. Hannah schob sein Interesse darauf, dass er ihre Handgriffe beobachtete, um daraus zu lernen. Aber dann entdeckte sie in seinem Blick etwas Inniges, fast Sehnsuchtsvolles, das sie für einen Moment aus der Bahn warf.

Er ist verlobt, rief sie sich selbst zur Räson.

Dennoch wurde Hannah das Gefühl nicht los, dass sich weiter eine seltsame Spannung zwischen ihnen aufbaute. Hatten sie anfänglich unverkrampft ihre Köpfe über dem kleinen Kameradisplay zusammenstecken und sich beim Hantieren an den Rädchen und Tasten berühren können, so fiel es Hannah immer schwerer, nicht körperlich auf ihn zu reagieren. Auch Eliah schien plötzlich auf Abstand bedacht zu sein.

Inzwischen hatten sie die Menschenschlange, das Observatorium und einige Licht- und Schattenspiele fotografiert.

»Wollen wir weiter?«, schlug sie vor. Etwas Bewegung würde die Atmosphäre sicher auflockern.

»Sehr gern.« Klang Eliah erleichtert?

Eilig verstaute Hannah ihre Sachen im Rucksack, bevor sie sich in die gepunktete Wanderwegschlange zur Mönchsjochhütte einreihten. Die dünne Luft auf dreieinhalbtausend Metern ließ es nicht zu, sich beim Gehen zu unterhalten, und Hannah war in diesem Augenblick froh darüber.

Eliahs Nähe verwirrte sie mehr, als gut für sie war. Sie war doch längst kein hormongetriebener Teenager mehr. Der Mann war verlobt, und damit war das Thema vom Tisch.

Was aber, wenn auch er diese Anziehungskraft spürt?, meldete sich ein Teufelchen auf ihrer Schulter, und sie warf einen verstohlenen Seitenblick in Eliahs Richtung. Prompt merkte sie, dass er sie schon wieder ansah. Allerdings war die Freude verschwunden, die seine Augen vorhin zum Leuchten gebracht hatte. Er wirkte in sich gekehrter, nachdenklicher. Seine Lippen umspielte ein wehmütiges Lächeln.

»Ist alles in Ordnung?«, rutschte es Hannah heraus. »Ich meine, hast du Lust auf einen zweiten Fotostopp?«, schob sie schnell hinterher.

»Ja, warum nicht?« Vorhin hatte er sich begeisterter angehört.

Sie waren am Fuß der Mönchsjochhütte angekommen. Von hier aus ging es steil bergauf bis zu dem Haus, das wie ein Adlerhorst am Berg klebte. Die Gipfel boten ein unglaubliches Panorama. Nicht alle Wanderer hatten bis hierher durchgehalten, und so war es mit jedem Meter ruhiger um sie herum geworden.

Sie setzten ihre Rucksäcke im Schnee ab, und Hannah ermutigte Eliah, sich nach Motiven umzusehen und die Kamera selbstständig einzustellen. Erleichtert bemerkte sie, dass die Konzentration auf die neue Aufgabe Stück für Stück von dem gut gelaunten Eliah mit seinem entspannten Lächeln zurückholte.

Irgendwann traute sich Hannah, ihn um ein Porträtfoto zu bitten. Sie hatte gezögert, nicht nur, weil gute Porträts eine Herausforderung waren. Was, wenn er ihr Interesse falsch deutete? Ihr ging es schließlich nur um den künstlerischen Aspekt. Eliah im Halbprofil mit den Bergen im Hintergrund sah aus wie aus einer Produktwerbung. Und zwar aus einer Kampagne für markige Typen im Outdoor- und Adventure-Sektor. Sogar einen leichten Bartschatten konnte man heute wieder bei ihm ausmachen. Wie hätte sie auf ein solches Foto verzichten können?

Überrascht hob er die Augenbrauen. »Von mir?«

»Ja.« Verlegen sah sie seitlich an ihm vorbei.

»Ich fühle mich geschmeichelt. Aber nur unter einer Bedingung.« Er lächelte verschmitzt.

»Nämlich?«

»Ich möchte es auch versuchen. Ich möchte ein Andenken an diesen Tag haben, und du machst diesen Tag zu dem, was er ist.«

Seine Worte schossen mitten in Hannahs Herz. Dieses Lächeln, dieser Blick und wie er schnell wegsah, als hätte er zu viel verraten.

Beide schwiegen einen Moment lang.

Dann lachte Hannah betont locker. »Ja, natürlich. Wir haben zwar nicht die richtige Ausrüstung dabei, aber mein Chef sagt immer, bei Porträts spielt nicht die Technik die entscheidende Rolle, sondern die ... ähm ... Chemie zwischen Fotograf und Model.« Eigentlich hatte Tom von Intimität gesprochen, doch Hannah manövrierte in letzter Sekunde um diese Mehrdeutigkeit herum. »Es muss gelingen, die Essenz der fotografierten Person einzufangen«, dozierte sie weiter.

»Das mit der Chemie bekommen wir wohl hin.« Eliahs Stimme klang tief und warm, und er sah sie ernst an. Ohne jede Leichtigkeit und schon wieder mit diesem Anflug von Nachdenklichkeit, die Hannah nicht verstand.

Unsicher lächelte sie. »Soll ich zuerst fotografieren? Dabei kann ich dir erklären, worauf es von der technischen Seite her ankommt.« Ihre Stimme hörte sich in ihren eigenen Ohren ziemlich angespannt an.

Eliah räusperte sich. »Eine gute Idee. Du sagst mir, wie ich mich hinstellen soll?«

»Hmhm.« Hannah wühlte in den Nebenfächern ihres Rucksacks herum und fand endlich, wonach sie gesucht hatte. Triumphierend hob sie den kleinen Faltreflektor in die Höhe.

In diesem Moment hörte sie das Auslösen einer Kamera. Eliah grinste zufrieden.

»Hey, wir haben doch noch gar nicht angefangen!«

»Ich für meinen Teil bin schon fertig.« Er schirmte das Display mit der Hand ab, schaute darauf und nickte. »Ja, besser wird das sicher nicht mehr.«

Hannah stellte sich neben ihn, um einen Blick auf das Foto zu erhaschen. Der Wind hatte ihre Locken zerzaust und ihre Wangen gerötet. Die Sonnenbrille hatte sie in die

Haare geschoben, und ihre Augen blitzten vergnügt, während sie den klein gefalteten Reflektor in die Luft reckte. Die Berge im Hintergrund waren unscharf, wie es bei einer Porträtaufnahme sein sollte. Das Bild sprühte vor Leben und Begeisterung.

»Nicht schlecht.« Sie nickte anerkennend.

»Dann fühl dich hiermit herausgefordert.« Er grinste frech und zwinkerte ihr zu. »Lass mal sehen, ob du es auch draufhast.«

»Du hast es nicht anders gewollt.« Sie grinste zurück, und plötzlich war die Lockerheit zwischen ihnen wiederhergestellt.

In der Rolle des Profis konnte sie ungezwungen mit ihm umgehen, sogar wenn sie ihm nah war. Sie packte ihn an der Hüfte und schob ihn in die richtige Position, drehte seinen Kopf in die gewünschte Richtung, drückte ihm den Faltreflektor in die Hand, um mithilfe der Sonne das Gesicht auszuleuchten, und turnte schließlich in allen erdenklichen Posen um ihn herum, bis sie einige Fotos auf die Speicherkarte gebannt hatte.

Eliah ertrug alles mit stoischer Ruhe und lachte nur auf, als sie zum Schluss eine Wolke aus Pulverschnee auf ihn herabrieseln ließ.

Nachdem sie ihre Kamera verstaut hatte – aber erst dann, was sie ihm hoch anrechnete –, landete ein Schneeball an ihrem Arm. »Das war für die Schneewolke!« Eliahs Augen funkelten spitzbübisch.

Geschickt wich er dem Geschoss aus, mit dem sie sich revanchierte, und kurz darauf fanden sich beide in einer Schneeballschlacht wieder. Die Wanderer machten lachend einen großen Bogen um sie, einige schüttelten grinsend die Köpfe, aber Hannah und Eliah hörten erst auf, als sie außer Atem und schneebestäubt waren.

Keuchend legte Hannah ihre Hand auf das sich anbahnende Seitenstechen. »Gnade! Ich gebe auf.« Sie fiel auf die Knie, um zu Atem zu kommen.

Eliah hockte sich neben sie. Er schnappte ebenfalls nach Luft, wie Hannah mit Genugtuung registrierte.

»Ich glaube, jetzt haben wir uns eine heiße Schoggi verdient.« Eliah war schon wieder auf den Beinen und hielt ihr die Hand hin, um ihr aufzuhelfen.

Sie zögerte kurz, ergriff sie dann aber und war nicht erstaunt, dass sich seine Berührung verflixt gut anfühlte.

»Ich danke dir für diesen unvergesslichen Tag.« Hannah sah Eliah über ihren Becher mit der heißen Schokolade hinweg an.

Sie hatten einen schönen Fensterplatz in der Mönchsjochhütte ergattert, in der sich ein erstaunlich großes Restaurant befand. Wenigstens bewahrte es sich mit den hellen Holzmöbeln einen urigen Charakter, und die Aussicht auf die Gipfel war ohnehin phänomenal.

Ein inzwischen geplündertes Holzbrett mit einem Rest Brot und Käse stand zwischen ihnen. Der süßliche Dampf ihres Getränks stieg Hannah in die Nase, und sie schnupperte genüsslich. Seit sie den ersten Schluck probiert hatte, war ihr klar, warum die Schweizer Schokolade einen so guten Ruf hatte. Wenn sie länger als diese eine Woche in der Schweiz wäre, könnte man sie nach Hause rollen. Leckere Schokolade, jeden Morgen ein üppiges Frühstück, und heute Abend sollte es auch noch Käse-Fondue geben, hatte ihr Eliah vorhin verraten. Das machte auf Dauer keine Taille mit. Aber für ein paar Tage war es okay, beschloss Hannah, nahm einen weiteren Schluck und fühlte sich rundum glücklich.

Bis sie in Eliahs Augen sah und darin abermals diese Schwermut entdeckte.

Sie fasste sich ein Herz. »Darf ich dich etwas fragen, das mich vielleicht nichts angeht?«

»Natürlich.« Er lächelte leicht.

»Schon den ganzen Tag über schleicht sich immer wieder so ein nachdenklicher Ausdruck in deine Miene. Ist etwas nicht in Ordnung?«

Er hob überrascht die Augenbrauen und schwieg ein, zwei Atemzüge lang. »Verzeih, ich hoffe, das hat dir nicht den Tag vermiest«, sagte er schließlich.

War das seine Antwort? Hannah sah ihn abwartend an.

Er nahm einen Schluck seiner Schoggi, starrte in die Tasse, und Hannah konnte förmlich sehen, wie es in ihm arbeitete.

»Ich weiß nicht, wann ich das letzte Mal so viel Spaß hatte.« Er setzte die Tasse ab und sah Hannah an. »Ich war schon so oft hier oben, aber nie habe ich den Ort so intensiv wahrgenommen wie mit dir. Du hast mir gezeigt, wie schön …« Er brach ab. »Seit ich die Firma leite, ist mein Leben so viel ernster geworden.« Er lächelte entschuldigend. »Ich glaube, ich hatte einfach gerade eine Sinnkrise. Es tut mir leid, dass ich das so schlecht verborgen habe.«

»Aber das war doch kein Vorwurf!« Das hatte sie wohl falsch angepackt. Wie eine Schildkröte in ihren Panzer zog er sich vor ihren Augen zurück. Plötzlich sah sie sich der ausdruckslos höflichen Miene eines Geschäftsmannes gegenüber. »Nicht, Eliah, bitte!« Ohne darüber nachzudenken, griff sie über den Tisch nach seiner Hand.

Er fragte nicht, was sie meinte, sondern starrte nur auf seine Hand in ihrer. Als er den Kopf hob, war die Wärme in seine Augen zurückgekehrt. »Ich hätte einfach gern mehr Tage wie diesen«, sagte er schlicht. Dann sah er auf die Uhr. »Ich glaube, wir müssen allmählich zurück. So, wie ich dich kenne, ist da bestimmt noch das eine oder andere Fotomotiv, das den Rückweg verzögert«, neckte er sie und war wieder wie immer.

Eliah behielt recht – natürlich führten die neuen Lichtverhältnisse der niedrigstehenden Sonne dazu, dass Hannah ihre Kamera zücken musste. Zu ihrer Freude kramte auch Eliah seinen Fotoapparat hervor. Die Sonne sank tiefer und tiefer.

Schließlich sah Eliah mit sichtlichem Bedauern auf die Uhr. »Wir müssen los, wenn du nicht die Nacht hier oben verbringen möchtest.«

Hannah wiegte den Kopf gespielt nachdenklich hin und her. »Reizvoller Gedanke. Aber so ohne Zahnbürste …«

Dafür mit Eliah. In der Tat ein reizvoller Gedanke. Der Zauber dieses Tages würde sich im Tal auflösen wie Cinderellas Kutsche um Mitternacht. Den Moment hätte sie gern hinausgezögert. Da Eliah jedoch seinen Rucksack bereits verschloss, beeilte sie sich, ihre Sachen ebenfalls einzupacken.

Zusammen eilten sie zur Bahn, die sie aus diesem traumhaften Tag hinaustransportieren würde.

Das gleichmäßige Rattern wirkte so einschläfernd, dass Hannahs Lebensgeister selbst durch die noch einmal atemberaubende Aussicht nicht mehr geweckt werden konnten. Plötzlich todmüde, schleppte sie sich nach dem Umstieg in den Zug auf ihren Platz.

Irgendwann strich jemand sanft über ihre Wange, und Hannah murrte unwillig.

»Aufwachen, Schlafmütze.« Eliahs Stimme.

Hannah lächelte. Aber aufwachen wollte sie nicht wirklich. Sie hatte kaum geschlafen. Außerdem war es in Eliahs Armen so schön kuschelig. Sein Duft hüllte sie ein, und sie fühlte sich warm und geborgen und … Moment! Ihr Herzschlag beschleunigte sich, und nun wurde sie schneller wach, als ihr lieb war. Wie kam sie in Eliahs Arme? Sie riss die Augen auf.

Der Zug. Natürlich. Sie waren auf dem Heimweg. Und sie war im Schlaf gegen Eliah gerutscht, der seinen Arm um sie gelegt hatte und sie nun belustigt ansah.

»Wieder wach? Wir sind gleich in Lauterbrunnen.«

»Hmm«, brummte Hannah unbestimmt und war sich nicht sicher, ob die Zugfahrt zu kurz oder zu lang gewesen war.

21. Mürren, Oktober 2018 – Hannah

Der Fußmarsch vom Bahnhof Mürren zu Pauls Haus machte Hannah wieder munter.

»Trotzdem werde ich aufpassen müssen, gleich nicht mit dem Kopf im Käse zu landen, falls ich doch einnicke!«

»Dann sollte ich mich wohl neben dich setzen, um Schlimmeres zu verhindern.«

Gut gelaunt betraten sie die Eingangshalle und stellten ihre Rucksäcke ab, um die Wanderschuhe auszuziehen.

Sie lachten noch mehr, als Hannah auf einem Bein hüpfend um ihr Gleichgewicht kämpfte und Eliah sie in letzter Sekunde festhalten konnte. Er stützte sie einen Moment länger als nötig, und sofort war die elektrische Ladung zwischen ihnen wieder greifbar.

»Ihr amüsiert euch, wie schön«, erklang ein trockener Kommentar hinter ihnen. Die Stimme hätte geradewegs dem Eismeer des Jungfraujochs entsprungen sein können.

Hannah erstarrte.

»Marilen.« Eliah setzte sich ein Lächeln ins Gesicht, das seine Augen aber nicht erreichte.

Gut, dass er mit dem Rücken zu seiner Verlobten stand, diese wäre über den Missmut in seiner Miene nicht glücklich gewesen.

Er schloss kurz die Augen, bevor er sich umdrehte. »Das ist ja eine Überraschung.« Seine Stimme war glatt poliert.

Hannah konnte seinen Gesichtsausdruck nicht sehen, sie ahnte jedoch, dass er sich blitzschnell in den nichtssagendcharmanten Mann verwandelt hatte, der in der Mönchsjochhütte plötzlich vor ihr gesessen hatte.

»Das glaube ich dir«, erwiderte Marilen ebenso glatt und zuckersüß. »Ich bin sicher, du hast deine Verlobte vermisst.« Der Nachsatz war schon weit weniger poliert.

»Natürlich freue ich mich, dass du da bist. Bleibst du über Nacht?«

»Nicht nur das«, frohlockte Marilen und warf Hannah einen giftigen Blick zu. »Ich bleibe die nächsten vier Tage.«

Bis zu Hannahs Abreise. Eine Kampfansage, zumal sie den letzten Satz in Englisch gesprochen hatte.

Dabei hatte Hannah gar nicht vor zu kämpfen. Selbst wenn sich Eliahs Nähe im Zug gut angefühlt hatte. Aber es gab Dinge, die tat man nicht. Schlecht fürs Karma und für den morgendlichen Blick in den Spiegel.

»Wie schön.« Sie bog die Mundwinkel nach oben, gab sich darüber hinaus jedoch wenig Mühe, Freundlichkeit zu heucheln. Obwohl Marilen irgendwie zur Familie ihres Gastgebers gehörte, hatte sie den Auftritt dieser Frau am See nicht vergessen.

Seltsamerweise schien auch Eliah nur mäßig begeistert von der Anwesenheit seiner Verlobten zu sein. Unbehaglich wanderten seine Blicke zwischen Marilen und Hannah hin und her. Vielleicht überlegte er, wie er Marilen genug Aufmerksamkeit widmen und gleichzeitig seiner Verpflichtung als Gastgeber nachkommen konnte.

Hannah spürte, wie er mit sich rang. Jetzt wäre ihre Chance, bei Marilen einen Stachel zu setzen. Sie müsste Eliah nur für sich beanspruchen. Sie kannte ihn inzwischen gut genug, um zu wissen, dass er zu seinem Wort stand. Er hatte seinem Großvater versprochen, sich um Granny und Hannah zu kümmern, und er würde eher Ärger mit Marilen riskieren, als diese Aufgabe zu vernachlässigen.

Doch dieser kleine Triumph ginge auf Eliahs Kosten, und das war die Sache nicht wert. Also lächelte Hannah. »Wie gut es passt, dass ich mich morgen ohnehin an den Rechner setzen wollte, um die Fotos zu sichten, wenn der angekündigte Regen kommt.«

Die erwartete Erleichterung in Eliahs Miene blieb aus. Er sah Hannah unergründlich an.

»Kannst du mir bitte die Tasche hochtragen?«, schaltete sich Marilen in diesem Augenblick ein.

Eliah drehte sich weg, ergriff wortlos die Reisetasche neben der Treppe und stapfte nach oben. Irgendwie wütend, fand Hannah, und verstand die Reaktion nicht. Hatte sie etwas Falsches gesagt?

Marilens arrogant hochgezogene Augenbrauen und der triumphierende Zug um die Mundwinkel trugen nicht dazu bei, Hannahs Laune zu retten. Sie sah Marilen nach, wie sie in die erste Etage stolzierte, dann folgte sie den beiden hinauf. Nach stolzieren war ihr dabei allerdings nicht zumute.

»Darling, wie war dein Tag?« Granny drehte sich zu ihr um, als Hannah den Salon betrat. Sie hatte mit einer Tasse Tee in der Hand aus dem Fenster geschaut.

Hannah trat neben sie. Die Nacht zog herauf. Dunkle Wolken hatten sich um die Gipfel geballt. Die majestätischen weißen Spitzen waren im Grau verschwunden.

»Schönes währt selten lange«, sagte sie so düster, dass Granny sie erstaunt ansah.

»So schlechte Laune? Hat dir euer Ausflug nicht gefallen?«

»Doch, der Ausflug war grandios. Ich habe auch Fotos gemacht«, versuchte Hannah, ihre Großmutter abzulenken. Sie hatte sich eigentlich nichts anmerken lassen wollen.

Wenn Granny allerdings einmal eine Witterung aufgenommen hatte, war sie wie ein alter Fährtenhund. »Aber?«

»Der Tag war wirklich großartig«, beteuerte Hannah. »Ich

habe noch nie so viel Schnee gesehen. Und Eliah könnte als Gastgeber und Reiseführer nicht aufmerksamer sein. Wir hatten viel Spaß.« Sie drehte sich weg, bevor ihr Gesichtsausdruck sie verriet.

Zu spät – Grannys Lippen umspielte ein wissendes Lächeln. »Ja, die Heinrichs ... ich meine, Andrin-Männer.« Granny tätschelte ihr den Arm. »Ich weiß, wie diese Augen wirken können.« Sie lachte leise, dann wurde sie wieder ernst. »Genau das ist das Problem, nicht wahr? Deshalb bist du so in dich gekehrt. Der Tag mit ihm war zu schön, und er ist vergeben.«

»Ja. Nein. Schon möglich. Ich kenne Eliah zum Glück noch nicht lange genug, um mein Herz an ihn zu hängen. Aber das ist nicht der Punkt. Ich habe heute eine Seite an ihm entdeckt, die mich beschäftigt. Eine Traurigkeit, die mir leidtut. Er kann so frei lachen und glücklich wirken, und im nächsten Augenblick ist er nachdenklich und still. Er hat von einer Sinnkrise gesprochen. Und er hat sich nicht gefreut, als Marilen aufgetaucht ist.« Sie verzog das Gesicht. »Über die hätte ich mich allerdings auch nicht gefreut.«

»So schlimm?« Granny tätschelte ihr mitfühlend den Arm.

»Eine echte Gewitterhexe. Du wirst sie kennenlernen. Sie bleibt nämlich hier. Und Eliah scheint darüber nicht besonders glücklich zu sein.«

»Sie bleibt hier?«, ertönte eine grantige Stimme hinter ihnen, und Granny und Hannah fuhren herum.

Paul rollte herein. Mit vorwurfsvoller Miene wandte er sich an Brigitta, die mit ihm das Zimmer betreten hatte. »Konnten Sie das nicht verhindern?«

Brigitta zuckte nur mit den Schultern. Erfreut sah sie ebenfalls nicht aus.

Hannah konnte sich eine gewisse Genugtuung nicht verkneifen. Es gab also noch andere Menschen, die Marilen nicht leiden konnten. Wieso fiel dann ausgerechnet Eliah auf diese schöne, aber eiskalte Fassade herein? Er strahlte so viel Wärme aus, es konnte ihm doch nicht entgehen, dass Marilen vollkommen gegensätzlich war.

»Natürlich ist mein Enkel nicht glücklich.« Paul sah erst Granny, dann Hannah an. »Er macht denselben Fehler wie ich. Ich räume ein, dass Liebe allein für den Bestand einer Ehe zu wenig sein kann. Aber ohne Liebe sollte niemand heiraten.« Er ließ sich von Brigitta weiter in den Salon schieben, bis er direkt vor Hannah stand. »Meinem Enkel geht die Firma über alles«, sagte er, und seine Stimme war so eindringlich, als läge hinter seinen Worten eine Bitte versteckt. »Eliah ist der Überzeugung, dass es für das Überleben des Unternehmens wichtig sei, alles wieder in einer Familie zu bündeln, damit eine Umstrukturierung erfolgen kann. Und da es aus gewissen Gründen schwierig ist, die Beteiligungen aufzukaufen, bleibt ihm als einziger Weg, diese Geschäftsanteile zu heiraten.«

»Grossätti!« Eliah stand im Türrahmen, seine Augen dunkel vor Zorn. »Wie kannst du so zynisch reden?«

»Was ist daran zynisch, wenn ein alter Mann die Wahrheit sagt?« Paul maß Eliah mit einem scharfen Blick.

»Du weißt, dass ich Marilen sehr schätze. Sie ist klug, ihr bedeutet das Unternehmen ebenso viel wie mir, und wir …«

»Du liebst sie nicht«, unterbrach Paul ihn barsch. »Du kennst meine Meinung: Opfere dein Herz nicht für das Unternehmen! Ich weiß, wovon ich spreche.«

Hannah hatte dem Disput der beiden Männer atemlos gelauscht. Das beantwortete einige ihrer Fragen.

Eliah presste die Lippen hart zusammen, seine Augen waren absolut ausdruckslos, als er den Kopf in Richtung Treppe wandte. »Marilen kommt. Es wäre schön, wenn wir das Thema ruhen lassen könnten. Sie weiß ohnehin, dass du sie nicht leiden kannst.«

»Was macht sie dann hier?«, brummte Paul, respektierte aber den Wunsch seines Enkels und begrüßte Marilen mit ausgesuchter Höflichkeit.

Trotzdem verlief das Essen in eisiger Atmosphäre, obwohl ein Käsefondue dazu einlud, in gemütlicher Runde beieinanderzusitzen.

Paul wandte sich demonstrativ auf Englisch an Hannah und fragte nach ihrem Tag am Jungfraujoch. Sie versuchte, die schönen Momente des Tages in Worte zu kleiden, aber mit Marilens säuerlicher Miene am Tisch verflog die Freude rückwirkend – vor allem, wenn Hannah daran dachte, wie Eliah noch vor wenigen Stunden gestrahlt hatte und wie er jetzt vor ihr saß.

Niemand wirkte sonderlich betrübt, als Paul unerwartet früh auf sein Zimmer wollte. Granny begleitete ihn nach oben, und auch Marilen drängte Eliah, den Abend zu beenden. Hannah beantwortete Eliahs fragenden Blick mit einem Schulterzucken. Im Grunde hielt sie auch nichts mehr hier unten.

22. Mürren, Oktober 2018 – Hannah

Am nächsten Morgen hatte Hannah eine Nacht voller seltsamer Träume hinter sich, in der viel Schnee und Eliah vorgekommen waren. Es brauchte kein Studium der Traumanalytik, um zu wissen, was sie beschäftigte.

Die Vorstellung, beim Frühstück wieder auf Marilen zu treffen, fand Hannah in etwa so attraktiv wie einen Termin zur Wurzelbehandlung beim Zahnarzt.

Sie würde sich Mürren ansehen, beschloss sie spontan, kletterte aus dem Bett und zog den Vorhang zur Seite. »Zumindest würde ich mir Mürren ansehen, wenn es denn noch da wäre«, murmelte sie und starrte ungläubig auf die nebelgraue Wolkensuppe vor ihrem Fenster. Das war ja schlimmer als an der Themse. Die Berge waren verschwunden. Hatten sie sich in den letzten Tagen zum Greifen nah hinter dem Ort aufgetürmt, stand dort jetzt eine Wand aus schmutziggrauer Watte. Die Häuser im Vordergrund sahen aus wie mit zu stark verdünnter Wasserfarbe gemalt.

Egal.

Weiter oben blinzelte ein heller Punkt durch die Wolken. Das Wetter wechselte in den Bergen bekanntlich schnell, und bei auflockerndem Nebel konnte man stimmungsvolle Fotos schießen. Und alles war besser als ein Frühstück mit Marilen.

Hannah sprang unter die Dusche, packte ein, was sie an Fotoausrüstung für einen nebligen Tag benötigte, und trat auf den Flur. In Grannys Zimmer war noch alles still. Leise huschte sie an der Tür vorbei und nach unten.

Aus der Küche hörte sie es klappern. Sie steckte den Kopf durch die Tür. »Guten Morgen, Brigitta.«

Überrascht drehte die Frau sich um. »Guten Morgen. So früh schon abmarschbereit?«

»Ja. Ich möchte diese Lichtstimmung für einige Fotos nutzen«, sagte Hannah.

»Wollen Sie vorher frühstücken? Ich könnte Ihnen rasch etwas zubereiten.«

»Nein, vielen Dank. In London esse ich morgens auch nichts. Ich werde mir unterwegs einen Kaffee holen, und so lange bleibe ich nicht fort. Sagen Sie meiner Großmutter nachher Bescheid, bitte? Sie schläft noch, und ich wollte nicht stören.«

»Natürlich.« Brigitta nickte. »Aber behalten Sie das Wetter im Blick. Es soll im Tagesverlauf schlechter werden.«

»Mache ich«, versprach Hannah. »Bis später.«

Eilig verließ sie das Haus. Sie hatte von oben Geräusche gehört und wollte Marilen und Eliah nicht in die Arme laufen.

Ihr erster Weg führte sie ins Dorf. In einem kleinen Café holte sie sich ihre nötige Dosis Koffein und die Empfehlung für eine leichte Wanderung.

»Der Allmendhubel über das Blumental ist eine kurze Wanderung. Falls es noch aufreißt, mit schöner Sicht. Allzu lang sollten Sie heute aber nicht unterwegs sein, das Wetter wird schlechter«, riet ihr die freundliche Bedienung.

Hannah bedankte sich, zahlte und marschierte in die angegebene Richtung. Sie orientierte sich mit der Karte aus der Navigations-App ihres Telefons und stieß bald auf die von der Kellnerin angekündigten Wegweiser. Der Himmel wurde heller. Ein Lächeln schlich sich in Hannahs Miene. Der Vormittag ließ sich besser an als gedacht.

Sie schritt zügig aus. Es war kühler als die bisherige Woche, aber ihre dicke Outdoorjacke hatte sie sogar gestern im Eis warmgehalten. Die Feuchtigkeit des Nebels legte sich als dünner Film auf ihr Gesicht, kleine Tropfen perlten auf den Gräsern. Bei diesem Wetter zog es nicht viele Menschen nach draußen. Friedliche Einsamkeit umhüllte Hannah wie ein Mantel. In der Gleichmäßigkeit ihrer Schritte lag etwas Beruhigendes. Laufen. Einfach laufen. *Weglaufen?*

Der Weg führte über eine grasbewachsene Ebene. Hunderte von Blumen warteten ebenso wie Hannah auf die Sonne. Noch waren die Farben verwaschen. Wie prächtig mussten diese Wiesen im Sonnenschein wirken ... Oder im Frühjahr, wenn ein Teppich aus bunten Blüten für einen eigenen Zauber sorgte.

Es ging weiter bergauf. Zwei-, dreimal hielt Hannah an, weil sie dachte, ein schönes Motiv entdeckt zu haben, doch am Ende stellte sie nichts zufrieden. Ihr Anspruch war es längst nicht mehr, gute Fotos zu machen. *Gute* Fotos machten viele Fotografen. Wenn sie ihren Weg gehen und Bilder verkaufen wollte, musste sie aus der Menge herausragen. Wer zu den Besten gehören wollte, musste die besten Fotos machen. Aber das Licht war nicht wie erhofft, die Motive trostlos. Eiger, Mönch und Jungfrau versteckten sich weiterhin in den Wolken, die Bergblumen ließen unter der Last der feuchten Tropfen die Köpfe hängen.

Hannah warf einen frustrierten Blick vom Allmendhubel auf das Panorama und kehrte um. Auf dem Rückweg haderte Hannah mit sich, dem Tag und ihrem Beruf. An diesem Punkt blieb sie abrupt stehen. Sie *liebte* ihren Beruf. Tage, an denen die Motive nicht von selbst vor die Kamera sprangen, gehörten dazu – und eigentlich hatte sie die Herausforderung immer besonders gereizt, am Ende doch noch ein gelungenes Foto auf die Karte zu bannen. Einen Moment später dämmerte ihr, wo das Problem wirklich lag. Trotzig straffte sie die Schultern. Marilen würde es nicht schaffen, ihr den Tag zu verderben. Und erst recht nicht würde sie sich von dem Gedanken an Eliah und Marilen den Spaß an der Fotografie vermiesen lassen. Bis sie ins Dorf zurückkehrte, würde sie ein wundervolles Motiv finden.

Mit neuer Entschlossenheit ging sie weiter und ließ den Blick aufmerksam über die Umgebung gleiten. Als wollte der Wettergott sie für diese Entscheidung belohnen, lugte endlich die Sonne hervor. Milchig blass zunächst, doch dann immer kräftiger, bahnte sie sich den Weg durch die Nebel-schicht, verdampfte Wolken und verjagte das Grau. Plötzlich wölbte sich blauer Himmel über ihr. Hannah legte den Kopf in den Nacken und blinzelte hinauf. Damit hatte sie nicht gerechnet. Sie öffnete den Reißverschluss ihrer Jacke und tastete nach der Sonnenbrille in der Tasche.

Als sie in diesem Moment eine Abzweigung erreichte, er-schien es ihr wie ein Zeichen. Nach Mürren zog sie nichts zurück. Granny und Paul wirkten ganz glücklich in ihrer ungestörten Zweisamkeit, und an die andere Zweisamkeit in diesem Hause wollte sie gar nicht erst denken. Da war es allemal besser, etwas länger durch die Gegend zu streifen.

Nach einer Weile wurde der Weg steiler, und Hannah ge-riet ins Schnaufen. Sie hatte nicht einmal etwas zu trinken dabei, fiel ihr auf, als ihre Zunge über den trockenen Gaumen rieb. Vielleicht war es doch keine so kluge Idee, unvorbereitet durch die Berge zu wandern. Es war an der Zeit umzukehren.

Hannah wandte sich um – und erstarrte vor Schreck.

Graue Wolken hatten sich hinter dem Eiger aufgetürmt und krochen in Richtung Mönch und Jungfrau. Da sie im Sonnenschein wanderte, hatte sie nicht bemerkt, was sich in ihrem Rücken zusammenbraute. Verdammt, das Wetter än-derte sich hier *wirklich* schnell. Zu allem Überfluss sah das dort nicht nur nach Regen aus. Der dunkle Unterton des Himmels gefiel ihr gar nicht. Sie hatte eine Ahnung, dass Unwetter im Gebirge richtig unangenehm werden konnten.

Vergessen war die Suche nach einem Fotomotiv. Jetzt galt es nur noch, rechtzeitig vom Berg zu kommen.

Wie zur Bestätigung frischte der Wind auf, kaum dass Hannah einige Schritte bergab gewandert war. Ihr Puls schnellte in die Höhe. Urplötzlich verschwand die Sonne, und sofort wurde es kälter. Die nächste Windböe zerrte bereits heftiger an ihrer Jacke und blies eine lose Haarsträhne in Hannahs Gesicht. Fröstelnd zog sie den Reißverschluss bis oben zu, setzte die Kapuze auf und stapfte eilig voran.

Sie hatte nicht gemerkt, wie weit sie ihr kleiner Abstecher den Berg hochgeführt hatte. Jetzt bewahrheitete sich, dass Bergablaufen anstrengender war als bergauf. Sie war keine geübte alpine Wanderin. Woher auch? Mit einer Höhe von rund fünfzehn Metern über dem Meeresspiegel bot London nicht allzu viele Möglichkeiten für Bergtouren.

Immer wieder geriet sie ins Rutschen. Einmal verlor ihr Fuß auf dem losen Geröll vollends den Halt, sie stürzte, und Schmerz zog über den Handballen. Hanna seufzte, als sie die Schürfwunde begutachtete. Wenigstens war sie nicht auf den Rucksack mit ihrer Ausrüstung gefallen.

Sie setzte die Schritte nun vorsichtiger. Leider bedeutete das auch, langsamer zu werden. Und das Unwetter rückte unaufhaltsam näher. Schon grollte es aus dem Tal zu ihr hoch. Ein Wettlauf mit Blitz und Donner war genau das, was ihr an diesem Tag noch gefehlt hatte.

Die ersten Tropfen fielen schwer und dick auf die Steine, und es wurden schnell mehr. Innerhalb von Sekunden fühlte sich Hannah wie unter einer Dusche. Fluchend nahm sie den Rucksack ab und stülpte ihm eine Regenhaube über. Wenigstens ihre Objektive waren nun geschützt. Ihre Outdoorjacke hatte ebenfalls schon auf etlichen Foto-Exkursionen den einen oder anderen Regenschauer überstanden. Da der Wind ihr den Regen nun allerdings waagrecht ins Gesicht blies, drangen die prasselnden Tropfen an den Rändern der Kapuze ein, flossen als Rinnsal den Kragen hinunter und durchnässten ihr Shirt. Was half es da, dass die Membran der Jacke wasserdicht war? Hannah blinzelte heftig gegen das Wasser auf den Lidern an. Wo kamen diese Regenmassen plötzlich her? Sie sah nicht einmal mehr die Hand vor Augen. Ihre Hose erwies sich schnell als ungeeignet für dieses Wetter. Nach wenigen Sekunden wurde es an den Beinen nass, kurz darauf rannen kleine Bäche die Schenkel entlang bis in die Schuhe, die nun bei jedem Schritt unangenehm schmatzten. Noch immer kam sie kaum voran. Wahre Sturzbäche schossen den Weg hinab und machten es unmöglich zu sehen, wohin sie ihre Füße setzte.

Endlich gelangte sie in flacheres Gelände und verfiel in einen leichten Trab. Kleine Seen schwappten in ihren Wanderschuhen. Auch die waren wasserdicht, aber wie schon bei der Jacke nutzte das nichts, wenn das Wasser von oben hineinlief.

Erneut dröhnte Donner, die Berge warfen ihn als Echo zurück. Ein bedrohlicher Laut. Das Gewitter hatte das Lauterbrunnental erreicht, jetzt zuckte ein Blitz vom Himmel. Der folgende Knall ließ den Boden erzittern.

Hannahs Nackenhärchen richteten sich auf. Es wurde ernst. Sie rannte los.

Die Tropfen prasselten inzwischen schmerzhaft nieder. Wie stark konnte Regen sein? Nein, kein Regen, erkannte Hannah, als sich die Umgebung um sie herum weiß färbte. Das war Hagel.

Endlich erreichte sie die Abzweigung, an der sie vorhin ihren ursprünglichen Weg verlassen hatte. Immerhin war sie nun wieder auf dem breiten Wanderweg. Mürren war trotzdem noch erschreckend weit weg, die rasche Abfolge von Blitz und Donner verbot es, jetzt durch die Wiesen zu laufen. Aber wohin sonst?

Fieberhaft ging Hannah ihre Möglichkeiten durch. Auf dem Hinweg war sie an einer Art Scheune vorbeigekommen, mit zur Hälfte offener Front. Vermutlich wurde dort landwirtschaftliches Gerät untergestellt. Besser als nichts. Sie mobilisierte die letzten Kräfte für einen Sprint.

Kurz darauf schälten sich die Umrisse des Gebäudes aus dem Regenvorhang. Mit eingezogenem Kopf querte Hannah die Wiese und schlüpfte erleichtert in den groben Holzbau. Zitternd vor Erschöpfung lehnte sie sich an die Bretterwand. Bei jedem Donner spürte sie das Vibrieren des Holzes in ihrem Rücken. Die Balken ächzten im Sturm, und die Hagelkörner trommelten ein wildes Stakkato auf das Dach. Ein Frösteln durchlief sie, und einen Moment später bebte sie am ganzen Körper – inzwischen weniger vor Entkräftung, dafür war ihr umso kälter. Sie schlang die Arme um sich und ging in die Hocke. Wasser lief aus ihrer Hose und tropfte von der Kapuze. Sie sehnte sich nach einer heißen Dusche.

So ein Unwetter kann ja nicht ewig dauern, tröstete sie sich und sah hinaus in eine graue Wasserwand, die sie an ihren Worten zweifeln ließ. Zumindest schien der Hagel nachzulassen, und sie hätte schwören können, dass der Abstand zwischen dem letzten Blitz und dem nachfolgenden Donner größer geworden war.

Frierend lehnte sie ihren Kopf an das Holz und sah weiter in den Regen. Das Trommeln auf dem Dach war in ein beständiges Rauschen übergegangen. *Fast meditativ.* Wenn die Kleidung nur nicht so nasskalt an ihr geklebt hätte.

Als ihre Beine einschliefen, erhob sich Hannah aus der Hocke und wagte einen vorsichtigen Blick um die Ecke in Richtung Dorf. Obwohl der letzte Blitz mehrere Minuten zurücklag und nur die Donner weiter durch das Tal grollten, war es keinen Deut heller geworden. Düstere Wolkenberge hingen am Himmel, durch den Vorhang an Wasser kaum zu erkennen.

Hannah wollte den Kopf wieder einziehen, als eine Bewegung sie innehalten ließ. Da joggte jemand! Ein einsamer Läufer kam aus Richtung Mürren über den Wanderweg gerannt. Wer schnürte bei einem derartigen Wetter die Laufschuhe? Andererseits bedeutete es wohl, dass der schlimmste Teil des Unwetters überstanden war, wenn sich auch andere Menschen vor die Tür wagten. Aus ihrem Unterschlupf beobachtete sie, wie die Person mit dynamischen Schritten näher kam. Athletische Bewegungen zeugten davon, dass er hier nicht zum ersten Mal hochlief. Sie erinnerte sich mit Grausen an ihr eigenes Schnaufen an derselben Stelle. Vermutlich sollte sie in London wieder regelmäßiger Sport treiben. Der Läufer war inzwischen auf Höhe ihrer Scheune angelangt.

Hannah stutzte, blinzelte in den Regen, und dann war sie sich sicher. »Eliah!« Sie winkte.

Der Verrückte da draußen war Eliah!

Er drehte den Kopf, änderte seinen Kurs und sprintete über die Wiese auf sie zu.

»Verdammt, Hannah!« Mehr sagte er nicht, zog sie stattdessen in eine Umarmung und drückte sie an sich, als wollte er sie auswringen.

Etwas verunsichert legte sie ihre Arme ebenfalls um ihn. Er war genauso nass wie sie, die Tropfen perlten von seiner Trekkingjacke. Für einen Moment lehnte sie sich an ihn und gestattete sich, seine Nähe zu genießen. »Eliah? Was ist denn los?«

Sie spürte, wie er sich versteifte. Er machte sich los und trat einen Schritt zurück. Seine Miene wurde hart. »Was los ist?«, fuhr er sie an. »Das fragst du ernsthaft? Hast du in der vergangenen Stunde mal nach draußen geschaut? Da hat es ein heftiges Unwetter gegeben. Und niemand wusste, wo du steckst. *Das* ist los.«

»Moment ... Du warst gar nicht laufen, sondern hast mich gesucht?«

Eliah sah sie an, als hätte sie den Verstand verloren. »Dein Ernst? Du glaubst, ich renne zum Privatvergnügen bei diesem Wetter in den Bergen herum?«

So, wie er das sagte, klang es wirklich nach einer dummen Idee.

»Ich habe einfach nicht gedacht, dass jemand besorgt sein könnte«, verteidigte sich Hannah. »Ich hatte Brigitta doch gesagt, dass ich einen Spaziergang mache.« Angesichts von Eliahs finsterer Miene wurde ihr allmählich mulmig.

»Du bist in den *Hochalpen*!«, fauchte er. »Hier geht man ordentlich ausgerüstet *wandern*. Hier *flaniert* man nicht wie im Hyde Park!«

»Das sind auch keine Pumps, sondern Wanderschuhe«, giftete Hannah zurück und deutete mit der Hand in Richtung ihrer Füße. »Und die Bedienung im Café hat gesagt, zum Allmendhubel sei es nur ein besserer Spaziergang.«

»Franka.« Eliah nickte. »Sie hat mir gesagt, dass sie dir diese Wanderung empfohlen hat. Aber dann hättest du lange vor dem Unwetter wieder zurück sein müssen!«

»Du hast mit der Bedienung über mich gesprochen?« Er war um sie besorgt! Hannahs Ärger verflog augenblicklich.

»Ja, gleich nachdem ich von Brigitta erfahren habe, dass du allein losgezogen bist, hab ich mich auf die Suche nach dir gemacht.« Eliah wirkte zu Hannahs Erleichterung nicht mehr so aufgebracht. »Ich hätte dich doch nie allein in die Berge gelassen! Zum Glück hast du Brigitta gesagt, dass du erst einen Kaffee trinken wolltest, also habe ich die Cafés abgeklappert. Bei Franka warst du gerade weg, und als ich gehört habe, wohin du unterwegs bist, hab ich gedacht, ich brauche dir nicht zu folgen. Der Weg ist wirklich nicht schwer.« Seine Miene verfinsterte sich erneut. »Doch du bist nicht rechtzeitig zurückgekommen. Und als du dann nicht ans Telefon gegangen bist …« Mit gerunzelter Stirn sah Eliah sie an. Nicht mehr zornig, sondern so intensiv, dass sie die Sorge in seinem Blick las.

Wärme strahlte in ihrer Brust.

»Ich habe es bei dem Lärm nicht gehört«, erwiderte sie kleinlaut.

»Aber wo warst du denn so lange? Bist du noch eingekehrt?« Plötzlich huschte ein Lächeln über sein Gesicht. »Nein, warte, ich ahne etwas. Du hast fotografiert.«

»Ich fürchte, damit kann ich mich nicht rausreden.« Hannah zog die Schultern hoch. »Ich habe kein einziges Foto gemacht«, gestand sie betrübt. »Ich habe einfach kein Motiv gefunden. Als ich auf meinem Rückweg vom Allmendhubel an einen Abzweig kam, bin ich dort noch ein Stück hochgelaufen. Das Wetter war so schön, und das Gewitter ist in meinem Rücken aufgezogen, ohne dass ich es bemerkt habe.«

»Oh, Hannah.« Eliah streckte seine Hand aus, als wollte er sie an ihre Wange legen oder ihr Gesicht streicheln. Im letzten Moment lenkte er die Hand zu ihrer Schulter. »Das war unglaublich leichtsinnig. Deine Großmutter ist schier umgekommen vor Sorge.«

»Granny?« Alarmiert sah Hannah ihn an. »Ist alles in Ordnung mit ihr? Hat sie sich zu sehr aufgeregt?«

»Ich konnte sie soeben noch davon abhalten, dich selbst zu suchen«, erklärte Eliah, und Hannah blieb fast das Herz stehen.

»Wir müssen sofort los!« Sie streifte Elias Hand ab und wollte in den Regen hinausstürzen, doch er hielt sie fest.

»Warte.« Er drehte sie zu sich um. »Es ist alles in Ordnung. Mein Großvater ist ja bei ihr, und als sie gesehen hat, dass ich mich auf den Weg zu dir gemacht habe, war sie schon wieder beruhigter.« Er dirigierte Hannah in die Scheune zurück. »Wir warten jetzt, bis der Regen nachlässt. Ich schicke eine Nachricht, dass wir okay sind.« Er zückte sein Handy und tippte. »So, erledigt.«

»Danke«, sagte Hannah und sah ihm in die Augen. »Danke, dass du nach mir gesucht hast. Es tut mir leid, dass du dich meinetwegen in das Unwetter stürzen musstest.«

»Halb so wild«, erwiderte er mit einem schiefen Lächeln. »Ich bin mir ohnehin nicht sicher, ob die Gewitterstimmung im Haus nicht ungemütlicher ist als die hier draußen.«

Hannah zog die Augenbrauen hoch.

»Dass ich mich auf die Suche nach dir gemacht habe, hat nicht unbedingt zur Harmonie beigetragen«, beantwortete Eliah die stumme Frage. Er sah hinaus in den Regen. »Marilen hat sich unmöglich aufgeführt. Als ich losziehen wollte, ist sie regelrecht biestig geworden. Und Grossätti hat sich über diese Selbstsucht aufgeregt. Und ich bekomme es von beiden Seiten ab.« Sein Schulterzucken verfehlte die Wirkung. Hannah sah, wie angespannt er war.

»Alles wegen meiner Wanderung?« Sie mochte Marilen nicht und die Tatsache, dass Eliah mit dieser Person verlobt war, noch viel weniger. Trotzdem hatte sie keinen Streit heraufbeschwören wollen. »Es tut mir leid. Ich wollte keinen Ärger in die Familie tragen.«

»Mach dir darüber keine Sorgen«, beruhigte Eliah sie. »Grossätti und Marilen sind noch nie gut miteinander ausgekommen. Seit deine Großmutter wieder in Pauls Leben getreten ist, macht er immer weniger Hehl daraus, dass er mit der Verlobung nicht einverstanden ist. Als sei ihm plötzlich bewusst geworden, wie wichtig die Liebe ist.« Er lächelte leicht. »Unschwer zu erraten, wie er auf solche Gedanken kommt.«

»Oh«, machte Hannah nur. Was sollte sie dazu auch sagen? Dass sie voll und ganz Pauls Meinung war und es ihr von Herzen leidtat zu sehen, wie sich Eliah ins Unglück stürzte?

Eliah sah Hannah an. »Marilen ist nicht immer so, wie du sie in diesen Tagen erlebt hast.« Er schien das Bedürfnis zu haben, eine Entscheidung zu rechtfertigen, die Hannah gar nicht infrage gestellt hatte. Nicht offen zumindest. »Sie ist klug, gebildet, eloquent und sieht gut aus. Ein Mann könnte es schlechter treffen.« Ein gedankenverlorener Zug trat in seine Miene. »Wir sind seit Kindheitstagen miteinander befreundet. Als ihre Eltern ums Leben gekommen sind, war ich an ihrer Seite. Sie hat keine weitere Familie. Irgendwie hat sich alles so ergeben.«

»Aber du liebst sie nicht.« Das klang nun doch ein wenig nach Vorwurf. Im Grunde waren es allerdings nur Pauls Worte, die sie wiederholte.

»Ich mag Marilen sehr. Wir arbeiten in der Firma Hand in Hand zusammen. Ihr ist das Unternehmen ebenso wichtig wie mir. Ich bin immer davon ausgegangen, dass diese Zuneigung reicht, vielleicht sogar besser ist als eine heiß brennende Liebe, die irgendwann ja doch erlischt.«

»Hm.« Hannah schürzte skeptisch die Lippen und rieb sich über die Arme. Irgendwie war ihr noch kälter geworden.

Für sie hörte sich das zu pragmatisch an. Eine solche Einstellung passte nicht zu ihrem Bild von ihm. Sie hatte erlebt, wie er die Natur bewunderte, seine Heimat liebte, wie er ein gutes Auge für die Schönheit eines Motivs besaß. Ein solcher Mann war nicht durch und durch nüchtern.

Als ob ihm dieser Gedanke gerade auch gekommen war, fuhr er nach einem Moment des Schweigens fort: »Doch es fühlt sich plötzlich wie ein Fehler an.« Er sah durch das Tor hinaus in die Ferne. Dorthin, wo sich zwischen Mönch und Jungfrau das Jungfraujoch befand. »Ich hatte lange nicht mehr so viel Spaß wie gestern«, sagte er in sich gekehrt. »Alles war so einfach und leicht. Es war nur ein Tag. Kaum mehr als das Aufblitzen eines Bildes von Dingen, die sein könnten.« Er fuhr sich über den Nacken, »Aber ich fürchte, der Gedanke … er hat sich irgendwie festgesetzt.«

Er wirkte in diesem Augenblick so verloren, dass Hannah ihn am liebsten in den Arm genommen hätte. Doch es gab Marilen. Sie würde nichts forcieren. Die Umarmung vorhin hatte sich zu gut angefühlt.

Sie sahen sich an, und sie spürte, dass auch er einen inneren Kampf führte. Mit einer Intensität, als wollte er in ihr Antworten finden, hielt Eliah ihren Blick gefangen.

Das Rauschen auf dem Dach ließ nach, vermutlich hätten sie den Rückweg antreten können, aber sie rührten sich nicht.

Bis Eliahs Telefon mit einem viel zu lauten Klingeln das Band zwischen ihnen zerschnitt.

Eliah fluchte leise und angelte das Gerät aus seiner Jackentasche. Marilens hübsches Gesicht strahlte auf dem Display. »Ja, wir sind auf dem Weg«, blaffte er in das Handy, nachdem die Anruferin eine knappe Frage gestellt hatte.

»Es tut mir leid«, entschuldigte er sich einen Moment später bei Hannah. »Wollen wir los?« Er deutete mit einer Kopfbewegung nach draußen. »Der Regen hat aufgehört.«

»Da seid ihr ja endlich!« Leona empfing sie bereits an der Haustür. »Wir dachten schon, wir müssten doch noch die Bergrettung alarmieren.« Sie sah Eliah an. »Marilen ist außer sich.«

»Ich rede gleich mit ihr«, murmelte Eliah. »Was machst du überhaupt hier?« Er wurde blass. »Ist etwas mit Grossätti?«

»Ich dachte, das könntest du mir sagen.« Leona runzelte

die Stirn. »Er hat Muetti, Papa und mich recht spontan eingeladen.«

»Seltsam.« Eliah strich sich über das Kinn. »Nein, ich habe keine Idee, um was es gehen könnte.« Er sah Hannah an. »Ob Charlotte und Paul sich verloben wollen?«

Hannah blieb kurz der Mund offen stehen, doch dann lachte sie leise und zuckte mit den Schultern. »Warum nicht? Wenn sie sich lieben …«

Das war nicht als Seitenhieb gedacht gewesen. Trotzdem verfinsterte sich Eliahs Miene einen Deut mehr.

»Ich geh und rede mit Marilen.« Er wandte sich brüsk in Richtung Treppe. »Ist sie oben?«

»Ja.« Leona nickte. »Sie wollte sich ein Bad einlassen.«

»Keine schlechte Idee«, sagte Hannah. »Ich sollte mich auch aufwärmen.«

Dankbar, der Situation zu entkommen, schlüpfte Hannah aus ihren nassen Schuhen und Socken und huschte hinter Eliah die Treppe hoch.

Auf Höhe von Grannys Tür fiel ihr ein, dass sie ihre Großmutter noch immer nicht nach dem Brief gefragt hatte. Sie sahen sich in London häufiger als hier, wo sie Wand an Wand schliefen. Nachher würde sie mit ihr reden und sich auch dafür entschuldigen, ihr Sorgen bereitet zu haben.

Die Dusche war eine Wohltat. Danach hatte sie plötzlich das Bedürfnis, sich besonders sorgfältig zurechtzumachen. Die Eleganz einer Marilen würde sie mit ihren kaum zu bändigenden Locken zwar nie erreichen, aber wenn sie in London mit Freundinnen ausging, sah ihr der eine oder andere Mann durchaus hinterher. Die Rolle des Aschenputtels würde sie heute nicht übernehmen.

Sie war gerade fertig und schlüpfte in ein schlichtes grauweiß gemustertes Kleid, als es an der Tür klopfte.

»Ist offen«, rief sie, und Granny kam herein.

»Darling, ich wollte nur wissen, ob du dein kleines Abenteuer gut überstanden hast«, erkundigte sich ihre Großmutter.

Hannah ging auf sie zu und nahm sie in den Arm. Sie musste sich inzwischen bücken, und ihr wurde bewusst, wie zerbrechlich sich ihre Großmutter anfühlte. Sie strahlte eine solche Vitalität aus, dass Hannah immer vergaß, wie alt sie schon war.

»Es tut mir leid, dass du dir Sorgen gemacht hast.«

Granny erwiderte die Umarmung, dann hielt sie Hannah eine Armlänge von sich entfernt. »Eliah hat sich ja gut um alles gekümmert, da war ich beruhigt.« Sie sah Hannah an. »Ist denn mit dem Jungen alles in Ordnung? Als ich zum Nachmittagstee hinuntergegangen bin, hörte ich einen bösen Streit hinter seiner Tür. Diese Frau hat aber auch ein Organ!« Missbilligend schürzte sie die Lippen. »Die keift, dass dem Armen die Ohren geklingelt haben müssen.«

»Oje, und alles nur meinetwegen.« Ihre Rolle als Spaltaxt in dieser Beziehung gefiel ihr nicht. Eliah musste von sich aus dahinterkommen, dass er mit Marilen nicht glücklich würde. Diese Entscheidung konnte er nur aus seinem Herzen heraus treffen.

»Manchmal braucht es einen Anstoß von außen«, sagte Granny, die häufig über die unheimliche Fähigkeit zu verfügen schien, Hannahs Gedanken lesen zu können. »Zwischen Paul und Marilen ist es zum offenen Eklat gekommen, nachdem Eliah das Haus verlassen hatte, um dich zu suchen. Sie hat sich aber auch wirklich unmöglich aufgeführt. Eine sehr egoistische Frau, der es absolut gleichgültig war, dass du in Not geraten sein könntest. Nicht einmal ein beruhigendes Wort für Paul oder mich hatte sie übrig, sondern beschwerte sich in einem fort darüber, dass sie nun hier allein bei diesem furchtbaren Wetter herumsitzen musste.« Granny schüttelte den Kopf. »Bis es Paul dann reichte und er Marilen mit harschen Worten zurechtgewiesen hat. Er hat ihr recht deutlich zu verstehen gegeben, dass er sie nur deshalb nicht vor die Tür setzt, weil sie die Urenkelin seines von ihm respektierten Lehrherren ist. Marilen ist daraufhin die Treppe hinaufgerauscht und hat sich in Eliahs Zimmer verkrochen. Wahrlich keine schöne Szene.«

»Lieber Gott, dann muss ich mich bei Paul gleich auch noch entschuldigen!« In Hannahs Magen bildete sich ein Klumpen. »Ich wollte doch einfach nur spazieren gehen.«

»Ich glaube, Paul wäre irgendwann ohnehin der Kragen geplatzt.« Ihre Großmutter legte ihre Hand auf Hannahs Wange. »Paul und ich haben in den vergangenen Tagen viel über Ilse geredet, die er aus guten Gründen geheiratet hat. Nur Liebe war keiner davon. Das hat beide nicht glücklich gemacht, und nun ist er tiefbetrübt, weil Eliah sich anschickt, den gleichen Fehler zu machen. Ich weiß nicht, was er plant, aber er brummte ›Das reicht jetzt!‹ und hat sich in sein Zimmer zurückgezogen, um – wie es schien – pausenlos zu telefonieren. Wenn er so weitermacht, hat Brigitta vom Stirnrunzeln bald mehr Falten als ich.«

Wie aufs Stichwort ertönten Brigittas energische Schritte im Flur, und einen Moment später klopfte es an der Tür. Hannah öffnete.

»Herr Andrin lässt ausrichten, dass er Sie alle gern zum Apéro am Kamin treffen würde, in rund einer Stunde«, verkündete Pauls Pflegekraft. »Ein Apéro ist eine zwanglose Zusammenkunft«, fügte sie an Hannah gerichtet hinzu, die sie fragend ansah.

»Mir ist, als würden wir bald erfahren, was Paul heute getrieben hat.« Granny wandte sich zur Tür. »Bis gleich, meine Liebe.«

23. Mürren, Oktober 2018 – Charlotte

Eine Stunde später betrat Charlotte an der Seite von Hannah den Salon. Flammen tanzten im Kamin und tauchten den Raum in ein orangefarbenes Licht. Das leise Knistern des Feuers war das einzige Geräusch. Währenddessen sorgte der Regen draußen für ein schmuddeliges Grau, das mit der Dämmerung verschmolz.

Paul hatte seinen Rollstuhl verlassen und erwartete sie in einem der Sessel, der so platziert war, dass er den Salon überblicken konnte. Wie ein echtes Familienoberhaupt, schoss es Charlotte angesichts der ernsten Miene und der angestrengt aufrechten Haltung ihres alten Freundes durch den Kopf. Er nickte Charlotte zu, als sie eintraten, und sie tauschten ein warmes Lächeln.

Pauls Enkel und Marilen waren ebenfalls anwesend. Auf den ersten Blick gaben sie ein bezauberndes Paar ab. Der gut aussehende Eliah in seinem Anzug und die schöne Frau an seiner Seite in einem eng anliegenden, raffiniert geschnittenen schwarzen Kleid. Sah man jedoch genauer hin, wirkten sie angespannt, und Marilen stand eine Spur zu weit von ihrem Verlobten entfernt. Eliah lächelte Hannah und Charlotte kurz zu, Marilen gönnte ihnen nur ein unterkühltes Nicken.

Einen Moment später komplettierten Pauls Sohn, dessen Ehefrau und die Tochter Leona, die Charlotte bisher nur von Fotos kannte, die Runde.

Brigitta kam mit einem Tablett in den Händen herein. Sie versorgte alle mit Getränken, wies auf die Canapés auf einem Beistelltisch hin und zog sich in den Hintergrund zurück.

Nachdem sich alle miteinander bekannt gemacht hatten, trat ein gespanntes Schweigen ein. Die Augen waren auf Paul gerichtet.

Er genießt es richtig, dachte Charlotte, die das spitzbübische Funkeln in seinen Augen entdeckte. Irgendetwas führte er im Schilde.

Paul stützte die Ellbogen auf die Armlehnen und legte die Fingerspitzen in Denkerpose aneinander. Dann ließ er seinen Blick über die Anwesenden wandern, bis er bei Marilen angelangt war, die hochmütig auf ihn herabsah.

Charlotte runzelte die Stirn. Das war respektlos dem Gastgeber gegenüber. Offenbar trug sie Paul die harschen Worte vom Nachmittag nach. Die allerdings mehr als verdient gewesen waren.

»Marilen«, begann Paul mit fester Stimme, und die Angesprochene kräuselte abschätzig die Lippen. »Ich habe die Wahl meines Enkels hingenommen, aber nie gutheißen können. Eliah zuliebe habe ich geschwiegen, obwohl mich das Leben gelehrt hat, dass eine Ehe nicht ohne Liebe geschlossen werden sollte.«

Es war, als hielten alle im Raum kollektiv die Luft an. Ein Holzscheit im Kamin knackte, und einige Funken stoben auf. Ansonsten wirkte die Szene wie eingefroren. Marilens Blick flackerte und huschte zu Eliah, der jedoch seinen Großvater nicht aus den Augen ließ. Das feine Spiel der Gesichtsmuskeln verriet seine Anspannung.

Pauls Blick wanderte weiter zu seinem Sohn. »Marcel, deine Mutter war mir eine gute Ehefrau, und sie hat mir einen wundervollen Sohn geschenkt.« Er lächelte kurz. »Doch wir haben einander nicht so geliebt, wie Eheleute das tun sollten. Wir haben geheiratet, weil es sich so ergeben hat. Sie war meine Freundin aus Kindheitstagen.« Ein Seitenblick in Charlottes Richtung folgte.

Es war albern, nach all der Zeit und noch dazu auf eine Tote eifersüchtig zu sein, dennoch saß dieser Stachel bei Charlotte tief. Paul wusste das. Der kurze Blickkontakt sollte das Zwicken im Herzen lindern. Sie dankte ihm mit einem Lächeln.

»Sie war die einzige mir verbliebene Verbindung in meine Heimat«, fuhr Paul fort. »Sie war hübsch, und sie war eine große Hilfe im Laden. Ich dachte, diese Verbundenheit reicht.« Seine Augen sahen müde ins Nichts. »Ich habe mich geirrt. Ich habe Ilse nicht glücklich gemacht.« Er umfasste die Armlehne mit den Händen, als ob er sich mit aller Kraft daran festhalten müsste. »Je offenkundiger das wurde, desto mehr erstarb die Zuneigung, die uns einst verbunden hatte.«

Bleiernes Schweigen legte sich nach diesen Worten über den Raum.

Nach der langen Rede sog Paul angestrengt Luft in seine Lunge. Besorgt trat Charlotte vor, doch Paul hob abwehrend die Hand. »Es geht schon.« Er nahm sein Glas und führte es zitternd zum Mund. Als er die Anwesenden wieder ansah, waren sein Blick klar und die Miene energisch. Er drehte den Kopf zu Eliah. »Vielleicht hast du es schon gehört. Als du heute das Haus verlassen hast, um unseren Gast zu retten«, ein flüchtiges Lächeln wanderte in Hannahs Richtung, »kam es zu einem hässlichen Disput zwischen deiner Verlobten und mir.« Seine Miene verfinsterte sich. »Sie hat eine sehr unschöne Seite von sich offenbart, die es mir unmöglich macht, weiter darauf zu warten, dass du von selbst aufwachst. Ich sehe deine Verlobung noch immer als eine taktische Entscheidung an, die nicht dir, sondern dem Unternehmen dient, und habe beschlossen, diese Farce hier und jetzt zu beenden, indem ich dir die Grundlage dieser Entscheidung entziehe.«

Es blieb totenstill im Raum. Nur Pauls schwerer Atem war zu hören. Einige Regentropfen prasselten gegen die Fenster.

»Wie meinst du das?« Eliah war der Erste, der seine Sprache wiederfand. Er hielt sich aufrecht und wirkte in seinem Anzug souverän und weltmännisch. Doch er war blass geworden, und seine Finger zuckten unruhig.

»Was hast du vor?«, meldeten sich Leona und Marilen nahezu zeitgleich zu Wort.

Pauls Sohn stand wie erstarrt im Raum herum.

Charlotte fing Hannahs ratlosen Blick auf und schüttelte fast unmerklich den Kopf. Sie hatte selbst keine Ahnung, auf was dieses Treffen hinauslief.

Ihr alter Freund ließ seine Familie auf eine Antwort warten. Ruhig sah er einen nach dem anderen an. »Vielleicht hätte ich weiterhin geschwiegen. Vielleicht hätte ich meinen Enkel trotz allem seine Fehler selbst machen lassen, wenn nicht Charlotte wieder in mein Leben getreten wäre. Durch sie habe ich jedoch erkannt, welch kostbares Geschenk es ist, seine Seelenverwandte zu finden. Den Menschen, den man nur ansehen muss, um zu wissen, wie er sich fühlt.« Er lächelte liebevoll in ihre Richtung, und Charlotte wurde das Herz weit.

»Seelenverwandtschaft« hatte er es genannt. Ja, das war es. Sie hatten nur wenige Stunden gebraucht, um fünfundsiebzig Jahre zu überwinden und ihre Herzen zu vereinen. Sie hätte jetzt gern seine Hand genommen.

Pauls Familie war weniger angerührt und wirkte wie eine Gruppe Delinquenten vor der Urteilsverkündung. Marcel Andrin und seine Frau tauschten stirnrunzelnd Blicke, während Leona sichtlich bemüht war, gelassen zu wirken, doch unablässig mit dem Daumen zuckte. Eliah sah mit den finsteren, harten Gesichtszügen und der erstarrten Haltung aus wie ein Panther vor dem Sprung, und Hannah schien schlichtweg mit jeder Minute ratloser zu werden. Vielleicht hatte sie aber auch Schwierigkeiten, dem Gesprächsverlauf zu folgen, obwohl Paul merklich darauf bedacht war, ein verständliches Deutsch zu sprechen.

Marilen machte am wenigsten Hehl aus ihrem Widerwillen gegen Pauls Rede. Als Charlotte ihrem Blick begegnete, zuckte sie förmlich zurück. Giftgetränkt galt ihre unverhüllte Feindseligkeit nicht nur Paul, sondern offensichtlich auch ihr und Hannah. Erschrocken richtete sie ihre Augen wieder auf Paul.

»Mein Unternehmen soll nicht schuld daran sein, dass meinem Enkel dieses Glück verwehrt wird.« Paul fixierte Eliah. »Ich habe deshalb den heutigen Tag damit verbracht, mit unseren Justiziaren und Anwälten zu konferieren und eine Entscheidung getroffen.«

Charlotte wartete regelrecht darauf, dass die Luft im Raum knisterte, so spürbar stieg die Spannung. Auch sie knetete den Griff ihres Gehstocks.

»Wie ihr wisst, bin ich im Jahre 1943 unter dramatischen Umständen aus Nazi-Deutschland geflohen. Dass es mir geglückt ist, über die Grenze zu gelangen und hier Fuß zu fassen, verdanke ich nicht nur Ilse, die mich damals zu ihren Verwandten geschickt hat, sondern nicht zuletzt einem beachtlichen Geldbetrag. Nun hat sich herausgestellt, dass der von Charlottes Familie stammt.« Er hob Einhalt gebietend die Hand, als alle zugleich zu Zwischenfragen ansetzten.

Hannah kam näher zu ihr herüber. »Das mit dem Geld – hat das mit dem Brief zu tun?«

»Scht!«, machte Charlotte unwirsch. Törichtes Mädchen!

Doch es war zu spät. Marcel Andrin hatte in der neuerlichen Stille die Frage gehört.

»Der Brief?«, knurrte er. »Es geht hier um den vermaledeiten Brief? Verfluchte Sentimentalität! Ich hätte das Ding wegwerfen sollen.«

Eliah warf einen fragenden Blick in Hannahs Richtung, den ihre Enkelin nur mit einem Schulterzucken beantwortete.

»Wovon redet ihr?«, mischte sich Paul ein. »Um welchen Brief geht es?«

»Um den von meiner Mutter. Der wird doch wohl der Grund für diese Zusammenkunft sein.«

Charlotte schüttelte resigniert den Kopf und warf Marcel Andrin einen tadelnden Blick zu. »Ihr Vater weiß nichts von dem Brief.«

»Was für ein Brief?« Pauls Stimme war von einer Kraft, die nichts mehr mit der eines alten Mannes gemein hatte. Sein stechender Blick bohrte sich in Charlotte. »Sei doch wenigstens du so gut und behandele mich nicht wie einen senilen Greis!«

»Grosi Ilse hat für Charlotte einen Brief hinterlassen«, sprang Eliah ein, als Charlotte noch eine Antwort überlegte. »Da du ihn offensichtlich nicht kennst, hat Charlotte vermutlich Grosis Wunsch entsprochen, ihn dir nicht zu zeigen.«

»So ist es.« Charlotte nickte. »Es betraf Dinge, die nur Ilse und mich etwas angehen.« So, jetzt war es herausgekommen. Bange beobachtete sie Pauls Reaktion.

»Geht es in diesem Brief um das Geld von damals?«, erkundigte er sich sachlich und schien zum Glück nicht verärgert zu sein, weil sie ihn nicht eingeweiht hatte.

Charlotte wand sich innerlich. Sie wollte Paul nicht anlügen. Das hatte sie nie getan, und sie würde mit neunzig Jahren nicht damit anfangen. Aber den Inhalt des Schreibens würde er niemals erfahren, hatte sie sich geschworen. »Ich glaube, wir sollten die Sache auf sich beruhen lassen«, wich sie einer konkreten Antwort aus. »Es war der Wunsch deiner Frau, dass die Dinge zwischen ihr und mir bleiben, und ich gedenke, ihm zu entsprechen.«

»Charlotte!« Pauls Blick wurde eindringlicher.

Ja, sie hatten die fünfundsiebzig Jahre definitiv hinter sich gelassen. Er konnte heute wie schon damals tief in ihr Inneres sehen.

»Hat Ilse etwas von dem Geld geschrieben? Ist zutreffend, was wir vermutet haben?«

Warum hatte Hannah diesen Brief erwähnen müssen? Sie presste die Lippen zusammen und schwieg.

»Also hat sie.« Paul lehnte sich in seinem Sessel zurück. »So hast du schon damals dreingeschaut, wenn du nicht mit der Wahrheit herausrücken wolltest.« Er schmunzelte leicht.

Charlotte war nicht zum Lachen zumute. Sie konnte nur hoffen, dass er nicht weiter nachbohrte. Sollte er noch einmal fragen, würde sie den Brief wegwerfen.

Paul wandte sich wieder an seine Angehörigen. »Charlottes Familie hat mir damals das Geld gegeben, das vermutlich mein Leben gerettet hat. Und ich gedenke nun, es ihr zurückzugeben, indem ich ihr einen Anteil an meiner Firma übereigne.«

Hätte er eine Handgranate zu seinen Füßen explodieren lassen, wäre die Wirkung keine andere gewesen. Alle Anwesenden – Charlotte und Hannah eingeschlossen – warfen einander verstörte Blicke zu, dann ging ein Ruck durch die erstarrte Gruppe.

»Das kannst du nicht machen!« Es war Marcel Andrin, der als Erster Worte fand.

»Was soll das, Grossätti?«, fragte Eliah geschockt. »Du schadest der Firma, um dich für Marilens schlechtes Benehmen zu rächen? Das kann doch nur ein Scherz sein.«

Paul saß in seinem Sessel und ließ den Tumult gelassen über sich ergehen. Er schien mit nichts anderem gerechnet zu haben.

»Das ist kein Scherz«, fuhr er fort und hob erneut Einhalt gebietend die Hand, nachdem nun auch Marilen und Leona wild auf ihn einredeten. »Meine Anwälte haben mir versichert, dass ich das entscheiden kann. Ihr beiden«, er sah Leona und Eliah an, »führt zwar die Geschäfte, doch Eigentümer des Andrin-Anteils bin ich. Weder das Gesetz noch der Vertrag stehen der Übertragung eines Bruchteils der Firma entgegen.«

»Du bist ja völlig übergeschnappt!«, warf Marilen ein. »Du glaubst doch nicht, dass ich das widerspruchslos hinnehme? Meine Anwälte werden das überprüfen, da sei dir sicher.«

»Dein gutes Recht.« Paul sah sie ruhig an. »Natürlich werden die Verträge so gefasst werden, dass der Fortbestand des Unternehmens nicht gefährdet ist. Mein Justiziar und die Anwälte arbeiten just in diesem Moment die Einzelheiten aus. Morgen werden die Dokumente zur Unterzeichnung hier eintreffen.«

»Was versprichst du dir davon?« Eliah sah seinen Großvater an, als hätte der ihm einige saftige Ohrfeigen verpasst.

»Dass du deine Entscheidung frei treffen kannst. Um die Zusammenführung der Anteile durch Heirat kann es dir ab heute nicht mehr gehen. Du wirst einen neuen Gesellschaftsvertrag nicht durch Eheschließung erreichen.« Paul sah sehr zufrieden, beinahe vergnügt aus.

Da war er allerdings der Einzige im Raum.

»Dann ist hier ja wohl alles gesagt. Du hörst von meinen Anwälten.« Marilen rauschte hocherhobenen Hauptes aus dem Salon.

Eliah sah ihr nach und überlegte offensichtlich, ob es

sinnvoller war, ihr zu folgen, um Kriegsrat zu halten, oder zu versuchen, seinen Großvater umzustimmen. Er entschied sich für Letzteres. »Grossätti, ich glaube, wir sollten noch einmal in aller Ruhe darüber reden. Du ahnst nicht, was du dem Unternehmen damit antust.«

»Das finde ich allerdings auch«, mischte sich Marcel Andrin ein. »Nur weil deine alte Liebe dir gerade den Kopf verdreht, kannst du nicht alles vor die Hunde gehen lassen. Herrgott, du bist doch keine sechzehn mehr!« Er bedachte seinen Vater und auch Charlotte mit einem zornigen Blick.

»Bitte, Grossätti! Du hast doch gar keine Ahnung mehr, wie Betriebe heutzutage geführt werden müssen«, argumentierte Leona. »Ich verstehe ja, dass du wütend auf Marilen bist, aber es muss andere Wege geben als den, das Unternehmen aufs Spiel zu setzen.«

Charlotte stand bebend an einen der freien Sessel gelehnt. Sie hatte Pauls Eröffnung bisher nicht kommentiert, und erstaunlicherweise schien ihre Meinung auch niemanden zu interessieren. Nicht einmal Paul – und das brachte das Fass zum Überlaufen.

»Hat eigentlich irgendwer mal daran gedacht, mich zu fragen, ob ich das überhaupt will?«, fragte sie spitz. Sie erschrak selbst, wie schneidend ihre Stimme klang. Sie konnte sich allerdings auch nicht daran erinnern, wann sie zum letzten Mal so zornig gewesen war.

Alle Köpfe schnellten zu ihr herum. Hoffnung blitzte in den Mienen von Eliah, Leona und Marcel Andrin auf.

»Ein Versäumnis, das gebe ich zu.« Paul winkte Brigitta heran. »Helfen Sie mir bitte in den Rollstuhl.« Dann sah er Charlotte an. »Das gemeinsame Dinner scheint auszufallen. Ich werde mich daher zurückziehen. Bitte iss mit mir in meinen Räumlichkeiten zu Abend. Und ich werde dir alles erklären.«

Charlotte zögerte. Da sie jedoch vorhatte, ihm gehörig die Meinung zu sagen, und das nicht vor seiner Familie tun wollte, nickte sie.

24. Mürren, Oktober 2018 – Hannah

Nachdem Granny mit Paul und Brigitta den Salon verlassen hatte, stand Hannah unschlüssig herum.

»Ich brauche frische Luft!« Eliah wandte sich an seine Schwester. »Gehen wir ein paar Meter?«

»Gern. Gib mir zwei Minuten, ich ziehe mich um.«

Eliah sah seine Eltern an. »Was ist mit euch?«

»Wir kehren nach Interlaken zurück«, erwiderte sein Vater. »Wie ich den alten Mann kenne, werden wir heute nichts mehr ausrichten können. Reden wir übermorgen mit ihm, wenn er wieder klar denken kann.« Ein nicht besonders freundlicher Blick wanderte dabei in Hannahs Richtung.

Übermorgen. Der Tag ihrer Abreise. Die Unterstellung dahinter verstand sie auch ohne perfekte Deutschkenntnisse. Ärger kroch in ihr hoch.

»Ich weiß nicht, was hier los ist«, warf Hannah ein und bedachte Eliahs Vater mit einem kühlen Blick. »Aber meine Großmutter ist daran sicherlich nicht beteiligt.« Dann wandte sie sich brüsk um und verließ den Salon.

Zornig stapfte sie die Treppe hinauf in ihr Zimmer und warf sich auf ihr Bett. Es gefiel ihr nicht, dass Granny zum Spielball irgendwelcher Familienzwistigkeiten gemacht wurde. Sie musste mit Eliah reden. Gleich, wenn er von seinem Spaziergang zurückkam.

Sie nahm ihren E-Reader und ging hinunter in die Bibliothek. Von hier aus konnte sie Eliah am besten abpassen.

Die breiten und bequemen Sessel in der kleinen Hausbibliothek luden dazu ein, es sich stundenlang mit einem guten Buch gemütlich zu machen. Hannah schaltete ihren E-Reader ein. Der sanfte Lichtschein erhellte die Umgebung milchig weiß. Aber statt zu lesen, schweiften ihre Gedanken ab.

Erwies es sich als Fehler, dass sie Pauls Einladung gefolgt waren? Die Zuneigung zwischen Granny und Paul war nicht zu übersehen, ihr ging das Herz auf, wenn sie die Blicke sah, die beide tauschten. Doch alles andere schien täglich komplizierter zu werden.

Ein Geräusch ließ sie aufhorchen. Brigitta kam die Treppe herunter. Die energischen Schritte erkannte Hannah inzwischen. Pauls Pflegerin durchquerte die Eingangshalle, als jemand aus dem Salon kam.

»Ach, Herr und Frau Andrin, Sie fahren jetzt? In der Küche stehen Brot und Gulaschsuppe, falls Sie sich vorher stärken wollen.«

»Nein, danke, Brigitta«, erwiderte Eliahs Vater. »Wir möchten rechtzeitig an der Bahn sein. Ich werde in den kommenden Tagen sicher noch einmal vorbeischauen, dann lasse ich mich gern von Ihren Kochkünsten verführen.« Er lachte jovial.

Brigitta antwortete etwas, das Hannah nicht verstand, und ging in die Küche.

Nun ertönten andere Schritte auf der Treppe. Auch die identifizierte Hannah sofort. Das Tock-Tock hoher Absätze konnte nur zu Marilen gehören.

»Ach, Marilen, gut, dass ich dich vor unserer Abfahrt noch treffe, wir sollten über …« Der Rest von Marcel Andrins Worten versank im Dialekt.

»Ganz unbedingt.« Das war Marilen. »Ich lasse mir doch von der alten Schachtel und ihrer kuhäugigen Enkelin nicht meine Zukunft zerstören.«

Hannah richtete sich auf. Jetzt wurde es spannend. Leider

sprachen die beiden schnell und zudem kein Hochdeutsch. Hannah hatte jedoch in den vergangenen Tagen gemerkt, dass sie nicht lange brauchte, um sich in den Dialekt hineinzuhören. Anfangs schien es ihr so, als redeten die beiden ein fürchterliches Kauderwelsch. Doch wie eine Silhouette im Nebel beim Näherkommen an Kontur gewann, so bildeten sich immer verständlichere Worte heraus. Nach einigen Sätzen konnte sie das meiste sinngemäß erfassen.

»Mein Vater ist stur. Meinst du nicht, es sei das Beste, einen neuen Gesellschaftsvertrag ... Berücksichtigung der neuen Situation ...?«

»Niemals!« Marilen schnaubte empört. »Andrin ist ein Familienunternehmen. Familie! Das seid ihr und ich. Zusammen. Eine Familie!«

Eine Familie. Wie sie das betonte. Hannah legte die Stirn in Falten, und allmählich begriff sie, worum es Marilen ging. Ihre Eltern waren gestorben. Sie hatte niemanden mehr. Familie. Dieses Grundbedürfnis dazuzugehören. Solange die Firma nur ihnen gehörte – den Andrins und Marilen –, war sie eine von ihnen. Mit Eliah als Ehemann noch einmal mehr. Sie konnte die Familie mithilfe ihrer Anteile binden. Jeder Einfluss von außen, jeder neue Gesellschafter würde diese Bindung stören. Ob bei Marilen Liebe im Spiel war, vermochte Hannah bei diesem menschgewordenen Eisblock nicht zu entscheiden. Sicher war aber, dass sie emotional involviert war. Sie wollte zu dieser Familie gehören – und ihre Anteile waren der Schlüssel dazu. Das war so verfahren, dass Hannah unerwartet Mitleid mit Marilen empfand.

Vor der Tür wurde die Diskussion hitziger. Offenbar zog Marcel Andrin nicht die gleichen Schlüsse wie Hannah und verstand nicht, warum Marilen nicht bereit war, eine Umstrukturierung und Öffnung des Unternehmens für mehrere Gesellschafter in Betracht zu ziehen.

»… mit Eliah besprechen«, drangen seine beschwörenden Worte zu Hannah in die Bibliothek, »… Strategie entwickeln … meinen Vater umstimmen …«

Irgendwann lachte Marilen höhnisch auf. »Eliah ist wie ein Hündchen, sobald es um Paul geht. ›Grossätti hier und Grossätti dort‹«, äffte sie ihren Verlobten nach, und Hannahs Mitgefühl mit ihr ließ deutlich nach. So sprach man doch nicht über einen Menschen, den man – wenn schon nicht liebte, so aber wenigstens – gernhatte. »Ich werde die Sache selbst in die Hand nehmen, darauf kannst du dich verlassen.«

Nach einer Erwiderung von Marcel Andrin entfuhr Marilen erneut ein unfroher Laut.

»Sei dir gewiss, dass ich etwas unternehme. Die Alte soll Paul in Ruhe lassen und die Kuh Eliah.«

Marilens unheilvoller Unterton ließ Hannah frösteln. Ihr Mitleid erlosch so rasch, wie es aufgeflackert war.

Marcel und Carolin Andrin verabschiedeten sich, Marilen verschwand kurz in der Küche, wünschte Brigitta eine gute Nacht und ging nach oben. Ruhe kehrte ein.

Hannah griff wieder zu ihrem E-Reader und widmete sich halbherzig ihrem Krimi.

Sie wusste nicht, wie lange sie gelesen hatte, bis die Haustür schließlich erneut geöffnet wurde.

Hannah spähte um die Ecke.

Es war Leona. Sie betrat die Eingangshalle, hauchte in ihre Handflächen und rieb sich die Hände. »Was für eine Kälte. Zum Glück hat wenigstens der Regen nachgelassen«, sagte sie zu Brigitta, die aus der Küche blickte.

»Wenn Sie etwas essen wollen, auf dem Herd halte ich Suppe warm.«

»Sehr gern, eine warme Suppe klingt perfekt.« Leona

schlüpfte aus ihrer Jacke und hängte sie in die Garderobe, die sich als abgeteilter Raum neben dem Eingang befand.

»Sagen Sie Ihrem Bruder nachher Bescheid? Ich gehe gleich hoch auf mein Zimmer.«

»Mache ich, sofern ich ihn noch sehe. Er hat auf dem Heimweg Freunde getroffen und ist auf ein Bier bei ihnen geblieben. Er musste auf andere Gedanken kommen.«

»Verständlich.« Brigitta nickte mitfühlend. »Das war eine große Aufregung vorhin.«

Leona folgte der Hausangestellten in die Küche, die Tür schloss sich hinter den beiden.

Wenn Eliah mit Freunden unterwegs war, hatte es keinen Sinn, auf ihn zu warten. Hannah schaltete den E-Reader aus, durchquerte die Eingangshalle und huschte die Treppe hinauf.

Unter Grannys Tür schimmerte kein Licht. Sie war entweder noch bei Paul oder schon schlafen gegangen. So erschöpft, wie Paul gewirkt hatte, tippte Hannah auf Letzteres.

In ihrem Zimmer warf Hannah den E-Reader aufs Bett und ging zum Fenster, um die Vorhänge zu schließen. Der Regen hatte aufgehört, dafür waberte vom Tal aus neuer Nebel nach Mürren hoch. Über dem Ort wölbte sich hingegen ein sternengespickter Himmel mit malerisch halbem Mond. Mystisch irgendwie.

Hannah kramte einen Müsliriegel aus dem Seitenfach ihres Rucksacks. Gedankenverloren knabberte sie an ihrem spärlichen Abendessen, während ihr Blick auf der Kamera ruhte.

Vielleicht würde sie heute doch noch zu einem gelungenen Foto kommen. Sie montierte die Kamera auf das Stativ, suchte nach dem Fernauslöser und dem passenden Objektiv und trat auf den Balkon.

London schlief nie, Mürren jedoch begab sich mit Einbruch der Dunkelheit zur Ruhe. Irgendwo rief ein Vogel, von weiter entfernt drang das Gelächter der letzten Nachtschwärmer an ihr Ohr. In zwei Tagen wäre sie zurück in ihrer pulsierenden Heimatstadt. Die stille Erhabenheit der Bergwelt nahm sie noch immer gefangen, aber inzwischen konnte sie es kaum abwarten, die Schweiz zu verlassen. Pauls absurde Idee, die Reaktion der Familie darauf, Eliah und Marilen – all das brauchte sie wirklich keinen Tag länger.

Auf dem umlaufenden Balkon suchte sich Hannah eine gute Position für das Stativ und richtete die Kamera aus. Über die hölzernen Balken wurde jede Bewegung übertragen, deshalb trat sie um die Ecke und wartete einige Augenblicke, bevor sie den Fernauslöser betätigte. Es klickte, sie belichtete mehrere Sekunden, und die Probeaufnahme war im Kasten. Nach einem prüfenden Blick auf das Display korrigierte sie den Bildausschnitt und die Belichtungseinstellungen, ging wieder einen Schritt zurück, wartete, löste aus – und spürte im selben Moment eine leichte Vibration der Dielen. Das Foto würde verwackeln. Wer lief denn jetzt noch auf dem Balkon herum?

Am entgegengesetzten Ende des Hauses huschte ein Schatten an der Wand entlang. Dort waren Pauls Räumlichkeiten, doch der dunkle Umriss bewegte sich zu behände, um Paul zu sein. Die Silhouette verharrte auf Höhe von Pauls Balkontür.

Hannah starrte in die Dunkelheit und versuchte vergeblich, im spärlichen Mondlicht mehr zu erkennen. Ein Geräusch wehte zu ihr herüber. Ein fast unhörbares Quietschen untermalte das Öffnen der Schiebetür. Jemand drang in Pauls Schlafzimmer ein! War dieser Tag nicht schon seltsam genug gewesen?

Hannahs Herz schlug bis zum Hals. Wer auch immer sich

zu Paul schlich, wollte nicht dabei beobachtet werden, wie er das Zimmer betrat. Das konnte nichts Gutes bedeuten.

Sie musste an Marilens Ankündigung denken, die Angelegenheit selbst zu regeln. Wollte sie Paul jetzt bearbeiten? Um diese Zeit? Der alte Mann schlief doch sicherlich schon längst.

Ein Streifen Licht fiel auf den Balkon. Der Besucher hatte das Licht in Pauls Schlafzimmer eingeschaltet. Hannah dachte plötzlich an den unangenehmen Unterton in Marilens Worten, und ein ungutes Gefühl breitete sich in ihr aus.

Sie drückte sich an der Kamera vorbei und schob sich auf Zehenspitzen ebenfalls an der Wand entlang. Das Holz unter ihren Füßen war für heimliche Aktionen völlig ungeeignet. Kurz hinter Grannys Zimmer knarzte ein Brett, als wollte es Alarm schlagen. Hannah erstarrte und lauschte atemlos. Nichts geschah. Sie schlich weiter. Auf Höhe von Pauls Räumen bewegte sie sich im Zeitlupentempo und rechnete innerlich bei jeder Gewichtsverlagerung mit dem nächsten heimtückischen Ächzen des Holzes.

Die Balkontür von Pauls privatem Wohnzimmer stand einen Spaltbreit offen. Licht brannte dort nicht. Natürlich nicht. Von diesem Zimmer aus gelangte man auf den Flur – der Lichtschein unter der Tür wäre verräterisch gewesen.

Sie schob sich weiter. Als sie das erleuchtete Fenster erreichte, hatte Hannah trotz der kühlen Abendluft schweißnasse Hände. Ihr Herz pochte in der Brust, als ob sie selbst – und nicht die Person im Zimmer – etwas im Schilde führte. Behutsam näherte sie sich der Stelle, an der durch den Spalt zwischen den Vorhängen das Licht flutete. Ein rascher Blick, dann zog sie den Kopf zurück. Jetzt hatte sie Gewissheit. Dort auf dem Stuhl an Pauls Bett hockte tatsächlich Marilen.

Hannah hätte nicht sagen können, was sie erwartet hatte.

Ein wildes Streitgespräch wahrscheinlich, vielleicht sogar erregtes Armgefuchtel. Die Szene sah jedoch ganz friedlich aus. Da Marilen mit dem Rücken zu Hannah saß, konnte sie nicht genau erkennen, was dort vor sich ging. Paul schien zu schlafen. Auch Marilen war ruhig. Hielt sie seine Hand? Eliahs Verlobte wartete eine Weile, dann legte sie etwas in die Nachttischschublade und erhob sich. Ihr Blick wanderte zum Balkon, und Hannah zuckte zurück. Einen Moment später verriet ein Schatten, dass Marilen am Fenster stand.

Spähte sie hinaus, weil sie gespürt hatte, dass sie beobachtet wurde?

Hannah erstarrte zur Salzsäule. Hoffentlich knarzte der dämliche Holzboden nicht ausgerechnet jetzt. Auf ein Zusammentreffen mit Marilen konnte sie gut verzichten.

Zum Glück wandte sich Marilen kurz darauf ab. Das Licht im Schlafzimmer erlosch.

Marilen würde vermutlich zurück denselben Weg wählen wie hin, schoss es Hannah reichlich spät durch den Kopf. Verdammt! Keine Zeit, sich über knarzende Bohlen Gedanken zu machen. Hannah sprintete in ihr Zimmer. Gerade noch rechtzeitig. Als der Puls nicht mehr in ihren Ohren klopfte, hörte sie, wie sich Marilens Schritte entfernten, dann war es wieder ruhig.

Hannah holte ihre Kamera herein, schloss die Balkontür und ließ sich auf ihr Bett fallen. Was hatte das zu bedeuten? Die einfachste Erklärung war, dass Marilen Paul in einem Gespräch unter vier Augen hatte umstimmen wollen, ihn dann aber doch nicht geweckt hatte. Warum jedoch diese Heimlichtuerei? Außerdem wusste jeder im Haus, dass Paul normalerweise direkt nach dem Abendessen schlafen ging. Wenn Brigitta rund zwei Stunden nach dem Essen noch einmal seinen Blutzuckerwert kontrollierte, schlief Paul meist schon. Der eine Abend mit Granny war eine Ausnahme gewesen. Wenn sich das sogar bis zu Hannah herumgesprochen hatte, sollte Marilen es doch erst recht wissen. Sinn ergab das alles nicht.

Sie würde Marilen im Auge behalten, nahm Hannah sich vor, griff frustriert nach ihrem Krimi und begann zu lesen.

25. Mürren, Oktober 2018 – Hannah

Ein Schrei zerriss die Stille.

Abrupt setzte Hannah sich auf. Der E-Reader fiel von ihrer Brust und landete auf der Bettdecke. Ihr Herz raste, und sie lauschte in die Dunkelheit. Nichts. Sie hatte wohl die Ereignisse des Krimis mit in den Traum genommen.

»Hilfe! Jemand muss den Notruf wählen!« Das war Brigitta.

Doch keine Einbildung.

Jetzt hörte sie, wie Türen geöffnet wurden. Hannah sprang aus dem Bett und lief auf den Flur. Aus Pauls Zimmer strömte Licht. Nun gingen auch die Lampen auf dem Gang an. Eliah rannte zu Pauls Räumen, Marilen folgte ihm.

Neben Hannah öffnete sich Grannys Tür, und ihre Großmutter streckte den Kopf heraus. »Ist etwas passiert?«

»Das weiß ich noch nicht.« Hannah griff vorsichtshalber nach Grannys Arm. »Ein Hilferuf von Brigitta aus Pauls Zimmer.«

Ihre Großmutter erbleichte. Nur im Nachthemd bekleidet eilte sie den Flur hinunter. Ihren Stock hatte sie nicht dabei, und so lief Hannah neben ihr und stützte sie.

Marilen lehnte am Türrahmen und starrte in Pauls Wohnzimmer.

»Was ist denn passiert?«, erkundigte sich Granny bei ihr.

»Keine Ahnung.« Marilen zuckte mit den Schultern.

Von drinnen hörte man Eliah telefonieren. Vermutlich rief er den Notarzt, nach dem Brigitta verlangt hatte.

Granny drängte sich energisch an Marilen vorbei, und Hannah blieb nichts anderes übrig, als ihr zu folgen.

Eliah war leichenblass. Er legte soeben das Telefon wieder in die Ladestation und lächelte Hannah und ihre Großmutter traurig an. »Grossätti geht es nicht gut. Hypoglykämischer Schock. Er hatte schon das Bewusstsein verloren, als Brigitta vor dem Zubettgehen seinen Blutzucker kontrollieren wollte.« Er ging in Pauls Schlafzimmer. »Rettung ist unterwegs«, informierte er die Pflegerin, die Eliah einen kurzen Blick über die Schulter zuwarf.

»Ich habe ihm Glucagon injiziert«, sagte sie und hielt ein stiftähnliches Ding in die Höhe. »Jetzt heißt es warten und hoffen, dass es rechtzeitig war.«

»Ein Hypokit«, erklärte Granny, die Hannahs ratlose Miene richtig interpretierte. »Das Glucagon wird in Notfällen injiziert.« Sie setzte sich auf den Rand des Bettes und ergriff Pauls Hand. »Ich verstehe das nicht. Er war so gewissenhaft im Umgang mit seiner Krankheit. Und Sie haben doch auch immer alles kontrolliert.« Der letzte Satz galt Brigitta.

»Es war alles gut«, bekräftigte die Pflegerin. »Ich kann mir das nicht erklären. Herr Andrin achtet sehr auf seinen Diabetes.« Sie schüttelte den Kopf, zog die Nachttischschublade auf und holte einen Kugelschreiber heraus. Dass es eher eine Art Spritze war, ging Hannah auf, als Brigitta das längliche Utensil genauer in Augenschein nahm und letztlich aufschraubte. »Da hol mich doch der … Das kann doch gar nicht …«, murmelte sie. »Da fehlt Insulin.«. Sie warf einen prüfenden Blick in den Nachttisch. »Nicht ausgelaufen.« Ratlos sah sie in die Runde. »Ich habe vorhin eine frische Patrone in den Insulinpen gesteckt. Deshalb bin ich mir sicher: Da fehlt mehr Insulin, als fehlen dürfte.«

»Das erklärt den Zustand meines Großvaters.« Eliah zog die Augenbrauen zusammen. »Aber wie zur Hölle ist es dazu gekommen?«

Hannah warf einen fragenden Blick zu Granny. Da ihre

Großmutter aber nur Augen für Paul hatte, dessen Hand sie in einer hilflos wirkenden Art tätschelte, wandte sie sich an Eliah. »Was heißt das?«

Der zog sich einen Stuhl heran und ließ sich müde darauf fallen. »Bei einem Diabetiker produziert der Körper nicht genug Insulin«, erklärte er und fuhr sich durch die Haare. »Dieses Hormon regelt die Energieversorgung der Zellen mit Zucker. Zu viel Insulin senkt den Blutzuckerspiegel auf ein schlimmstenfalls tödliches Maß, weil die unterversorgten Zellen nicht mehr arbeiten können.« Er warf einen besorgten Blick auf Paul, der sich noch immer nicht regte. »Bei Grossätti ist genau das geschehen. Er hat aus irgendwelchen Gründen zu viel Insulin erhalten. Das Glucagon, das Brigitta ihm soeben gegeben hat, hebt den Blutzuckerspiegel. Wenn wir Glück haben, kommt mein Großvater bald wieder zu sich.« Aus der Ferne hörte man das Motorengeräusch eines Helikopters, und Eliah seufzte hörbar erleichtert auf. »Den Rest übernehmen die Ärzte im Spital.«

Kurz darauf saßen Granny und Hannah im Salon. Hierher hatten sie sich zurückgezogen, um niemandem im Weg zu stehen. Trotzdem gewährte die geöffnete Tür einen Blick auf die Treppe, und sie würden es mitbekommen, wenn es Neuigkeiten gab.

Vor einigen Minuten schon waren ein paar Männer – Sanitäter und vielleicht war auch ein Notarzt darunter – eingetroffen und von Eliah in Empfang genommen und zu Paul geführt worden. Von oben hörte man Stimmengemurmel, während es im übrigen Haus gespenstisch still war.

Selbst das Holz im Kamin knackte nicht mehr, keine Flamme wärmte prasselnd den Raum. Die Reste der Glut lagen ersterbend auf dem Gitterrost.

Hannah hatte auf einem der Sessel eine Decke gefunden und Granny umgelegt. Ihre Großmutter verschwand fast darin und wirkte auf eine bedrückende Weise zusammengefallen. Hannah hatte ihre Großmutter noch nie als alt empfunden. Nicht in dem Sinne, dass mit dem Älterwerden das Lebensende näher rückte. Doch in diesem Moment war es ihr, als müsste sie mitansehen, wie sich Granny vor ihren Augen auflöste. Ein schweres Gewicht ließ ihre Brust eng werden. Tröstend drückte Hannah Grannys Hand. Sie war eiskalt.

Hannah schluckte den Kloß im Hals hinunter, ging vor der Feuerstelle in die Hocke und pustete in die Asche, die staubig aufwirbelte. Eine schlechte Idee, stellte sie hustend fest. Abgesehen von einer dunklen Qualmwolke hatte sie keinen nennenswerten Erfolg erzielt. Sie hatte noch nie ein Feuer entfacht und keine Ahnung, wie man aus den glimmenden Überresten knisternde Flammen zauberte. Dabei benötigte Granny dringend Wärme.

»Ich mache dir einen Tee«, schlug sie vor, und ihre Großmutter lächelte schwach. Immerhin reagierte sie.

Von der Treppe ertönte ein Poltern. Die Sanitäter trugen Paul herunter. Sofort stand Granny auf und hielt mit wackeligen Schritten auf die Tür zu.

»Bleib hier«, sagte Hannah sanft und stützte sie mit einem Griff an den Arm. »Du kannst jetzt nichts für ihn tun.«

»Ich kann ihn doch nicht allein lassen.« Grannys Stimme verriet die mühsam unterdrückten Tränen. »Wir haben uns doch gerade erst wiedergefunden.«

»Er wird im Heli weggebracht.« Eliah war wie aus dem Nichts vor ihnen aufgetaucht. »Leona fliegt mit und kümmert sich um alles. Mehr Begleitpersonen haben im Hubschrauber keinen Platz.« Er fasste Granny sacht an den Schultern. »Komm, setz dich. Du siehst nicht so aus, als könntest du noch lange stehen.« Eliah führte Granny zum

Sessel, und Hannah staunte einmal mehr, wie gut er mit ihrer Großmutter klarkam. Fürsorglich legte er wieder die Decke über sie.

»Ich wollte ihr einen Tee machen«, sagte Hannah. »Sie hat ganz kalte Hände.«

»Das übernehme ich«, bot Eliah an. »Wir können wohl alle einen gebrauchen.«

»Meinen Morgenmantel«, sagte Granny leise. »Darling, kannst du ihn mir bitte holen? Mir ist in der Tat ein bisschen kühl.«

»Natürlich.«

Froh, etwas tun zu können, betrat Hannah die Eingangshalle. Da war allerdings kein Durchkommen. Jeder im Haus schien sich in diesem Moment hier aufzuhalten.

Brigitta überwachte mit Argusaugen die Sanitäter, die Paul nach draußen trugen. Marilen folgte mit einer kleinen Reisetasche.

Leona eilte mit einem ähnlichen Gepäckstück die Treppe herunter. »Ich habe Kleidung zum Wechseln für mich eingepackt.« Sie nahm Marilen die andere Tasche ab und hielt sie in die Höhe. »Und hier, Pauls Notfalltasche, ist die auch vollständig?« Die letzte Frage war an Brigitta gerichtet.

»Natürlich, die ist immer vorbereitet.« Die stets tatkräftige Frau wirkte erschüttert. »Bitte melden Sie sich, sobald sie im Spital eingetroffen sind«, rief sie Leona hinterher und beobachtete von der Tür aus, wie die Männer mit Paul und Leona zum Hubschrauber gingen.

Eliah war auf dem Weg in die Küche stehen geblieben und starrte mit verbissener Miene in die Nacht hinaus. Hannah wäre gern zu ihm gegangen, um ihn zu trösten, doch sie war sich der Blicke seiner Verlobten nur allzu bewusst. Marilen stand am Fuße der Treppe und blitzte böse in ihre Richtung.

Draußen nahmen die Rotoren mit einem anschwellenden Wummern ihren Dienst auf, und die Starre der Zurückbleibenden löste sich. Eliah ging in die Küche. Brigitta schloss mit einem resignierten Kopfschütteln die Haustür. Als sie sah, dass Eliah in der Küche verschwand, eilte sie ihm hinterher.

Hannah wandte sich der Treppe zu und bemerkte, dass Marilen schon hinaufgegangen war. Der launischen Frau stand offenbar nicht der Sinn danach, zusammen mit der Familie auf Neuigkeiten aus dem Krankenhaus zu warten. Hannah sollte es recht sein. Ihr stand nämlich nicht der Sinn danach, diese giftige Miene länger als notwendig vor sich zu haben.

Aus Pauls Zimmer fiel ein Lichtschein. In all der Aufregung hatte wohl niemand daran gedacht, die Lampe auszuschalten. Kurz entschlossen stieß Hannah die Tür auf.

Pauls kleines Wohnzimmer lag verwaist vor ihr, und sie nahm es zum ersten Mal richtig wahr. Wie im gesamten Haus dominierte massives Holz, doch durch die hellen Vorhänge und die großen Fenster wirkten die Möbel nicht erdrückend. Gerahmte Aufnahmen hingen an den Wänden. Eine davon kam Hannah vertraut vor. Sie trat näher. Es war das Foto, das sie selbst in Hangeck aufgenommen und an Eliah gemailt hatte – nicht ahnend, was sie damit auslöste. Paul hatte es ausdrucken und rahmen lassen.

Ein schmerzvolles Ziehen breitete sich in Hannahs Herzgegend aus. Es war so rührend, dass diese alte Liebe wieder aufgelebt war. Es durfte heute einfach nicht enden.

Plötzlich spürte Hannah, dass sie nicht mehr allein war, und fuhr herum.

Marilen stand in der Tür zum Schlafzimmer und sah Hannah erschrocken an. »Was machst du hier?« Marilen versuchte offenbar, forsch aufzutreten, doch ihrer Stimme fehlte die übliche Arroganz. Sie hatte einen Stift in der Hand, den sie in ihre Gesäßtasche schob.

Hannah runzelte die Stirn. »Da war Licht. Ich wollte es ausmachen.« Hannah sah Marilen fest in die Augen. »Und was machst du hier?«

»Nach dem Rechten sehen. Ob alles heil geblieben ist. Es war gerade so viel Chaos im Raum.«

Sie log. Hannah spürte es mit jeder Faser. Aber warum? Hatte sie etwas gesucht? Hatte sie vielleicht auch vorhin schon etwas gesucht, es nicht gefunden und nun die Gelegenheit ergriffen, noch einmal in Ruhe nachzusehen? Das ergab Sinn.

»Was hast du da vor mir versteckt?« Sie nickte in Richtung der Hosentasche.

»Versteckt? Ich?« Marilen riss die Augen auf. »Nichts. Was du dir alles einbildest!«

Marilen war eine schlechte Schauspielerin. Hannah trat einen Schritt näher, dabei fiel ihr Blick auf den Nachttisch. Ein Bild erschien vor ihrem inneren Auge. Und plötzlich begriff Hannah: Marilens Stift in der Hosentasche war kein Schreibutensil. Es war Pauls Insulinpen.

»Du warst vorhin am Nachttisch.« Ihr wurde flau im Magen, als sie die gesamte Tragweite verstand. »Du warst an seinem Insulin!« Entsetzt starrte sie Marilen an. »Was hast du mit Paul gemacht?«

Marilen sah Hannah einen Moment lang an. »Ich habe natürlich nichts mit Paul gemacht«, erwiderte sie dann ruhig und unerwartet freundlich. »Aber du hast recht«, räumte sie ein und wirkte immer noch irritierend aufgeräumt. »Ich habe den Insulinpen mitgenommen. Ich wollte ihn untersuchen. Und ich habe tatsächlich etwas entdeckt.« Marilen griff an ihr Gesäß und zog das Utensil aus der Tasche. »Schau.« Mit diesen Worten drückte sie der überrumpelten Hannah den Stift in die Hand.

Hannah betrachtete den Insulinpen von allen Seiten. Auf den ersten Blick sah er aus wie ein dicker Kugelschreiber, abgesehen von einer Skala im oberen Bereich. »Mir fällt nichts auf. Ich hatte so ein Teil aber noch nie in der Hand. Worauf muss ich achten?« Sie hob den Kopf und begegnete Marilens Blick. Er gefiel ihr gar nicht. Die Frau belauerte sie geradezu. Etwas stimmte hier nicht. »Ich finde hier nichts«, sagte sie und wollte Marilen den Pen zurückgeben, doch die hob abwehrend die Hände.

»Behalte ihn ruhig«, erwiderte sie zuckersüß, und ihr Lächeln erinnerte plötzlich an einen Haifisch.

Irgendetwas in Marilens Stimme mahnte Hannah, der Frau nicht zu vertrauen. »Was wird hier gespielt?«

Marilen starrte einen Moment lang zurück, dann verzerrte sich das Haifischlächeln zu einer Maske purer Abscheu. »Du warst vorhin auf dem Balkon«, zischte sie leise. »Ich habe mich also nicht verhört. Aber du machst mir mein Leben nicht kaputt. Du nicht!« Ehe Hannah wusste, wie ihr geschah, ergriff Marilen Hannahs Hand und presste die Finger um den Pen schmerzhaft zusammen. »Eliah!«, schrie sie gleichzeitig. »Eliah, komm schnell!«

Im ersten Augenblick war Hannah zu perplex, um zu reagieren, dann versuchte sie, ihre Hand aus Marilens zu winden, doch diese zierliche Frau verfügte über einen eisernen Griff.

Schon hörte man das Poltern schwerer Schritte auf der Treppe, und Eliah tauchte im Türrahmen auf. Im selben Moment drückte Marilen Hannahs Arm gegen die Wand. Für einen Außenstehenden musste es so aussehen, als würden sie um das Ding in Hannahs Hand kämpfen. Und in dieser Sekunde wurde Hannah alles klar …

»Lass sie los!«, donnerte Eliahs Stimme durch den Raum.

»Bist du von allen guten Geistern verlassen?«. Mit zwei großen Schritten war er bei ihnen und trennte Marilen und Hannah.

Der Pen fiel dabei zu Boden.

»Was zum Teufel …?« Er bückte sich.

»Der Insulinpen aus dem Nachttisch.« Marilen klang hocherfreut. »Ich habe Hannah dabei überrascht, wie sie ihn mitnehmen wollte.«

»Aber warum?« Ein absolut entgeisterter Blick traf Hannah.

»Ich nehme an, um das Beweismittel verschwinden zu lassen.« Marilen war der personifizierte Triumph.

Hannah wurde schwindelig vor Schreck. Hatte sie gerade noch gedacht, Eliahs Verlobte sei eine schlechte Schauspielerin? Die Frau war abgrundtief durchtrieben. Und sie selbst hatte nichts außer einer dünnen Geschichte. Niemand würde ihr glauben.

»Aber das stimmt nicht!«, rief sie halb empört, halb verzweifelt aus und rieb sich die schmerzenden Finger. »Es war genau umgekehrt.«

Eliah sah Marilen ruhig an, dann Hannah. »Erzähl.« Er lehnte sich mit unbewegter Miene an den Türrahmen, doch seine Augen schienen Löcher bis in ihre Seele zu brennen.

War es ein gutes Zeichen, dass er sie zuerst anhörte? Hannah bemühte sich, ihn offen anzusehen. Was unter dem Eindruck des intensiven Loderns in seinen Augen nicht einfach war.

»Als ich die Treppe hochkam, sah ich Licht in Pauls Zimmer«, begann sie. »Ich dachte, das sei vergessen worden, und wollte es ausmachen. Plötzlich stand Marilen im Türrahmen. Sie hatte mich nicht kommen hören. Als sie mich sah, ließ sie diesen Stift«, sie zeigte auf das Teil in Eliahs Hand, »diesen Insulinpen, schnell in ihrer Hosentasche verschwinden.«

»Lügnerin!«, fuhr Marilen dazwischen, doch Eliahs Blick brachte sie zum Verstummen.

»Lass Hannah ausreden.« Seine ruhige Art verlieh Eliah eine Autorität, die offenbar selbst seine Verlobte beeindruckte.

Kluge Frau, dachte Hannah. Sie hatte nichts davon, Eliah jetzt gegen sich aufzubringen. Immerhin musste sie ihn gleich davon überzeugen, dass Hannah die Schuld an Pauls Zustand trug. Bei diesem Gedanken wurden erneut ihre Beine weich.

»Was geschah dann?« Eliah nickte Hannah auffordernd zu.

»Ich habe mich daran erinnert, dass mit dem Insulinpen in der Schublade etwas nicht stimmte. Und dass Marilen vorhin in Pauls Zimmer an der Schublade war.«

»So ein Unsinn!«, schnaubte Marilen und schüttelte scheinbar fassungslos den Kopf.

»Ist das wahr?« Eliahs Blick wanderte von Hannah zu Marilen. »Du warst an seinem Insulinpen?« Drohend zog er die Augenbrauen zusammen.

»Selbstverständlich nicht«, erklärte Marilen mit Nachdruck.

»Ist das wahr?«, richtete Eliah seine Frage diesmal an Hannah.

»Ist es.« Sie nickte und hielt seinen Blick. Jetzt kam es darauf an. Er *musste* ihr einfach glauben. Sie wollte sich nicht ausmalen, was geschah, wenn sie in diesem fremden Land plötzlich in den Verdacht geriet, einen alten Mann angegriffen zu haben. »Ich war auf dem Balkon und habe Fotos gemacht, als ich gesehen habe, wie sich jemand durch die Balkontür Zugang zu Pauls Räumen verschaffte. Das kam mir seltsam vor, und ich bin nachsehen gegangen. Paul schlief. Marilen saß mit dem Rücken zu mir, ich konnte nicht erkennen, was sie gemacht hat. Aber danach hat sie etwas in die Nachttischschublade gelegt. An Pauls Insulin habe ich da natürlich noch nicht gedacht. Der Gedanke, dass sie damit etwas zu tun haben könnte, kam mir erst, als sie den Pen vor mir versteckt hat.«

»Und warum hätte ich an dem Pen rumspielen sollen?«, zischte Marilen giftig und war zur Abwechslung sogar bereit, ins Englische zu wechseln.

»Um die *Angelegenheit zu regeln*.« Hannah warf Marilen einen kämpferischen Blick zu und malte mit den Fingern Anführungszeichen in die Luft, um nicht nur allein durch die Betonung zu verdeutlichen, dass sie jemanden zitierte. Es kam überhaupt nicht infrage, dass sie sich zum Sündenbock irgendwelcher innerfamiliären Intrigen machen ließ. »Weil du deinem eigenen Verlobten nicht zutraust, eine Lösung zu finden. So hast du es doch vorhin Eliahs Vater gegenüber behauptet.«

»Nichts dergleichen habe ich gesagt!«, feuerte Marilen zurück. »Wie willst du das überhaupt verstanden haben? Wir haben Schwyzerdütsch gesprochen.«

»Also hast du mit ihm geredet«, stellte Eliah nüchtern fest. »Was habt ihr da schon wieder für Winkelzüge entworfen?« Er kniff die Augen zusammen. »Du traust mir wirklich nicht zu, dass wir eine vernünftige Lösung mit Grossätti finden, nicht wahr? Glaubst du ernsthaft, er würde etwas tun, das die Firma zerstört? Sein Lebenswerk?«

»Was weiß denn ich, was in dem senilen Hirn eines Greises passiert?« Marilen erwiderte seinen Blick kühl. »Mag sein, dass ich etwas in der Art zu deinem Vater gesagt habe, aber trotzdem habe ich nicht seinen Insulinpen manipuliert.«

»Und warum sollte Hannah ihn manipuliert haben?« Eliah fragte sachlich nach, und in Hannah entzündete sich eine warme hoffnungsvolle Flamme. Er hatte keinen Grund, ihr zu glauben, und dennoch nahm er Marilens Version nicht einfach hin.

»Um Unfrieden zu säen natürlich«, gab Marilen prompt Antwort. »Schau uns doch an! Wir stehen hier und streiten, und sie lacht sich ins Fäustchen.«

Eliahs Blick traf erneut kurz auf Hannahs, bevor er sich wieder Marilen zuwandte. »Ich sehe hier niemanden, der sich ins Fäustchen lacht. Aber ich würde gern unter vier Augen mit dir weiterreden.« Er bedeutete Marilen mit einer Kopfbewegung, den Raum zu verlassen. »Lass uns in mein Zimmer gehen.«

Marilen wirkte einen Moment, als wollte sie widersprechen, dann begnügte sie sich mit einem hoheitsvollen Blick auf Hannah und stolzierte hinaus.

Erst als sie die Luft ausstieß, realisierte Hannah, dass sie den Atem angehalten hatte.

Eliah sah aus, als wollte er etwas sagen, doch er lächelte nur matt, fuhr sich mit der inzwischen vertrauten Geste über den Nacken und strich ihr mit der anderen Hand über den Arm. »Es tut mir leid, dass ihr hier hineingeraten seid«, sagte er. »Ich rede jetzt in Ruhe mit Marilen.«

»Du glaubst mir?« Der Satz war halb Feststellung, halb bange Frage.

»Sollte ich nicht?« Eine Winzigkeit lang wirkte Eliah fast belustigt. Doch sofort wurde er ernst. »Ich mag den Gedanken nicht, dass Marilen etwas mit der Überdosis Insulin zu tun haben könnte. Aber dass du etwas damit zu tun hast, ergibt erst recht keinen Sinn.« Er seufzte. »Mal sehen, was Marilen zu sagen hat.« Er hob in einer müden Bewegung die Hand und verließ den Raum.

Im Salon saßen Granny und Brigitta schweigend zusammen. Das Feuer im Kamin prasselte wieder. Granny balancierte eine Tasse Tee auf ihrem Schoß und war in eine große Decke eingepackt.

Hannah lächelte Brigitta dankbar zu.

»Was war denn da oben los?«, fragte Granny merklich beunruhigt in die Stille hinein. »Marilen hat ja geschrien, als sei etwas Furchtbares geschehen. Fast wäre ich selbst hochgelaufen.«

Hannah warf Grannys Morgenmantel auf das Sofa und ließ sich erschöpft danebenfallen. »Wie furchtbar es war, wird sich noch zeigen«, erwiderte sie finster und spürte, wie der Knoten im Magen sich sofort wieder enger zog.

Was, wenn es Marilen gelang, Eliah von ihrer Version zu überzeugen? Immerhin war sie seine Verlobte. Beide kannten sich seit Kindheitstagen. Hannah kannte er seit nicht einmal einer Woche.

Mit belegter Stimme berichtete sie, was sich in Pauls Zimmer zugetragen hatte. Sie sah das wachsende Erstaunen in den Gesichtern von Brigitta und Granny, das sich langsam in Entsetzen verwandelte.

Just, als Hannah den Punkt erreichte, an dem Eliah mit Marilen in seinem Zimmer weiterreden wollte, ertönte aus dem oberen Stockwerk ein erregter Wortwechsel. Kurz darauf wurde es laut auf der Treppe, dann erschien Marilen mit einem großen Koffer in Hannahs Sichtfeld.

»Das wird dir noch leidtun!«, rief sie nach oben, zog das Gepäckstück durch die Eingangshalle, riss die Tür auf und verschwand in der Nacht.

Die Tür fiel mit einem Knall ins Schloss, man hörte die Kofferrollen auf den Natursteinen, es wurde still.

Hannah sah Granny und Brigitta an. »Ob ich mal nach Eliah sehe?«

»Ich glaube, da kommt er schon«, antwortete Brigitta.

Tatsächlich näherten sich Schritte, und Eliah betrat den Salon. »Was für ein Tag …«

Er war bleich, und seine Augen lagen tief in den Höhlen. Kein Vergleich mit dem vor Energie sprühenden Mann, mit dem Hannah gestern durch den Schnee getobt war.

Erschrocken rutschte Hannah zur Seite. »Setz dich doch. Möchtest du einen Tee?«

Eliah lächelte dankbar, nickte und sackte schwer neben Hannah in die Polster.

»Ich mache schon.« Brigitta sprang auf. Sie füllte alle Tassen auf, versenkte für Granny einen Berg Zucker im Tee, verteilte die Getränke, setzte sich wieder hin – an den Rand des Sessels und offenbar, ohne recht zu wissen, wohin mit ihren Händen. »Gibt es etwas Neues von Ihrem Großvater?«, erkundigte sie sich mit banger Miene bei Eliah.

Erleichtert beobachtete Hannah, wie Eliahs Lächeln wärmer wurde. »Meine Schwester hat eine Nachricht geschickt. Mein Großvater ist stabil, die Werte normalisieren sich, aber weil sie ihn jetzt einmal in ihren Fängen haben, lassen die Ärzte ihn noch nicht gehen.« Er trank einen Schluck Tee und stellte die Tasse auf den Tisch neben sich. »Sie behalten ihn einige Tage zur Beobachtung da und checken ihn komplett durch.«

»Das ist wohl besser so.« Brigitta sank in den Sessel zurück. »Gut, dass diese Geschichte glimpflich ausgegangen ist.«

»In der Tat sind das gute Neuigkeiten.« Granny nickte. »So hatte ich mir den Abschied nicht vorgestellt«, fügte sie traurig hinzu. »Kann ich ihn denn vor unserer Abreise noch einmal sehen?«

»Das lässt sich bestimmt einrichten.« Eliah fuhr sich mit den Händen durchs Gesicht. »Morgen wissen wir mehr.«

Schweigen legte sich über den Raum, bis sich Hannah ein Herz fasste. »Was ist mit Marilen?«

Eliah schnaubte. »Aus. Vorbei.« Sein Kopfschütteln wirkte eher fassungslos als traurig. »Sie hat sich für die Nacht ein Hotelzimmer genommen.« Er lehnte den Kopf an die Polster und schloss die Augen. »Was für ein Tag«, wiederholte er.

Hannah kämpfte mit sich. Er sah so erschöpft aus, dass sie ihn nicht mit Fragen quälen wollte. Andererseits musste sie wissen, wie es um sie stand. »Die Sache mit Paul … Hat Marilen etwas dazu gesagt?«, fragte sie behutsam.

»Allerdings.« Eliah öffnete die Augen wieder und sah Hannah an. »Sie schiebt es immer noch auf dich.«

»Aber ich war es ni-«

»Ich weiß«, unterbrach Eliah sie sofort. »Ich kenne Marilen so gut, dass ich weiß, wann sie lügt. Ich habe sie gefragt, was wohl herauskäme, wenn ich die Schublade des Nachttisches auf Fingerabdrücke untersuchen lassen würde. Ob ich dann deine oder ihre Fingerabdrücke finden würde.« Er lachte trocken auf. »Du wärst sicher so clever gewesen, Handschuhe zu tragen oder alles abzuwischen, war ihre Antwort, aber ich habe ihr die Verunsicherung angesehen.«

»Und was wirst du jetzt tun? Die Polizei verständigen?«

»Ich weiß es ehrlich gesagt nicht.« Wieder rieb er sich über den Nacken. »Nachdem sie mir subtil zu verstehen gegeben hat, dass man keine Fingerabdrücke finden wird, werde ich abwarten, an was sich mein Großvater erinnert. Ich denke, wir entscheiden zusammen, wie wir weiter verfahren. Immerhin gehört sie zur Führung des Unternehmens und war meine Verlobte. Gerade jetzt können wir uns keinen Skandal leisten.« Er lächelte müde. »Was Marilen durchaus bewusst ist. Als sie gemerkt hat, dass ihre Antworten mich nicht überzeugten, hat sie die Trumpfkarte mit dem Wohl des Unternehmens ausgespielt.«

»Damit du nicht zur Polizei gehst?«

»Damit ich die Verlobung nicht löse. Sie kennt mich. Das Wissen, was das für die Firma bedeutet, hat mich tatsächlich zögern lassen. Aber zum ersten Mal habe ich tief in mich hineingehört und bei der Vorstellung, dass Marilen und ich getrennte Wege gehen, ein Gefühl der Befreiung verspürt.«

Endlich, dachte Hannah, doch sagte nichts dazu. Für sie war wichtiger, dass Eliah ihr glaubte. Und für Marilen war es womöglich die schlimmere Strafe, die Menschen zu verlieren, die sie als ihre Ersatzfamilie auserkoren hatte.

»Ist die Trennung so problematisch für die Firma?«, erkundigte sich Hannah, als sich die steile Falte auf Eliahs Stirn noch tiefer eingrub. »Meinst du nicht, ihr könnt nach einer gewissen Zeit wieder zusammenarbeiten?«

»Ich glaube, dazu wird es nicht mehr kommen«, entgegnete er bedrückt. »Marilen hat angekündigt, die Auseinandersetzung der Gesellschaft zu verlangen.«

»Die was?« Hannah sah ihn verständnislos an.

»Die Auseinandersetzung«, wiederholte Eliah. »Das bedeutet grob gesagt, wenn ein Gesellschafter geht, hat er – oder in diesem Fall sie – einen Anspruch auf die Hälfte des Vermögens. Das liegt daran, dass mein Großvater und Bucher senior sich damals über juristische Fragen nicht den Kopf zerbrochen haben. *Uhren und Bijouterie Andrin* wurde eine einfache Kollektivgesellschaft nach Schweizer Recht und ist es bis heute geblieben«, erklärte Eliah. »Zeitgemäß ist das schon lange nicht mehr. Beim jetzigen Stand der Dinge gerät das ganze Unternehmen in Gefahr, wenn einer ausscheidet. Deshalb habe ich ja so für eine neue Gesellschaftsform gekämpft.«

»Marilens Weggang bedroht also die Existenz der Firma?«

»So ist es«, erwiderte er finster. »Es wird zu einem Verkauf oder einer Zerschlagung kommen, sofern wir nicht schnell genug Investoren finden, die bereit sind, Kapital für den Neustart in die Firma zu pumpen. Nur mit frischem Geld können wir Marilen auszahlen und weitermachen.« Er lachte freudlos auf. »Wenigstens muss Grossätti nicht mehr befürchten, dass ich Marilen nur heirate, um die Eigentumsanteile in einer Familie zusammenzuführen.«

»Meinst du, das war der Grund für all das heute?« Hannah konnte förmlich hören, wie die Puzzleteile in ihrem Kopf einrasteten. »Wollte Paul wirklich etwas von der Firma an meine Großmutter abgeben, nur damit dieser Punkt keine Rolle mehr spielt? Und Marilen wollte das verhindern?«

»Es klingt verrückt, aber ausschließen würde ich das nicht. Grossätti hat sich in die Idee verrannt, dass ich Marilen nur heirate, um Einfluss über Marilens Anteile zu erhalten und sie bestenfalls für die nächste Generation in einer Familie zu bündeln.« Eliah schüttelte den Kopf und fuhr sich durch den Nacken. »Alles nur, weil ich mal ins Feld geführt habe, dass unsere Ehe gut für das Unternehmen sein wird. Und nun hat Grossätti diese fixe Idee beinahe mit dem Leben bezahlt. Ich denke, es ging Marilen darum, ihn an der Unterzeichnung dieser Papiere zu hindern.«

»Das Schlimmste ist, dass die ganze Aufregung völlig überflüssig war«, warf aus dem Sessel Granny ein, die bisher schweigend zugehört hatte. »Er hatte nie ernstlich vor, mir Eigentumsanteile zu überschreiben. Das hätte alles nie passieren müssen.«

»Bitte?« Eliah stand die Verblüffung ins Gesicht geschrieben, und auch Hannah starrte ihre Großmutter überrascht an.

»Ihn hat der Teufel geritten«, erklärte Granny mit derartiger Verärgerung in der Stimme, dass sich Hannah ausmalen konnte, was sich der arme Paul hatte anhören müssen.

»Als ich ihm nach dem Apéro ordentlich die Leviten gelesen habe, hat er mir alles gebeichtet. Er hat nur eine Gewinnbeteiligung für mich festschreiben wollen. Er wollte mich seiner Familie vorstellen und das bei dieser Gelegenheit verkünden. Versteht ihr? Nur eine Gewinnbeteiligung. Einen Teil seines Geldes also. Das ich, nebenbei bemerkt, auch nicht akzeptiert hätte.« Sie stieß entrüstet Luft aus. »Nie ging es um das Unternehmen oder Anteile davon.«

»Aber ... Ich verstehe nicht ... Was er gesagt hat, hörte sich ganz anders an.« Eliahs Augenbrauen berührten sich fast, während er versuchte, Sinn in Grannys Worte zu bringen.

Hannah erging es ähnlich, nur hatte sie ihre Verständnisprobleme auf simple Sprachschwierigkeiten geschoben.

»Was er sagte, war aus unbedachtem Zorn geboren.« Granny schüttelte den Kopf. »Ein Mann seines Alters sollte besonnen genug sein, sich nicht zu irgendwelchen Ränkespielchen hinreißen zu lassen. Man sieht ja, wohin es führt.«

»Ich begreife es noch immer nicht.« Eliah rieb sich müde über die Augen.

»Mein Lieber, das Ganze war ein Bluff«, erklärte Granny ihm geduldig. »Es stimmt – dein Großvater *hat* mit seinen Anwälten konferiert, und er *hat* Verträge aufsetzen lassen. Aber alles nur wegen der Gewinnbeteiligung. Was dann geschah, war seine Art, Marilen in ihre Schranken zu weisen. Sie hatte sich den gesamten Tag über unmöglich aufgeführt, hatte sich am Ende sogar hochmütig und respektlos gezeigt. Er wollte sie mit seinen vermeintlichen Plänen ärgern und ihr klarmachen, wer am längeren Hebel sitzt. Morgen früh hätte er vor der Unterzeichnung der Dokumente alles aufgeklärt. Ganz nebenbei hat er vermutlich auch gehofft, dass du in dem zu erwartenden Disput Marilens wahres Gesicht erkennst.«

»Nun, das immerhin ist ihm gelungen«, konstatierte Eliah trocken. »Was ich aber noch immer nicht verstehe: Wenn es um Wiedergutmachung ging – warum hat Paul dir nicht einfach das Geld zurückgezahlt, das du ihm damals gegeben hast? Der ganze Aufwand hätte doch gar nicht sein müssen.«

»Das habe ich ihn allerdings auch gefragt.« Granny schüttelte erneut den Kopf, aber es lag Wärme in ihrem Blick. »Es hatte für ihn symbolischen Charakter. Mit der Hilfe dieses Geldes hat er den Grundstein für die Firma gelegt. Jetzt sollte ich an seinem Erfolg beteiligt sein.« Sie lachte leise auf. »So jedenfalls hat er es begründet. Ich glaube jedoch, er hat vielmehr gehofft, dass ich diese Geste eher akzeptiere als einen Scheck. Denn er kennt mich gut genug, um zu wissen, dass ich sein Geld nicht angenommen hätte.« Sie sah Eliah an. »Ebenso wenig übrigens wie diese Gewinnbeteiligung.«

»Grossätti ist ein sturer Mann.« Eliah schmunzelte. »Ihm wird etwas Neues einfallen. Wenn er meint, in deiner Schuld zu stehen, wird er einen Weg finden, sie zu begleichen.« Leiser fügte er hinzu: »Und vielleicht schafft er es diesmal, ohne sich fast umbringen zu lassen oder sein Lebenswerk zu zerstören.«

»Er sollte einfach nicht mehr daran rühren. Der Frühsommer 1943 und was damals geschah hat wirklich genug Unheil angerichtet.« Grannys Blick wurde streng. »Ich wäre dafür, diesen vermaledeiten Junitag endlich als das zu behandeln, was er sein sollte: längst vergessene Vergangenheit.«

26. Mürren, Oktober 2018 – Hannah

Der Knoten, der sich am Abend im Magen gebildet hatte, erwies sich als hartnäckig. Hannah fühlte sich elend. Ein schlechtes Gewissen raubte ihr den Schlaf und nagte noch immer an ihr, als es bereits dämmerte. Wie sie es drehte und wendete – die Kette der gestrigen Ereignisse begann bei ihr. Da konnte sie sich noch so oft vor Augen führen, dass Marilen und Eliah ohnehin nicht füreinander bestimmt gewesen waren. Dass sie sich irgendwann auch ohne Hannahs kleine Wanderung gestritten hätten. Dass Paul sich auch ohne Marilens Zickigkeit so über die Frau geärgert hätte, dass die Situation eskaliert wäre. Es half nichts. Sie war der Schmetterling, dessen Flügelschlag den Sturm ausgelöst hatte, der nun ein gesamtes Unternehmen bedrohte. Pauls Lebenswerk. Eliahs Lebensgrundlage. Was hatte sie bloß angerichtet?

Irgendwann sah sie ein, dass der Schlaf nicht mehr kommen würde, und stand auf. Das erste Tageslicht sickerte gerade durch die Vorhänge.

Aus Grannys Zimmer war noch kein Laut zu hören. Ihre Großmutter war gestern trotz oder wegen der Aufregung des Tages im Sessel eingeschlafen, und Brigitta und Hannah hatten Mühe gehabt, sie ins Bett zu bringen. Granny würde heute wohl später zum Frühstück erscheinen.

Überhaupt war es so früh, dass vermutlich niemand auf den Beinen war. Umso überraschter war Hannah, auf der Treppe von einer aromatischen Wolke Kaffeeduft begrüßt zu werden.

Sie betrat das Esszimmer. Eliah saß in T-Shirt und Jogginghose am Esstisch, die Haare verstrubbelt, als sei er einmal zu häufig mit den Händen hindurchgefahren. Um ihn herum verteilten sich Unterlagen, ein Block, vollgekritzelt mit Stichpunkten, und ein Tablet mit irgendwelchen Diagrammen.

»Guten Morgen.«

Fast wäre sie zurückgeprallt, als Eliah den Blick von seiner Kaffeetasse hob. Er sah erbarmungswürdig aus. Tiefliegende Augen umgeben von gräulicher Haut zeugten davon, dass auch er eine schlechte Nacht hinter sich hatte.

»Morgen.« Er lächelte müde. »Auch nicht gut geschlafen?«

»Nicht wirklich.« Sie ließ sich ihm gegenüber auf den Stuhl fallen, zog mit halb geschlossenen Augen die Thermoskanne heran, angelte eine der bereitstehenden Tassen vom Tablett daneben und füllte sie bis zum Rand mit Kaffee. Als sie die Kanne wieder auf den Tisch stellte, blieb ihr Blick an den verstreuten Blättern hängen. »Du arbeitest?«

»Schon die ganze Nacht.« Er gähnte hinter vorgehaltener Hand und steckte Hannah damit an. »Aber es hat sich gelohnt.« Etwas Leben kehrte in Eliahs Augen zurück. »Ich denke, sogar mit den Investoren, die bereits Interesse signalisiert hatten, kann es gelingen, Marilen auszuzahlen, ohne dass das Unternehmen in seinem Bestand gefährdet ist. Leona hatte schon mit Geldgebern verhandelt. Ein paar Einsparungen hier, Umstrukturierungen dort und natürlich endlich eine zeitgemäße Gesellschaftsform.« Trotz seines zombiehaften Aussehens gelang ihm ein zuversichtliches Lächeln. »Ich glaube, wir können es schaffen.«

»Das sind hervorragende Neuigkeiten!« Der Stein, der Hannah vom Herzen fiel, war felsengroß. »Ich kann dir gar nicht sagen, wie erleichtert ich bin, das zu hören.« Mit etwas Glück würde ihr Besuch doch nicht als eine riesige Katastrophe in die Annalen der Andrin'schen Familiengeschichte eingehen. »Wenn du mir jetzt noch sagst, dass es Paul gut geht, rettest du mir den Morgen.«

»Auch damit kann ich dienen«, erwiderte Eliah heiter. »Ich habe vorhin kurz mit Leona telefoniert. Paul beschwert sich bereits, weil er noch nicht entlassen wird. Da die Ärzte dem Wunsch energisch widersprochen haben, will er zumindest Charlotte sehen. Er ist wohl besorgt, ob sie ihm tatsächlich verziehen hat.« Er schmunzelte. »Sie muss ihm gehörig die Meinung gegeigt haben. Ich habe versprochen, Charlotte nachher zu ihm nach Interlaken zu begleiten.«

»Das hört sich wirklich so an, als sei er auf dem Wege der Besserung.« Hannah lachte leise. »Konnte er sich denn an gestern erinnern?«

»Nein, gar nicht. Für ihn endete der Abend mit dem Abendessen. Er hat erst durch Leona erfahren, was passiert ist. Wobei wir ihm von Marilens Beteiligung nichts erzählen, bis die Ärzte grünes Licht geben. Wichtig ist zunächst nur, dass er über den Berg ist und Charlotte wiedersieht.«

Hannah atmete befreit auf. Am Ende wendete sich alles zum Guten. »Das Treffen wird beide beruhigen. Granny wäre sicherlich nicht abgereist, ohne Paul vorher zu sehen.«

»Vermutlich nicht.« Eliah griff nach seiner Kaffeetasse. Er trank einen Schluck und lächelte in sich gekehrt. »Irgendwie ist es schön zu wissen, dass man auch im hohen Alter noch große Gefühle erleben kann.« Er gab einen belustigten Laut von sich. »Hast du die Blicke bemerkt, die die beiden tauschen? Man könnte meinen, es seien verliebte Teenager.«

»Ja, sie sind rührend zusammen. Ist es in Ordnung für dich, dass er so empfindet?«

»Völlig. Wenn ich in den letzten Tagen eins gelernt habe, dann ist es, wie wichtig es ist, seinem Herzen und nicht dem

Kopf zu folgen.« Eliah warf ihr einen Blick zu, den sie nicht deuten konnte.

Vorgestern auf dem Berg hatte er sie ähnlich angesehen und Hannah damit in tiefe Verwirrung gestürzt. Auch jetzt wusste sie nicht, wie sie reagieren sollte.

»Hast du schon überlegt, wie der Tag weitergeht?«, wechselte sie vorsichtshalber das Thema.

»Ich schlage vor, wir fahren nach Interlaken, wenn Charlotte gefrühstückt hat. Ich setze euch beide am Spital ab und treffe mich mit Leona zu einer ersten Lagebesprechung. Falls Charlotte danach noch fit genug ist, können wir gemeinsam etwas essen gehen, dann liefere ich euch wieder hier ab.« Eliah wirkte mit jeder Minute munterer. Vor allem aber kehrte seine Tatkraft zurück. »Ich habe ein richtig gutes Gefühl. Das ist der Wendepunkt für die Firma.« Seine Augen strahlten, und der verspannte Zug um die Mundwinkel verschwand. »Jetzt werde ich endlich alle Änderungen vornehmen können, die mir schon lange vorschweben.«

Hannah ließ sich von seiner positiven Stimmung anstecken und freute sich inzwischen richtiggehend auf den Tag. Sogar das Wetter gab sich Mühe und zeigte sich zum Abschied von der besten Seite.

Im Bad lächelte sie ihrem Spiegelbild zu. Noch einmal durch Interlaken zu schlendern erschien ihr wie ein runder Abschluss ihres Aufenthalts. Dass es zugleich ihr letzter gemeinsamer Tag mit Eliah sein würde, stellte den einzigen Wermutstropfen dar.

Sie hatte sich für Jeans und eine schlichte blaue Bluse entschieden, die ihre Augenfarbe betonte und ihrem übernächtigt-fahlen Teint etwas Lebendigkeit verlieh. Ihre Haare drehte sie zu einem Knoten ein. Nicht übermäßig schick, aber mit den Ringen unter den Augen, an denen selbst ihr

Concealer gescheitert war, hätte sie heute ohnehin keine Chance auf einen der vorderen Plätze bei einer Miss-Wahl. Hannah überprüfte, dass nicht allzu viele Strähnen aus dem Knoten geschlüpft waren, als es an der Tür klopfte.

»Herein!«, rief sie gut gelaunt und erwartete Granny.

Doch nicht ihre Großmutter, sondern Eliah steckte den Kopf ins Zimmer. »Darf ich reinkommen?«

»Natürlich, warum nicht?«

Er hatte sich frisch gemacht. Zu Hannahs Bedauern war der Drei-Tage-Bart verschwunden. Dafür verschlug ihr der maßgeschneiderte graue Anzug fast den Atem. Das Hemd unterstrich mit seinem graugrünen Ton die Intensität seines Blickes. Als ob da noch eine Betonung notwendig gewesen wäre.

Er zwinkerte ihr zu. »Es könnte ja sein, dass Charlotte als Anstandsdame fungiert und mich mit ihrem Gehstock aus dem Zimmer prügelt, wenn sie einen Mann bei ihrer Enkelin erwischt.«

Hannah gluckste bei dieser Vorstellung. »Auch wenn ich das gern sehen würde, stehen die Chancen schlecht. Nach einer Woche in ihrer Gesellschaft solltest du wissen, dass sie im Kopf nicht halb so alt ist, wie es ihr Geburtsjahr vermuten ließe.« *Und außerdem ist sie deinem Charme genauso erlegen wie ich.*

»Dann ist ja gut.« Er grinste. »Ich hatte auch gehofft, dich allein zu erwischen.« Er wurde ernst. »Ihr fahrt morgen ab, und ich wollte mich ohne Zuschauer von dir verabschieden.«

»So förmlich?«, neckte sie ihn, doch als sie seinen Blick auffing, wurde sie ebenfalls ernst. »Willst du dich setzen? Wollen wir nach draußen?« Sie wandte den Kopf zur Balkontür. »Ich gebe zu, dass ich diesen Ausblick noch einmal in mich aufsaugen möchte. In London werde ich wieder auf Betonwände starren.«

Zum ersten Mal kam ihr der Gedanke, dass sie vielleicht nicht ein solcher Stadtmensch war, wie sie immer gedacht hatte.

»Klar.« Eliah folgte ihr auf den Balkon und klappte die Stühle auf. »Wir wohnen in Lauterbrunnen ja nicht schlecht, aber ich gebe zu: Das hier ist noch um einiges besser.« Eliah setzte sich neben Hannah und sah in die Ferne.

»*Ihr* wohnt? Du und Marilen?«

»Nein, Leona und ich. Eine Geschwister-WG. Jeder hat eine Etage in dem Haus, das früher Grossätti gehörte. Als er beschlossen hat, ganz nach Mürren zu ziehen, haben Leona und ich es übernommen. Leona hat allerdings vor einigen Wochen ein Chalet bei Interlaken gekauft. Im kommenden Monat wird sie umziehen. Dann wäre Marilen bei mir eingezogen.« Er grinste schief. »Der Punkt entfällt jetzt wohl.«

»Bereust du es?« Hannah warf ihm einen bangen Blick zu.

Eliah lächelte gelöst. »Nein.« Er schüttelte den Kopf. »Nein, es fühlt sich immer noch richtig an. Das war einer der Gründe, warum ich mit dir reden wollte. Ich möchte dir danken.«

»Danken? Mir?« Mit allem hätte sie gerechnet, aber damit sicher nicht. »Warum? Ich habe dein Leben komplett durcheinandergebracht.«

»Eben dafür.« Eliah lachte leise. »Schau nicht so entgeistert drein. Es ist mein Ernst. Manchmal braucht es einen Anstoß von außen, um Dinge auf eine neue Weise zu betrachten. Du hast mir gezeigt, wie mein Leben sein könnte. Der Tag auf dem Jungfraujoch war so ein Impuls. Inspirierend – in vielerlei Hinsicht.« Er hielt inne und wirkte, als wollte er etwas hinzufügen. Doch dann sah er sie nur lächelnd an. »Danke also. Danke dafür, dass ich angefangen habe, über Dinge nachzudenken, über die ich sonst nicht nachgedacht hätte.«

»Kein Grund, mir zu danken. Ich hoffe nur, dass alles ein gutes Ende nimmt.«

Im Gegensatz zu Eliah waren Hannah die Wendungen der vergangenen Tage nicht geheuer. Die Situation war nach ihrem Geschmack viel zu verwickelt. Wenn Dinge so kompliziert waren, gab es eine Menge, was schiefgehen konnte.

»Die ersten Schritte werde ich gleich in die Wege leiten.« Er sah auf die Uhr. »Ich wollte eigentlich länger mit dir reden. Aber ich habe deiner Granny gesagt, dass wir um zehn Uhr aufbrechen.«

Hannah nickte. »Von mir aus können wir los.«

Sie erhoben sich, klappten die Stühle zusammen und durchquerten Hannahs Zimmer.

Eliah streckte die Hand zur Klinke aus, hielt aber inne. »Hannah?«

»Ja?«

Plötzlich stand Eliah kaum eine Armlänge von ihr entfernt. Er war so nah, dass ihr sein Duft in die Nase stieg. Die Rückfahrt vom Jungfraujoch kam Hannah in den Sinn. Der Geruch, der sie umgab, als sie im Zug in seiner Umarmung aufgewacht war. Heute roch er weniger nach Outdoorjacke, dafür kam ein Hauch Duschgel oder Aftershave hinzu.

Seine Augen schimmerten moosgrün, und Hannah empfand den Blick als so eindringlich wie nie zuvor. »Ich will, dass du weißt, dass ich die Zeit mit dir sehr genossen habe.« Er räusperte sich. »Vielleicht besucht Charlotte meinen Großvater bald wieder. Und vielleicht möchtest du sie dann wieder begleiten?«

Er hatte also doch nicht nur der charmante Gastgeber sein wollen. Wärme breitete sich in ihrer Brust aus, wuchs heran und verwandelte sich zu einem Strahlen auf ihrem Gesicht. »Ich werde meine Großmutter sehr gern begleiten.«

»Das ist gut.« Er beugte sich vor. »Dann lernen wir uns

unter ganz anderen Vorzeichen noch einmal neu kennen.« Sein Gesicht kam näher. »Ich freue mich darauf.«

Er würde sie küssen! Hannahs Herz galoppierte los. Eliah würde sie küssen. Atemlos verfolgte sie, wie sein Mund näher kam, dann den Kurs änderte – und auf ihrer Wange landete. Er schenkte ihr einen dieser Andrinblicke, wie Granny sie nannte, lächelte noch einmal und wandte sich zur Tür.

Das war alles? Fast hätte sie aufgelacht. Dafür hatte sie beinahe einen Herzinfarkt erlitten? Aber vermutlich konnte man nicht mehr an stürmischer Liebe verlangen, wenn sich ein Schweizer und eine Britin das erste Mal näherkamen. Andererseits – sie würden sich für eine lange Zeit nicht sehen.

»Eliah … Warte!« Sie hielt ihn am Arm fest.

Mit fragender Miene drehte er sich zu ihr um.

Bevor sie der Mut verließ, schlang sie die Arme um seinen Nacken, stellte sich auf die Zehenspitzen und drückte ihre Lippen auf seine. Sie sah gerade noch, wie seine Augenbrauen in die Höhe schnellten, danach konzentrierte sie sich einzig auf ihre Gefühle. Seine Lippen waren etwas rau, aber sie fühlten sich gut auf ihren an.

Er benötigte eine Sekunde, um sich von seiner Überraschung zu erholen, dann ging er auf den Kuss ein, und einige Atemzüge später übernahm er die Führung. Und belehrte sie eines Besseren in Bezug auf den nicht stürmischen Schweizer. Er zog sie fest in seine Arme, und seine Lippen spielten mit ihren in einer Weise, die ihre Beine schwach werden ließ.

Schwindelig vor Glück drängte sie sich ihm entgegen.

Ein Klopfen an der Tür beendete den Rausch der Gefühle.

»Hannah?« Grannys Stimme. »Bist du fertig? Und weißt du, wo Eliah ist? Wir wollten vor zehn Minuten aufbrechen!«

Mit einem frustrierten Seufzen löste Eliah seine Lippen, behielt Hannah jedoch in seiner Umarmung.

Hannah biss sich auf die Lippe und grinste ihn entschuldigend an. Laut sagte sie: »Ja, ich komme gleich runter. Geh schon mal vor. Ich sage Eliah Bescheid.«

Eliah lächelte verschmitzt. »Ich glaube, jetzt ist klar, dass Charlotte meinen Großvater bald wieder besuchen muss«, raunte er an Hannahs Ohr und gab ihr einen letzten raschen Kuss. »Und das hier wiederholen wir vor deiner Abreise hoffentlich noch einmal.«

Hannah hätte die Welt umarmen können. Sie saß auf einer Bank am Thunersee, dem zweiten der Interlakener Seen, und grinste glücklich vor sich hin. Vermutlich wirkte sie auf die vorbei flanierenden Spaziergänger befremdlich, doch ihre Mundwinkel bogen sich von ganz allein nach oben. Die Sonne strahlte vom blauen Himmel, und das Wasser vor ihr glitzerte wie mit Tausenden Diamanten besetzt. *Als hätten die Andrins ihren Schmuck auf den Wellen verteilt*, dachte Hannah albern, und sofort waren ihre Gedanken wieder bei Eliah.

Eigentlich waren sie die gesamte Zeit bei ihm. Wie gelöst er plötzlich war. Trotz des seriösen Auftretens in diesem Anzug wirkte er befreit, als sei eine riesige Last von seinen Schultern genommen worden. Scherzend und bester Laune hatte er Granny und sie am Spital abgesetzt, kurz bei seinem Großvater hereingeschaut und war dann, nachdem Paul ohnehin nur Augen für Granny hatte, mit Leona aufgebrochen, um seine Firma zu retten. Dabei hatte er so viel Zuversicht ausgestrahlt, dass es sogar Hannah gelang, das mulmige Gefühl abzustreifen, das wie ein eiserner Ring auf ihre Brust gedrückt hatte.

Als dann auch noch Paul unerwartet munter in seinem Bett gesessen und – sichtlich erleichtert, weil sie ihm verziehen hatte – seine Charlotte in die Arme geschlossen hatte, war Hannahs Glück perfekt gewesen. Sie hatte die beiden Turteltäubchen sich selbst überlassen und war zum nahe gelegenen See spaziert.

Hier wartete sie darauf, dass Eliah sich meldete.

Sie wusste, wie wichtig es für das Unternehmen war, frühzeitig die Weichen für den Neubeginn zu stellen, trotzdem wünschte sie sich insgeheim einen romantischen Spaziergang mit Eliah am Seeufer.

Wie aufs Stichwort klingelte in diesem Augenblick ihr Handy, und Eliahs Foto lächelte ihr entgegen. Es war eines der Bilder, die sie am Jungfraujoch geschossen hatte. Seine Augen blitzten unternehmungslustig, der Bartschatten und feine Eiskristalle im Haar ließen ihn mit den markanten Gipfeln im Hintergrund wie einen Expeditionsteilnehmer aussehen.

»Hallo, Abenteurer«, begrüßte sie ihn übermütig. »Schon fertig? Dann könnten wir ja zusammen den Thunersee erkunden.«

»Daraus wird leider nichts.«

Beim Klang seiner Stimme wusste Hannah, dass noch aus sehr viel mehr nichts wurde. Irgendetwas war gewaltig schiefgelaufen.

»Was ist passiert?«

»Marilen ist passiert«, erwiderte er finster. »Nachdem sie gemerkt hat, dass ich nicht nur willens, sondern dank der Investoren auch in der Lage sein werde, sie auszuzahlen, hat sie sich etwas Neues einfallen lassen.« Er schwieg kurz. »Ich kann jetzt unmöglich hier weg, das verstehst du doch, oder? Brigitta wird euch nachher abholen. Sie will Grossätti ohnehin besuchen.« Er klang unendlich erschöpft.

Hannah sah ihn förmlich vor sich, wie er sich resigniert über den Nacken strich. Ihr wurde das Herz schwer.

»Welche Gemeinheit hat Marilen sich denn jetzt noch einfallen lassen?«

Er zögerte kurz. »Marilen reklamiert den Entwurf des Andrinherzens für sich. Sie behauptet plötzlich, es sei ein Design ihres Urgroßvaters, und die Rechte daran stünden nach ihrem Ausscheiden deshalb ihr und nicht den Andrins zu.«

»Sie will euch euren Verkaufsschlager nehmen?«

»Wenn es nur das wäre.« Sein Tonfall wurde noch düsterer. »Es geht um unser Firmensignet.«

»Verdammt.« Sie hatte sich so in das Herz als Schmuckstück verliebt, dass sie den Begriff »Andrinherz« automatisch mit dem Anhänger aus der Vitrine in Verbindung brachte. Dabei war die Sache mit dem Logo schlimmer. Wesentlich schlimmer sogar. Sie war keine Marketing-Expertin, dennoch konnte sie sich vorstellen, was der Verlust des prestigeträchtigen Markenzeichens für ein Unternehmen wie dieses bedeutete. Ausgerechnet jetzt, da ohnehin alles auf der Kippe stand. »Kommt sie denn damit durch?«

»Das bezweifeln unsere Juristen. Doch ich fürchte, das spielt keine Rolle mehr. Da es zu den Schmuckentwürfen keine aussagekräftigen Dokumente gibt, wird ein möglicher Rechtsstreit eine Ewigkeit dauern, und bis entschieden ist, wem das Herz zusteht, wird es die dazugehörige Andrin KlG nicht mehr geben.«

»Aber warum?« Hannah fühlte sich, als hätte jemand eine eiserne Klaue um ihren Magen gelegt. »Du warst doch vorhin so optimistisch.«

»Da hatten wir auch noch potenzielle Investoren. Geldgeber sind leider ein nervöser Menschenschlag. Wittern sie Schwierigkeiten, sind sie weg.«

»Kurz gesagt: Wenn sie hören, dass ihr um das Logo streitet, springen sie ab.«

»Ja, das fasst es zusammen. Das Andrinherz ist als lang eingeführte Marke der wichtigste softe Faktor der Unternehmensbewertung. Es steht für Qualität, Eleganz, Luxus. So etwas baut man sich über Jahrzehnte auf. Das lässt sich nicht ersetzen. Der Unternehmenswert sinkt, und niemand möchte mehr investieren.«

»Eliah, das –«

»Hannah, sei mir nicht böse. Ich habe keine Zeit mehr. Ich wollte nur kurz Bescheid sagen. Ich melde mich später. Bis dann.«

Die Leitung war still, bevor sich Hannah ihrerseits verabschieden konnte. Mit einem Gefühl der Ohnmacht starrte sie auf ihr Telefon. Gut, dass sie schon saß. Ihren Beinen hätte sie jetzt nicht vertraut. Sie zitterte vor Bestürzung und Wut. Wiedersehen würde sie Eliah vor ihrer Abreise nicht, das war ihr klar. Er musste mit aller Kraft daran arbeiten, das Unternehmen zu retten, und Hannah konnte nur die Daumen drücken, dass es gelang. So hatte sie sich den Abschied von Eliah nicht vorgestellt.

27. London, Januar 2019 – Hannah

Hannah, gut, dass ich dich erreiche.« Tom klang ange-spannt, dabei war ihr Chef meist die Ruhe in Person. »Du sprichst doch Deutsch?«

»Ja-a«, erwiderte Hannah gedehnt.

Sie hatte keine Idee, worauf dieses Telefonat hinauslief. Normalerweise meldete sich Tom nur bei ihr, wenn neue Aufträge anstanden. Vielleicht eine Hochzeit mit deutscher Beteiligung? Aber wer heiratete schon im Januar?

»Das ist gut, das ist gut.« Tom atmete erleichtert auf. »Du musst mir aus der Patsche helfen. Ist etwas kurzfristig, aber du bist mit deinen Terminen ja meist recht flexibel.«

Flexibel ist eine schöne Umschreibung für Im-Winter-ohne-Aufträge, dachte Hannah lakonisch.

»Um was geht es denn?«

Natürlich war sie interessiert. Der Job als Aushilfskellne-rin fütterte ihre künstlerische Seele nun wirklich nicht und füllte das Konto auch nur mäßig.

»Ein großes Outdoor-Magazin hat Moritz gebucht.« Moritz war nicht nur Toms Lebensgefährte, sondern auch ein großartiger Fotograf. »Es gibt da so ein Ski-Rennen, da wollen sie eine mehrseitige Reportage machen. Spektakuläre Fotos und so.«

»Und Moritz braucht eine Assistentin?« Ein Lächeln stahl sich in Hannahs Gesicht. Sie hatte Moritz schon einige Male begleitet und jedes Mal eine Menge gelernt. »Ich bin dabei!«

Ein Ski-Rennen war genau das Richtige, um der grauen Londoner Wettersuppe zu entfliehen.

»Nein, es geht nicht um einen Job als Assistentin«, bremste Tom für einen kurzen Moment ihre Euphorie. »Du sollst die Fotos machen.«

»Wie bitte?« Hannah wäre fast das Telefon aus der Hand gefallen. »Aber Moritz ...«

»Moritz hat sich bei seinem letzten Auftrag den Fuß verknackst und fällt mindestens zwei Wochen aus. Das Rennen ist aber schon am kommenden Wochenende.«

»Oh.«

»Ja, eben. Die brauchen jemanden, der Deutsch spricht und gute Fotos macht. Beides trifft auf dich zu. Obendrein weißt du, wie Moritz arbeitet, und wir müssen dem Auftraggeber keine langen Erklärungen abgeben, sondern können ihm wahrheitsgemäß sagen, dass du eine Mitarbeiterin von Moritz bist.«

»Also ... Wenn du mir das zutraust ... Ich habe ja noch nicht ...« Hannahs Gedanken überschlugen sich. Die Herausforderung reizte sie durchaus. Das Geld auch. Und vor allem käme sie mal wieder aus London heraus, noch dazu bezahlt. »Aber warum muss man Deutsch beherrschen?«

»Es soll ein Hintergrundbericht werden. Einer von den Veranstaltern wird dir dafür zur Seite gestellt, und der Redakteur des Magazins bezweifelt wohl, dass die da in den Bergen gut genug Englisch sprechen.«

Hannah dachte an ihre bisweilen an Ratespielchen erinnernden Versuche, die Mundart des Berner Oberlandes zu verstehen. Wenn sie sich nun innerhalb eines Tages ins Bairische oder einen ähnlichen Dialekt hineinhören sollte, konnte das heiter werden.

»Wohin soll es denn gehen?«, erkundigte sie sich vorsichtig.

»Das ist das Beste daran! Seine Stimme klang plötzlich, als hätte er den Gewinner einer Tombola zu verkünden. »Es geht an einen der schönsten Orte der Schweiz. Du sollst Aufnahmen vom Inferno-Rennen machen. Das ist in Mürren.«

Aus irgendeinem Grund wollte die Luft nicht aus ihren Lungen entweichen. Mürren. Ausgerechnet. Sofort schossen Erinnerungen wie Gewehrkugeln durch ihren Kopf. Nachdem Eliah ihre Nachrichten konsequent ignoriert hatte, wollte sie die Tage in der Schweiz eigentlich nur noch vergessen. Aber es war ein Auftrag, der ihr guttun würde.

»Hannah? Bist du noch dran?«

Sie brummte etwas in den Hörer.

»Was hast du denn plötzlich? Machst du's?«

»Ich gebe dir heute Abend Bescheid.«

Zwei Stunden später machte sich Hannah auf den Weg zu Granny. Wenn ihre Großmutter nicht ohnehin gestern angerufen und sie für heute zu Kaffee und Kuchen eingeladen hätte, wäre Hannah unter einem Vorwand zu ihr gegangen. Granny war die Einzige, bei der sie sich jetzt Rat holen konnte. Der war dringend nötig, denn seit Toms Anruf tanzten ihre Gefühle einen wilden Reigen.

Warum nur fiel es ihr so schwer, Eliahs feurigen Kuss aus ihren Gedanken zu verbannen? Fast automatisch griff sie sich an die Lippe, als könnte sie die Berührung auf diese Art wieder heraufbeschwören. Es war doch nur ein Kuss gewesen. Ein besonderer zwar – Hannah hätte nicht sagen können, ob sie jemals zuvor so umwerfend geküsst worden war. An weiche Knie bei anderen ersten Küssen konnte sie sich jedenfalls nicht erinnern. Eliah hatte sie mit Leichtigkeit in diesen Zustand versetzt. Aber besagter Eliah hatte sich seit ihrem Telefonat in Interlaken nicht mehr bei ihr gemeldet. Warum also sollte sie auch nur einen weiteren Gedanken an ihn verschwenden?

Hannah polterte die steile Treppe hinunter und riss die Haustür auf. Ein Schwall nasskalter Luft schlug ihr entgegen. Londoner Wetter von der widerlichsten Art. Seit Tagen wechselten Nebel, Regen und Sonne einander ab, bei Temperaturen, die zu kalt zum Wohlfühlen und zu warm für Wintergefühle waren.

In Mürren lag natürlich Schnee. Hannah hatte nicht widerstehen können, sich die winterliche Landschaft im Internet anzusehen. Die Webcams der Region zeigten traumhafte Bilder von unendlichem Weiß mit funkelnden Schneekristallen im Sonnenschein.

Da sie schon einmal dabei war, hatte Hannah auch die Homepage der Andrin KlG aufgerufen, doch die war seit Wochen unverändert. Marilens Name tauchte noch immer bei der Geschäftsführung auf, das Andrinherz prangte als Firmensignet auf der Startseite.

Hatte Eliah es geschafft, sich mit Marilen zu einigen? Hannah würde sich mit dem Wissen besser fühlen, dass die Firma gerettet war. Oder hatte er sich gar wieder mit Marilen versöhnt? Zum Wohle des Unternehmens?

Sie konnte Eliah schlecht anrufen und fragen. Vielleicht *hätte* sie es gekonnt, aber das wollte sie sich und ihm ersparen. Zwei Nachrichten an sein Handy waren unbeantwortet geblieben. Zuletzt hatte sie ihm in einem schwachen – oder geistig umnachteten – Moment eine Weihnachtskarte geschickt. Zurückgekommen war eine dieser zwar edlen, aber absolut bedeutungslosen Karten, die große Unternehmen massenweise an ihre Kunden versandten. Der vorgedruckte Weihnachtsgruß war mit einem wütenden Wurf im Papierkorb gelandet, obwohl es Hannah um das hübsche Motiv leidtat. Das Andrinherz wirkte, als sei es selbst aus Eis und Schnee, und fügte sich wundervoll in eine weihnachtliche Dekoration ein.

Anfangs hatte Hannah versucht, Granny wegen des Unternehmens auszuhorchen, schließlich telefonierte ihre Großmutter häufig mit Paul.

Die hatte sie nur mit einem wissenden Lächeln angesehen und geantwortet: »Das wird schon wieder.« Erst, als sie hinterherschob: »Lass ihm etwas Zeit zu bemerken, dass er dich vermisst«, war Hannah klar geworden, dass sie von Eliah sprach.

Hannah hatte das Missverständnis rasch aufgeklärt und betont, dass es ihr um die Firma ging. Um die Probleme, an denen sie sich mitschuldig fühlte. Davon schien Granny jedoch überhaupt nichts zu wissen. Hannah kam der Gedanke, dass auch Paul vielleicht nicht über das volle Ausmaß der Tragödie informiert war. Eliah würde seinen Großvater schonen wollen. Deshalb hatte Hannah das Thema fortan gemieden und nach und nach den gesamten Besuch in der Schweiz totgeschwiegen.

Selbst, als sie mit ihrer Großmutter und der Familie an einem Abend die Fotos angesehen hatte, hatte sie still über die Erinnerungen an den Tag auf dem Jungfraujoch hinweggelächelt – und Granny war von sich aus nicht mehr auf Eliah zu sprechen gekommen.

* * *

»Komm herein, Darling, und lass bloß dieses grausige Wetter draußen!« Granny öffnete auf ihr Klingeln, zog Hannah förmlich in die Wohnung und schloss nachdrücklich die Tür.

Hannah hängte die feuchte Jacke auf einen Bügel, zog die Schuhe aus und folgte ihrer Großmutter auf Socken ins Wohnzimmer.

»Heute hätte ich gern einen Kamin wie in Pauls Salon.« Granny deutete auf einen Kerzenleuchter auf dem Tisch, dessen Flammen munter flackerten. »Wir müssen wohl damit vorliebnehmen.« Sie zwinkerte Hannah zu und begann, Tee einzuschenken. »Der Kamin des kleinen Mannes.«

»Ist doch viel gemütlicher«, behauptete Hannah und verbot sich die Erinnerung an Pauls heimeligen Salon oder an Eliah, der sich geschickt um das Feuer gekümmert hatte, während der orangefarbene Widerschein der Flammen Schatten über seine markanten Gesichtszüge tanzen ließ.

»Schlecht getroffen haben wir es hier wahrlich nicht.« Granny setzte sich in ihren Lieblingssessel.

»Beschweren werde ich mich im Angesicht meines Lieblingskuchens sicher nicht.«

Hannah legte jedem ein Stück Apfelkuchen auf den Teller. Ein Rezept ihrer Urgroßmutter, das Granny aus Deutschland mitgebracht hatte. Sie reichte Granny den Teller, dann ließ sie sich in die weichen Polster des Sofas fallen.

Die Möbel in diesem Raum waren inzwischen so alt, dass sie ihren ganz eigenen Charme entwickelten.

»Warum soll ich alte Frau mir noch neue Möbel zulegen?«, war Grannys Devise – seit nunmehr zwanzig Jahren.

Hannah hatte früher schmunzelnd den Kopf geschüttelt, heute war sie froh über die vertraute Umgebung. Das Knarzen des Sofas, die Schramme im Schrank, die sie höchstpersönlich zu verantworten hatte und die ihr eine der seltenen Strafpredigten eingebracht hatte. Nirgendwo fühlte sie sich so zu Hause und so behütet wie in diesem Raum.

Ihr Blick glitt weiter, traf auf ihre Großmutter – und blieb abrupt hängen. Da funkelte etwas an Grannys Hals. Hannah riss die Augen auf, als sie den herzförmigen Umriss mit dem glänzenden Stein darunter erkannte.

»Wie ich sehe, hast du es entdeckt.« Granny griff mit einem liebevollen Lächeln an ihren Hals. »Ich habe es nicht übers Herz gebracht, es zurückzuschicken, obwohl es ein aberwitzig teures Geschenk ist.« Gedankenverloren und beinahe zärtlich strich sie über die Konturen des Andrinherzens. »Er ahnt nicht, wie glücklich er mich ausgerechnet mit diesem Anhänger gemacht hat«, murmelte sie in sich gekehrt, und Hannah sah ihr an, dass ihre Gedanken weit zurückkreisten.

»*Ausgerechnet* mit diesem Anhänger? Hat er eine besondere Bedeutung für dich?«

Granny blickte Hannah nachdenklich an. »Einen ähnlichen hat meine Urgroßmutter vor einhundertvierzig Jahren von meinem Urgroßvater geschenkt bekommen«, erklärte sie schließlich zögerlich.

»Welch ein Zufall!«, rief Hannah aus. »Kannte Ilse den Anhänger deiner Großmutter?«

Wieder folgte eine Pause. »Das kann man so sagen.«

Das klang rätselhaft. Hannah konnte sehen, wie ihre Großmutter mit sich kämpfte. Gespannt beugte sie sich vor.

»Als meine Urgroßmutter eine junge Frau war, kamen Herzblumen groß in Mode. ›Tränende Herzen‹ werden sie auch genannt. Meine Urgroßmutter war so verzückt, dass sie ihrer Tochter den Namen der weißen Züchtung gab. Alba.« Granny lächelte leicht wehmütig. »Das ›A‹ im Andrinherz steht eigentlich für Alba. Mein Urgroßvater hat das Herz eigenhändig entworfen, ein befreundeter Silberschmied hat es für ihn hergestellt, und dann hat er es meiner Urgroßmutter zu Albas Geburt geschenkt.«

»Dein Urgroßvater hat diesen Anhänger entworfen?« Hannah starrte ihre Großmutter mit offenem Mund an.

»Ja.« Granny nickte. »Dein Ur-Ur-…« Sie legte die Stirn in Falten und zählte an den Fingern ab »…Urgroßvater Wilhelm hat das Andrinherz entworfen. Ilse hat es später nur kopiert.«

»Aber dann kann Marilen ja nicht …« Hannah biss sich

auf die Lippen und schloss die Augen. Die Gedanken purzelten durcheinander. Das änderte im Streit mit Marilen alles. Sofern sie sich überhaupt noch stritten. Sie öffnete die Augen wieder und begegnete Grannys prüfenden Blick.

»Was kann Marilen nicht? Was hat dieses Herz mit Marilen zu tun?«

»Haben sich Eliah und Marilen wieder versöhnt?«

»Ist das eine Antwort auf meine Frage?« An der Tiefe der Stirnfalte las Hannah Grannys Ungeduld ab. Ihre Großmutter mochte es nicht, auf eine klare Frage keine ebenso klare Antwort zu erhalten.

»Nicht ganz.« Hannah lächelte entschuldigend. »Aber es ist wichtig.«

»Nein, haben sie nicht. Sofern es Eliah nicht verheimlicht. Der Junge macht sich ziemlich rar, klagt Paul. Wäre nur noch in der Firma. Paul macht sich Sorgen, dass etwas nicht stimmt, aber mit ihm redet niemand.« Plötzlich fixierte Granny sie scharf. »Weißt *du* etwas darüber?«

»Ich denke, wenn Eliah Paul nichts erzählt, hat das einen guten Grund«, wich Hannah aus. »Er hängt so an seinem Großvater und will ihn vermutlich schonen.« Zu spät wurde Hannah klar, dass sie damit einräumte, dass es tatsächlich ein Problem gab.

Prompt verengten sich Grannys Augen. »Junge Dame, heraus mit der Sprache! Was ist da los? Und was hat das alles mit Marilen zu tun?«

Hannah seufzte. Jetzt steckte sie in der Bredouille. Eigentlich wollte sie Granny und Paul aus der Sache heraushalten. Es reichte, wenn sich die Enkelgeneration schlecht fühlte. Andererseits musste sie Granny ohnehin einweihen, wenn sie ihre Großmutter wegen des alten Schmuckstücks löchern wollte.

Sie stach mit ihrer Gabel ein Stück Apfelkuchen ab und

ließ sich Zeit mit dem Kauen und Schlucken. Dass der Kuchen wie immer ausgezeichnet schmeckte, nahm sie nur am Rande wahr.

Granny räusperte sich ungeduldig, und Hannah kapitulierte mit einem Seufzen.

»Gib nur nichts davon an Paul weiter«, bat sie. »Er soll sich keine Sorgen machen.«

Grannys Augenbrauen zogen sich noch mehr zusammen, aber sie nickte.

Während die Mimik ihrer Großmutter ein Panoptikum an Gefühlen offenbarte, die von Unglauben über Erschrecken bis hin zu Empörung reichten, legte Hannah die Hintergründe und Marilens Plan dar, dem Unternehmen irreparabel zu schaden.

»Solange Marilen und Eliah darüber streiten, wer das Andrinherz entworfen hat, ist die Investorensuche schwierig«, fasste Hannah die Situation zum Schluss zusammen.

»Und ohne Investoren kann Marilen nicht ausgezahlt werden, und dem Unternehmen droht die Zerschlagung oder der Verkauf«, vervollständigte Granny mit nachdenklicher Miene. »Ich verstehe.« Sie stand auf. »Die Andrins sollten also im besten Fall beweisen können, dass dieses Herz schon existierte, bevor es Marilens Urgroßvater überhaupt gab. Wollen wir doch mal sehen …« Sie wandte sich zum Schrank, öffnete eine Tür und fuhr mit den Fingern an den Rücken der Fotoalben entlang. »Ah, ja.« Mit dem Gesuchten in der Hand kehrte sie zu ihrem Sessel zurück und begann zu blättern. Nach wenigen Seiten nickte sie zufrieden. »Das hier dürfte gehen.«

Hannah hatte das Tun ihrer Großmutter schweigend verfolgt, jetzt nahm sie das aufgeschlagene Album entgegen. Vier Fotos waren auf der Seite eingeklebt. Offenbar eine Taufe, denn ein Säugling stand im Mittelpunkt des Interesses. Ein Foto zeigte eine Frau mittleren Alters, die liebevoll das Baby in ihrem Arm anlächelte.

Hannah sah auf. »Das Kind – bist du das?«

»Ja, das ist meine Taufe.« Granny beugte sich vor und deutete auf das Bild. »Und das ist deine Ur-Ur-Großmutter Alba. Siehst du, was sie um den Hals trägt?«

Hannah nahm das Foto genauer in Augenschein. Diese kleinformatigen alten Fotos konnten wirklich jeden Sehtest ersetzen. Doch als sie die Herzform erkannte, ahnte sie, worauf ihre Großmutter hinauswollte. »Ist das *das* Herz?« Ihr Puls beschleunigte sich.

»In der Tat.« Granny lächelte. »Meinst du, das hilft Eliah weiter? Zusammen mit meiner Aussage, dass es dieses Herz schon lange vor Pauls Lehrherrn gab?«

Hannah nahm ihr Smartphone und vergrößerte den Anhänger. »Man kann ihn einigermaßen erkennen.« Sie biss sich auf die Lippe. Wenn sie doch nur wüsste, wie weit die Verhandlungen waren. »Ich werde Leona fragen, ob es ihnen von Nutzen sein könnte.«

»Nicht Eliah?« Granny hob die Augenbrauen.

»Das fragst du, nachdem ich dir gerade erzählt habe, dass er sich seit Oktober nicht mehr bei mir gemeldet hat?«

»Weißt du eigentlich, dass Paul mich drängt, ihn alsbald wieder zu besuchen?«, wechselte Granny scheinbar das Thema. »Seit er von der Kur zurück ist, schwärmt er mir vor, wie traumhaft Mürren im Winter ist. Könntest du dir vorstellen, deine alte Großmutter noch einmal in die Berge zu begleiten?« Sie zwinkerte ihr zu.

»Und schon sind wir bei meinem zweiten Problem.« Hannah stöhnte.

Granny zog die Augenbrauen in die Höhe, nahm ihre Tasse und nippte an dem Tee. »Ich höre, Darling.«

Hannah sortierte sich einen Augenblick, dann erzählte sie

von dem Jobangebot und ihren zwiespältigen Gefühlen. »Es waren doch nur ein paar Tage«, sagte sie und seufzte. »Nicht mehr als ein Flirt. Wieso zögere ich dennoch, diesen großartigen Auftrag anzunehmen, nur weil ich Eliah wiedersehen könnte?«

»Eine gute Frage.« Granny stellte schmunzelnd die Tasse auf den Tisch. »Warum sollte dich dieser Punkt beschäftigen, wenn es doch nur ein einfacher Flirt war?« Sie goss neuen Tee ein, rührte ihren üblichen Zuckerberg hinein und sagte dabei: »Und nun ruf deinen Chef an. Ich gebe Paul Bescheid und buche uns Flüge.«

28. Mürren, Januar 2019 – Hannah

W illkommen zurück in der Schweiz.« Leona nahm Granny den Koffer ab und warf einen erstaunten Blick auf Hannahs Gepäck, das aus einem kleinen Koffer und einem riesigen Kamerarucksack bestand. »Das sieht beeindruckend aus.«

»Und schwer.« Mit einem leichten Aufstöhnen schulterte Hannah ihre Ausrüstung und folgte Leona und Granny zum Auto. »Und ich bin nicht einmal sicher, ob ich alles dabeihabe. Es ist das erste Mal, dass ich einen solchen Auftrag eigenverantwortlich übernehme.«

Sie hatte vor zwei Tagen lange mit Leona telefoniert und ihr nicht nur von dem Anhänger und dem Foto erzählt – und es anschließend gemailt –, sondern auch von ihrem Auftrag in Mürren berichtet.

In einer klitzekleinen Ecke ihres Herzens beschwerte sich eine leise Stimme, dass nicht Eliah am Flughafen erschienen war, um sie abzuholen. Deutlicher hätte er ihr nicht zu verstehen geben können, dass ihre Annäherung im Oktober nur ein Strohfeuer gewesen war.

»Hast du deinem Bruder von dem Foto erzählt?«, erkundigte sich Hannah, als sie schließlich im Auto saßen. »Was meint er dazu?«

Auch Granny richtete ihren Blick interessiert auf Leona.

»Eliah hat noch von Asien aus mit den Juristen konferiert«, antwortete Leona und fädelte sich in den Verkehr in Richtung Autobahn ein. »Ich weiß nicht, ob es die Situation ändern wird«, sagte sie dann gepresst. Sie sah kurz zu Granny auf dem Beifahrersitz. »Mein Großvater soll es noch nicht erfahren. Es wird hart genug für ihn, wenn es feststeht.« Im Rückspiegel wanderte ihr Blick zu Hannah.

»Von uns erfährt er nichts«, versicherte Hannah und fühlte trotz der beklemmenden Atmosphäre, die sich im Fahrzeug ausbreitete, eine seltsame Erleichterung, weil Eliah noch in Asien war. Er hatte sie gar nicht abholen können.

»Die letzten drei Monate waren hart für uns«, sagte Leona. »Besonders für Eliah, der die Entwicklung als persönliches Scheitern ansieht, obwohl ihn keine Schuld trifft.«

Hannah blickte bedrückt auf die vorbeiziehenden Berge. Sie konnte kaum ermessen, wie belastend der Kampf um das Unternehmen für Eliah sein musste. Ihre Enttäuschung über Eliahs Verhalten kam ihr plötzlich kleinlich vor.

»Für eine Luxusfirma wie unsere ist der Herstellername existenziell wichtig«, erklärte Leona und überholte einen Transporter. »Die Investoren, mit denen ich verhandelt hatte, sind, wie befürchtet, abgesprungen. Marilen beharrt auf ihrer absurden Forderung und will obendrein zeitnah die Auflösung der Kollektivgesellschaft, was bedeutet, dass wir sie bald auszahlen müssen oder das Unternehmen komplett zerschlagen wird. Bis der Namensstreit nicht entschieden ist, werden wir aber keine neuen Investoren finden.« Sie hielt kurz inne, und ihre Miene wirkte schmerzvoll, als sie fortfuhr: »Und deshalb ist Eliah in Asien unterwegs, um über den Verkauf des Unternehmens in seiner Gesamtheit zu verhandeln. Den Chinesen wird allein der Firmenname einiges wert sein.«

»Und Pauls Lebenswerk wäre zerstört«, sagte Granny finster. »Oder glauben Sie, die Chinesen werden weiterhin hier produzieren lassen?«

»Nein, das werden sie nicht.« Leona sprach jetzt so leise, dass Hannah sie im Fond des Wagens kaum verstand. »Aber es schien bis dato der einzige Weg zu sein, der uns bleibt. Die Juristen werden sich wegen des Fotos noch einmal zu Verhandlungen treffen«, erklärte Leona, zog die Mundwinkel nach oben und versuchte sichtlich angestrengt, optimistisch zu wirken. »Bis dahin sollten wir das Wahnsinnswochenende genießen, das vor uns liegt. Beim Inferno-Rennen ist hier in der Gegend im wahrsten Sinne des Wortes der Teufel los!«

* * *

Leona hatte nicht übertrieben, stellte Hannah fest, sobald sie Mürren erreicht hatten. Der beschauliche Ort hatte sich in eine große Partyzone verwandelt. Die Hauptstraße wimmelte von Menschen, die Luft vibrierte förmlich vor Energie.

Hannah und ihre Großmutter bezogen dieselben Zimmer wie im Oktober, und Hannah strahlte, als sie zum ersten Mal die Aussicht vom Balkon über das winterlich verschneite Dorf sah. Viel Zeit, das Schauspiel zu genießen, ließ Leona ihr allerdings nicht.

Während sich Paul und Granny über ihr Wiedersehen und auf die Zweisamkeit ohne die Enkel freuten, stopften sich Leona und Hannah rasch ein Sandwich in den Mund und machten sich auf den Weg zur Teilnehmerparty im Pub.

Leona hatte offenbar beschlossen, ihren eigenen Rat zu beherzigen und die Sorgen über das Wochenende zu verdrängen. »Ändern kann ich es eh nicht, und die Probleme holen mich früh genug wieder ein«, erklärte sie Hannah, hakte sich bei ihr unter und zog sie zur Theke, um das nächste Bier zu bestellen.

* * *

Da gegen Ende einige Shots dazugekommen waren, wachte Hannah am Morgen mit einem nicht ganz so guten Gefühl in Kopf- und Magengegend auf. Kurz erwog sie liegenzubleiben, dann fiel ihr ein, dass sie keineswegs zum Privatvergnügen hier war. Der Gedanke an die bevorstehende Herausforderung spülte genügend Adrenalin durch ihre Adern, um sie aus dem Bett zu treiben. Sie zog die Vorhänge auseinander und erstarrte in Ehrfurcht.

Der Anblick der Berggipfel war vom Herbst vertraut, und doch sah alles durch das Weiß fremd und anders aus. Gestern hatte die Sonne schon zu tief gestanden, um das Schauspiel in voller Pracht zu genießen, aber heute Morgen blinzelte Hannah in ein Meer aus Abertausend Kristallen, die im hellen Licht glitzerten und funkelten.

Beim Frühstück traf sie nur Leona, die ebenfalls ausgesprochen kaffeebedürftig wirkte.

»Die Inferno-Woche ist nie erholsam«, erklärte sie dennoch vergnügt und griff zur Kaffeekanne. »Sehen wir uns heute Abend? Es findet der große Inferno-Umzug mit anschließender Teufelsverbrennung und Party statt.«

»Ich treffe mich gleich mit dem Redakteur des Outdoor-Magazins. Er wird mir sagen, welche Bilder er sich wünscht. Vermutlich werde ich heute Abend schon im Einsatz sein.«

»Aber doch nicht die ganze Nacht!« Leona hielt fragend die Kanne in die Höhe.

Hannah schüttelte den Kopf. »Keine Zeit mehr für einen Kaffee. Ich muss los. Ich schicke dir eine Nachricht, sobald ich weiß, ob Mr Walsh mich den ganzen Abend über eingeplant hat.«

»Alles klar. Ich mache mich jetzt auf den Weg ins Tal. Deine Großmutter und Grossätti können wir wohl getrost sich selbst überlassen.«

***

Wie schon am Vortag waren in den kleinen Gassen deutlich mehr Menschen als im Herbst unterwegs. Fast jeder trug Skier mit sich herum oder hatte ein Snowboard unter dem Arm. Kein Wunder – soweit Hannah das beurteilen konnte, waren die Bedingungen optimal. Blauer Himmel, Sonne, eine Menge Schnee.

Hannah entdeckte den Chefredakteur des Magazins, kaum dass sie das Café, in dem sie verabredet waren, betreten hatte. Der Mann hatte einen riesigen Laptop vor sich stehen.

»Keaton Walsh?« Hannah trat an den Tisch, und der Redakteur sah von seinem Computer hoch.

Wache, hellblaue und mit Lachfältchen umkränzte Augen, ein Lächeln mit Grübchen, strohblonde, etwas wilde Haare. Hannah hatte nicht damit gerechnet, dass ihr Auftraggeber so attraktiv sein würde. Sie hatte nicht viel Erfahrung mit Zeitungsredakteuren. Wenn überhaupt einmal Anfragen von Magazinen kamen, waren das Aufträge für Moritz oder Tom. Doch in ihrer Vorstellung waren sie alle wie die, die sie kannte: intellektuell in Geist und Aussehen. Davon war Keaton weit entfernt. Dass er in Wahrheit sogar ausgesprochen athletisch war, fiel Hannah auf, als er sich erhob, um sie zu begrüßen. Sein Händedruck war fest. Hannah entging nicht, dass er sie aufmerksam musterte, und sie hatte den Eindruck, dass das Ergebnis zu ihren Gunsten ausfiel, denn sein Lächeln vertiefte sich.

»Hannah, nicht wahr? Bitte setz dich doch.« Auch seine Stimme war angenehm.

Sie nannten sich seit den ersten E-Mails schon beim Vornamen. Hannah hatte deshalb auf eine lockere Atmosphäre gehofft und wurde nicht enttäuscht. Bei einem Kaffee plauderten sie über den Ablauf dieses und des folgenden Tages, kamen von dort auf andere Themen und bestellten einen weiteren Kaffee.

Irgendwann blickte Keaton erschrocken auf die Uhr. »Oh Gott, ich habe gleich meinen ersten Termin. Wir sehen uns heute Abend, ja?«

Hannah nickte. »Natürlich, wie besprochen.«

»Ich freue mich.« So, wie er sie anstrahlte, könnte man meinen, sie hätten sich zu einem Date verabredet.

Nachdem Keaton seine Sachen gepackt hatte, blätterte Hannah durch die Infobroschüre des diesjährigen Rennens, die Keaton ihr dagelassen hatte. Gleich auf der ersten Seite sprang ihr das Andrinherz ins Auge. Natürlich – wer, wenn nicht die Familie Andrin, sollte dieses Event unterstützen, das so sehr für Mürren stand wie kein zweites? Bitterkeit stieg in Hannah auf, als ihr klar wurde, dass das Herz wohl zum letzten Mal bei den Sponsoren auftauchen würde. Leona hatte nicht besonders optimistisch geklungen, dass der Verkauf noch irgendwie abgewendet werden konnte. Und im entfernten China hatte vermutlich niemand Interesse daran, ein Schweizer Ski-Rennen zu finanzieren. Leona hatte ihr gar nicht erzählt, dass die Firma zu den Sponsoren gehörte. Dabei wurden sie in der Rubrik der wichtigsten Unterstützer aufgeführt. Vielleicht würde Keaton sie morgen sogar interviewen, denn das Sponsoring gehörte auch zu dem Blick hinter die Kulissen, um den es in dem mehrseitigen Artikel gehen sollte.

Den Tag verbrachte Hannah mit Vorbereitungen. Keaton hatte ein Snowmobil organisiert, mit dem Hannah sich zu einigen Stellen chauffieren ließ, die während des Rennens spektakuläre Fotos versprachen. Sie probierte verschiedene Perspektiven und Einstellungen aus, bis sie sich für den nächsten Tag gewappnet fühlte. Anschließend hielt sie die Stimmung im Dorf mit der Kamera fest.

* * *

Als sie in Pauls Haus zurückkehrte, fand sie Granny und ihn vor dem Kamin. Zwischen ihnen stand ein Tisch mit Karten und einer geplünderten Schüssel mit Plätzchen.

»Darling, da bist du ja wieder«, grüßte Granny. »Hattest du einen schönen Tag?«

»Und wie! Ich war den halben Tag an der Piste.« Hannah stibitzte sich einen der letzten Kekse aus der Schale. »Und nun muss ich mich sputen. Ich treffe mich gleich mit meinem Auftraggeber wegen der Fotos vom Umzug. Was macht ihr da Schönes?«

»Paul bringt mir Jassen bei«, sagte Granny mit einem betont resignierten Blick auf die Karten. »Ich fürchte, damit sind wir noch eine Weile beschäftigt.« Sie zwinkerte Hannah zu. »Mach dir einen netten Abend, und wie immer freue ich mich darauf, deine Schnappschüsse zu sehen.«

Hannah grinste, winkte ihrer Großmutter und Paul zu und spurtete nach oben, um sich für den Abend fertig zu machen.

* * *

In der Festhalle war die Hölle los. Wummernde Bässe, gut gelaunte Menschen, und wirklich jeder schien mit dem Rennen zu tun zu haben. Startzeiten und -nummern wurden sich zugerufen, Verabredungen für die Party danach getroffen, und dass man in aller Herrgottsfrühe auf den Berg musste, lastete keineswegs auf der Partylaune.

Nachdem Hannah alle Fotos im Kasten hatte, lockte sie der Gedanke an ihr Bett, aber Keaton überredete sie, nur rasch die Fotoausrüstung wegzubringen und dann als Privatperson zur Party zu kommen.

Kaum war sie zurück, drückte er ihr lächelnd ein Bier in die Hand. Das hatte nun doch etwas von einem Date.

Hannah zuckte innerlich mit den Schultern. Warum auch nicht?

Kurz darauf drängte sich Leona zu ihr durch. Sie wirkte deutlich jünger, wenn sie in Partylaune war. Fragend sah sie von Hannah zu Keaton und wieder zurück, und Hannah machte beide miteinander bekannt.

»Andrin?«, fragte Keaton sofort. »Von den Schmuck-Andrins? Da habe ich morgen doch einen Termin.«

»Ja, die Schmuck-Andrins.« Leona wippte zum Takt der Musik. »Ich würde jetzt gern tanzen, kommst du mit?«

Keaton winkte sofort ab. »Macht ihr nur, wir sehen uns später.«

»Warum hast du mir nichts davon erzählt, dass ihr Hauptsponsoren des Events seid?«, schrie Hannah Leona ins Ohr, während sie sich weiter unter die Feiernden mischten.

»Ist das denn wichtig?«, erwiderte Leona ebenso laut. »Marketing und PR waren immer Marilens Aufgabengebiet. Und wie es aussieht, lohnt es nicht mehr, sich da noch einzuarbeiten.« Sie zuckte betont desinteressiert mit den Schultern, doch Hannah sah das Aufblitzen des Schmerzes in ihren Augen.

Sie begriff in diesem Moment, dass Leona genauso unter dem Verlust des Unternehmens litt wie Eliah. Sie ging nur anders damit um. Wieder spürte sie den Stich des schlechten Gewissens, und zum ersten Mal fragte sie sich, ob Eliah nicht ohne die Trennung von Marilen besser dran gewesen wäre. Unversehens verging ihr die Lust aufs Feiern. Als Leona einige Bekannte traf, ergriff Hannah die Gelegenheit, um sich zu verabschieden.

29. Mürren, Januar 2019 – Hannah

Am nächsten Morgen war Hannahs gedrückte Stimmung vergessen. Adrenalin ließ die Nerven vibrieren. Das Wetter hatte gehalten, und schon auf dem Weg zum Start, wo sie die ersten Fotos machen sollte, wusste Hannah, dass der Tag ihr herrliche Aufnahmen bescheren würde.

Sobald sie mit der Arbeit begann, verflog ihre Nervosität. Sie merkte jetzt, wie viel sie als Assistentin von Tom und Moritz gelernt hatte. Keaton war außerdem ein angenehmer Auftraggeber. Während sie bei Hochzeiten, Taufen und Einschulungen in den Vorbesprechungen bestenfalls grobe Anhaltspunkte für die Wünsche ihrer Kunden erhielt, hatte ihr Keaton seine Vorgaben exakt benannt. Sie arbeitete die Liste nach und nach ab und war lange vor der verabredeten Zeit fertig.

Weiter hinten entdeckte sie Keaton im Gespräch mit einem der Teilnehmer. Sie schlenderte zu den beiden hinüber, und Keaton wandte sich ihr lächelnd zu.

Auch sein Gesprächspartner drehte sich um – und erstarrte. »Hannah?«

»Eliah.« Ihre Stimme wollte nicht recht gehorchen. Sie räusperte sich. »Hallo. Du bist aus Asien zurück.«

»Ja.« Eine unangenehme Pause entstand, in der sich beide ansahen. Eliahs Blick fiel auf die Kamera. »*Du* bist die britische Fotografin, die mich heute Abend begleitet?«

Hannah sah fragend zu Keaton. Der nickte und verfolgte die Szene zwischen ihr und Eliah schweigend weiter.

»Seltsamer Zufall, nicht wahr?« Eliah fixierte einen Punkt hinter ihrer Schulter.

»In der Tat.« Auch Hannah konnte ihn nicht ansehen. Sie brachte so schon kaum ein Wort heraus.

Wo war die Lockerheit ihrer früheren Gespräche hin? Und wo das schalkhafte Blitzen seiner Augen? Das feine Zucken seiner Mundwinkel? Stocksteif stand er vor ihr. Hannah musterte ihn genauer. Seine Augen lagen tief in den Höhlen, dunkle Schatten und ein harter Zug um den Mund zeugten von dem Stress der vergangenen Wochen. Er war blass und schien an Gewicht verloren zu haben. Vielleicht lag es auch an seiner Haltung, die so angestrengt aufrecht war, dass sie nicht mehr diese Energie und das natürliche Selbstbewusstsein wie im Herbst ausstrahlte. Jetzt wirkte er wie ein sehr müder Mensch, der darum kämpfte, sich seine Erschöpfung nicht anmerken zu lassen.

»Ihr kennt euch schon?«, füllte Keaton die sich ausdehnende Stille. »Dann muss ich euch ja nicht vorstellen.« Er überging die angespannte Atmosphäre und legte Hannah eine Hand auf den Arm. »Du wolltest vermutlich vorschlagen, hier bereits ein Foto von Herrn Andrin zu machen, bevor wir zwei dann in Richtung Tal aufbrechen.«

Hannah nickte stumm. Noch immer traute sie ihrer Stimme nicht. Ihr Herz schlug bis zum Hals.

»Ja, dann mach das doch.« Keaton drückte lächelnd sanft ihren Arm.

Eine Geste, die Hannah nicht recht zuordnen konnte.

Sie drehte den Kopf in Eliahs Richtung.

Finster starrte er auf die Stelle, wo unverändert Keatons Hand ruhte. Als er Hannahs Blick bemerkte, setzte er sofort eine neutrale Miene auf. »Wohin soll ich mich stellen?«, fragte er brüsk.

Hannahs Gedanken wanderten unvermittelt zum Jungfraujoch. Als sie ihn dort fotografiert hatte, hatte Eliah mehr Begeisterung gezeigt. Vor allem war er ihr näher gewesen.

Doch sie war Profi. Wer es schaffte, auf Hochzeiten zu fotografieren, wo häufig der eine dem anderen nicht grün war, kapitulierte nicht vor einem mürrischen Skifahrer. Also dirigierte sie ihn mit geschäftsmäßiger Stimme so, dass man ihn mit Skiern und dem Starthaus sah, bannte etwas Bergwelt auf das Foto und war mit dem Ergebnis just in dem Moment zufrieden, in dem Keaton ihr das Zeichen zum Aufbruch gab.

»Wir sehen uns später«, verabschiedete sie sich knapp von Eliah.

Keaton legte einen Arm an Hannahs Rücken und lotste sie zum Schneemobil. Hannah musste sich eng an ihren Auftraggeber pressen, damit beide Platz auf der kurzen Sitzfläche fanden. Bevor sie losfuhren, drehte Hannah ihren Kopf noch einmal in Eliahs Richtung. Der wandte sich abrupt um und stapfte davon.

***

»Das hat wirklich Spaß gemacht!« Hannah strahlte Keaton an.

Obwohl sie sich zu keiner Sekunde unsicher gefühlt hatte, war die Fahrt hinunter rasant gewesen, und nun pulsierte Adrenalin durch ihren Körper. Unterwegs hatten sie an einigen der am Vortag besichtigten Stellen gehalten, um dort etwas vom Renngeschehen einzufangen, und waren bester Laune im Zielbereich angekommen.

Hannahs Strahlen verblasste jedoch, als ihr klar wurde, dass jetzt der schwierigste Teil ihrer Arbeit bevorstand. Sie wusste, wie wichtig die Chemie zwischen den Menschen vor und hinter der Kamera für gelungene Fotos war. Wenn Eliah weiterhin eine solche Miene wie auf dem Berg zur Schau trug, konnte sie bestenfalls seine Rückenansicht für den Beitrag verwenden.

Nicht lange, dann kündigte der Sprecher Eliahs bevorstehenden Zieleinlauf an. Er animierte das Publikum zu einem besonders kräftigen Applaus für einen der Sponsoren des Events, und mit einem gekonnten Schwung kam Eliah um die letzte Kurve und im Zielraum zum Stehen.

Hannah musste zugeben, dass er auf Skiern eine durchaus gute Figur abgab. Im Verlauf des Tages hatte sie einen Eindruck davon gewonnen, welche Herausforderung das Rennen selbst für geübte Skifahrer darstellte. Nicht alle Starter erreichten das Ziel, und diejenigen, die es taten, schienen oft froh zu sein, die Tortur hinter sich zu haben. Eliah wirkte jedoch deutlich lockerer als am Start. Er hatte es offenbar gebraucht, sich auszupowern. Hannah hielt den Auslöser in der Hoffnung gedrückt, später aus der Serienaufnahme ein brauchbares Foto fischen zu können.

Eliah nahm den Helm und die Skibrille ab und fuhr sich durch die Haare. Die Geste war Hannah so vertraut, dass es schmerzte. Sie hatte verdrängt, wie sehr er ihr in den wenigen Tagen im Herbst unter die Haut gegangen war. Doch jetzt, da er ihr so nah war, wurden dieselben Emotionen lebendig, die ihr Herz im Oktober zum Stolpern gebracht hatten.

Sein Blick wanderte über die Menge und blieb an ihr hängen. Während die Menschen schon die nächsten Teilnehmer mit Applaus im Ziel begrüßten, glitt er mit einigen Skatingschritten zu ihr herüber, ohne dabei den Blickkontakt zu lösen. Und prompt setzte die Wirkung des Andrinblicks ein. Sie konnte gar nicht anders, als ihn anzulächeln.

»Gut angekommen, wie ich sehe.« Sein Lächeln war echt und löschte die verhärmten Züge aus.

In diesem Moment stand der Eliah vor ihr, der er vor der herbstlichen Katastrophe gewesen war.

»Du ja auch. Und du hattest sicher den anstrengenderen Part.«

»Stimmt, du hattest es gemütlicher«, kommentierte er trocken, und sein Blick verfinsterte sich.

Mit dem gleichen Gesichtsausdruck hatte er oben beobachtet, wie sie zu Keaton aufs Snowmobil geklettert war. War er etwa eifersüchtig? Er war es doch gewesen, der ihr die kalte Schulter gezeigt hatte. Verwirrt versuchte Hannah, eine Antwort in seinen Augen zu lesen, doch Eliah hatte sich verschlossen.

»Lass uns rasch die Fotos machen«, sagte Eliah, aber sein Tonfall meinte: hinter uns bringen.

»*Rasch* geht nicht«, erwiderte Hannah schulterzuckend und ließ keinen Zweifel daran, dass ihr diese Aussicht ebenso wenig gefiel. »Ich soll dich durch das Rahmenprogramm begleiten.«

Eliah sah sie nichtssagend liebenswürdig an. »Kein Problem. Was soll ich machen?«

»Alles, was du sonst auch machen würdest. Ich soll das Geschehen nur dokumentieren, nicht beeinflussen. Tu einfach so, als wäre ich gar nicht da.«

»Wird schwierig, aber bekomme ich hin.«

Hannah runzelte die Stirn. Was sollte das nun wieder heißen? Doch Eliahs Miene blieb undurchdringlich.

Er öffnete die Bindung, hob die Skier auf und deutete nach links. »Da vorne kommst du durch die Absperrung.«

Eliah tat in den folgenden Stunden tatsächlich, als sei Hannah Luft. Durch das Rahmenprogramm, die Siegerehrung und die anschließende Party begleitete Hannah ihn wie ein Schatten – stets anwesend, aber unbeachtet. Einmal ertappte sie Eliah dabei, wie er sie nachdenklich ansah, doch er wandte sich sofort ab, als sich ihre Blicke kreuzten. Sie zwang sich, nicht über sein seltsames Verhalten nachzudenken. Sie hatte einen Auftrag zu erledigen. Konzentriert schoss sie ein

Foto nach dem anderen und war sich sicher, einige gelungene Aufnahmen anbieten zu können. Was nicht zuletzt daran lag, dass Eliah im Laufe des Abends immer lockerer wurde. So bildete er auf den Fotos allein durch seine Ausstrahlung den natürlichen Mittelpunkt, ohne dass sie als Fotografin sich sonderlich bemühen musste.

Irgendwann kam Keaton gut gelaunt zu ihr herüber geschlendert. Hannah hatte ihn mal hier, mal dort im Gespräch mit den unterschiedlichsten Leuten gesehen. Jetzt drückte er ihr ein Glas Wein in die Hand. »Noch im Dienst?«, fragte er augenzwinkernd.

»Voller Einsatz für den Kunden«, entgegnete sie und stieß mit ihm an.

»Was hältst du von Feierabend?« Keaton legte den Kopf schief, als müsste er eingehend über diese Frage nachdenken.

»Du bist der Boss«, antwortete sie schmunzelnd.

»Wenn das so ist, ordne ich jetzt Feierabend an und fordere als Teambuilding-Maßnahme einen gemeinsamen Drink und einen Tanz.« Keaton grinste verschmitzt.

Hannah lachte. »Ist es nicht üblicherweise so, dass man das Team *vor* der gemeinsamen Aufgabe zusammenschweißt?«

»Vielleicht kommen ja noch ein paar Aufträge nach. Dann wäre das genau der richtige Zeitpunkt.« Er hob sein Glas. »Auf uns als Team.«

Hannah stieß abermals mit ihm an. Gegen mehr Aufträge dieser Art hätte sie nichts einzuwenden. Die zwei Tage waren großartig gewesen und wesentlich besser bezahlt als ihr Aushilfsjob als Kellnerin. Keaton war obendrein ein umgänglicher und gut aussehender Typ, der es jetzt offensichtlich auf einen kleinen Flirt anlegte.

»Ich muss erst die Ausrüstung in Sicherheit bringen. Ich komme gleich wieder.«

»Weißt du was? Ich begleite dich. Ich könnte frische Luft gebrauchen. Wenn es dir recht ist?«

»Natürlich.« Hannah schaltete ihre Kamera aus und packte sie ordentlich in die Tasche.

Als sie sich umdrehte und mit Keaton auf den Ausgang zusteuerte, streifte ihr Blick Eliah. Er stand mit Freunden zusammen und kippte gerade einen Shot herunter. Kurz sah er in ihre Richtung, dann drehte er sich demonstrativ um, schob sich zur Theke, und Hannah verfolgte stirnrunzelnd, wie er mit einer Geste nachbestellte.

»Wollen wir los?« Keaton legte eine Hand an ihren Rücken.

Sie nickte und schlüpfte zwischen den Menschen hindurch in die kalte Abendluft.

Bis zu Pauls Haus brauchten sie knapp zehn Minuten. Nach dem Partylärm tat die Stille gut. Sie nutzten den Weg, um einige Details des Auftrags zu besprechen. Keaton konnte nach den Interviews noch genauer einschätzen, welche Fotos er benötigte.

Auf dem Rückweg kamen sie auf andere Themen, und als sie die Festhalle wieder erreichten, blieben sie davor stehen und unterhielten sich weiter. Keaton war ein Gesprächspartner mit einem schier unerschöpflichen Repertoire an Anekdoten und Geschichten, die sich bei seinen Reportagen über außergewöhnliche Sportevents angesammelt hatten.

Irgendwann rieb sich Hannah die Hände.

»Dir ist kalt. Wir sollten reingehen.« Einladend deutete Keaton auf den Eingang.

Während er ihnen Getränke holte, schlang sich Hannah die Jacke um die Hüfte und sah sich um. Aus einer Gruppe winkte Leona zu ihr herüber und bedeutete ihr, zu ihnen zu kommen. Auch Eliah stand nicht weit entfernt. Hannah schüttelte den Kopf und signalisierte, dass sie auf jemanden wartete. Als Keaton sich in diesem Moment mit zwei Gläsern in der Hand näherte, zeichnete sich Erstaunen in Leonas Miene ab.

»Schade, dass ich morgen schon abreise«, sagte Keaton an ihrem Ohr. Sein Atem kitzelte.

Anders konnte man sich auf der Party kaum unterhalten, doch unter Leonas und Eliahs Beobachtung kam Hannah diese Nähe plötzlich unpassend vor. Sie neigte sich etwas zur Seite. An Keatons Schulter vorbei sah sie, wie Leona heftig auf Eliah einredete, dessen Miene unheilvoll wirkte wie ein Unwetter in den Bergen.

»Du bleibst noch in Mürren, richtig?« Keaton holte Hannah wieder in das Gespräch mit ihm zurück.

»Ja, ich reise erst am Mittwoch ab.« Sie hatte Keaton vorhin erzählt, dass sie bei einem Freund ihrer Großmutter untergekommen waren. »Die Fotos kann ich aber morgen schon bearbeiten, ich habe mein Notebook dabei.«

»Perfekt, dann kann ich ja –« Keaton unterbrach sich, weil Eliah plötzlich neben ihnen auftauchte.

»Wollt ihr nicht zu uns rüberkommen?« Eliahs Blick bohrte sich in Hannahs. Immerhin war er höflich genug, auch kurz Keaton anzusehen. »Ihr müsst hier doch nicht allein herumstehen.«

Irgendetwas stimmte nicht. Dieser unterschwellig grollende Unterton, dazu die Miene, die nach einer Unwetterwarnung verlangte. So kannte Hannah ihn nicht. *Er ist tatsächlich eifersüchtig*, durchzuckte es Hannah. Obwohl er es war, der sich zurückgezogen hatte, passte es ihm nicht, sie hier mit Keaton zu sehen.

Unwohl huschte ihr Blick von Eliah zu Keaton, der jedoch freundlich lächelte.

»Natürlich, gern.« Er machte einen Schritt in Leonas Richtung, doch Hannah hielt ihn am Arm fest.

Das Ganze schrie nach Komplikationen – und die wollte sie unbedingt vermeiden.

»Keaton, sei mir nicht böse. Der Tag war anstrengend. Ich denke, ich gehe jetzt.«

Er nickte. »Dann bringe ich dich nach Hause.«

»Das wird nicht nötig sein«, schaltete sich Eliah sofort ein. »Hannah und ich haben denselben Weg. *Ich* begleite sie.« Seine Stimme war nun so unverhohlen drohend, dass Keaton ihn irritiert anstarrte, bevor er kapitulierend die Hände hob.

»Selbstverständlich.« Er lächelte Hannah unverbindlich zu. »Wir mailen wegen der Fotos. Gute Nacht.«

»Gute Nacht«, beeilte sich Hannah zu sagen, denn sie spürte schon Eliahs Hand, der sie zum Ausgang dirigierte.

Vor der Tür atmete Hannah tief durch. Nicht nur, weil sie frische Luft brauchte.

»Was ist los mit dir, Eliah?«, fragte sie unumwunden, während sie über die verschneite Straße liefen. »Du weißt schon, dass du dich seltsam benimmst?«

»So? Mache ich das?«, knurrte er.

»Ja, tust du.« Hannah blieb stehen und musterte ihn scharf. »Wenn ich es nicht besser wüsste, würde ich meinen, du wärst eifersüchtig.«

Eliah warf ihr einen eigentümlichen Blick zu, schwieg und ging weiter.

Der Schnee knirschte unter ihren Sohlen, der Atem malte weiße Wölkchen in die Luft.

»Und wenn es so wäre?« Jetzt war es Eliah, der stehen blieb. »Würde dich das so verwundern? Nach all dem, was im Herbst zwischen uns war, kommst du zurück und machst vor meinen Augen mit einem anderen Mann rum.«

»Ich mache *was*?« Hannah musste sich darauf konzentrieren, den Mund wieder zu schließen. Scherzte er? Sie suchte seinen Blick. Da erst fielen ihr die glasigen Augen auf.

»Eliah, bist du betrunken?« Das würde zumindest sein seltsames Verhalten erklären.

»Hmm«, brummte Eliah. »Vielleicht habe ich versucht, die Bilder von dir mit diesem Keaton Walsh mit einem Schluck zu viel wegzuspülen. Doch ich bin nüchtern genug, um zu sehen, was da zwischen dir und diesem Schreiberling vor sich geht.«

»Na, offenbar nicht.« Hannah stützte die Arme in die Seiten. »Da geht nämlich gar nichts vor sich. Wir haben gut zusammengearbeitet und den Abschluss des Projekts ein wenig gefeiert. Mehr war da nicht. Aber selbst wenn, ginge es dich nichts an. Ich darf dich daran erinnern, dass du mich in Interlaken hast stehen lassen und dich nach diesem Telefonat nie wieder gemeldet hast.« Wütend funkelte sie ihn an. Auch wenn sie verstanden hatte, warum ihn im Herbst Wichtigeres beschäftigt hatte, würde sie ganz sicher nicht zulassen, dass er die Sache nun so verdrehte.

Eliah sah sie eine Sekunde lang prüfend an. »Da ist bestimmt nichts zwischen dir und diesem Kerl?«

Hannah hatte kaum mit dem Kopf geschüttelt, da zog er sie an sich. Eine Hand legte er an ihre Taille, die andere hielt ihren Hinterkopf, und schon spürte sie seine Lippen auf ihren. Sie war so überrascht, dass sie nicht einmal darüber nachdachte, ob sie seinen dreisten Überfall auf ihren Mund dulden sollte. Ihr Körper reagierte automatisch, schmiegte sich an ihn, und ihre Lippen gingen wie selbstverständlich auf den Kuss ein. Als sie sich von der Überraschung erholt hatte, verschwendete sie keinen Gedanken mehr daran, ihn wegzuschieben. Viel zu gut gefiel es ihr, in seinen Armen mit ihm unter dem Sternenhimmel im Schnee zu stehen. Eliah eroberte sie mit der gleichen Hingabe, mit der er ihre Schmetterlinge im Bauch im Herbst entfesselt hatte. Kleine Stromstöße jagten durch Hannahs Nervenbahnen. Das war wie der Kuss, an den sie sich so lange erinnert hatte. Wie oft hatte sie in London an den Augenblick zurückgedacht, in dem seine Liebkosungen ihr weiche Knie beschert hatten. Auch diesmal wurde ihr Körper schwach, und sie war dankbar, Eliahs kräftige Arme um sich zu spüren.

»So gefällt mir das schon besser«, murmelte Eliah irgendwann und löste sich atemlos von ihr.

Hannah legte den Kopf in den Nacken und sah ihn fragend an.

»Dass ich mich nicht gemeldet habe, heißt nicht, dass ich dich nicht vermisst habe«, beantwortete Eliah ihre stumme Frage und berührte ihre Wange. Mit dem Daumen strich er sanft über ihre Haut. »Ich wusste nur selbst nicht mehr, wo mir der Kopf steht. Alles geht den Bach runter. Ich hatte Angst, eine weitere Baustelle einfach nicht zu packen. Eine neue Beziehung erfordert Aufmerksamkeit. Zeit. Gedanken, die nur noch um den anderen kreisen. Das konnte ich mir in diesen Wochen nicht leisten. Aber denk nicht, dass es mir leichtgefallen ist. Du hast mir gefehlt. Wie sehr, habe ich heute Morgen gemerkt, als du wie aus heiterem Himmel vor mir standest«, sprudelte aus ihm heraus, als hätten die Worte nur darauf gewartet, endlich von Hannah gehört zu werden. Er lachte auf. »Es ist ein Wunder, dass ich noch zurück ins Tal gefunden habe, so verwirrt, wie ich plötzlich war.«

Hannah nickte. Sie verstand, was in ihm vorging. Wieder in Mürren zu sein hatte auch bei ihr all die Emotionen geweckt, die sie in den vergangenen drei Monaten mit aller Kraft in den Winterschlaf geschickt hatte.

»Ich bin froh, dass du den Weg gefunden hast.« Sie lächelte ihn an. »Ich habe schließlich im Ziel auf dich gewartet.«

Eliahs Blick wurde weich, fast zärtlich. Endlich entspannten sich seine Gesichtszüge, und er sah sie auf die Art an, die ihr Herz zum Stolpern brachte. Ihre Blicke ineinander verwoben, blieben sie einfach stehen und ließen den Zauber dieses stillen Moments zwischen ihnen wirken.

Sie hätte ewig so dastehen wollen, doch irgendwann nahm Eliah ihre Hand.

»Komm, lass uns gehen. Nicht, dass ich einen romantischen Kuss unter dem Sternenhimmel nicht zu schätzen wüsste, aber allmählich wird es zu kalt, und ich weiß, wo wir ein wärmendes Kaminfeuer und ein gemütliches Sofa finden.«

Als ob sie schon immer so durchs Dorf geschlendert wären, gingen sie Hand in Hand zu Pauls Haus zurück.

30. Mürren, Januar 2019 – Hannah

Kann es sein, dass eine Neunzigjährige die Munterste am Tisch ist?« Granny löffelte den üblichen Berg Zucker in ihre Tasse und zwinkerte Hannah zu. »War der Abend schön?«

Die Frage galt nicht nur Hannah, sondern auch Eliah und Leona, die ebenso wortkarg regelmäßig zur Kaffeetasse griffen.

Hannah war Brigitta heute besonders dankbar, die nach einem Blick in die müden Gesichter ungefragt eine zweite Kanne Kaffee hereingetragen hatte.

»Bei mir liegt es an der Luftveränderung«, redete sich Hannah heraus.

Dass sie gestern noch ewig mit Eliah auf dem Sofa im Salon gesessen hatte, musste Granny ja nicht unbedingt wissen.

»So, so.« Eliah grinste sie über den Tisch hinweg an.

Sie hatten bis tief in die Nacht im Schein des Kaminfeuers aneinandergeschmiegt zusammengesessen, die Nähe des anderen genossen und sich unterhalten. Wieder auf ihrem Zimmer, und nachdem sich Eliah mit einem innigen Kuss verabschiedet hatte, war Hannah nicht zur Ruhe gekommen. Zu sehr spielten die Gefühle Pingpong. Einerseits erfüllten Glückshormone ihr Herz – und andererseits sah sie die dunklen Wolken über Eliahs Kopf.

Er hatte ihr erzählt, dass Marilen ausschließlich über ihre Anwälte mit ihm kommunizierte und offenbar jedes Augenmaß verloren hatte.

»Ihr geht es nur noch um Rache«, hatte er den Zustand ihrer Beziehung bedrückt zusammengefasst. »Ich hätte nie erwartet, dass sie auf eine Trennung reagiert, indem sie das Unternehmen zerstört, das ja immerhin ebenso ihre Lebensgrundlage darstellt wie unsere. Allerdings hätte ich auch nie gedacht, dass sie meinem Großvater eine Überdosis Insulin verabreichen würde.«

Paul hatte entschieden, den Skandal von der Familie fernzuhalten und Marilen nicht anzuzeigen. Es gab seiner Meinung nach zu wenig Beweise für ihre Tat, und am Ende wäre der Schaden durch einen Skandal größer als die Genugtuung einer – in seinen Augen ohnehin unwahrscheinlichen – Verurteilung.

Hannah drehte sich der Magen um bei der Vorstellung, dass Marilen nicht nur mit dem heimtückischen Angriff davonkommen sollte, sondern zudem das Unternehmen zerstörte.

Hoffentlich konnten die Anwälte etwas erreichen. Sie wollten heute einen letzten Versuch unternehmen, mithilfe des Fotos von Großmutter Alba neu zu verhandeln. Vermutlich saßen sie gerade zusammen.

Es tat ihr weh, ihn so leiden zu sehen, und die Schuldgefühle meldeten sich zurück. Der Gedanke an den Flügelschlag des Schmetterlings hielt sich ebenso hartnäckig wie der Wunsch, ihm irgendwie zu helfen.

Hannah füllte zum dritten Mal ihre Kaffeetasse auf, als Eliahs Mobiltelefon klingelte.

Nach einem Blick auf das Display verschwand jedes Lächeln aus seiner Miene. »Justiziar«, sagte er mit gepresster Stimme und verließ mit dem Telefon in der Hand den Raum.

Nun war die Stunde der Wahrheit gekommen. Niemand sprach ein Wort, dennoch drang von dem Gespräch kein Laut herein. Hannah starrte auf die Tasse vor sich, ohne daraus zu trinken. Granny rührte in ihrem Tee, und Leona zerpflückte Petersilie, die als Dekoration auf der Käseplatte lag.

Als Eliah nach einer kleinen Ewigkeit wieder vor ihnen stand, sah Hannah ihm sofort an, dass er keine guten Neuigkeiten hatte. Stumm schüttelte er den Kopf, warf das Telefon neben seine Kaffeetasse und ließ sich selbst auf seinen Stuhl fallen. Er stützte den Kopf in seine Hände und wirkte so entmutigt, dass Hannah jede Zurückhaltung aufgab und um den Tisch herum zu ihm ging. Sie legte ihre Arme von hinten um ihn und schmiegte ihre Wange an seine. Sie konnte sein Gesicht nicht sehen, aber sie spürte, dass er sich etwas entspannte. Er griff nach oben, streichelte ihre Wange, drehte dann seinen Kopf und küsste sie auf den Mundwinkel.

Hannah schielte zu Granny. Doch die schien ganz darauf konzentriert, frischen Tee in ihre Tasse zu füllen.

»Willst du uns nicht verraten, was die Anwälte gesagt haben?« Leona neigte den Kopf zur Seite.

»Natürlich.« Eliah warf Leona einen entschuldigenden Blick zu. »Unser Justiziar und unsere Anwälte haben das Foto von einer Spezialfirma bearbeiten lassen«, sagte er, während Hannah sich wieder auf ihren Platz setzte. »Sie haben den Anhänger von Charlottes Großmutter vergrößert und nachgeschärft, doch trotz aller Mühe ist darauf nur ein Herz zu sehen, das Ähnlichkeit mit dem Andrinherz und dem daraus entwickelten Logo hat. Sie haben dennoch versucht, den Verhandlungsdruck mithilfe der Aufnahme zu erhöhen, bekamen jedoch nur die Erwiderung, die sie erwartet hatten. Die Beweiskraft des Fotos sei so gering, dass sie an der Situation nichts ändert.« Mit hängenden Schultern schüttelte er den Kopf. »Nüchtern betrachtet habe ich das die ganze Zeit über befürchtet, aber tief im Innern habe ich auf eine andere Antwort gehofft. Es tut mir leid.« Der Blick, den er seiner Schwester zuwarf, glich dem eines geprügelten Hundewelpen. »Weil ich mich in Marilen getäuscht habe, schade ich nun der gesamten Familie.«

»Oh Gott, Eliah! Sei froh, dass du diese Schlange los bist! Wir werden schon nicht verhungern. Dann verkaufen wir eben das Unternehmen als Ganzes an die Chinesen. In diesem Fall ist Marilen verpflichtet, dem Verkauf zuzustimmen, sofern sie uns nicht horrenden Schadensersatz zahlen will.« Leona zuckte mit den Schultern, doch Hannah wusste inzwischen, dass der Gleichmut täuschte. »Nicht, dass ich mit dieser Lösung besonders glücklich wäre«, setzte sie wie zur Bestätigung von Hannahs Gedanken hinzu. »Vor allem wegen Grossätti tut es mir leid. Ich weiß nicht, wie wir ihm das schonend beibringen können.«

»Noch gar nicht«, schaltete sich Granny resolut ein. »Sofern ich das richtig verstehe, benötigen die Anwälte nur stichhaltigere Beweise, um weiterzuverhandeln, nicht wahr?«

»Am einfachsten wäre es, wenn Grosi Ilse noch leben würde«, erklärte Eliah düster. »Dann hätten wir ihre Zeugenaussage, dass sie das Herz und das Signet entworfen hat. Da sie sich dabei an dem Schmuck deiner Großmutter orientiert hat, wäre das Foto ein weiteres Indiz. Leider gibt es keine Zeitreisen.« Nach einem Moment des Nachdenkens schossen seine Augenbrauen in die Höhe. »Du willst uns jetzt nicht damit überraschen, dass du den Anhänger aus dem Hut zauberst?« Plötzlich spiegelte sich neue Hoffnung in seiner Miene.

»Das kann ich nicht, denn der …« Sie unterbrach sich, als das Geräusch des Treppenlifts erklang. »Paul kommt. Sagt ihm nichts. Treffen am Nachmittag in meinem Zimmer, während Paul seinen Mittagsschlaf macht.«

***

»Glaubst du, deine Großmutter hat noch ein Ass im Ärmel?« Eliah zog die Decke enger um sie beide.

Sie hatten es sich auf einem der Liegestühle auf der Terrasse gemütlich gemacht. Hannah lag halb auf Eliah und hatte ihre Wange auf seiner Brust gebettet. Sein Herz klopfte im Hintergrund ihres Gesprächs. Trotz der Winterlandschaft wärmte die Sonne, und Eliahs Nähe entfachte zusätzlich Hitze.

Hannah hob den Kopf, um ihn anzusehen. »Granny ist keine Frau für dramatische Auftritte«, erwiderte sie. »Ob sie am Ende weiterhelfen kann, muss man sehen. Wir hatten uns von Albas Foto schließlich auch mehr versprochen. Aber irgendetwas hat sie.«

»Ich hoffe so sehr, du behältst recht.« Eliah verrenkte sich fast, um ihr einen Kuss zu geben. »Kannst du nicht ein Stück weiter hochrutschen?«, beschwerte er sich, und Hannah gehorchte lachend.

Belohnt wurde sie mit einem ausgesprochen feurigen Spiel seiner Lippen, das sie die Welt um sich herum vergessen ließ.

»Du ahnst nicht, wie glücklich es mich macht, so hier mit dir zu liegen«, flüsterte Eliah danach atemlos. Ein weiterer Kuss landete auf ihrer Nasenspitze. »Nach drei düsteren Monaten zauberst du mir trotz des ganzen Dramas ein Lächeln ins Gesicht.«

Hannah befreite eine Hand aus der Decke und strich über seine Wange. »Das mit dem Lächeln gefällt mir.« Ihr Daumen zog die Konturen seiner Lippen nach, und Eliahs Lächeln vertiefte sich. Sanft fuhr sie über seine Stirn. »Hieran müssen wir allerdings noch arbeiten. Im Herbst waren da deutlich weniger Falten.«

»Fast hätte ich gesagt: als die Welt noch in Ordnung war.« Sein Blick trübte sich ein. »Aber das stimmt nicht. Mir war nur noch nicht aufgefallen, wie wenig in Ordnung sie war.«

»Ich fühle mich so schuldig.« Hannah seufzte. »Wenn wir

nicht nach Mürren gekommen wären, wäre das alles nicht passiert.«

»Unsinn! Hör auf damit, dir das einzureden. Ich war es schließlich, der sich in die Idee verrannt hat, mit Marilen eine Familie gründen zu wollen. Schuld habe ganz allein *ich*.«

»Wohl eher die falsche Schlange, die jetzt alles daransetzt, sich an dir zu rächen.«

»Da das nun geklärt ist, könntest du dich vielleicht wieder um meine Falten kümmern?« Eliah zwinkerte ihr zu. »Das hat mir nämlich weitaus besser gefallen als eine Unterhaltung über meine giftspritzende Ex-Verlobte, während ich eine wunderschöne, intelligente und durch und durch liebevolle Frau im Arm halte, deren Lippen wie gemacht dafür sind, von mir geküsst zu werden.«

»Hm.« Hannah legte die Stirn in gespielter Nachdenklichkeit in Falten. »Wenn du mir weiterhin so nette Dinge sagst, könnte ich mich dazu bereiterklären.«

»Die Komplimente musst du dir erst verdienen«, erwiderte Eliah und spitzte die Lippen zu einem übertriebenen Kussmund. »Also?«

Durch den gespitzten Mund war er kaum zu verstehen, und Hannah musste kichern. »Wenn Fische reden könnten, würden sie sich so anhören.« Lachend beugte sie sich vor und drückte ihre Lippen auf seine.

Sie spürte am Beben seines Brustkorbs, dass Eliah ebenfalls unterdrückt lachte. *Geht doch*, dachte sie. Von seinem Kummer war er abgelenkt. Nach und nach wurde der alberne Kuss inniger, ihre Neckerei verwandelte sich in Leidenschaft, und kurz darauf überspülten Emotionen das Denken.

»Ich könnte ewig so liegen bleiben«, murmelte Hannah zwischen zwei Küssen.

»Apropos.« Eliah spannte sich unter ihr an. »Seid ihr wieder nur eine Woche hier?«

»Leider ja. Mittwoch fliegen wir schon heim«, sagte Hannah traurig.

»An diesem Punkt müssen wir unbedingt arbeiten. Noch einmal halte ich drei Monate ohne dich nicht aus.« Hannah wollte gerade darauf hinweisen, dass die dreimonatige Pause nicht ihre Schuld gewesen war, da verschloss Eliah mit dem nächsten Kuss den Mund. »Ich weiß«, sagte er zwischendurch. »Ich habe nur sagen wollen, dass ich dich nicht mehr hergeben möchte.«

»So hört sich das schon besser an«, erwiderte sie lächelnd und schmiegte sich an ihn.

Seine Worte machten sie glücklich. Wie sie jedoch das Problem mit der Entfernung zwischen ihnen lösen konnten, war ihr im Moment noch ein Rätsel.

* * *

Kaum hatte Paul sich zur Mittagsruhe zurückgezogen, klopften Hannah und Eliah an Grannys Tür. In dem Moment huschte auch Leona über den Flur zu ihnen.

Hannah sah ihrer Großmutter sofort an, dass sie gleich einen unangenehmen Weg einschlagen würde. Zu aufrecht stützte sie sich auf ihren Stock. Freiwillig benutzte sie den nur, wenn sie Halt suchte.

Nun ließ sich Granny schwer auf den Stuhl vor dem kleinen Schreibtisch fallen, während Hannah sich mit Eliah und Leona Granny gegenüber auf das Bett setzte.

»Du hast vorhin gefragt, ob ich den Anhänger bei mir habe«, eröffnete Granny an Eliah gewandt das Gespräch. »Ich musste verneinen. Denn seit 1943 befindet er sich nicht mehr in meinem Besitz. Seitdem hat – oder besser gesagt hatte – Ilse ihn.«

»Grosi Ilse hat den Anhänger deiner Großmutter?« Eliah

sah Granny erstaunt an. »Dann hatte sie ihn also als direkte Vorlage. Aber wieso?«

Granny schwieg für einen Augenblick und sah Eliah und Leona eindringlich an. »Das ist eine komplizierte und traurige Geschichte«, begann sie leise. »Eine, die ich niemals erzählen wollte. Und die ich auch jetzt nur erzähle, weil ich keine andere Möglichkeit sehe. Vorher möchte ich euer Ehrenwort, dass Paul die Wahrheit über die Dinge, die seine Frau getan hat, niemals erfahren wird. Dieser Schmerz *muss* ihm erspart bleiben.«

Hannah sah das wachsende Erstaunen und Unbehagen in den Mienen der Geschwister. Auch sie selbst war von einer gespannten, unangenehmen Erwartung erfüllt.

»Natürlich«, entgegnete Eliah ernst. »Wir versprechen es.«

Leona nickte bestätigend.

»Also gut.« Granny zeigte auf ein Buch auf dem Nachttisch. »Reich mir das bitte«, wandte sie sich an Hannah, die sich hinüberbeugte und ihr den dicken Roman gab.

Zielsicher zog Granny einen Umschlag zwischen den Seiten hervor. Das leicht vergilbte Kuvert kam Hannah vage bekannt vor. Das musste Ilses Brief sein. Das Schreiben, das ihre Großmutter als »zu privat« bezeichnet hatte, um es Hannah lesen zu lassen oder den Inhalt zu verraten.

»Im Jahr 1943 musste euer Großvater seine Heimat Hangeck Hals über Kopf verlassen«, sagte Granny, den Blick auf Eliah und Leona gerichtet. »Das wisst ihr bereits. Auch, dass ich ihm Geld für die Flucht gegeben habe. Ich habe damals aber nicht nur Geld in unserem Versteck hinterlassen, sondern auch einen Anhänger, den mir meine Großmutter Alba geschenkt hatte.« Granny machte eine Pause. »Ihr ahnt es sicher – es war der Anhänger, der später das Andrinherz werden sollte. Anders als geplant, holte nicht Paul, sondern Ilse das Geld und den Anhänger aus dem Versteck. Das Geld gab sie Paul, den Anhänger behielt sie.«

»Aber warum?«, fragte Leona. »Ihre Eltern hatten doch Geld. Sie musste doch nicht stehlen!«

Granny seufzte. »Die Erklärung ist nicht schmeichelhaft für eure Großmutter. Aus diesem Grund wollte ich die Ereignisse jener Nacht ruhen lassen. Bisher war niemandem damit gedient, die alten Geschichten aufzuwärmen. Aber nun, da das Wohl eures Unternehmens davon abhängt, habe ich meine Meinung geändert. Es tut mir leid, dass ich euch diesen Kummer bereiten muss.«

Sie hielt inne, saß noch immer stocksteif auf ihrem Stuhl, und Hannah hegte den Verdacht, ihr wäre es nicht unrecht gewesen, wenn die Enkel protestiert und sie gebeten hätten, nicht weiterzureden. Doch natürlich war in jeder Miene gespannte Erwartung zu lesen.

Eliah nickte auffordernd. »Bitte, fahr fort. Dass unsere Großmutter keine einfache Frau war, ist uns bewusst.«

»Keine einfache Frau.« Granny lächelte traurig. »Ja, das trifft wohl zu. Eure Großmutter hat Paul nie verraten, von wem das Geld für seine Flucht stammte. Sie hat ihn stets im Glauben gelassen, es sei eine Hilfe ihrer Familie gewesen. Ihr wart im Herbst dabei, als Paul erkannt hat, dass dem nicht so war.« Sie hielt kurz inne.

Den Gesichtern nach stand jedem im Raum die Erinnerung an diesen unschönen Abend im Oktober vor Augen.

Hannah schüttelte leicht den Kopf und fragte sich abermals, ob den Andrins ohne Grannys Reise in die Schweiz nicht viel Unglück erspart worden wäre.

»Hey, wir hatten es doch geklärt!« Auf einmal ergriff Eliah ihre Hand. »Es ist nicht deine, nicht eure Schuld, wie sich die Dinge entwickelt haben.« Sanft streichelte er mit dem Daumen über ihren Handrücken, und Hannah rang sich ein

Lächeln ab. »Schon besser.« Er erwiderte ihr Lächeln, dann wandte er seine Aufmerksamkeit wieder Granny zu.

Diese hatte Eliahs Geste lächelnd beobachtet. Jetzt nickte sie leicht und fuhr fort. »Die Erkenntnis über die Herkunft des Geldes war nur die halbe Wahrheit. Von dem Anhänger weiß Paul bis heute nichts. Nachdem ich den Brief von Ilse gelesen hatte, habe ich das Thema tunlichst gemieden. Ich nehme an, Ilse wollte ihn nicht stehlen. Vermutlich ist ihr nur irgendwann bewusst geworden, dass sie Paul das Herz nicht aushändigen konnte. Denn wenn er den Anhänger wiedererkannt hätte, wäre ihm vielleicht in den Sinn gekommen, dass auch das Geld von mir ist. Dass Paul den Anhänger überhaupt nicht wiedererkennen *konnte*, wusste eure Großmutter nicht. Ich habe Albas Geschenk nie getragen, zu kostbar war es mir. Das Herz lag stets sicher verwahrt zu Hause im Schrank. Wie dem auch sei … Ilse hat den Anhänger jahrelang versteckt, bis sie das Design zur Grundlage des Andrinherzens gemacht hat. Da Paul keine Zusammenhänge hergestellt hat, hat sie das Design als ihres ausgegeben.« Sie sah von Eliah zu Leona. »Das ist die Geschichte des Andrinherzens, und ich wäre bereit, sie zu bezeugen. Hilft euch das?«

»Keine Ahnung.« Leona zuckte mit den Schultern und sah fragend zu ihrem Bruder, doch dieser sah ebenso ratlos aus.

»Es ist nicht viel mehr als das, was wir bisher haben«, antwortete Eliah zweifelnd. »Ich fürchte, wenn wir den Anspruch auf das Design des Herzens beweisen wollen, müssen wir den Originalanhänger vorlegen, um die Geschichte zu untermauern. Mit etwas Glück könnte man anhand der Punze Herkunft und Alter des Schmuckstücks ermitteln. Damit hätten wir auf jeden Fall bessere Karten.« Er deutete die verständnislosen Gesichter von Granny und Hannah richtig und erklärte: »Die Punze oder Punzierung ist der Stempel auf echtem Schmuck und Uhren. Seit Ende des neunzehnten Jahrhunderts ist das in vielen Ländern, wie hier und in Deutschland, gesetzlich geregelt, vorher war sie aber auch bereits gebräuchlich.«

»Dieser Brief und dazu der Schmuck mit der Punze – dann hätten wir endlich einen *echten* Beweis.« Leona strahlte.

»Obendrein das Foto und Grannys Zeugenaussage.« Hannah ließ sich von Leonas Begeisterung anstecken. »Marilen wird doch nicht triumphieren!«

»Bliebe nur das klitzekleine Problem«, meldete sich Granny zu Wort, »dass wir den Anhänger nicht haben.«

»… und keine Ahnung, wo er sein könnte«, ergänzte Eliah finster.

»Habt ihr keine Idee, wo eure Großmutter ihn verwahrt haben könnte?«, fragte Hannah die Geschwister, die mit einem Schulterzucken und Kopfschütteln antworteten.

»Hat sie in ihrem Brief irgendeinen Hinweis gegeben?« Eliah deutete auf den Umschlag.

»Wenig.« Granny griff nach dem Brief. »Hoffentlich hilft er euch überhaupt weiter.« Umständlich fingerte sie an dem Kuvert und zog zwei beschriebene Seiten heraus.

Hannah fiel auf, wie sehr Grannys Hände zitterten. »Soll ich vorlesen?«, bot sie an.

»Nein!« Die Antwort knallte wie ein Peitschenschlag. »Nein«, wiederholte Granny, diesmal sanfter. »Da steht so viel Privates drin, das möchte ich nicht.« Sie faltete einen der Bögen auseinander und las vor: »»Zur Wiedergutmachung hätte ich dir den Anhänger gern zurückgegeben – wenigstens jetzt, nach all den Jahren. Doch fällt mir kein gangbarer Weg ein. Ich kann ihn unmöglich den Erben hinterlassen, denn allein die Vorstellung, dass Paul am Ende doch noch von meinem Betrug erfährt, lässt mich den Gedanken sofort verwerfen. Dass ich den Entwurf des Musterstücks gefertigt habe, ist das Einzige, was uns jemals wirklich nahegebracht hat. Als Beigabe dieses Briefs würde es unnötige Neugier wecken. So lasse ich das Herz an dem einzigen Ort von ähnlicher Bedeutung zurück, auf dass sich der Kreis schließen möge.«« Granny sah auf. »Das sind die Worte, die mir eure Großmutter hinterlassen hat. Sagt euch der ›Ort von ähnlicher Bedeutung‹ etwas?«

Eliah und Leona sahen sich an und schüttelten dann synchron die Köpfe.

»Ich verstehe nicht einmal, was sie damit gemeint haben könnte«, gestand Eliah. »Aber wir könnten …« Ein Geräusch auf dem Flur ließ ihn innehalten.

Gleich darauf klopfte es an der Tür. »Charlotte, meine Liebe, sind alle bei dir?«

»Verdammt!«, zischte Leona. »Woher weiß er …?«

»Brigitta«, sagte Eliah und seufzte. »Wir hätten sie einweihen sollen.«

»Zu spät«, flüsterte Hannah, die beobachtete, wie sich die Klinke bewegte.

Kurz darauf wurde die Tür aufgeschoben, und Paul kam in seinem Rollstuhl herein. »Was macht ihr alle hier?«, fragte er und sah irritiert in die Runde. »Ein konspiratives Treffen?«

»Wir unterhalten uns nur, Grossätti«, antwortete Leona schnell und dekorierte ihre Halbwahrheit mit einem Blick, den ein Hundewelpe nicht treuherziger hinbekommen hätte.

Trotzdem blieb Pauls Miene misstrauisch. »Charlotte, was geht hier vor?«

Hannah beobachtete fasziniert, dass Paul seinen Blick mit der gleichen Intensität auf ihre Großmutter richtete, wie sie das von Eliah und sich selbst kannte. Granny wurde rot – das hätte Hannah ebenso passieren können. Im Bann der Andrin-Männer. Wenn die Situation nicht so kompliziert gewesen wäre, hätte sie schmunzeln müssen. Jetzt aber war es allerhöchste Zeit, Granny zu Hilfe zu kommen. Sie stieß Eliah unauffällig an.

»Ein kleiner Plausch am Sonntag«, beteuerte Eliah. »Nichts Besonderes.«

»Und deshalb verkriecht ihr euch in eines der Gästezimmer, in dem es nicht einmal genügend Stühle gibt«, bemerkte Paul trocken. »Was stört euch plötzlich am Salon? Ist es am Kaminfeuer zu gemütlich, oder ist das Getränkeangebot dort zu groß?«

Auf den Kopf gefallen war Paul trotz seines Alters jedenfalls nicht. Die Geschichte mit dem gemütlichen Zusammensein stand auf wackeligen Beinen.

»Nein.« Eliah blickte auf seine Hände. »Nein, natürlich nicht. Grossätti, ich muss dir etwas sagen.«

»Eliah!« Hannah hätte sich am liebsten auf ihn gestürzt, um ihm den Mund zuzuhalten. Er hatte Granny doch gerade sein Wort gegeben!

Eliah beachtete sie nicht, sonders sprach unbeirrt weiter. »Es gibt Probleme in der Firma. Ich habe heute erfahren, dass die Vertragsverhandlungen mit Marilen ins Stocken geraten sind. Ich musste mich einfach bei jemandem aussprechen. Nur solltest du nichts davon mitbekommen, damit du dir keine Sorgen machst. Deshalb haben wir uns hierher zurückgezogen.«

Niemand wäre angesichts seines offenen Blicks auf die Idee gekommen, dass Eliah seinem Großvater soeben eine mehr als schöngefärbte Variation der Wahrheit aufgetischt hatte. Auch Paul schien keinen Anstoß an der Geschichte zu nehmen.

»Schwierigkeiten?«, erwiderte Paul unwirsch. »Und wann gedachtest du, mir, dem Eigentümer, darüber Bericht zu erstatten?«

»Ich wollte dich nicht unnötig aufregen, solange wir noch

Optionen haben.« Eliah begegnete dem Blick seines Großvaters äußerlich gelassen. Aus der Nähe fiel Hannah jedoch auf, wie angespannt seine Kiefermuskulatur war.

»Wirke ich so zerbrechlich?« Paul zog fragend die Augenbrauen in die Höhe. »Wie auch immer … Nach dieser Ankündigung würde ich gern das volle Ausmaß der Schwierigkeiten erfahren.« Er sah Granny an. »Wärst du einverstanden, unsere Teestunde zu verschieben? Ich denke, ich muss ein Gespräch mit meinen Enkelkindern führen.«

»Natürlich, mein Lieber, das verstehe ich doch.« Ihre Großmutter schob beiläufig den Brief wie ein Lesezeichen in den Roman. »Ich werde mich noch etwas ausruhen.«

31. Mürren, Januar 2019 – Charlotte

Charlotte war eingenickt. Dabei war es eher mentale als körperliche Erschöpfung gewesen, die sie ins Bett getrieben hatte.

Paul hatte Eliah und Leona zum Rapport in sein Arbeitszimmer bestellt. Hoffentlich hielten sie dem Verhör stand. Sie konnte sich gut an Pauls Hartnäckigkeit erinnern. Hatte er ein Ziel erst einmal anvisiert, verfolgte er es beharrlich. Und im Gegensatz zu seiner körperlichen Kraft hatte er von dieser psychischen Stärke nichts eingebüßt. Doch wie sie Eliah inzwischen kennengelernt hatte, war er seinem Großvater in diesem Punkt ebenbürtig. Es würde schon gutgehen, beruhigte sie sich selbst.

Es klopfte an der Tür, und sie setzte sich auf.

»Charlotte, meine Liebe, darf ich reinkommen?« Pauls Stimme.

Noch immer tat ihr Herz einen Extraschlag, wenn Charlotte sie hörte. Jetzt jedoch war ihr rasant steigender Puls der Frage geschuldet, ob Paul von dem Brief wusste. Ihr Blick glitt hinüber zu dem Buch auf dem Tisch.

»Charlotte?«

»Ja, ich bin wach, komm herein.«

»Ich hoffe, ich habe dich nicht geweckt?« Paul spähte durch die Tür. »Brigitta richtet den Tee im Wintergarten an. Der Tag ist so schön, und von dort können wir die Aussicht besser genießen. Es ist dir doch recht?«

»Natürlich ist es das.« Charlotte lächelte.

Die Teestunden mit Paul waren ihr außerordentlich kostbar. Ob in seinem kleinen Wohnzimmer, im Salon vor dem

Kamin oder im Wintergarten – immer herrschte eine spezielle Harmonie zwischen ihnen. Eine besondere Stimmung, wenn sich der Tag langsam dem Abend näherte, die Sonne ihre letzten Strahlen über die Gipfel schickte und im Haus eine entspannte Stille einzog.

»Ich muss mich nur rasch frisch machen.« Sie deutete zum Badezimmer.

»Selbstverständlich.« Paul lächelte verschmitzt. »Der Kuchen läuft uns nicht davon. Ich warte hier auf dich.«

Als Charlotte aus dem Bad trat, wusste sie nach einem Blick auf Paul, dass sie nach fünfundsiebzig Jahren den ersten Streit ihrer Beziehung haben würden.

Blass vor Zorn starrte er sie an. »Was ist das?« Seine Hand, die anklagend zwei Blätter in die Höhe hielt, zitterte.

Zwei Blätter. Zwei beschriebene Seiten, die sie ohne Umschlag in das Buch geschoben hatte, als er vorhin in ihr Treffen geplatzt war.

Er hatte Ilses Brief.

»Was soll das hier?«, bohrte Paul mit zornesbebender Stimme nach, weil Charlotte schwieg.

Ihre Gedanken rasten, bis ihr schwindelig wurde. Hatte er den Brief gelesen? Wohl aus diesem Grund hatte er ihre Lesebrille auf der Nase, was ihr unter anderen Umständen ein Lachen entlockt hätte. Jetzt aber achtete sie nur auf seine zornig blitzenden Augen hinter den Brillengläsern. Verwirrt registrierte sie, dass sich sein Zorn offenbar gegen sie richtete. Sollte er nicht eigentlich Ilse gelten? Und wenn hier überhaupt jemand das Recht hatte, verärgert zu sein, dann doch wohl sie selbst, denn schließlich war es ihre Post, die er, ohne sie zu fragen, gelesen hatte.

»Was das ist, dürftest du inzwischen herausgefunden haben«, versetzte sie ihm spitz. »Mich würde viel mehr interessieren, wie du dazu kommst, einfach so Briefe zu lesen, die ganz offensichtlich nicht für dich bestimmt sind.«

»Das ist deine größte Besorgnis? Dass ich gegen das gute Benehmen verstoßen habe?« Paul nahm die Brille ab, knallte sie auf den Tisch und warf die Seiten des Briefs daneben. »Mich beschäftigt da eher, dass ihr Geheimnisse habt. Hinter meinem Rücken trefft ihr euch. Und lügt mir dann frech ins Gesicht. Schämen solltet ihr euch! Allesamt! Du genauso wie die jungen Leute.« Mit erstaunlicher Energie lenkte er seinen Rollstuhl durch den Raum und riss die Tür auf. »Ich bin sehr enttäuscht und zutiefst getroffen«, schleuderte er noch über seine Schulter und verließ das Zimmer.

Charlotte starrte ihm hinterher. Ihre Augen wollten feucht werden, doch sie rang dieses Gefühl nieder. Gewiss würde sie nicht mit neunzig Jahren wegen eines Mannes weinen.

Wütend nahm sie die Blätter und stopfte sie grob in den Umschlag. Eine Sekunde lang war sie versucht, den Brief in tausend Schnipsel zu reißen, aber dann fiel ihr ein, dass er den Schlüssel barg, um das Unternehmen zu retten. Also atmete sie tief durch, zog das Schreiben noch einmal heraus und schob es danach behutsam und ordentlich in das Kuvert.

»Granny, Granny, bist du da?« Ihre Enkelin hielt sich nicht lange mit Anklopfen auf, sondern stürmte direkt ins Zimmer.

Erschrocken drehte Charlotte sich um. Sie hatte ihren Stuhl vor die Balkontür gestellt und war in den Anblick der Berge versunken gewesen. Als sie jetzt Hannahs Miene sah, blieb ihr Herz stehen. Etwas war geschehen. Paul!

»Was ist passiert?« Sie sprang abrupt auf. Zu abrupt für ihr Alter. Sie konnte sich gerade noch an der Rückenlehne des Stuhls abstützen. »Nun rede schon!«, fuhr sie ihre Enkelin barsch an. Die Arme bekam den Unmut ab, der eigentlich ihr selbst galt. »Entschuldigung.«

»Schon gut.« Hannah bot ihr den Arm, damit sie sich einhängen konnte, mit der anderen reichte sie Charlotte den Stock. »Brigitta schickt mich, weil es Paul nicht gut geht«, bestätigte Hannah Charlottes schlimme Befürchtung. »Ich weiß aber nicht, was mit ihm ist.«

Charlotte zog ihre Enkelin zur Tür. »Komm rasch!«

Den langen Flur entlang war sie trotz oder wegen ihrer Eile dankbar, sich bei Hannah einhaken zu können. So schnell war sie seit Jahren nicht mehr gegangen. Ihre Beine zitterten, und das Herz raste, als sie endlich vor Pauls Tür standen. Dass sie es kaum schaffte anzuklopfen, lag jedoch weniger an der körperlichen Verfassung als an ihrer Furcht vor dem, was sie hinter der Tür erwartete. Erinnerungen an den Herbst stiegen in ihr auf, an die Nacht, in der sie ihn fast verloren hätte. Nun bekam sie doch feuchte Augen.

Hannah tätschelte ihre Hand, übernahm das Anklopfen und führte Charlotte in Pauls Zimmer, kaum dass Brigitta »Herein!« gerufen hatte.

Das Kopfteil des Bettes war hochgefahren. Ihr alter Freund saß unerwartet munter in seinem Bett und lächelte ihr entgegen.

Irritiert blieb Charlotte stehen. »Wie geht es dir?« Sie neigte den Kopf und musterte ihn prüfend.

»Es geht schon wieder. Ein kleiner Schwächeanfall.« Er streckte die Hand nach ihr aus. »Aber es ist schön, dass du da bist. Bitte, lass uns reden.« Er sah Hannah an. »Bitte rücke deiner Großmutter doch den Stuhl ans Bett.«

Hannah platzierte den Stuhl für sie, aber Charlotte blieb unschlüssig stehen.

»Bitte.« Paul sah sie eindringlich an. »Wir sind nicht mehr in einem Alter, in dem man sich den Luxus leisten kann, lange aufeinander böse zu sein. Wir haben fünfundsiebzig Jahre verschenkt, ich möchte keinen weiteren Tag verlieren.«

»Verschenkt war die Zeit nicht«, sagte Charlotte und ließ sich auf dem Stuhl nieder. »Es war die Zeit, die wir brauchten, um wundervolle Kinder und Enkelkinder zu bekommen.« Sie tätschelte Hannahs Arm, und ihr Herz wurde warm, als sie in Hannahs Miene las, wie sehr sie diese Worte berührten. »Doch ich gebe dir recht«, wandte sie sich wieder Paul zu, »wir sollten keine Zeit mit Gram und Groll vergeuden.« Sie drehte sich zu Hannah. »Darling, lässt du uns allein, bitte?«

»Erklär es mir«, bat Paul leise, nachdem Hannah und auch Brigitta den Raum verlassen hatten. »Ich habe dich nicht bedrängt, mir den Brief zu zeigen, sondern akzeptiert, dass er zu privat ist. Doch wie ich jetzt weiß, ist er das nicht. Warum um Himmels willen wolltest du Ilse also schützen?«

»Mein Lieber, ich wollte nicht Ilse schützen. Ganz bestimmt nicht.« Charlotte schnaubte empört. »Ich will *dich* schützen. Dir wollte ich den Schmerz ersparen, lesen zu müssen, was deine Frau dir und deinen Eltern aus purer Selbstsucht angetan hat.«

»Und dir wohl auch, wie ich den Zeilen entnehmen musste.«

»Deshalb weiß ich, wie es sich selbst nach fünfundsiebzig Jahren anfühlt, so etwas zu lesen.« Sie schwieg, weil die Trauer die Sprache stahl. Dann sah sie Paul an. »Dein Schwächeanfall ... Was glaubst du, wie schuldig ich mich fühle? Stell dir vor, ich hätte dir den Brief gezeigt und du wärst zusammengebrochen. Niemals hätte ich mir das verziehen.«

»Als ob ich zulassen würde, dass Ilse uns ein weiteres Mal auseinanderbringt«, sagte Paul mit einem leisen Lächeln. Auch er hielt kurz inne. »Es tut mir leid, dass ich so in die

Luft gegangen bin. Es war alles zu viel. All das, was in dem Brief stand, dazu das Gefühl, der Depp der Familie zu sein, weil man dem alten Trottel nichts mehr erzählt.«

»Niemand hält dich für einen Trottel«, widersprach Charlotte entschieden. »Jeder in diesem Haus achtet dich. Und dieser Brief, mein Lieber, war nun wirklich nicht für deine Augen bestimmt, also wage es ja nicht, deshalb wie ein Kind zu schmollen.«

»Schon gut«, brummte Paul. »Ich hätte ihn natürlich nicht einfach lesen dürfen. Doch sei ehrlich – wenn du arglos ein Buch zur Hand nimmst, während du wartest, und dir rutscht ein Brief entgegen, verfasst in der Handschrift deiner verstorbenen Frau, und dein Name springt dir ins Auge: Würdest du wirklich die Regeln des Anstands wahren, oder würdest du einen Blick wagen? Vielleicht nur einen raschen Blick, der dann länger und länger wird?«

»Nein, vermutlich nicht.« Charlotte musste angesichts seines um Verständnis heischenden Blicks beinahe schmunzeln. »Aber dann würde ich später kleine Brötchen backen, anstatt den besorgten Menschen in meinem Umfeld Vorwürfe zu machen.«

»Für mich hört sich das nach der idealen Stelle des Gesprächs an, an der wir uns verzeihen.« Paul zwinkerte ihr zu. »Meinst du nicht auch?« Er streckte die Hand in Charlottes Richtung aus, die sie, ohne zu zögern, ergriff.

Sie waren wirklich zu alt, um zu streiten.

»Wir sollten gleich Kriegsrat halten«, sagte Paul. »Mein Enkel hat mir vorhin offensichtlich nur eine verkürzte Version erzählt. Jetzt, da ich hoffentlich alles weiß …«

Charlotte hob mahnend die Augenbrauen, als sich erneut ein vorwurfsvoller Ton in Pauls Stimme schlich.

»Ja, ja, ich weiß«, sagte er rasch. »Er wollte mich schonen. Außerdem habe ich damals die Führung bereitwillig meinem

Sohn und später meinen Enkeln überlassen. Da darf ich mich nun nicht beschweren. Dennoch will ich jetzt in die Rettung der Firma eingebunden werden und selbst entscheiden, wann es mir zu viel wird. Mein Körper mag nicht mehr der kräftigste sein, aber mein Kopf funktioniert noch tadellos.« Ein verschmitztes Grinsen stahl sich in sein Gesicht. »Und solange mir der Herrgott diese Gnade vergönnt, möchte ich meine letzten Monate oder auch Jahre bestmöglich nutzen, deshalb bitte ich dich: Heirate mich!«

»Was?« Charlotte war froh, dass sie saß. Sie suchte in seiner Miene nach Anzeichen, dass er sie nur auf den Arm nahm.

»Ich bitte dich darum, meine Frau zu werden. Ich weiß, es kommt etwas plötzlich. Aber in unserem Alter …« Er ließ den Satz ausklingen und schenkte Charlotte stattdessen ein Lächeln, das direkt in ihr Herz traf. »Ich habe zwar keinen Ring, was einigermaßen kurios ist für einen der renommiertesten Schmuckhändler der Welt, doch ich bitte dich: Sag ja!«

Mit einem Mal war sie wieder fünfzehn und sah das gleiche Lächeln in einem jüngeren Gesicht. Paul und sie saßen im Bootsschuppen und sprachen über die Zukunft. Ihre *gemeinsame* Zukunft, die es nie gegeben hatte.

»Du hattest einen Schwächeanfall und stehst unter dem Eindruck der Dinge, die du gerade über Ilse erfahren hast. Vielleicht bereust du deine Frage morgen schon.«

»Das werde ich ganz sicher nicht.« Paul drückte ihre Hand. »Ich stehe nicht unter dem Eindruck des Briefes, ich stehe unter dem Eindruck des Streits und der Angst, dich ein weiteres Mal zu verlieren. Wenn du abgereist wärst, hätte ich dir nicht einmal nachlaufen können.« Er warf einen finsteren Blick auf seinen Rollstuhl.

Charlotte grinste. »Bis zum Bahnhof geht es bergab. Du hättest mich schneller eingeholt, als dir lieb ist.«

Paul starrte sie für eine Sekunde ungläubig an, dann verzogen sich seine Mundwinkel, und er lachte laut. Es war heiserer als das Lachen des Sechzehnjährigen, doch es war dieses fröhliche, ansteckende, die Welt in bunten Farben malende Lachen, das ihr so lange gefehlt hatte.

In diesem Moment wusste sie, dass sie nichts lieber wollte, als seine Frau zu werden.

»Aber einen Ring bekomme ich trotzdem noch«, forderte sie lachend, beugte sich vor und drückte Paul einen Kuss auf den Mund.

32. Mürren, Januar 2019 – Hannah

Paul hatte sie vor dem Abendessen in den Salon gebeten. Doch anders als bei dem unglückseligen Apéro im Herbst saßen sie nun einträchtig beieinander. Eliah und Hannah auf dem Sofa, so dicht zusammen, dass kein Blatt Papier mehr zwischen sie gepasst hätte. Leona und Granny in den Sesseln am Kamin. Es hätte behaglich sein können, wäre es nicht um ein solch ergreifendes Thema gegangen.

Granny hatte sich entschlossen, den Inhalt des Briefs nicht mehr geheimzuhalten, und Paul und sie berichteten den Jüngeren, was sich in den Tagen vor Pauls Flucht in Deutschland zugetragen hatte.

Granny streichelte Pauls Hand, als er an den Punkt kam, wie und warum seine Eltern gestorben waren und sichtlich erschüttert nicht mehr weitersprechen konnte. Sie übernahm das weitere Reden, bis sie ihrerseits ins Stocken geriet, als es um den Tod ihres Vaters ging.

»Um den Verdacht von meiner Familie abzulenken, lieferte sie Charlottes Vater ans Messer.« Pauls Stimme bebte vor Zorn. »Er kam von den Verhören nie zurück. Charlottes Mutter musste mit den beiden Kindern das Haus in Hangeck verlassen. Sie gingen in die zerbombte Stadt Dortmund. Dort fand die Mutter eine Anstellung bei den Deutschen und später bei den britischen Besatzern.« Er tätschelte Grannys Hand. »Sie hat dein Leben zerstört, weil du mich liebtest.« Seine Stimme zitterte.

Wie musste es sein, so etwas über seine eigene Frau zu berichten? Als Einzige im Raum hatte Hannah Ilse nie kennengelernt, und das erschien ihr im Licht dessen, was sie gerade gehört hatte, wie eine Gnade. Für sie war die Frau weder die Freundin, die aus Eifersucht den Freund zur Flucht gezwungen hatte, noch die Ehefrau, die Mitschuld am Tod der Eltern trug, und auch nicht die narzisstische Großmutter. Für Hannah war Ilse einfach ein Geist aus der Vergangenheit, der die Menschen, die ihr am Herzen lagen, bis heute quälte.

Eliah neben ihr hatte sich mehr und mehr verspannt. Hannahs Hand ruhte auf Eliahs Oberschenkel und streichelte ihn sanft.

Er schenkte ihr ein beklommenes Lächeln. »Ich wusste nichts davon«, sagte er leise. »Es tut mir leid.«

»Aufhören!« Granny ging dazwischen. »Weil ich diese betretenen Mienen vermeiden wollte, habe ich euch den Brief nicht gezeigt. Es hat keinen Sinn, diesen Kummer in uns weiterzutragen. Ich freue mich lieber darüber, dass mir der Herrgott meinen Paul am Ende zurückgebracht hat.« Sie warf Paul ein so verliebtes Lächeln zu, dass Hannahs Brust weit wurde.

»Ich habe mit Charlotte lange beratschlagt, ob wir euch die ganze Wahrheit über eure Großmutter sagen sollen«, bestätigte Paul. »Wir finden, ihr solltet es wissen. Charlotte und ich haben uns heute Nachmittag sehr gestritten, weil sie mir diese Dinge verschwiegen hatte, und wir sind zu dem Entschluss gekommen, dass es in dieser Familie viel zu lange Geheimnisse gab.« Er sah in die Runde. »Ich werde auch mit Marcel sprechen, falls ihr keine Einwände habt.«

In diesem Moment hörte man aus der Küche das Klappern von Geschirr.

»Just der richtige Zeitpunkt für das Abendessen.« Paul nickte. »Danach sollten wir Kriegsrat halten, was wir wegen des Anhängers unternehmen.«

***

Am nächsten Morgen betrachtete Hannah eine gepflegte zweistöckige Fassade, die sich vor ihr erhob. Das obligatorische Spitzdach und die hölzerne Giebelverkleidung im oberen Bereich fehlten ebenso wenig wie der Balkon mit den Blumenkästen. Eliahs Haus, in dem früher Ilse und Paul gelebt hatten, stand am Rande von Lauterbrunnen inmitten eines großzügigen Gartens, der allerdings unter der Schneedecke bestenfalls zu erahnen war.

»Gefällt es dir?« Eliah sah sie von der Seite an. In seiner Stimme lag eine gewisse Anspannung, ihm schien ihre Antwort wichtig zu sein.

Hatte er vergessen, dass sie in zwei Tagen um diese Zeit den Ärmelkanal in Richtung Heathrow überqueren würde? Hannah hätte die ihnen verbleibende knappe Zeit auch in einer mit Sperrmüllmöbeln ausgestatteten Hütte verbracht, solange sie nur mit ihm zusammen sein konnte.

Seit gestern war für gemütliche Zweisamkeit keine Gelegenheit mehr gewesen. Der Kriegsrat hatte zu dem ernüchternden Ergebnis geführt, dass niemand Ilses Hinweis in ihrem Brief verstand – so es denn überhaupt einer war. Letztlich waren sie übereingekommen, auf gut Glück gründlich zu suchen.

Deshalb war Eliah mit der letzten Bahn ins Tal und von dort aus nach Interlaken gefahren. Ohne große Hoffnung – weil ihnen ein Anhänger sicher bei der Suche nach dem Brief bereits aufgefallen wäre – hatte er sich in seinem Elternhaus erfolglos durch Ilses Habseligkeiten gewühlt.

Die in Mürren Verbliebenen – sogar Paul und Brigitta – hatten das dortige Haus auf links gedreht. Viel hatten sie sich auch davon nicht versprochen, denn Paul und Marcel Andrin hatten Ilses persönliche Sachen vor Pauls Umzug von Lauterbrunnen nach Mürren gesichtet. Erwartungsgemäß war der Anhänger nicht aufgetaucht.

Deshalb standen sie jetzt in Eliahs Einfahrt mit der Hoffnung, das alte Herz in diesem Haus zu finden.

Sogar Paul hatte den Weg auf sich genommen. Der Brief, Eliahs Offenheit im Hinblick auf das Unternehmen und die langen Gespräche vom Vortag hatten Paul in die Mitte der Familie zurückgeholt. Dass er nicht mehr nur eine behütete Randfigur war, hatte seinen Kampfgeist geweckt.

»Was immer sie sich davon verspricht – das Andrinherz bekommt Marilen nicht!«, hatte er resolut erklärt und sich mit blitzenden Augen an den Planungen für die Suche beteiligt.

Überhaupt hatte sich die Stimmung gewandelt. Die große Aussprache hatte nicht nur auf Paul eine positive Wirkung gehabt, auch Eliah wirkte befreit. Die Stirnfalte war fast geglättet, als er Hannah jetzt sein knieerweichendes Lächeln zuwarf.

»Es ist für Londoner Großstadtmädchen vielleicht etwas rustikal, aber sehr gemütlich«, sagte er augenzwinkernd, und der Unterton gab ihr zu verstehen, dass er ihr besonders den Punkt mit der Gemütlichkeit gern eingehender vorgeführt hätte.

Ein Kribbeln breitete sich in Hannahs Magengegend aus, wenn sie daran dachte, wie es sich wohl anfühlen würde, mit Eliah zum ersten Mal *wirklich* allein zu sein.

»Ich hätte mir ein bisschen mehr Privatsphäre für deinen ersten Besuch bei mir gewünscht«, raunte Eliah ihr zu, der einmal mehr ihre Gedanken erraten hatte, und schloss die Haustür auf.

»Andererseits lerne ich dein Zuhause jetzt bis in den letzten Winkel kennen. Keine Chance für Geheimnisse«, erwiderte Hannah lachend.

Gemeinsam halfen sie Paul und Granny über die Eingangsstufe hinweg und begleiteten die beiden ins Wohnzimmer.

Hannah sah sich interessiert um. Die Einrichtung stand im Gegensatz zum traditionellen Äußeren des Hauses. Wenige, gradlinige Möbel, weiße Wände und viel Licht, denn nach hinten heraus waren die Fenster vergrößert worden. Die schlichte Eleganz wirkte stilsicher und maskulin und passte zu Eliah. Dicke Holzbohlen auf dem Boden und ein Kamin mit Fotos auf dem Sims bewahrten den Raum davor, zu kühl zu wirken. Die von Eliah versprochene Gemütlichkeit verdankte der Raum einem bequem aussehenden Ohrensessel, daneben ein Beistelltisch.

Sofort entstand vor Hannahs geistigem Auge ein anheimelndes Bild von Eliah in diesem Sessel, ein Buch in Händen und ein Glas Wein auf dem Tisch.

Sie hätte viel darum gegeben, ihn einmal so zu sehen. Doch für ein solch entspanntes Alltagsszenario fehlte ihnen die Zeit. Sie musste ja schon dankbar sein, ihn überhaupt zu sehen.

In zwei Tagen wäre sie wieder fort, und noch hatte keiner von beiden angesprochen, wie es danach mit ihnen weitergehen sollte. Vermutlich, weil Eliah auf diese Frage ebenso wenig eine Antwort wusste wie sie.

Sie war für Eliah mehr als ein Urlaubsflirt oder eine rasche Affäre. Das las sie in seinen Augen. Mit seinem Aussehen und seinem Geld hätte er sicher von Bett zu Bett hüpfen können, doch dafür war er nicht der Typ. Aber sie lebten achthundert Kilometer voneinander entfernt. Das war zu weit für eine ernsthafte Beziehung und für Lesestunden im gemütlichen Ohrensessel erst recht.

Eliah ging vor dem Kamin in die Knie und machte sich daran, das Feuer zu entzünden.

Hannahs Blick glitt von ihm ein Stück höher zu den Fotos auf dem Sims. Da war ein älteres Familienfoto aller Andrins, Leona und Eliah waren darauf kleine Kinder. Daneben ein ähnliches Foto, ohne Ilse, dafür waren Leona und Eliah inzwischen zu Jugendlichen herangewachsen, im Hintergrund schimmerte der Brienzersee. Die Aussicht erkannte sie wieder. Komplettiert wurde die Reihe durch ein weiteres Bild. Vor Überraschung blieb Hannah der Mund offen stehen. Es zeigte sie selbst. Es war die Porträtaufnahme aus dem Herbst, vom Jungfraujoch.

Prasselnd und mit einem leisen Fauchen züngelten in diesem Moment die Flammen im Kamin hoch, und Eliah sah zu ihr auf. »Erinnerst du dich?« Er schloss die Glastür vor dem Feuer und stellte sich zu ihr. »Der Tag, der mein Leben veränderte«, sagte er und sah sie eindringlich an. »An dem ich endlich verstand, wie wichtig Liebe ist.«

Wärme durchflutete ihre Brust, das Herz schlug schneller. Sie erinnerte sich an die undefinierbare Stimmung, die sich auf dem Jungfraujoch eingeschlichen hatte. An seine Blicke. War es da passiert? Hatten sie sich an jenem Tag ineinander verliebt? Sein Lächeln verriet ihr, dass er diesen letzten Satz nicht nur so dahergesagt hatte. In stillem Verstehen lächelte sie zurück. Wie gern wäre sie jetzt mit ihm allein gewesen. Sanft strich er über ihre Wange und zwinkerte ihr zu. Ob er ihre Gedanken schon wieder gelesen hatte?

Leona riss sie aus diesem romantischen Zauber. Sie hatte eine Schmuckkassette aus ihrer Etage geholt und betrat das Wohnzimmer. »Das ist der Schmuck, den ich von Großmutter Ilse geerbt habe«, erklärte Eliahs Schwester und stellte das Kästchen vor Granny und Paul auf den Tisch.

Hannah fiel auf, dass sie für Ilse nicht mehr den Kosenamen »Grosi« verwendete. Es tat ihr leid für Leona und Eliah. Beide hatten nur die Erinnerungen ihrer Kindheit an eine liebevolle Großmutter. Derer waren sie nun beraubt. Hannah fröstelte bei der Vorstellung, sie hätte Ähnliches über Granny erfahren müssen. Unwillkürlich rieb sie sich über die Arme.

»Ist dir kalt? Nimm doch den Sessel am Kamin.« Eliah wies zum Feuer.

»Das war eher eine Übersprunghandlung«, erwiderte Hannah. Aus einem Impuls heraus setzte sie sich neben Granny und legte ihren Arm um sie. »Ich bin so froh, dass ich dich habe.«

»Aber, Darling, ich doch auch.« Granny drehte ihren Kopf und warf Hannah einen überraschten Blick zu. »Ist alles in Ordnung?«

»Ja.« Hannah setzte eine heitere Miene auf. »Mir war bloß gerade danach, dir das zu sagen.«

Vielleicht hätte sie das viel eher tun sollen, kam Hannah in den Sinn, als sie den feuchten Schimmer in Grannys Augen entdeckte.

Bevor die Atmosphäre zu sentimental werden konnte, ließ sich Eliah in den Sessel an der Schmalseite des Tisches fallen. »Also, wie gehen wir vor?«

Einige Stunden später gönnten sich Eliah und Hannah eine Pause in der großen Küche. Leona wühlte noch irgendwo in ihrem Wohnbereich herum, Paul hielt Mittagsschlaf auf dem Sofa, und Granny war im Sessel vor dem Kamin eingenickt.

Hannah starrte frustriert in ihren Kaffee. Sie kannte jetzt zwar jeden Winkel des Hauses, und ihre Jeans waren staubig von den Kartons auf dem Dachboden, aber außer einem alten Foto hatte sie keinen Schatz hervorgezaubert.

»Na, wenigstens etwas.« Auf dem Weg zu seinem glänzenden Kaffeevollautomaten umarmte Eliah sie von hinten und drückte ihr einen Kuss in den Nacken.

Er nahm das Bild, das Hannah aus einer Kiste gefischt hatte, und betrachtete es mit ihr zusammen. Eine sehr viel jüngere Ausgabe von Paul lächelte ihnen voller Stolz entgegen. Er stand vor einem Schaufenster, über ihm prangte das Schild Uhren-Bijouterie Andrin.

»Das muss zur Eröffnung des neuen Ladens gemacht worden sein. Als immer mehr betuchte Kunden erschienen, reichte die Uhrmacherwerkstatt mit angeschlossenem Schmuckverkauf nicht mehr. Sie mussten umbauen.« Nachdenklich ruhte sein Blick auf dem Bild. »Wie glücklich er war. Meinst du, man kann die Aufnahme vergrößern?«

»Ja, das geht schon, wenn es nicht gerade eine Fototapete werden soll.«

»Eine Fototapete muss es nicht sein.« Er schüttelte belustigt den Kopf. »Ich dachte, dass es sich gut in meinem Büro machen würde. Falls ich noch lange genug ein Büro habe.« Bei dem Gedanken verdunkelte sich seine Miene.

Abrupt wandte er sich ab und setzte den Kaffeevollautomaten in Gang, der röhrend und blubbernd einen frischen Kaffee ausspuckte. Hannah drehte sich zu ihm um. Ihn dort mit hängenden Schultern zu sehen stach in ihr Herz. Sie streckte die Hand aus, und er ergriff sie und ließ sich von ihr heranziehen.

»Wir finden das Herz. Noch sind wir nicht fertig. Noch haben wir nicht alles durchsucht.«

»Haben wir nicht?«, erklang es müde von der Tür. »Kommt mir aber so vor.« Leona kam herein und warf sich auf den erstbesten Stuhl. »Entschuldigt, ich will euch nicht stören. Aber ich brauche dringend einen Kaffee.« Sie fuhr sich mit den Händen durch das Gesicht. »Ich weiß wirklich nicht mehr, wo wir noch suchen sollen. Wir haben sogar die Holzbohlen und Fußleisten überprüft und in sämtlichen Häusern der Familie die Kartons mit Ilses Sachen durchsucht.«

Eliah stellte seiner Schwester seinen Kaffee hin. »Hier, dein Lebenselixier, noch nicht draus getrunken.«

»Und was ist, wenn der Anhänger gar nicht in einem eurer

Häuser ist?« Die Idee kam Hannah spontan, als ihr Blick erneut auf das Foto mit Paul vor seinem Geschäft fiel. »Eure Großmutter fühlte sich Paul doch nur in dem Laden nah. Wenn es um das Herz ging. So ähnlich hat sie es doch ausgedrückt.«

»Nachvollziehbare Idee.« Eliah schürzte die Lippen. »Aber ich hoffe, du irrst dich.«

»Warum?«

»Das Geschäft gibt es schon lange nicht mehr. Da steht jetzt ein Wohnhaus.«

»Verdammt.« Hannah verfiel in dumpfes Brüten.

Eliah wandte sich wieder dem Kaffeevollautomaten zu, der erneut lautstark seinen Dienst aufnahm. Die Stille, die der Ausgabe des Kaffees folgte, legte sich drückend über den Raum.

»Vielleicht sollten wir die Informationen aus dem Brief noch einmal genauer unter die Lupe nehmen«, sagte Leona. »Wir haben blind drauflosgesucht, weil wir mit Großmutters Hinweis nichts anzufangen wussten.«

»Einen Versuch ist es wert.« Eliah stellte seine Tasse auf den Tisch. »Ich schaue mal, ob unsere Senioren ihren Mittagsschlaf beendet haben.«

Wenige Minuten später beugten sich fünf Köpfe über den Brief.

»So lasse ich das Herz an dem einzigen Ort von ähnlicher Bedeutung zurück, auf dass sich der Kreis schließen möge«, murmelte Hannah. »Liegt es an meinen Deutschkenntnissen, oder ist das sehr kryptisch formuliert?«

»Das ist schon arg ungewöhnlich formuliert«, bestätigte Eliah.

»Falls es ein Hinweis für meine Großmutter sein sollte, müsste es doch etwas sein, das Granny aus dem Brief heraus versteht oder weil es ihre gemeinsame Vergangenheit betrifft.« Hannah wickelte eine Haarsträhne um ihren Zeigefinger und spielte daran herum.

Erwartungsvoll konzentrierten sich alle Blicke auf Hannahs Großmutter.

»Ja, glaubt ihr denn, ich zermartere mir nicht schon längst den Kopf?« Granny schaufelte einen weiteren Löffel Zucker in ihre Tasse und rührte gedankenverloren um. »Ein Ort von ähnlicher Bedeutung wie *was*? Welcher Kreis soll sich schließen?«

»Vielleicht ist das der Schlüssel?« Hannah spürte, wie Adrenalin ihren Herzschlag beschleunigte. Aufgeregt sah sie die anderen an. »Wir müssen uns fragen, wo der Kreis unterbrochen wurde! Er wurde nicht hier unterbrochen. Ilse hat den Anhänger in Hangeck gestohlen! Wir müssen in Hangeck suchen!«

»Aber das Versteck in der Mauer am Kirchhof war abgesehen von dem Einmachglas leer«, gab Granny zu bedenken. »Und darüber hinaus jahrzehntelang unter Wasser. Ich glaube nicht, dass Ilse tauchen war.«

»Deshalb ja ›ähnlich‹. Sie schreibt von *ähnlicher* Bedeutung.« Hannah zwirbelte die Haarsträhne schneller. Sie war plötzlich überzeugt, auf der richtigen Spur zu sein. Vielleicht, weil es die einzige war, die ihnen noch blieb. »Wart ihr später noch einmal in Hangeck?«, wandte sie sich an Paul.

»Nein. Die ersten Jahre nach dem Krieg hatten wir nicht das Geld, um zu reisen, und mich zog auch nichts in das Dorf zurück. Mein Schwiegervater mochte mich nicht, und meine Schwiegermutter stand unter seiner Fuchtel. Ein Besuch wäre nicht gut ausgegangen. Wir sind nur noch einmal nach dem Tod der Eltern …« Er unterbrach sich.

Am Aufblitzen in seinen Augen erkannte Hannah, dass ihm etwas eingefallen war.

»Die Steine!« Pauls Stimme klang aufgeregt. »Als der Hof dem Stausee weichen musste, hatten Ilse und ich gerade dieses Haus bezogen. Sie wünschte sich so sehr, ein Andenken an ihre Heimat. Wir haben dann die Mauer aus dem ehemaligen Kräutergarten ihrer Mutter abreißen und hier wieder aufbauen lassen. Ilse hat diesen Platz geliebt und es ihr ›kleines Stückchen Heimat‹ genannt.«

Nach diesen Worten griff die Aufregung um sich.

Nur Eliah warf einen stirnrunzelnden Blick in den Garten, der unter einer unberührten Schneedecke lag. »Ich hole dann mal die Schaufeln aus dem Keller. Oder warten wir auf Tauwetter?«

Nachdem Eliah auf die Idee gekommen war, einige seiner Angestellten um Hilfe zu bitten, kam die Arbeit vor der Mauer schneller als erwartet voran. Die Aussicht auf einen freien Nachmittag und ein fürstliches Trinkgeld beflügelte die Männer. Bald waren die Schneemassen vor der ersten Seite des quadratischen Kräutergartens beseitigt, und während sich die Männer den nächsten Abschnitt vornahmen, begannen Leona und Hannah, mit kleinen Gartenschaufeln die eisverklebten Ritzen freizulegen.

»Ausreichend Versteckmöglichkeiten sind zweifellos vorhanden«, bemerkte Hannah lakonisch mit Blick auf die grauen, ungleichmäßig behauenen Steine, die in Trockenbauweise aufgeschichtet worden waren.

Überall klafften kleinere Spalten, aus denen sie nun mühselig die Schneereste kratzten.

Als Hannah ihre Finger trotz ihrer dicken Handschuhe vor Kälte kaum noch spürte, erschien ihre Großmutter mit einem Tablett auf der Terrasse. Sofort ließen alle ihre Werkzeuge fallen und griffen nach den dampfenden Tassen mit dem wärmenden Tee.

»Danke. Das war Rettung in letzter Minute«, sagte Eliah und legte seine Hände um die Tasse.

»Keine Ursache«, erwiderte Granny lächelnd. »Paul ist wieder eingenickt, und ich wollte mich nützlich machen. Ich hoffe, ich durfte in deine Küche?«

»Fühl dich wie zuhause.« Eliah hatte die Tasse geleert, stellte sie auf das Tablett und zog seine Handschuhe an. »Gib mir Bescheid, wenn ich etwas für euch tun kann. Oder falls Paul nach Mürren zurückmöchte. Ich mache mir Sorgen, dass der Tag zu anstrengend für ihn sein könnte.«

»Sag ihm das bloß nicht.« Ihre Großmutter lachte. »Er hält sich tapfer und würde hier im Moment ohnehin für kein Geld der Welt weggehen. Wenn Brigitta nachher kommt, um uns nach Hause zu begleiten, wird sie ihre liebe Not mit dem Sturkopf haben, falls ihr bis dahin nicht fündig geworden seid.«

»Dann sollten wir uns tüchtig ins Zeug legen.« Mit einem Augenzwinkern griff Eliah nach seiner Schaufel, als Leonas erfreuter Aufschrei ihn innehalten ließ.

»Ich glaube, hier könnte etwas sein!«, meldete sie sich aus der Ecke, die Hannah und sie bis zur Teepause bearbeitet hatten. »Schaut mal, dahinter ist doch ein Hohlraum!« Sie schob ihre Gartenschaufel in einen Spalt und wackelte an einem etwa handtellergroßen Brocken. Tatsächlich ließ er sich herauslösen, und mit einem dumpfen *Plop* landete er im Schnee zu ihren Füßen. Die Öffnung, die sich auftat, war nur wenige Zentimeter tief – und leer. »Falscher Alarm. Tut mir leid.« Die Enttäuschung stand nicht nur ihr ins Gesicht geschrieben.

Auch Eliah, Charlotte, Hannah und sogar die Helfer schauten unglücklich drein.

Sie hob den Stein auf und wollte ihn gerade an seinen Platz legen, als Hannah ihre Schaufel in die Öffnung schob.

»Warte! Der darunter hat gewackelt.«

Ungeduldig schabte sie weiteren Schnee aus der Spalte. Das untere Gesteinsstück lockerte sich nach jedem Kratzen einen Deut mehr, bis es sich schließlich herausnehmen ließ. Atemlos starrte Hannah in einen Hohlraum, der groß genug war für …

Sie gab einen gedämpften Schrei von sich und griff hinein. Behutsam, fast ehrfurchtsvoll zog Hannah ein kleines Einmachglas hervor und überreichte es Eliah. Ihr Herz klopfte wild. Nach der frustrierenden Suche hatte sie nicht mehr recht daran geglaubt.

»Mach auf!«, drängte sie. »Ist es der Anhänger?«

Eliah fingerte bereits an dem hakeligen Verschluss herum, der die Geduld der Anwesenden strapazierte. Dann sprang der Bügel auf, Eliah nahm ein Stoffbündel heraus, entfaltete es – und in der Mitte lag das Herz.

Silberner Schimmer, ein kleiner Stein oder eine Perle, so genau konnte Hannah das nicht sehen.

Die Blicke wandten sich zu Granny, die sich trotz des Schnees zu ihnen gesellt hatte. Sie betrachtete den Anhänger, den Eliah ihr hinhielt, lange und eingehend, während sich ein wahrer Reigen an Gefühlen in ihrer Miene spiegelte. Trauer, Ergriffenheit, Freude. Schließlich umfasste sie den Griff ihres Stocks fester. »Es ist fünfundsiebzig Jahre her«, sagte sie dann. »Aber ich denke, wir haben unseren Schatz gefunden. Hat es diese Punze?«

»Das ist schwer zu erkennen. Aber eine Prägung ist da.« Ganz allmählich breitete sich ein glückliches Grinsen auf Eliahs Gesicht aus. »Ich glaube, wir haben es geschafft!«

Vorsichtig reinigte Paul die Stelle mit einem Tuch. Seine Finger waren vom Alter steif und zitterten ein wenig, doch die Sorgfalt, mit der er vorging, verriet Hannah, mit welcher

Präzision er früher gearbeitet haben musste. Er nahm die Juwelierlupe, die Eliah ihm reichte, und betrachtete den Stempel. Hannah beobachtete erleichtert, wie sich dabei seine Mundwinkel nach oben bogen.

Schließlich nickte er. »Das ist eindeutig eine alte Punzierung, und sie ist nicht aus der Schweiz.« Sein Lachen wurde breiter. »Wir haben den Beweis!«

Gehofft hatten auf diese Worte natürlich alle, doch sie jetzt zu hören wirkte wie ein Startschuss für die Emotionen. Hannah fand sich plötzlich einen halben Meter in der Luft wieder, weil Eliah sie hochriss und herumschwenkte. Danach fielen sich Leona, Eliah und Hannah in die Arme, und als Hannah zum Sofa blickte, sah sie gerade noch, wie ihre Großmutter ihre Hände um Pauls Gesicht legte und ihm einen Kuss auf den Mund gab. Ehe sie über diese Liebesbekundung vor allen Leuten überrascht sein konnte, machte Eliah Selbiges mit ihr – nur fiel dieser Kuss vielleicht ein klein wenig inniger aus.

Nachdem der erste Freudentaumel verebbt war, sahen sich die fünf an.

»Und wie geht es jetzt weiter?«, erkundigte sich Hannah.

»Jetzt werde ich den Anwälten eine lange, arbeitsreiche Nacht bescheren«, erwiderte Eliah und hatte sein Mobiltelefon bereits in der Hand. Er hielt noch einmal inne. »Und mir leider auch«, sagte er entschuldigend und drückte Hannah einen raschen Kuss auf die Nasenspitze. »Aber das mache ich wieder gut.« Er zwinkerte ihr vergnügt zu und verließ – das Telefon am Ohr – den Raum.

33. Mürren, Januar 2019 – Hannah

Die Leere im Haus fühlte sich seltsam an. Obwohl Brigitta den Frühstückstisch so liebevoll gedeckt hatte wie an jedem Morgen, fehlte Hannah etwas. Besser gesagt: jemand. Eliah vor allem. Aber auch Paul, Leona und Brigitta. Alle waren in Interlaken, wo für den Vormittag eine weitere Verhandlungsrunde mit Marilen anberaumt war. Diesmal allerdings mit weitaus günstigeren Vorzeichen, wie Eliah ihr hörbar erschöpft, aber gut gelaunt am Telefon versichert hatte.

Selbst Paul wollte an den Gesprächen teilnehmen, und Brigitta war natürlich mit ihm gefahren.

Paul hatte ihre Großmutter ungewöhnlich nachdrücklich gebeten, ihn nicht zu begleiten, sondern sich vor der Heimreise am nächsten Tag auszuruhen, und so saß Hannah allein am Frühstückstisch und wartete darauf, Grannys Schritte auf der Treppe zu hören.

Sie hatte kaum geschlafen, zu viele Fragezeichen purzelten durch ihre Gedanken. Würden die Verhandlungen mit Marilen endlich erfolgreich verlaufen? Konnten die Andrins das Unternehmen retten? Und was würde aus Eliah und ihr werden?

Mit einem Seufzen legte Hannah den Rest ihres Brötchens auf den Teller zurück. Es wollte ihr heute nicht so recht schmecken. Mit der Kaffeetasse in der Hand ging sie in den Wintergarten. Eiger, Mönch und Jungfrau strahlten ihr schneeweiß im Sonnenlicht entgegen. Der Himmel war beinahe unnatürlich blau. Eine Postkartenidylle. Es erschien ihr plötzlich unvorstellbar, ab morgen wieder durch den Londoner Regen zu laufen.

»Wunderschön, nicht wahr?« Granny trat neben sie und betrachtete ebenfalls das Panorama.

Trotz der Stille im Haus hatte Hannah ihre Großmutter nicht kommen hören.

»Ja.« Hannah nickte. »Der Abschied wird schwer.« Und sie meinte damit nicht nur die Berge.

»Ich habe London immer geliebt. Schon als junges Mädchen habe ich mir gewünscht, London zu besuchen. Was damals eine weitaus größere Sache war als heutzutage. Dass Albert ausgerechnet aus der Stadt meiner Träume kam, hat meinem Interesse an ihm sicher nicht geschadet.« Ihr Blick verklärte sich. »Und doch habe ich das Gefühl, dass ich diese Gipfel dem Tower und dem London Eye vorziehen könnte.«

Hannah riss die Augen auf. »Überlegst du hierherzuziehen? Zu Paul?«

Fast hätte sie hinzugefügt: In deinem Alter? Aber warum eigentlich nicht? Noch stand ihre Großmutter mitten im Leben, und solange sich Brigitta um beide kümmerte, musste sich Hannah keine Sorgen machen. Nur um sich selbst, denn sie würde Granny schrecklich vermissen. Ungezählte Male in ihrem Leben war sie mit kleineren und größeren Problemen nicht zu ihren Eltern, sondern zu ihrer Großmutter gelaufen, die stets ein offenes Ohr und meist auch einen guten Rat hatte.

»Wäre das schlimm?« Granny wirkte mit einem Mal verkrampft.

»Nein.« Hannah umarmte ihre Großmutter spontan voller Liebe. »Du wirst mir nur sehr fehlen. Aber wenn du hier glücklich bist, gehörst du hierher.«

Grannys angespannte Miene wich einem schelmischen Lächeln. »Wer weiß, vielleicht zieht es dich ja auch hierher … Besser gesagt nicht *es*, sondern *jemand*. Und bis dahin gibt es Videotelefonie. Paul und ich beherrschen das inzwischen ganz gut.«

»Wenn das so einfach wäre, Granny.« Hannah seufzte. »Ich weiß ja nicht einmal, ob sich Eliah das überhaupt wünscht. Und beruflich läuft es in London auch gerade an. Wenn Keaton und die anderen von diesem Online-Magazin mit meiner Arbeit zufrieden sind, kommen vielleicht Aufträge nach.«

»Und ich dachte, als Fotografin kann man überall auf der Welt arbeiten.«

»Theoretisch ist das so. Aber solange du noch keinen Namen hast, brauchst du Türöffner. In London habe ich Tom und jetzt auch Moritz und Keaton. Hier kenne ich niemanden.«

Granny legte ihre Hand an Hannahs Wange und sah sie fest an. »Lass dir von einer Frau mit beinahe einundneunzig Jahren Lebenserfahrung sagen, dass man die wichtigen Dinge im Leben meistens regeln kann. Manchmal lässt sich das Schicksal mächtig Zeit – es kann zuweilen fünfundsiebzig Jahre dauern, bis Sachen ins Lot kommen –, doch ich bin sicher, auch für dich wird Fortuna eine Lösung bereithalten.« Sie löste ihre Hand und hakte sich stattdessen bei Hannah unter. »Und nun leiste mir Gesellschaft beim Frühstück. Wenn ich auf deinen Teller blicke, hast du noch nicht allzu viel gegessen.«

Ihre Großmutter schaffte es tatsächlich, Hannahs Nervosität zu mildern. Oder besser gesagt: Sie beruhigten sich gegenseitig, denn auch Granny spielte rastlos am Henkel ihrer Teetasse herum.

Als endlich Hannahs Telefon klingelte, glitt es ihr vor Aufregung aus den Fingern und entging nur knapp einem Sturz von der Tischkante. Im zweiten Anlauf gelang es ihr, das Gespräch anzunehmen. »Ja?«

»Es hat geklappt.« Eliahs Stimme klang beschwingt. »Marilen hat sich geziert, doch ihre Anwälte haben eingesehen, dass unser Vorbringen bei all den neuen Beweisen in einer gerichtlichen Auseinandersetzung gute Chancen hätte. Irgendwann hat Paul sich eingeschaltet und mit Marilen über ihren Urgroßvater gesprochen.«

Familie, dachte Hannah. Paul mit seiner Empathie hatte gewusst, welche Knöpfe er bei Marilen drücken musste.

»Grossätti hat Marilen erzählt, wie stolz der alte Mann darauf gewesen war, seinen kleinen Laden so wachsen zu sehen, und wie enttäuscht er wäre, dass ausgerechnet sie sein Erbe zerstört. Und plötzlich war eine Einigung ganz einfach.« Er hielt kurz inne. »Nun ja, neue Investoren benötigen wir immer noch. Aber das sollte jetzt funktionieren.«

»Das ist großartig!«

Hannah wäre Eliah gern um den Hals gefallen. Da er nicht greifbar war, begnügte sie sich damit, Grannys Hand zu drücken. Ihre Großmutter stand dicht neben ihr, um kein Wort des Gesprächs zu verpassen.

»Wir müssen hier noch einige Dinge regeln. Leona nimmt sofort Kontakt mit den Investoren auf, mit denen sie schon verhandelt hatte, bevor die Sache mit Marilen dazwischengekommen ist. Ich komme so schnell wie möglich nach Mürren, und dann feiern wir!«

* * *

»Kannst du eigentlich Ski fahren?« Eliah gab Hannah aus einem langen, innigen Begrüßungskuss frei und sah sie fragend an.

»Wie? Was?« Hannah befand sich nach dem Kuss noch in anderen Sphären.

»Das ist diese Fortbewegung auf zwei länglichen Brettern im Schnee. Hast du bestimmt schon mal von gehört.« Eliah grinste.

»Mach dich nur lustig.« Hannah boxte ihn in die Seite.

»Ich sitze hier völlig unschuldig in der Bibliothek, da stürmst du herein, küsst mich, dass mir die Luft wegbleibt, und überfällst mich dann mit dieser Frage? Wie kannst du erwarten, dass ich nach *der* Begrüßung noch klar denken kann?«

Eliah legte betont nachdenklich die Stirn in Falten. »Wenn du es so darstellst, bin ich ja froh, keine klare Antwort bekommen zu haben. Sonst hätte ich wohl noch einmal üben müssen.«

»Etwas Training schadet nie«, erwiderte Hannah und zog ihn zu sich heran.

»Stimmt«, murmelte Eliah und senkte seine Lippen wieder auf ihre. »Und kannst du es nun?«, fragte er, ohne den Kuss wesentlich zu unterbrechen.

»Mh-mh«, antwortete Hannah und löste widerwillig ihre Lippen. »Nein, ich kann es nicht. Schnee in London bedeutet matschige graue Pampe, und im Winterurlaub waren wir nie.«

»Schade.« Eliah deutete nach draußen. »Es sind beste Bedingungen. Nach den Verhandlungen heute brauche ich Bewegung an der frischen Luft.«

»Dann werde ich hier auf dich warten«, sagte Hannah und wedelte mit dem Roman, den sie gerade las.

Eliah sah sie irritiert an. »Glaubst du ernsthaft, ich mache mich jetzt allein auf den Weg?« Er reichte ihr die Hand und zog sie aus dem Sessel. »Los, komm, zieh dir etwas Warmes an.«

»Ich habe dir doch vor drei Sekunden gesagt, dass ich nicht Ski fahren kann«, protestierte Hannah, die sich schon mit gebrochenen Knochen im Schnee liegen sah.

»Ski fahren vielleicht nicht, aber schlitteln kann jeder.« Eliah hielt ihre Hand, während er lachend mit Hannah die Treppe hinauflief. »Und beim nächsten Mal bringe ich dir Skilaufen bei.«

Eine Stunde später saß Hannah auf der Sonnenterrasse am Allmendhubel und blinzelte in das grelle Licht. Sie hatte den Kopf in den Nacken gelegt und genoss die Wärme auf ihren Wangen.

»Kaum zu glauben, dass tiefster Winter ist«, sagte sie und seufzte wohlig. »Die Sonne hat richtig Kraft.«

»So ist es.« Eliah beugte sich vor und tippte ihr mit dem Finger auf die Nasenspitze. »Und wenn du die nicht gleich mit Sonnenschutz eincremst, siehst du heute Abend aus wie Rudolph, das Rentier.«

Hannah kräuselte ihre Nase, weil seine Berührung kitzelte, angelte dann aber gehorsam die Tube mit dem Sunblocker aus ihrer Jackentasche.

»Wollen wir los?«, fragte sie mit Blick auf die inzwischen leeren Gläser zwischen ihnen.

Sie hatten Panasch enthalten, was sich als Bier mit Limonade herausgestellt hatte.

»So eilig? Oder willst du es bloß schnell hinter dich bringen?«, fragte Eliah schmunzelnd.

»Tatsächlich freue ich mich wie ein kleines Kind auf die Rodelpartie«, sagte sie und stand auf.

Seit Eliah die beiden Schlitten aus Pauls Schuppen geholt und sie endlich verstanden hatte, was er mit »Schlitteln« meinte, konnte sie es kaum abwarten.

»Hast du gewusst, dass hier 1969 ein James-Bond-Film gedreht worden ist?«, fragte Eliah, als sie vor der Hütte ihre Schlitten zwischen Skiern und Snowboards hervorzogen.

»Ja, das habe ich gelesen, als ich mich auf meinen Foto-Auftrag vorbereitet habe.«

Während sie es aussprach, kam es Hannah vor, als läge das alles schon Wochen zurück. Das Rennen war vor gerade einmal drei Tagen gewesen. Wie konnte nur so viel innerhalb so kurzer Zeit geschehen?

»Die Strecke, die wir gleich hinunterschlitteln heißt ›Bob Run‹«, erklärte Eliah. »Hier ist eine Verfolgungsjagd mit Bobs gedreht worden.«

»Oh mein Gott! Ich hoffe, wir lassen es geruhsamer angehen.« Hannah lachte nun doch etwas nervös.

»Keine Sorge, der Weg ist familientauglich, den schaffen sogar Kinder. Bereit?«

Hannah nickte.

»Auf geht's!«

Der Beginn der Piste war in der Tat so harmlos, wie Eliah versprochen hatte, aber das gemütliche Tempo steigerte sich bald. Anfangs rodelten sie noch nebeneinander, dann machten sich Eliahs höheres Gewicht und seine Erfahrung bemerkbar.

»Fahr ruhig!«, sagte Hannah, weil er immer wieder abbremste. »Ich finde schon zurück.«

Doch Eliah wartete weiterhin auf sie.

Nach den ersten zweihundert Metern fühlte Hannah sich sicherer auf ihrem Schlitten und ließ ihn laufen. Es war ein unglaubliches Gefühl. Befreiend. Leicht. Der Wind kühlte ihre erhitzten Wangen, manchmal stob feiner Schneestaub von Eliahs Schlitten auf. Abseits des Wegs funkelte das unberührte Weiß im Sonnenlicht. Wenn Skifahren ähnliche Emotionen freisetzte, wollte sie es unbedingt lernen.

Eliah bremste ab, und lachend schoss sie an ihm vorbei.

»Gleich wird es kurvig«, rief er hinter ihr her, da sah sie die erste Biegung bereits vor sich.

Sie stellte den Schuh in den Schnee, verlagerte das Gewicht und jauchzte auf, als sie es soeben noch auf einer Kufe schaffte, nicht im Tiefschnee zu landen. Die wilde Jagd ging weiter, aus den Augenwinkeln sah sie Eliah neben sich. So leicht würde sie es ihm nicht machen. Sie kauerte sich zusammen, bot dem Wind so wenig Widerstand wie möglich, und es gelang ihr tatsächlich, Eliah nicht vorbeizulassen. Ehrlicherweise konnte aber auch der schmale Weg dafür mitverantwortlich sein.

»Langsamer, Hannah!«

Jetzt, da sie gerade so schön in Fahrt war? Auf keinen Fall!

Als die Bodenwelle sie aushob, ahnte sie, wovor Eliah sie hatte warnen wollen. Kaum hatte sie nach dem Hopser wieder Bodenkontakt, erreichte sie auch schon eine enge Kehre. Keine Chance, hier noch in der Bahn zu bleiben. Viel zu schnell war sie unterwegs, und der Schlitten schlingerte nach dem Sprung. Ehe sie es sich versah, schoss der Schlitten die kleine Böschung hoch, blieb stecken, und Hannah segelte schwungvoll vornüber in das makellose Weiß. Alle viere von sich gestreckt fand sie sich mit dem Gesicht voran im Schnee wieder.

Kaum eine Sekunde später hörte sie Eliahs alarmierten Ausruf. »Hannah, mein Gott! Bist du okay?«

Sie spürte eine Hand auf der Schulter und drehte den Kopf. Eiskristalle verklebten ihre Wimpern, kalte Tropfen perlten von ihrer Nasenspitze. Sie stellte sich vor, welches Bild sie gerade abgab. »Wie ein überfahrenes Murmeltier«, gluckste sie, und dann bahnte sich ein unbezwingbares Lachen den Weg.

Eliah sah sie ungläubig an und versuchte offensichtlich herauszufinden, ob Hannah diese abgehackten und vom Schnee halb erstickten Töne vor Schmerz von sich gab.

»Alles in Ordnung«, japste sie und ließ sich von ihm in eine sitzende Position helfen. »Ich habe mir nur gerade …« Wieder wurde sie von Gelächter geschüttelt. »Ich habe mir nur gerade vorgestellt, wie ich aussehe.«

»Niedlich wie immer«, erwiderte Eliah. »Nur vielleicht etwas frostig.« Er setzte sich neben sie in den Schnee, zog Hannah auf seinen Schoß und legte seine Stirn an ihre. »Du hast mir einen riesigen Schrecken eingejagt«, sagte er leise, dann breitete sich ein Grinsen auf seinem Gesicht aus. »Aber witzig sah es schon aus. Hast du mal gesehen, wie Pinguine auf dem Bauch über eine Scholle rutschen?«

Nun musste auch er lachen, und Hannah, die ihren Lachanfall ohnehin noch nicht ganz überwunden hatte, stimmte mit ein.

»Ich bin so glücklich, dass du hier bist.« Eliah wurde plötzlich ernst. Er bohrte einen dieser Andrinblicke tief in ihr Innerstes. »Ich möchte nicht, dass du morgen fährst. Ich will dich nicht mehr vermissen. Die vergangenen drei Monate waren schrecklich. Nicht nur wegen der Firma. Du hast mir gefehlt.«

»Ach Eliah …« Hannah seufzte und schmiegte ihren Kopf an seine Schulter. »Ich weiß doch auch nicht, wie es mit uns weitergehen soll. Mein Leben findet in London statt. Meine Familie, vor allem Granny, meine Freunde, meine Arbeit – das ist alles dort.«

»Hast du nicht gesagt, dass du deine vielbeschäftigte Schwester und deine Eltern oft wochenlang nicht zu Gesicht bekommst? Und als freiberufliche Fotografin kannst du doch überall arbeiten, oder nicht?« Hoffnungsvoll sah er sie an.

»Aber solange Granny in London ist …«, begann Hannah, dann fielen ihr allerdings die Andeutungen ihrer Großmutter ein.

»Ich habe da was läuten hören«, warf Eliah in diesem Moment prompt ein. »Vielleicht ist Charlotte ja bald ein Grund mehr hierherzuziehen?«

Ihm schien es wirklich ernst zu sein.

»Bleibt trotzdem das Problem mit der Arbeit«, wandte Hannah ein. »Ohne jemanden als Türöffner zu haben, ist es schwer, an die ersten Aufträge zu kommen. Ich fange gerade an, in London Fuß zu fassen«, wiederholte sie die Erklärung, die sie bereits ihrer Großmutter gegeben hatte.

»Ich verstehe«, sagte Eliah nachdenklich. »Ich kann noch nichts versprechen, weil erst feststehen muss, dass es mit dem Unternehmen weitergeht, aber könnte ein Auftrag von uns ein Türöffner für dich sein? Als Fotografin der neuen Kollektionen?«

»Das wäre ein Anfang«, antwortete Hannah zurückhaltend.

Sie wollte sich nicht zu große Hoffnungen machen. Dennoch merkte sie, wie ihr Herzschlag sich beschleunigte. Ein solcher Auftrag wäre großartig. Würde sie wirklich in die Schweiz auswandern? Ginge das denn überhaupt so einfach?

»Sag nur ›Ja‹. Alles andere wird sich finden.« Eliah drückte ihr einen Kuss auf die Nasenspitze. »Sag zumindest, dass du darüber nachdenkst.«

»Das werde ich«, versprach Hannah, und ihr wurde warm, als sie das glückliche Leuchten sah, das sich daraufhin in Eliahs Miene ausbreitete.

»Das bedeutet mir viel.« Eliah strich ihr sanft einige Strähnen aus dem Gesicht, die an ihrer feuchten Wange klebten. »*Du* bedeutest mir viel.«

»Du mir doch auch. Ich möchte nicht abreisen. Nun, da die Hindernisse aus dem Weg geräumt sind, hätten wir endlich Zeit, uns richtig kennenzulernen.«

»Wir werden uns richtig kennenlernen«, versprach Eliah und gab ihr einen flüchtigen Kuss. »Wir bekommen das hin.« Dann grinste er. »Es sei denn, wir frieren hier fest, deshalb schlage ich vor, wir schlitteln jetzt nach Hause und machen mit dem Kennenlernen vor dem warmen Kaminfeuer weiter.«

* * *

Zur Feier des Tages hatte Paul ein ganzes Abendmenü liefern lassen und auch seinen Sohn und seine Schwiegertochter eingeladen.

Hannah war bei der Begrüßung von Eliahs Vater etwas mulmig zumute. Sie erinnerte sich an die frostige Atmosphäre bei ihrem letzten Aufeinandertreffen. Heute trat Marcel Andrin seinem Sohn und ihr jedoch auffallend freundlich gegenüber. Dass die Verhandlungen mit Marilen erfolgreich abgeschlossen werden konnten, hatte ihn offensichtlich versöhnlich gestimmt, und Grannys und ihr Beitrag dazu hatten den Londoner Besuch wohl in seiner Achtung steigen lassen. Als er im Laufe des Abends immer weiter auftaute und Hannah erkannte, wie ähnlich sich Vater und Sohn in vielen Gesten waren, fand sie ihn irgendwann sogar sympathisch.

»Das habt ihr wirklich gut geregelt«, sagte Marcel Andrin zu Eliah, der die Verhandlungen mit Marilen für ihn zusammenfasste. »Ich bin stolz auf meine Kinder.«

Eliah bedankte sich mit einem knappen Lächeln und Nicken, aber Hannah entging das glückliche Aufleuchten in seinen Augen nicht.

Mit sich und der Welt zufrieden wirkte auch Leona. Sie war als Letzte ins Haus gewirbelt, hatte sofort nach Champagner für alle verlangt und verkündet, dass die Investoren angebissen hatten.

Das Unternehmen Andrin war gerettet.

Nachdem das Dessert abgeräumt war, versammelten sich alle mit einem Digestif am Kamin. Sogar Paul und Granny entschieden sich für einen Likör, obwohl die Wangen der Senioren schon vom Champagner leuchteten. Oder strahlten sie von innen heraus?

Hannah entging nicht, dass ihre Großmutter nervös wirkte und Paul immer wieder verstohlene Blicke zuwarf, die dieser mit einem Augenzwinkern erwiderte.

»Weißt du, was die beiden haben?«, raunte sie Eliah zu, der auf der Armlehne ihres Sessels Platz genommen und ihr einen Arm um die Schulter gelegt hatte.

»Ich habe so eine Ahnung«, entgegnete Eliah mit geheimnisvoller Miene. »Warte nur ab.«

In diesem Moment nickte Paul seinem Enkel auffordernd zu, der sofort neben ihn trat. Auch Brigitta kam hinzu. Beide halfen Paul, sich aus dem Rollstuhl zu erheben. Leona warf ein Kissen vor Granny auf den Boden. Und dann ging Paul – unterstützt durch Eliah und Brigitta – vor ihrer Großmutter auf die Knie.

»Ich schulde dir noch etwas, meine Liebe«, begann Paul an Granny gerichtet und streckte die Hand aus.

Leona legte eine kleine Schatulle hinein.

»Als ich heute in der Firma war, habe ich dort nicht nur an den Verhandlungen teilgenommen, sondern mich auch auf die Suche gemacht. Auf die Suche nach einem besonderen Stück für einen besonderen Menschen.« Mit leicht zitternder Hand klappte Paul den Deckel auf.

Natürlich kam ein Ring zum Vorschein.

Atemlos verfolgte Hannah, wie es weiterging.

»Ich hatte bereits um deine Hand angehalten, doch ohne Ring. Diesmal mache ich es richtig.« Er räusperte sich. Seiner Stimme war die Rührung anzuhören, als er fortfuhr: »Charlotte, du bist die Liebe meines Lebens. Das Schicksal hat uns lange getrennt, uns dann aber eine zweite Chance gegeben. Nun möchte ich keine Zeit mehr vergeuden und den Rest meines Lebens mit dir verbringen. Deshalb frage ich dich: Willst du meine Frau werden?«

»Ja«, schluchzte Granny, und Paul traten ebenfalls Tränen in die Augen.

Jetzt wurden auch Hannahs Augen feucht. Grannys Hand zitterte noch mehr als Pauls, sodass es etwas länger dauerte, bis Paul seiner Verlobten den Ring an den Finger gesteckt hatte. Dann aber blickte Granny mit so viel Liebe und Stolz auf den Ring, dass bei Hannah endgültig alle Dämme brachen. Auch Leona zückte ein Taschentuch. Brigitta und Carolin Andrin lächelten ergriffen.

Eliah half seinem Großvater wieder in den Rollstuhl, und Hannah stürzte sich auf ihre Großmutter.

»Granny, das ist so romantisch! Ich wünsche euch alles Glück dieser Welt.«

»Ich bin so erleichtert, dass du dich freust«, sagte Granny. »Ein bisschen besorgt war ich schon, wie du reagieren würdest.«

»Wie sollte ich mich nicht freuen, wenn das Leben alte Fehler korrigiert? Wie sehr ihr euch liebt, sieht jeder.«

»Ein Fehler war es nicht«, erwiderte Granny mit Bestimmtheit. »Denn ich kann weder Neil oder Susan noch meine beiden wunderbaren Enkelinnen als Fehler ansehen. Und euch vier gäbe es ohne Albert nicht.« Sie lächelte und legte Hannah die Hand an die Wange. »Und ohne Pauls erste Ehe gäbe es auch deinen Eliah nicht.« Ihr Lächeln vertiefte sich. »Lass es uns also einen Umweg mit Höhen und Tiefen nennen, der am Ende doch zu einem wunderbaren Ziel führte.«

Epilog: London, Mai 2019 – Hannah

Ich weiß nicht, wie oft ich hier mit Granny gesessen und Tee getrunken habe«, sagte Hannah und ließ den Blick über die Einrichtung schweifen.

Die Möbel mit den zahlreichen Kratzern und die aus der Zeit gefallenen Gemälde an den Wänden waren vertraut, viele der Gesichter im Café kannte sie. Um sie herum wurde geredet, geflirtet, gelacht. Tassen und Teller standen vor den Gästen, Stimmengewirr hing in der Luft. Es war wie immer, und doch fühlte sich Hannah ein wenig fremd. Sie hatte sich innerlich von London verabschiedet.

»Du bereust deine Entscheidung doch nicht?« Eliah ergriff über den Tisch hinweg ihre Hand.

»Natürlich nicht.« Hannah lächelte, als sich Eliahs Gesichtszüge augenblicklich entspannten. Es war beruhigend, dass ihm ihr Umzug in die Schweiz so wichtig war, und nahm ihr ein bisschen von der Angst vor diesem großen Schritt. »Nein, ich bin froh, wenn es endlich losgeht. Der Abschied fühlt sich trotzdem seltsam an.«

»Das kann ich mir vorstellen.« Eliah streichelte mit dem Daumen über ihren Handrücken und verursachte ein sanftes Prickeln. »In einer halben Stunde werden die letzten Kartons verladen sein, dann musst du nur noch den Schlüssel an den Vermieter übergeben, und heute Abend schon wird dich der Anblick der Berge jeden Anflug von Heimweh vergessen lassen.«

»Nur der Anblick der Berge? Ich hatte gehofft, du würdest auch deinen Teil dazu beitragen.« Hannah lächelte ihn betont kokett an.

»Keine Sorge, das werde ich. Ich habe so viele Aufgaben für dich, dass du gar nicht dazu kommen wirst … Autsch!« Er hielt inne und grinste.

Hannah hatte ihm unter dem Tisch gegen das Schienbein getreten. »Mach so weiter, und ich packe wieder aus!«

»Dann verklage ich dich auf Erfüllung des Arbeitsvertrages«, erwiderte Eliah ungerührt, doch seine Augen blitzten vergnügt.

»Ich wusste, dass es ein Fehler war, mich so in deine Hand zu begeben.« Hannah stöhnte theatralisch.

Weil es für die Aufenthaltsbewilligung der einfachste Weg gewesen war, hatte Hannah von Eliah einen Arbeitsvertrag erhalten und war nun offiziell Teil der Marketing-Abteilung. Der Vertrag war hauptsächlich pro forma geschlossen worden, denn Hannah hatte seit einigen Tagen den frisch unterschriebenen Mietvertrag für ein kleines Geschäftslokal in Interlaken in der Tasche, wo in den kommenden Wochen ihr eigenes Fotostudio entstehen würde. Dennoch arbeitete sie gerade tatsächlich für das Unternehmen Andrin: Sie fotografierte die neue Fine Jewellery Basic Line, erhielt für die Aufnahmen viel Lob und fühlte sich endlich auf dem richtigen Weg.

»Sicher, dass es ein Fehler war?« Eliah neigte den Kopf zur Seite und musterte sie intensiv. Zu intensiv für ihre Nervenbahnen, die sofort aufgeregt vibrierten. »Und ich hätte schwören können, du genießt es, dich in meine Hände zu begeben.« Seine Stimme war rau und tief.

Das Neckende zwischen ihnen verwandelte sich augenblicklich in erregende Energie.

»Ja, gut. Vielleicht. Manchmal.« Hannah merkte selbst, wie sehnsuchtsvoll ihre Stimme klang, und musste lachen.

In Wahrheit wurde sie zu Wachs in seinen Händen, sobald er sie auch nur berührte. Selbst das zarte Streicheln ihres

Handrückens, das er nun gnadenlos gegen sie einsetzte, jagte ihr wohlige Schauer über die Haut.

»So, so. Nur manchmal?«

Sein Blick drang tief in ihr Herz ein und wanderte von dort noch ein Stückchen tiefer. Es kribbelte im Bauch.

»Ich glaube, wir müssen jetzt los, um meinen Vermieter zu treffen«, krächzte Hannah und entzog sich seinem Griff.

Eliah legte beim Rausgehen eine Hand auf ihren Rücken. »Und heute Abend mache ich genau da weiter«, raunte er ihr ins Ohr.

Längst hatten sie den anfänglichen Plan verworfen, dass Hannah sich eine eigene Wohnung suchte. Nach den ersten gemeinsamen Wochenenden war klar gewesen, dass sie ohnehin nirgendwo lieber aufwachen wollte als in Eliahs Armen.

»Heute Abend sind wir bei Granny und Paul eingeladen«, erinnerte Hannah ihn, während sie ein letztes Mal den vertrauten Weg zu ihrer Wohnung einschlugen. »Sie wollen mit deinen Eltern, Leona und uns noch einmal die Details der Hochzeit besprechen.«

»Als ob noch nicht alles minutiös durchgeplant wäre …« Eliah lachte leise. »Charlotte hat ihren letzten Besuch in London komplett darauf verwendet, ein cremeweißes Kostüm zu suchen, und hat dann die Floristin in Aufregung versetzt, weil sie darauf bestand, dass in ihrem Brautstrauß weiße Tränende Herzen eingearbeitet sein müssen.«

»Dein Großvater ist auch nicht besser.« Hannah grinste. »Leona hat mir erzählt, wie sehr Paul eure Schmuckdesigner auf Trab gehalten hat. Den Herzanhänger meiner Ururgroßmutter in ein Collier zu integrieren muss aufwändiger gewesen sein als der gesamte Entwurf der neuen Fine Jewellery Basic Line.«

»Es hat sich aber gelohnt. Das Collier wird sich als Brautschmuck ausnehmend gut machen.« Aus seiner Stimme klang der Stolz auf die Leistung seiner Mitarbeitenden. »Und da wir gerade von Schmuck reden ...« Eliah blieb stehen und nestelte etwas aus seiner Jackettasche. »Augen zu!«, kommandierte er.

»Wir befinden uns mitten auf dem Gehsteig«, protestierte Hannah.

Eliah führte sie ein Stück zur Seite. »So, jetzt Augen zu! Ich mag nicht bis heute Abend warten, und da du ja hier kein Zuhause mehr hast ...« Er lachte leise über Hannahs unwilliges Brummen, die jedoch folgsam die Augen schloss. »Wehe, du blinzelst!«

Dann spürte Hannah auf Höhe des Kragens etwas Kühles auf der Haut. Automatisch griff sie danach. Filigranes Metall. Ein Anhänger an einer breiten Kette. Sie öffnete die Augen und riss Eliah das Smartphone aus der Hand, das er ihr grinsend hinhielt. Mit der Frontkamera konnte sie endlich sehen, was Eliah ihr um den Hals gelegt hatte. »Eliah, das ist doch ...« Sprachlos starrte sie auf das funkelnde Andrinherz.

»Der kommende Topseller der neuen Basic Line«, sagte Eliah. »Weißgold statt Platin und weiße Saphire statt Diamanten.«

»Und wunderschön«, flüsterte Hannah. »Es steht dem Herzen in der Vitrine vor deinem Büro in nichts nach.«

Das Herz, in das sie sich auf den ersten Blick verliebt hatte. Wie in den Mann, dem es gehörte. Plötzlich war es ihr egal, dass sie mitten auf einem Gehsteig standen. Sie zog Eliah zu sich herunter und reckte sich ihm entgegen. Keinen Wimpernschlag später trafen sich ihre Lippen zu einem innigen und atemberaubenden Kuss.

Erst der Signalton einer eingehenden Nachricht auf Hannahs Telefon holte sie aus der entrückten Zweisamkeit wieder zurück auf die Londoner Straße.

»Die Spedition«, sagte Hannah nach einem Blick auf das Display. »Die Möbelpacker sind fertig. Lass uns schnell die Schlüsselübergabe beim Vermieter machen, damit wir pünktlich am Flughafen sind. Granny und Paul verstoßen uns aus der Familie, falls wir die Besprechung heute Abend versäumen.«

Eliah lachte. »Mein Großvater und Charlotte sind aufgeregt wie junge Leute vor dem großen Tag. Aber ich kann es verstehen. Wenn ich sechsundsiebzig Jahre auf diesen Tag hätte warten müssen, würde ich auch sichergehen wollen, dass diesmal wirklich nichts mehr dazwischenkommt.«

»Sechsundsiebzig Jahre, stell dir das mal vor!« Hannah sah Eliah an. »Am Tag ihrer Hochzeit wird es genau sechsundsiebzig Jahre her sein, dass sie sich ein letztes Mal am Hangecker See getroffen und sich versprochen haben zu heiraten.«

»Was für eine unglaubliche Geschichte.« Eliah zog Hannah an sich. »Versprichst du mir auch etwas?«

Sie legte den Kopf in den Nacken, und ihre Blicke kreuzten sich. Sie versank fast in diesem intensiven Grün. Wenn er sie weiter so ansah, würde sie ihm wohl alles versprechen. »Was denn?«

»Lass uns nicht ganz so lange warten.«

*** ENDE ***

Ein warmherziger und berührender Roman über die Kraft der wahren Liebe und die Macht der Erinnerung

Suzanne Fortin
DAS VERGESSENE
LEBEN DES ARTHUR
PETTINGER
Roman
Aus dem Englischen
von Barbara Röhl
480 Seiten
ISBN 978-3-404-18885-7

Das Gedächtnis von Arthur ist nicht mehr das, was es einmal war. Er kann sich oft nicht an die Namen seiner Liebsten erinnern oder daran, wo seine Schuhe stehen. An Maryse jedoch erinnert er sich – eine Frau, die er seit Jahrzehnten nicht mehr gesehen hat ... Als Arthurs Enkelin Maddy zusammen mit ihrer Tochter Esther bei ihm einzieht, fragen die beiden sich, wer diese Maryse ist, von der sie noch nie etwas gehört haben. Dass sie in Arthurs Leben eine bedeutende Rolle gespielt hat, wird deutlich, als er immer wieder von ihr spricht. Daher begeben Maddy und Esther sich auf die Spuren der Vergangenheit. Ihre Suche führt sie schließlich nach Frankreich und in das Herz der französischen Résistance ...

Lübbe

Drei Frauen, die Jahrhunderte voneinander trennen
Ein prächtiger Garten, der sie verbindet

Inez Corbi
DIE GÄRTEN VON
HELIGAN - SPUREN
DES AUFBRUCHS
Roman

368 Seiten
ISBN 978-3-404-18419-4

Die Londonerin Lexi sieht erwartungsvoll ihrem neuen Job entgegen: der Planung der großen Jubiläumsfeier in den verwunschenen »Lost Gardens of Heligan« in Cornwall. Bei ihren Recherchen kommt sie der rätselhaften Geschichte der Waisen Damaris und Allie auf die Spur, die im Jahre 1781 auf dem Landgut ihres Cousins Henry Tremayne aufwachsen. Dieser träumt davon, einen großen Garten anzulegen – ein Traum, den er mit der pflanzenkundigen Damaris teilt. Henrys Ehefrau missfällt die enge Verbindung der beiden, dabei hat Damaris sich längst in einen anderen verliebt – den geheimnisvollen Wildhüter Julian. Doch die Dämonen seiner Vergangenheit drohen ihr Glück zu gefährden ...

Lübbe